U0795289

『冷板凳』学术书系

罗振亚 主编

新世纪诗歌精神考察

霍俊明 著

河北大学出版社

图书在版编目（C I P）数据

新世纪诗歌精神考察 / 霍俊明著. -- 保定 ：河北大学出版社，2014.4
（“冷板凳”学术书系 / 罗振亚主编）
ISBN 978-7-5666-0589-4

Ⅰ. ①新… Ⅱ. ①霍… Ⅲ. ①诗歌研究—中国—当代 Ⅳ. ①I207.22

中国版本图书馆CIP数据核字（2014）第049598号

责任编辑：杨显硕
装帧设计：赵　谦
责任印制：靳云飞

出版：河北大学出版社
经销：全国新华书店
印制：保定市北方胶印有限公司
开本：1 / 16（710mm × 1000mm）
字数：240千字
印张：17
版次：2014年5月第1版
印次：2014年5月第1次
书号：ISBN 978-7-5666-0589-4
定价：38.00元

总 序

在这样一个浮躁的时代，甘坐十年“冷板凳”的学者，确实越来越少了。尤其是对于年轻一代的学者来说，更是如此。他们即便心里很想先沉下来，把书读好，然后再回过头来扎实地做文章；但是囿于各种量化的评价指标和功利性要求，这种大环境似乎也不允许他们依循自己的理想去做“慢”的学问。于是，快速写作和高端发表，就成了当下学术的常态。然而，不管社会怎样喧嚣，时代如何疯狂，学术之事，归根结底不是一场热闹的狂欢，它仍需要学者们持守一份宁静的心态，需要耐得住长久的寂寞，如此方可靠近学问的真谛。总之，坐“冷板凳”，还是我们从事真正的学术研究的前提，也是学问通往一种深度和境界的保证。

正因如此，我觉得在当下出版一套甘坐“冷板凳”的年轻学者的著作，就显得尤为必要，意义非凡。而“冷板凳”这三字，绝非我一时所想，其实它早有一段渊源。记得是 2002 年秋天，我在武汉大学攻读博士学位时的一次珞珈山庄同门聚会上，导师龙泉明先生兴奋而庄重地和我们说，他要主编一套研究丛书，让自己弟子们优秀的博士学位论文以集束的方式面世。而后又不止一次谈及这一设想，并从期望弟子能在孤独中找到真正精神归宿的角度出发，寓意深刻地将之命名为“冷板凳系列丛书”，联系好了人民文学出版社。当时，师兄弟们很受鼓舞，我也在盼着自己的论文忝列其中出版的日子。谁也想不到的是，2003 年 7 月恩师被确诊为肝癌，一病不起，次年初即离开人世，弟子们除了悲恸，还是悲恸。丛书出版之事只能搁浅。而后，每逢念起此事，我都深感老师的期望之重，也品味到了遗憾滋味的折磨。恰巧这次河北大学出版社的编辑杨显硕先生希望我能主编一套当代诗歌研究方面的专著，在某种程度上提供了弥补遗憾的机会，所以我打从心里感激编辑。

编辑明确要求丛书收入的一定是专著，而不是评论和论文集，这当是出版社仍在寻求学术理想的体现，也符合龙老师当年的期望。1990年代以来，诗歌文体逐渐边缘化了，而诗歌研究依靠如今的学术体制虽然能获得一些生机，但在众多学科里仍然属于冷门。现在能沉得住气专注于研究诗歌的，则可视为这个时代做孤独学术的见证。当编辑跟我交流和沟通时，我瞬间就想到了这套诗学研究丛书可以用“冷板凳”来命名。一方面，是完成龙泉明先生当年的未竟之愿，以另一种形式怀念他，告慰他的在天之灵；另一方面，也想以此命名倡导甘坐“冷板凳”的学术精神，以之鞭策自己，激励更多年轻的学者敛心静气地做学问。

纳入“冷板凳”学术书系的几本专著，都是对当代诗歌或局部或整体的研究，且各有侧重，有现象研讨和个案批评，有诗歌断代史的梳理，还有对诗歌精神的探究。霍俊明的《新世纪诗歌的精神考察》，是一部系统论述新世纪各种诗歌现象与问题的诗学专著。他以田野作业、微观阅读和现象学考察相结合的方法，对诸多诗歌问题予以别开生面又深具发现力的辨析与省思。尤其是对新世纪以来纷繁的诗歌现象、诗歌生态和诗人的精神境遇作出了令人信服的整体性分析与总结。刘波的《当代诗坛“刀锋”透视》，则是一部通过个案批评对当代先锋诗坛进行整体扫描的诗学著作。从《今天》派、朦胧诗，到“第三代”诗人、“中生代诗人”，再到70后诗人，作者对这些参与中国当代文学发展进程的重要诗人进行了独到的阐释，既富有诗歌批评的感性情怀，又不乏学术研究的理性品质。他的另一本专著《“第三代”诗歌研究》，是对“第三代”先锋诗潮研究的力作。它从“第三代”诗人的理想主义气质和他们所处的文化语境入手，解析这一代诗人的情感和创作心态，还原他们的生活与交往现场，注重从各种角度动态性地透视这一先锋诗歌运动。它从诗学和非诗学两个层面来重新审视"第三代"诗歌运动，尤其是对运动结束后诗人们的持续性创作做追踪考查，以挖掘"第三代"诗歌的历史价值与现实意义，视角独特。我的《1990年代新潮诗研究》，企望探讨民间写作、知性写作、70后诗歌、女性主义诗歌等主要群落间的承续与变异、每个群落的不同特质，解析先锋诗歌的裂变与转型、生产与传播方式、诗学主张和叙事策略，总结其内在流变规律，特别是对于坚、翟永明、西川等代表性诗人的解剖，以使"个人化写作"精神落到实处，从而完成1990年代的先锋诗潮的断代诗歌发展史建构。

国内已有数种"新诗研究与批评"之类的丛书出版，并且各具特色，不乏精品，只是多为评论结集，有时难免让人觉得其略显零散、琐碎，在主题上尚不够集中。这套"冷板凳"学术书系也是立足于当代诗歌，但力求每一本都主题突出，尽量使研究趋于全面系统。在目前，肯于大规模地出版系列诗歌研究著作的出版社并不多，它既需要眼光，又需要魄力。从这个向度上说，河北大学出版社集束性地推出"冷板凳"学术书系，就功德无量，价值独具，它是对浮躁世俗学术研究怪象的一种扼制，更可视为对理想主义精神坚守的一种象征。

罗振亚

2013年12月

目录

序言　送诗歌漂流瓶远行

谢　冕

他一口气写了二十多万字，他把关于本世纪中国诗歌的思考封进了一只漂流瓶。他有点悲观，如同他难以预料中国的诗歌前景那样，难以预料这瓶子将如何漂流。他意有所指地说，图书馆的命运不见得比一个个被迅速拆毁的村庄更幸运，而批评的命运也许更不乐观。[①] 尽管如此，我还是乐意为这只漂流瓶祝福，为了它所传达和描写的中国诗歌精神漂流的行止。

作为青年批评家，霍俊明诗歌批评的成就，已为业界人士所共识。这本新著也是如此，它保持了霍俊明诗歌批评敏锐、准确、激情的特点，且较之以往，它观察更深入、评说更尖锐、文字也更活泼精彩。这是为新世纪中国诗歌作出总体描述的批评文本，他的叙述有很强的概括力，具有整体性，我们从中得到的是关于中国新诗非常丰富的最新信息：新鲜的集聚，新鲜的面孔，新鲜的意象，新鲜的追求。他写的是中国诗歌的世纪之新。

眼下一些诗歌批评的空泛化已是通病，那些批评往往通篇宏论而仍然令人茫然，他们不看重文本的细读与分析，而且有意无意地模糊了和省略了评家自己的观点。霍俊明的好处是“身入其境”，他注重阅读和辨析，他能在诗中寻出那些至关紧要的诗人的用心。他绝无夸夸其谈的坏习气，面对浩瀚驳杂的诗歌现象，他条分缕析，立论坚定。他是评家，往往“身历其境”，积极热情地参加各种诗歌集会，他与诗人们一道沉吟或高歌，却没忘了自己的工作：观察、体验、汲

① 语见霍俊明为《新世纪诗歌精神考察》所写的后记。

取、归纳，而后化为他的寓有理性又充满激情的文字。

他的批评是健康的，在他这个年龄段也可以说是传统的。他把诗歌置放在一个特定的时代语境中，它重视诗歌与时代的关连，他同情并焦虑于诗歌的尴尬与诗人的困顿，他更关注和张扬诗歌作为精神存在的价值。在物质至上的今日，精神是什么？精神附着在何方？他关怀着中国诗歌的存在状态，这是非常可贵的。

霍俊明文章好读，热情，饱满，有一种气势。他没有故作高深的姿态，也没有过多似是而非的引述。他的批评的最大特点是具体、实在，他拒绝空言。他也追求文章的华美，他有文采。而对比内容的结实而言，华美是第二位的，华美彰显了他的理论的魅力。当然，有时他的“新词”多了一些，有些让人眼花。但他的确做得很不错了，他还年轻。

霍俊明谦虚，说自己的阅读和文字只是一些碎片。若是比较那些浩浩荡荡却又不着边际的长篇巨论，我宁可选择他的这些“碎片”。行文中，他不止一次说到火车：“时代飞速向前，我们却没有了远方。铁路哐哐作响内心却无比孤寂”；“伊沙在长安读诗、写诗、编诗，而京广高铁正在开通。我们与这个世界隔着那层并不深厚的玻璃，但是窗外的景色却越来越模糊，内心越来越晕眩”。

他的焦虑，也是我们的焦虑。但是此刻，我还是祝愿这只装载着诗歌期望的漂流瓶，随着浪花，漂向远方，漂向不可知的未来。

2013 年 3 月 15 日于北京大学中国新诗研究所

导 论

在当下的诗歌批评语境来谈论一首诗歌并不难，甚至更多的时候会显得非常容易。但是平心而论认认真真地读一首诗，负责任地评价一首好诗却是有难度的。这种难度不仅与整个当下的诗歌生态相关，而且也与每个生存个体的困窘有关，更与如此广阔的差异性的“现实”有关。这是一个飞奔“向前”的时代，但与此同时那一块块钢化玻璃窗也模糊了我们内心之间的界限，模糊了我们与窗外这个既熟悉又陌生的时代之间的关系。在一个“大拆大建大手笔，高楼大厦平地起，各种园区扎堆聚，CBD 扮靓 GDP”的城市化与城镇化时代，我们正在集体经受着斩草除根一样的“去地方化”的命运。那墙壁上一个个出自强壮的拆迁队之手粗糙甚至拙劣的巨大的、白色的“拆”字也在一同拆毁着族群的方言和地方的根系。而暧昧时代的“敌人”尽管不如极权年代那样如此具体和直接，但是更为庞大的无处不在的幽灵一样的规训和对手却让人不知所措、四顾茫然。

一、骑着木马追赶“现实”

在我看来当下众多诗歌文本已经不是一般意义上一个诗人的一首孤立的诗作，而是会牵涉到很多当下中国具有“特色”的诗歌现象、诗歌问题和“现实”境遇。在一个看起来加速“前进”的高铁时代我们诗人离现实不是越来越近，而是恰恰相反。我们的诗人仍然在自我沉溺的木马上原地打转，而他们口口声声地说是在追赶“现实”。由此我们必须思考的一个问题是一首首诗歌中的“中国”离真正现实意义上的“中国现实”究竟有多远。是的，在一个如此诡谲的时代我们进入一个“现实的内部”是如何不易。在一个“新乡土”和“底层”的伦理化写作已经成为热潮的今天，真正的诗人是否懂得沉默有时候是更好的语言和姿态？在一些优秀的诗人那里我强烈感受到了“旁观者”一样的无边无际的沉默。这“沉默”和那扇同样无声的“拒绝之门”一样成为这个时代罕有的隐秘声部。诗人试图一次次张嘴，但是最后只有一次次无声的沉默。这种“沉默的力量”也是对当下那些在痛苦和泪水中“消费苦难”的伦理化写作同行们的有力提醒。

而吊诡的则是在一个“乡土”和“地方性”不断丧失的时代我们的文化产业和各个省份的文化造势（比如名人故里之争、文化大省、文化强省，甚至连县乡的草台班子都在争抢所谓的世界非物质文化遗产）却从没有像今天这样如火如荼过。仍有那么多不为我们所知的“地方”和“现实”存在，而我们似乎又无力通过诗歌对此作出应有的“回应”和称职的抒写。当我们坦陈曾经一次次面对了那些“拒绝之门”，我们是否该侧身进去面对那扑面而来的寒冷与沉暗的刺痛？尽管在一个如此庞大的“寓言化”和“非虚构”的现实面前，我们更多的时候只能无奈地充当“旁观者”和“无知者”的角色！

当我们的诗歌中近年来频频出现“祖国”、“时代”、“现实”和“人民”、“民生”的时候，我们会形成一个集体性的错觉和幻觉，即诗人和诗歌离现实之间越来越近了。而事实真是如此吗？显然不是。更多的所谓关涉“现实”的诗歌更多的是仿真器具一样的仿写与套用，诗歌的精神重量已经远远抵不上新媒体时代的一个新闻报道和一条不痛不痒的花边新闻。我们不能不承认在一个寓言化的时代，现实的可能性已经超出了很多作家想象能力的极限。而在此现实和写作情势之下我们如何能够让写作有更为辽阔的空间与可性能？而在一个“非虚构写作”渐益流行的年代，诗歌能够为我们再次发现“现实”和“精神”的新的空间吗？作为一种文本性的“中国现实”，这不能不让我们重新面对当下诗人写作的境遇和诸多难度。也许诗歌的题材问题很多时候都成了伪问题，但是令人吊诡的却是在中国诗歌（文学）界题材一度成了大是大非的问题。显然，这个大是大非的背后已经不再是简单的文学自身的问题，而是牵涉到整个时代的历史构造与文学想象机制。新世纪以降诗歌的题材问题尤其是农村、底层、打工、弱势群体、屌丝阶层作为一种主导性的道德优势题材已经成为了公共现象。实际上我们也不必对一种写作现象抱着道德化的评判，而应该回到诗歌美学自身。我想追问的是一首分行的文字当它涉及到"中国现实"时作为一种文学和想象化的现实离真正的"现实"到底有多远或者多近。显然在一个社会分层愈益明显和突出的年代，"中国现实"的分层和差异已经相当显豁，甚至惊讶到超出了每个人对现实的想象能力。在这种情境之下，由诗歌中的"现实性"和"想象性"的精神事实我们可以通过一种特殊化的方式来观察和反观中国现实的历史和当下的诸多关联。然而可笑和可怕的是很多的写作者和批评者们已经丧失了同时关注历史和现实的能力。换言之在他们进化论的论调里历史早已经远离了现实，或者它们早已经死去。显然，在一个多层次化的"现实"场域中乡村题材显然无论是在现实还是在写作的虚构和想象中都构成了一个不容置疑的"重要现实"。而当下处理这一"重要现实"的文本不是太少，而是太多了。不仅诗歌在介入，而且小说、散文、戏剧、影视剧甚至时下最为流行的"非虚构"文本也在轮番上演着"现实"叙事。非常有意思的是 2013 年底上映的冯小刚的喜剧《私人订制》在高票房的同时也遭致板砖和炮轰。冯小刚回应称给这部电影的完整性打 5 分，娱乐性打 6 分，现实干预性打 9 分。可见，冯小刚的贺岁喜剧强调的是现实感。那么由这些"现实性文本"我们要进一步追问的是这些众多的相关文本为同类的写作者们设置了极大的难度。换言之，一首诗歌如何能够与庞杂的类似题材的诗歌文本区别开来？区别的动因和机制以及标准是什么？这显然是一个必须探究的问题，而且非常有必要。

实际上，我们的诗歌界这些年来一直都在强调和"忧虑"甚至"质疑"的就是指认当下的诗歌写作已经远离了"社会"和"现实"。里尔克的名言"生活与伟大的作品之间，总存在着某种古老的敌意"在今天的中国是否仍然适用和有效？尤其是面对着当下带有"重要现实"层面的诗歌写作而言，诗歌和诗人与"现实"的关系到底是怎样的呢？或者说当诗人作为一个社会的生存个体，甚至是各个阶层的象征符号，当他们的写作不能不具有伦理道德甚至社会学的色彩，那么他们所呈现的那些诗歌是什么“口味”的？我想这是一个相当具有挑战性的问题。因为任何企图回答这个问题的人都必须具备综合的能力，显然诗歌自身的力量只是其中的一个方面。这也是为什么出现了火热的抗震诗、高铁诗但是真正能够留下和被记忆的却几乎成了空白的原因。

在现实和写作面前，诗人应该用什么“材料”和“能力”来构建起的诗歌“现实”？进一步需要追问的是这些与“现实”相关的诗歌具有“现实感”或“现实想象力”吗？曾记得2009年，著名艺术家徐冰用废弃的钢铁、建筑垃圾等材料打造成了两只巨大的凤凰。这本身更像是一场诗歌行动，时代这只巨大“凤凰”的绚烂、飞升、涅槃却是由这些被废弃、被抛弃、被搁置的“无用”、“剩余”事物构成的。这就是诗歌的真实、艺术的真实。在一个如此诡谲的时代我们进入一个时代“内部”是如何的不易，而进入一个无比真实的“现实”更是如何艰难。真正的写作者应该是冷峻的“旁观者”和“水深火热”中的“介入者”，他一起推给我们的无边无际的是沉默、自语和诘问。与此相应，我们每天与那些看起来无比真实和接近现实的诗歌相遇，但是他们几乎同时走在一条荒废的老路上。我们的当下有那么多的艰难情势被我们的诗人可怕地忽略，与此同时还有那些更为斑驳不自知的灵魂渊薮。我们的诗歌都成了自我的关注者，个人的日常情感和生死冷暖体验从来没有在诗歌中变得如此高调和普遍。我们还可以注意到在伦理化的底层和民生抒写热潮中诗人普遍丧失了个人化的历史想象能力。换言之他们让我们看到了新闻一样的社会现场的一层浮土，却让我们看不到任何真正关涉历史和情怀以及生存的体温。

在我看来，当下讽喻性的诗歌写作已经逐渐成为带有伦理化倾向的一种潮流和趋势。

面对当下中国轰轰烈烈的在各种媒体上呈现的离奇的、荒诞的、难以置信的社会事件和热点现象，我觉得中国似乎已经进入了一个真正“寓言化”的时代。首先，应该注意到目前社会的分层化和各个阶层的现实和生存图景越来越复杂，越来越具有多层次性，越来越具有差异性。甚至这种复杂和差异已经远远超过了一般诗歌写作者的想象和虚构能力。同时这种多层次性和差异性的表述又面对着娱乐化和数字化时代的巨大消解。由此，面对各种爆炸性和匪夷所思的社会“奇观”和现场事件的媒体“直播”，我们的诗歌和文学还留下什么能够撼动受众的特异力量？在此情境之下写那些“现实”性的诗歌其难度是巨大的。相反，我们涉及到属于更小范围内的诗人自我的日常生活图景时其可能性的空间和自由度相反倒容易些。从整体上而言与社会热点焦点话题、热议现象、重大活动和民生问题有着密切关联的诗歌数量是相当庞大甚至是惊人的。由此，我们必须正视每年各种纸质刊物发表的诗歌数量已经可观，但是我们发现这些发表的诗歌在谱系学或光谱学上来看具有很强的近似性，甚至具有相互替代的重复和生产性。加之各个地区大大小小的“地方化”的文化软实力的角力和宣传活动也需要文学和诗歌的鼓吹，诗人们似乎与“现实”的胶着关系似乎从来都没有如此贴近和激烈过。这是好事，但也存在不小的危机。但是是否如一位诗人所偏激地强调的“足不出户的诗歌是可耻的”？实际上，诗人和现实的关系有时候往往不是拳击比赛一样直来直去，而更多的时候是间接、含蓄和迂回的。显然，中国当下的诗歌更多是直接的、表层的、低级的对所谓现实的回应。而当我们试图从“主题学”或者“同质性”的视野来进入新世纪以来的诗歌写作，我们最终会发现大量诗歌（数量绝不在少数）与“乡村”、“乡土”以及“乡愁”、“还乡”（更多以城市和城乡结合部为背景，回溯的视角，时间的感怀，乡土的追忆）有着主题学上的密切联系。而这么多在谱系学上相近的诗歌文本的出现说明了什么问题？显然当下的诗人所面对的一个难以规避的“现实”——阅读的同质化、趣味的同质化、写作的同质化。无论是政治极权年代还是新世纪以来的“伦理学”性质的新一轮的“题材化”写作，我们一再强调诗人和“现实”的关系，诗人要介入、承担云云。但是我们却一直是在浮泛的意义上谈论“现实”，甚至更为忽略了诗歌所处理的“现实”的特殊性。

一定程度上还要感谢“主流媒体”尤其是网络新媒体和博客、微博以及手机等“自媒体”的开放度和“水军力量”。很多热点问题都是在媒体和直播平台最先引发围观和热议，似乎网络民主的呼吁正在频频敲门。这都似乎让任何一个普通人看到了一个巨大地理空间上每天所发生的那么多的惊天事实和“非虚构”文本。正是媒介和“电子”的力量，众多在以前不可能被沉默的大多数所知晓的各种社会现象终于能够每天及时性地传递和互动。可以想见，一般意义上的诗歌和文学似乎已经难以与读图读屏时代的电子化力量相抗衡。更为可怕的还在于从写作伦理学的角度被视为人类良知的作家他们的认知空间、写作能力、修辞美学和想象能力已经被这个不断分层的社会事实所远远淘汰。换言之，具有预言性、真实性、针对性、超前性的诗歌写作几乎在这个不断加速度前进的全媒时代成为不可能。尤其需要注意的是更多诗人的个人化的想象力已经远远跟不上瞬息万变的各种“惊天动地”的关涉社会日常生活和“小人物”的个人事件和冲突。那么，当诗歌已经无力对社会事实和更为繁复的精神事实与想象空间作出合理和及时有效的呼应和回应的话，诗人就不能不遭遇到尴尬的地步。或者简而言之，“诗歌”如何能与“新闻”和媒体相抗衡或者发生特殊的合作关系？而实际上新闻并非是完全客观的，而是因为各种社会力量和主体的介入呈现出被塑造的特征。而在社会分层愈益明显、社会现象和民生问题愈益显豁的语境下，网络、博客以及微博等迅捷自媒介和“新闻体”效应对诗歌写作、诗歌刊物和诗歌接受都构成了某种挑战。而这种挑战也不能不影响到对传统意义上诗歌的诸多重新认识甚至反拨，从而也随之出现一系列变化、变体、跨界和调整的过程。或者这是否是一个诗歌遭遇更多的挑战和“文学性”高度扩散甚至消弭的年代？由此，我们是否该重新思考传统意义上的“诗歌”和诗人以及阅读、世界之间的关系？与此同时我们是否该重新反思我们对“诗歌”的理解是否足够宽阔？目前的诗人是否仍然在一定程度上坚持着精英知识分子的惯性“幻觉”与那喀索斯一样的自我迷恋？

面对“糟糕”的现实，我们很容易因为发出不满而在不自觉中充当了愤怒的角色。而我想说的是我们对“现实”除了“厌恶”和厌倦之外是否还需要在文学中呈现更多其他的声音（尤其是“异质”的声音)?当再一次面对当下中国诗歌和文学现场,我只能无奈地想到那一只只无能的用手。右手代表了秩序面前的无可奈何和精神的疲软,甚至有时候我们已经放弃了选择的机会。在我看来,尽管当下仍不乏优秀的诗人和评论者,但是因为公共空间的缺乏和一次次挤压,中国仍然缺乏公共知识分子一样的写作者和批评者。基于此,我认为新世纪以来的文学仍然是缺乏足够的命运的悲剧感和直面历史与现实的强大精神膂力。看起来我们同样并不缺乏那些所谓的与时代发声摩擦甚至碰撞的文本,甚至有着大量的书写各种与表层现实相关的作品,但是我们仍然一次次忽视了这个时代的重要之物,一次次忽视了内心和文字与现实和历史之间极其复杂而微妙的关系。

二、让诗歌记得住乡愁

在时代匆促转换人们都不去看前方的时候,诗人该如何面对日益含混的世界以及内心?在一个极权时代远去的当下,我们的生活和诗歌似乎失去了一个强大的敌人。更多的时候我们是在生活和诗歌的迷津中自我搏斗或撞身取暖。我们的媒体和社会伦理一再关注那些日益耸起的高楼和城中村,一再关注所谓的农村和乡土乃至西部,但是我们的诗人是否足以能够呈现撼动人心的具有膂力的"原乡"和"在场"的诗句?

我认为经历了中国先锋诗歌集体的理想主义的"出走"和"交游"之后,诗人的"远方"(理想和精神的远方)情结和抒写已经在新世纪的城市化和去地方化时代宣告终结。尤其是在当下的去除"地方性"的时代,我们已经没有"远方"。顺着铁路、高速路、国道、公路和水泥路我们只是从一个点搬运到另一个点。

一切都是在重复!一切都在改变!一切都快烟消云散了!一切地方和相应的记忆空间都已经模糊不清、面目全非。但是当新世纪以来诗歌中不断出现黑色的"离乡"意识和尴尬的"异乡人"的乡愁,不断出现那些在城乡结合部和城市奔走的人流与不断疏离和远去的"乡村"、"乡土"时的焦虑、尴尬和分裂的"集体性"的面影,我们不能不正视这作为一种分层激烈社会的显豁"现实"以及这种"现实"对这些作为生存个体的诗人们的影响。由这些诗歌我愈益感受到"现实感”或“现实想象力”之于诗人和写作的重要性。尤其是在一个加速度前进的“新寓言”化时代，各种层出不穷的“现实”实则对写作者提出了巨大的挑战。试图贴近和呈现“现实”的诗作不是太少而是太多了，而相应的具有提升度的来自于现实又超越现实的具有理想、热度、冷度和情怀的诗歌却真的是越来越稀有了。更多诗人浮于现实表层，用类似于新闻播报体和现场直播体地方式复制事件。而这些诗歌显然是在借用“非虚构”的力量引起受众的注意，而这些诗歌从本体考量却恰恰是劣诗、伪诗和反诗歌的。诗人们普遍缺乏的恰恰是通过诗歌的方式感受现象、反思现实、超越现实的想象能力。确实在当下诗坛甚至小说界我们看到了那么多虚假的乡村写作和底层写作。当诗人开始消费泪水和痛苦，这是多么可怕的事情。或者视野再推进一步，在一个愈益复杂、分化以及“去地方化”和“去乡村化”的时代，诗人该如何以诗歌的方式予以介入或者担当？正如一位异域小说家所说，“认识故乡的办法就是离开它；寻找故乡的办法，是到自己的心中，自己的记忆中，自己的精神中以及到一个异乡去寻找它”。这是必然，也是悖论。由此我想到了很多诗人文本中的“城市”、“小镇”、“乡村”和一个个陌生的“地方”。以这些“地方”为原点，我们在多大的范围内看到了一种普遍化而又被我们反复忽略不计的陌生性“现实”的沉默性部分？这一个个地方，除了路过的“旁观性”的诗人和当地的居民知道这个地方外，这几乎成了一个时代的陌生的角落——一再被搁置和忽略的日常。而我们早已经目睹了个体、自由和写作的个人化、差异性和地方性在这个新的“集体化”“全球化”时代的推土机面前的脆弱和消弭。“异乡”和“外省”让诗人无路可走。据此，诗歌中的“现实”已经不再只是真实的生存场景，而是更多作为一种精神地理学场域携带了大量的精神积淀层面的戏剧性、寓言性、想象性和挽歌性。而在一个传统意义上的乡村城镇和曾经的农耕历史被不断迅速掩埋的“新文化”时代，一个诗人却试图拭去巨大浮尘和粉灰显得多么艰难。而放眼当下诗坛，越来越多的写作者们毫无精神依托，写作毫无“来路”。似乎诗歌真的成了博客和微博等自媒体时代个体的精神把玩和欲望游戏。在一个迅速拆迁的时代，一个黑色精神"乡愁"的见证者和命名者也不能不是分裂和尴尬莫名的。因为通往圣洁的"乡愁"之路的灵魂安栖之旅被一个个渊薮之上的独木桥所取代。当我们胆战心惊终于下定决心要踏上独木桥的一刻，却有一种我们难以控制的力量将那根木材抽走，留下永远的寒风劲吹的黑暗。语言的温暖和坚执的力量能够给诗人以安慰吗？过多的时候仍然是无物之阵中的虚妄，仍然是寒冷多于温暖，现实的吊诡胜于卑微的渴念。当然，我所说的这种"乡愁"远非一般意义上的对"故乡出生地"的留恋和反观，而是更为本源意义上的在奔突狂暴的后工业时代景观中一个本真的诗人、文化操持者，一个知识分子，一个隐忧者的人文情怀和酷烈甚至惨痛的担当精神面对逝去之物和即将消逝的景观的挽留与创伤性的命名和记忆。一种面对迷茫而沉暗的工业粉尘之下遭受放逐的人、物、事、史的迷茫与坚定相掺杂的驳杂内心。由此，我更愿意将当下的后社会主义时代看作是一个"冷时代"，因为更多的诗人沉溺于个人化的空间而自作主张，而更具有人性和生命深度甚至"现实感"的诗歌写作的缺席则成了显豁的事实。

然而，更为令人惊惧的是我们所经历的正是我们永远失去的。

多少个年代已经风雨中远逝，甚至在一个拆迁的城市化时代这些年代没有给我们留下任何的蛛丝马迹。一切都被扫荡得干干净净。而那些当年的车马早已经销声匿迹。幸运的马牛们走进了坟墓之中，不幸的那些牛马们则被扔进了滚沸的烹锅之中。那些木质的轮车也早已经朽烂得没了踪迹。我们已经很难在中国的土地上看到这些已逝之物，我们只能在灰蒙蒙的清晨在各个大城市 PM2.5 的角落里偶尔看到那些从乡下来的车马，上面是廉价的蔬菜和瓜果。而我们却再也没有人能够听到这些乡间牲畜们吃草料的声音，还有它们温暖的带有青草味的粪便的气息。说到此处，我也不由有了疑问。如果做一个简单的怀乡者并不难，这甚至成了当代中国写作的惯性气质。但这体现在诗歌写作中却会使得"怀乡者"的身影又过于单薄。"历史"和"现实"更多的时候被健忘症的人们抛在了灰烟四起的城市街道上。我们会发现，在强大的"中国现实"面前历史并未远去，历史也并非没有留下任何痕迹。相反历史却如此活生生地出现在被我们反复路过却一再忽视的现实生活里。这多像是一杯撒了盐花的清水！我们更多的是看到了这杯水的颜色——与一般的清水无异——但是很少有人去喝一口。颜色的清和苦涩的重之间我们的人们更愿意选择前者。而诗人却选择的是喝下那一口苦涩，现实的苦涩，也是当下的苦涩。当然，还有历史的苦涩！而诗歌只有苦涩也还远远不够！

“一无所知”的“过客”性存在实际上是每个生命的共同宿命性体验，同时人所认识的世界是如此的有限而不值一提。而在当下的时代这种遗忘性的“一无所知”还不能不沾染上这个时代的尴尬宿命。我们自认为每天都生活在现实之中，但是我们仍然对一切都所知甚少，甚至有些地方是我们穷尽一生都无法最终到达的。有的地方我们也许一生只能经历一次。“单行道”成了每一个人的生命进程。“中国的一天”应该是短暂的，但是我们走得却是如此艰难和漫长。因为它所牵涉的不只是一个人的观感，而是牵涉到整个中国的现实，还有诗人的精神现实。

我们所见太多，遗忘也太多。我们在隔着车窗高速度前进的同时，我们的双脚和内心都同时远离了大地的心跳声。我们在城市化的玻璃幕墙里只看到同样灰蒙蒙的天空，我们最终离那些“远逝之物”越来越远，直至最终遗忘。是的，多少年代，多少车马，都已经远去了！还有那沉默的巨大的“秘密”！

在秩序、规则和复杂而吊诡的现实面前，我们的诗人再一次无力地垂下无能的右手。在我看来新世纪以来的中国诗歌在面对强大而难解的社会现实时表现出来的却是难以置喙之感。这可能会让诗人和评论家们不解。我们不是有那么多与社会现实联系密切的诗歌吗？比如打工诗歌、农村诗歌、高铁诗歌、抗震诗歌以及反日诗歌吗？是的，由这些诗我们会联想到那些震撼和噩梦般的现实，但是与现实相关的诗歌和文学就一定是言之凿凿的正确和高大吗？如果诗歌只是充当了一篇微博和新闻的功能，那么诗歌和诗人就没有存在的必要性了。而面对着各种媒体空间上大量的复制性和浮泛的诗歌作品我们不能不一次次失望。换言之，当下诗人之间的区分度已经空前缩减，几乎很难发现诗人之间的差异和各自面貌。诗歌面对如此庞大纷繁的现实，我们所需要的并不是诗人的急于表态和站队，也不需要那种摄像机式的直接跟踪。诗歌所需要的恰恰是提升思想高度，需要的恰恰是一个诗人对社会和当下的重新发现与再次命名。

我们用符合社会规范的“右手”写作，我们一次次主动或被动地失去了真正表态和发声的机会。当我们似乎在一个个自媒体的电子屏幕前以及“围观”的数字时代获得了个人发言的权利和臧否的机会，我却仍然对此心怀疑虑。强大的历史和庞大的现实似乎仍然无处不在，它们只是呈现和影响的方式正在发生着不小的变化。面对着21世纪这个充满吊诡和离奇想象的新寓言国的时代，在一个个公共空间里知识分子的声音仍然匮乏而无力。而更为可悲的或许还在于一些知识分子和写作者们的自以为是，为了个人写作的精神幻觉以及市场化好天气里一个个被奖赏的金质腰牌说着谎言和肉麻的颂辞。这似乎仍然是一个缺乏宗教感的时代。这仍然是一个被惯见和粗鄙的时尚所引领的时代。这是一个可以无比炫耀金钱和肉体的时代，却也不能不是一个个思想和真正自由的个体被噤声和反复出卖的时代。

当革命的风暴远去，我们是否同时止息了灵魂的一次次飞翔？当城市包围农村的时代到来，我们是否会心存一点愧疚或者不满？当我们主动或被迫要求灵魂表态时，我们是不合时宜的“左撇子”，还是一次次充当了无能的“右手”？

诗歌是通往现实的入口。这个入口需要你挤进身去，需要你面对迎面而来的黑暗和寒冷，需要你一次次咬紧牙关在狭窄的通道里前行。也许你必将心存恐慌。但是当你终于战战兢兢地走完了这段短暂却漫长的通道，当你经历了如此的寒冷和黑暗以及压抑的时刻，你才能在真正的意义上懂得你头上的天空到底是什么颜色，你脚下的每一寸土地的分量到底有多重。只有如此，你才能在语言的现实和发现性的“现实”空间里真正掂量你所处的社会现实。

第一章　诗档案：诗人在自己的时代

在纷繁的新世纪面前，面对着各种私人和公共空间尤其是新媒体和自媒体上形态各异的诗歌，越来越多的诗歌阅读者和批评家感到从来没有过的阅读难度和迷茫感。难以置喙已经成为当下诗歌阅读的共识性命运。但是，总会有人在熙攘的地铁里读诗，在昏黄的房舍里读诗，在广场的角落读诗，甚至有人出自各种目的和需求在宝马、私人会所和高档社区里读诗。总会有人对诗歌状态抱有一种良知和责任感，尽管在这个时代公共知识分子的立场已经被视为新媒体时代的噱头和不堪之举。面对着新世纪的诗歌写作和阅读难度，一个批评家首先能够做到的就是要提供一份可靠、可信、独立、自由的诗歌阅读的档案。这个诗歌档案需要牵涉到诗人个体与整体性的时代之间的内在关联。也就是说，这份诗歌档案不只是为虚幻的图书馆添加一两厘米的厚度，也不只是提供诗人的个案和个性症候，更是要通过这一个个具有代表性的诗人来反观整个时代的文学构成、美学趣味、精神诉求和思想底色。这些诗人不仅应该在历史的谱系上延续了影响的焦虑，而且他们创造性的话语方式和精神力量将会影响和赓续到今后诗人的写作。这就是历史的循环！诗歌从来都没有进化论。

当我们拨开那些纷乱的日子，在夜里静静打开那些还在滚烫的诗行，我们才能够真正找到我们所需要的一条精神和理想的小路。尽管这条小路也许布满了荆棘，但是即使戴着荆棘的花冠，那真正从胸腔里喷薄而出的发音必将会有长久的生命膂力。不是吗？

第一节 关上灯，看看这个时代的后果

当 1999 年江非在山东临沂城让渐紧的秋风吹透单薄的衣衫，年轻的身体被巨大的城市阴影所笼罩的时候我看到的是巨大时代沙盘中不断前移的城市梦魇和一代人的“后饥饿之歌”。而无论是从诗歌阅读还是朋友交往来说，作为“70 后”代表性诗人江非最近的诗集《傍晚的三种事物》（南海出版公司，2012 年 12 月版）都让我有话想说。

一、“成人之诗”

打开这本诗集人们会与无尽的夜色相遇。江非诗歌中有很多被历史、时间、权力、政治等力量所闲置和荒废的“器物”。这些被历史闲置的“器物”代表了世界和社会的构造，代表了更具精神启示性和命运性的事物关联。这自然牵涉到历史、政治、社会、文化、语言和人自身的多重纠结性的存在关系。这是一种典型意义上的拒绝青春期和泛化抒情的具有智性、深度、现实性和历史感的“成人之诗”。

江非似乎一直有着重新追寻“逝去之物”的冲动。无论是对于一条消失的小路，还是对于一条流到中途就消失的河流，他都呈现出关于“时代废弃物”的孤独的追挽。江非的诗歌地带往往是在树林、山顶、郊外、原野、空地、废弃的铁路、荒草、河岸、海边中展开的。这种暂时逃逸紧张“当下”的精神出游以及往返的过程极不轻松。诗人的心里塞满了“沉沉的铁”，即使是乡村的基督教堂也不能救赎一个时代的乡村陷落以及城市化时代溃变的夜色。但是，诗人并没有轻易放弃。他在时代的废弃物中找到了那只蒙尘已久的马灯，他小心翼翼地提上它走在迷茫的风雪路上。诗人目睹了古老的火焰残酷消失的过程，但是他也只能相信“真理还在”——“你按照自己的方式在搜集 / 和观察着那些有光晕的事物，面对这个跳舞的时代 / 一个幽会和统治中的事件，我也必须重新思考 / 声音与语言、行动与台词，形

象和领地”。这仍然是一个不服输的“成年之诗”。这些带有夜色精神质地的诗作和彷徨于无地的内心正是这个时代诗人个体精神和整体命运的及时而有效的对应和揭示。而这还远远不够！江非近年来的诗歌写作不断试图在历史与现实、经验和想象、表意和语言的诸多限阈之间进行摩擦、龃龉甚至撞击。面对这些带有个人冥想能力、现实介入能力、文体创造能力、精神成长能力以及个人化历史想象能力的文本世界，这个时代的阅读者和批评者是否做好了耐心阅读的准备？新近的上海书展上，郭敬明的新书发布会让那些正在伴着小提琴朗诵诗歌的人们真正感受到诗歌阅读的冷遇和无比的尴尬。而江非通过诗歌要完成的工作就是——关上灯！让我们看看这个时代已经造成的后果和一个个灾难性而又难以自知的精神图景。在时代的坏天气里，我们的诗人该去往何处？

这是一个在寒冷中赤膊劈柴的人——他劈开了时光的缝隙，也劈开了历史和现实之间那道不易被察觉的细缝。无论是江非早期对精神“出生地”的青春挽歌式的追思，还是对历史、存在、语言三个维度上的开掘与推进以及个人精神玄想式的自我叩问，一个既单纯又繁复的诗人形象已经确立。而多年来的江非就像是在茫茫的黑夜里出走乡村远去异乡在城市化道路上不断勘探的疑问者。在乡村和城市之间，在时间和宿命之间，在历史和现场之间他是有时犹疑、有时坚执的“个人理想主义者”和“历史怀疑论者”。江非的诗歌中不断出现黑夜背景中的鸟群见证了一个诗人的孤独、紧张、分裂、疼痛、停留和出走的精神履历。他一贯的冷静、坚深、自由、先锋和执着构成了这个时代启示录意义上的自我点燃与照亮。

二、“平墩湖”的父性与母性

在山东一个叫平墩湖的村庄里，一个乡村少年拿起笔来开始写他的精神地理学和个人成长史的“平墩湖”。

“平墩湖”就像一张空空的药方，在沉重和病痛中煎熬着一个诗人并不坚强的内心。江非既火热地身置其中又以一个清醒的旁观者的角色站在乡野平原和茫茫的河流两岸。既是现实的又是想象的、既是具体的又是符号的“平墩湖”之所以成为江非多年来诗歌写作的个人文化地理谱系学，其最重要的原因还在于这里是他的出生地和一代人吊诡莫名的命运。当平墩湖成为诗人抒写对象的时候我不禁又想起这个老生常谈的话题——诗人为什么住在“乡下”（精神、历史和灵魂意义上的“乡下”）？在江非的诗歌中作为文化、乡土、地理、生命和历史概念结合体的“平墩湖”以一种母性、父性和根性的膂力与诗人所要转述的乡村物像和人世场景融合在一起。如果说这种“母性”形象呈现了江非诗歌宽容、温暖、清新、明朗的一面，那么他诗歌中的“父性”则是沉郁的、强力的、坚忍的、粗犷的、狂叫的和撕裂的。而江非诗歌中“父性”的形成又与其早年的游走、乡村调查和反抗性的冲动以及历史怀疑主义相关。1990 年寒冷异常的冬天，江非这个怀揣着单纯梦想的少年在大雪中徒步考察鲁南、苏北郯城、临沭、东海、赣榆、连云港等 5 县市并写作考察报告《在泥淖中的中国农村》。1991 年酷热难耐的夏天，江非又骑着自行车大汗淋漓地考察山东半岛各地，写作考察报告《没有蒸汽的中国农民》。他的青春、梦想、冲动、激情都酣畅淋漓地在行走甚至是精神的“出走”中不断成长，也不断遭受到时代冷雨的浇淋。可以毫不夸张地说尽管目下有一些诗人自命或被命名为“乡土派”、“新乡土派”，但是真正体悟当下语境中乡村的家族、历史和个人命运，能够具备震撼人心膂力的诗作却相当匮乏。江非《傍晚的三种事物》中一些关涉“乡土”命运的诗作是对近年来流行的乡土叙事、底层神话和伦理化写作的有力提请。近些年行走于异乡的江非不断以带有执拗性的个人视域抒写了家族的历史、个人的成长史和持续性的社会阵痛。其大多诗作所涉及的“乡土”与时下所谓的“新乡土”诗人相比较而言没有伪饰的道德涂抹和虚假的情感呻吟，而是在极富象征性的场景设置和个人感怀的具体意象的创设以及情感的抒发上都具有开阔的容留力量。在江非这里，像“临沂”、“平墩湖”、“海南”等这样的关键词已经不再是地理学上的空间概念而是广义的后工业化时代履带的重重碾压下的剩余一角的隐喻，是“语言”和“精神”的“求真意志”的体现过程。而“地方性知识”在江非的诗歌谱系中更多是作为连接历史与现实，家族与时代的一个背景或一个个窄仄而昏暗的通道，“出生地”成为被追悼的词。这些具有暗示能量和寓言化的场景正是曾经的乡土中国的缩影。

江非在去海南前后的一些带有自叙性色彩的诗作呈现了一种停留与远足、故乡与异乡、挽留与消失、熟悉与陌生、已知与未知之间的强大冲突。热带的南方带来了他诗歌的精神气象和时间景深,澎湃激荡的海浪与焦灼而理性的内心形成强烈的反差。江非试图在陌生化的地理图景中展开一场精神的救赎。这一时期江非诗歌的对话和互文性是十分明显的,而重要的是他以个体精神的方式在重新修正和确立。江非的诗葆有了一以贯之的对以个体命运的追挽,对吊诡现实和生存现场的戏剧性追问以及对精神世界坍毁和重建之间往返式的焦灼。由此,生存的尴尬、精神的困顿、时代的悖论、异乡的围栏都在这些带有回叙和直面并置的精神向度的文本中对话、磋商、盘诘与质疑。江非海南时期的诗歌意象有很多是"变形"的甚至是违背了我们的常理和日常经验的,但是我们却在这些特殊的意象中发现了带有更具"现实感"和"真实性"的灵魂图景和精神性纹理。而这不能不归功于诗人的情感、经验、想象对语言世界和现实世界重新构造的过程,一个不断消解又不断强化的精神性过程。在愈加疯狂的城市化时代背景中,在一个个看似前进实则眩晕不前的旋转木马旁,江非是一个清醒的对黑夜存在予以发现的命名者。在精神的自我挖掘和深度沉潜中江非发现了时代的宿疾,同时不可避免地担任了带有时下人所认为的"老旧"特征的近于孤独的"书写者"的形象。江非所面对的首先是寥落的时代夜色中模糊不清的事物,这一切成为江非的"起诉书"、"自白书"。这一切成为诗人时时"清洗"的斑驳、油腻、污秽的巷道。在一个能见度不断降低的年代,诗人的写作难度可想而知。江非不仅看到了高高矗立的"纪念碑",而且也注意到它周围低矮的草群。江非的很多诗歌具有傍晚来临一样的性质,他的很多诗歌都是从傍晚、夜色或黎明开始的。无论是面对飞过的黑色鸟群还是冥想中的窗口站立的乌鸦和野猪,一种如铅一样的滞重时时缠困着诗人的内心。江非的诗歌质地是纯净的也是晦暗的,音调是暗哑的也是高亢的,基调是坚执的也是绝望的——"我常以为我的血里有一些金属 / 我就是一块;冷冰冰的金属 / ……一块磁铁。流着鲜血的铁”（《祖国》）。这种质地奇特的糅合是他诗歌的个性，而这种诗歌个性的形成与其特殊的观照自我、生存、时代和历史的方式是密不可分的。这也是为什么在江非的身上同时呈现出直面时代的先锋精神与独自冥想的古典情怀的原因。

江非以诗歌的力量撞击着这个疲软时代的夜晚，当然诗人内心的困顿甚至是绝望也是显豁的。打开诗歌，关闭灯盏，一起看看这个时代和这个时代疲竭的诗人面影吧！

第二节　谁能命令我沉默

沈浩波在新媒体和民刊上的活跃与他在学院批评家那里的“冷淡”反应形成不小的反差。甚至时至今日人们对他诗歌的偏见、误解以及对他多年来诗歌写作变化的熟视无睹仍然存在，人们已经习惯用“下半身”和“口水”来予以搪塞或回击他的诗歌写作。沈浩波的诗歌仍然被有限度的认可。而无可争议的事实是2000年至今沈浩波的诗作从《我们那儿的生死问题》《我们那儿的男女关系》《她叫左慧》到《棉花厂》《文楼村记事》《致马雅可夫斯基》再到《祖国的星空》《秋风十八章》《天下无戏言》《西安为证》和长诗《蝴蝶》，广阔而繁杂的空间都以空前强烈和个性化的姿态进入了诗人的写作视野。也正如沈浩波自己所言，先锋、自省、创造、个性甚至叛逆性是他一以贯之的追求，“我出生于温暖湿润的南方乡村，但我没有成为一个乡村抒情者；我出身于学院，在学院派知识分子语境下开始写诗，但我没有成为一个热爱修辞的学院派”。[①] 在一个没有共识的时代，我看到了一个诗人的内心和某种挣扎。

在一个精神普遍疲软的年代，却没有什么力量能够让这位叫沈浩波的诗人保持沉默。

---

① 沈浩波：《中国诗歌的残忍与光荣——目睹近几年来的中国诗歌现状》，见沈浩波诗歌博客“沈大勃勃”http://blog.sina.com.cn/shenhaobo

沈浩波是中国当代诗坛最具争议性的强力型诗人。这种争议不仅来自于他诗歌的暴动意识、冒犯精神、激进的美学革命、现实场域的求真意志以及对主流文化的挑衅，而且还在于僵化的诗坛长久以来对他繁复诗歌写作的误读和曲解。这是一个始终葆有超拔的个人化的历史想象力、怀疑立场、介入精神、人文情怀、自我发现意识以及强大语言势能的诗人。他立足于充满活力语言基础上的对历史和社会空间下个体生命和灵魂的不留余地的自我剖析与撕裂当下诗坛无出其右者。他纯粹求变的诗歌美学以对身体诗学和历史社会学的挖掘与命名成为 1999 年以来当代汉语诗歌写作的有力见证。这是一个拒绝沉默、拒绝合唱的不合作主义的诗人。沈浩波无疑是继“朦胧诗人”北岛之后敢于为自我和时代抒写双重墓志铭的诗人。

一、“下半身”、“口语”、运动与策略

2012 年深秋我和沈浩波的云南高原再次相遇。

当我们在暴风雨中走在黑漆漆的蒙自铁路隧道里，他拿着几乎没有什么光亮的手电不停模仿着舞台剧演员的声音——“你们要去哪里?”“你们要去哪里?”作为江苏人，吴越文化的勇武、斗狠在沈浩波尤其在他早期的诗歌中得到了对应和呈现。而一路走来的沈浩波留给我们的是繁复多变的诗歌气象和精神征候。尽管时至今日人们对沈浩波的诗歌仍认用“口语”和“身体”了事，但实际上沈浩波是一个难以用任何的诗歌概念和各种诗歌主义进行解读的诗人。当很多诗人目睹了沈浩波那些并不口语、并不身体甚至有些知识分子式的抒情的诗作，他们一致认为沈浩波“痛改前非”“重新作诗”了。这实际上仍然是对沈浩波写作的误解——将一个诗人整体性的写作割裂开来。不管是“下半身”时期的沈浩波，还是近些年来“转身”的沈浩波实际上都是同一个人。不管是戏谑不恭的方式还是“一本正经”的严肃和抒情，这都体现的是一个诗人基本的维度：在现场说话，说诗歌真话。

沈浩波的诗歌总能给人以阅读的快感和不期而遇的震惊体验。他不同阶段的诗歌都带有强大的个体精神势能、“现实感”、想象力和强硬的先锋精神和人文情怀。当然，沈浩波早期的诗歌确实有某种运动心理和因为过于宣扬诗歌立场而导致写作的不纯和某种畸形性存在。先锋对于任何一代人而言都不能不是重要的，但是这种重要性的前提又恰恰在于很少有诗人能够维持这种恒久的创造意识与先锋精神，“从2000年我与巫昂、尹丽川、朵渔、南人一起创办《下半身》诗歌杂志开始，这种声音就在催化着中国现代性诗歌精神的发育，我们从反叛、反抗、质疑甚至是粗暴地推翻开始加速着这一进程。从那时起，我的写作就是自觉的置身于强大现实中的写作，就是带有坚硬精神背景的先锋写作。多年过去了，多少当年和我一起先锋过的青年已经完全无力为继的时候，我自豪于自己没有背离写作的初衷。也曾经犹豫和停滞过，也曾经由于乡村生活的背景而放任过那种浪漫主义的软弱抒情的一面，但最终我却更为坚定的成为一个年近中年的‘先锋派’”①。此时的沈浩波已由早期的集体狂欢、表演性、抢占座位和青春期荷尔蒙时代的写作更多地转向了个人心灵与繁复现实的碰撞时所高强度爆发出来的话语方式。因为他已经清醒地认识到只有对自我心灵和命运的强化与追问，反思和怀疑才能构成真正强大的内心，才能使写作可以不依赖和臣服于任何宗教或者既成的公共价值谱系而去认识世界和自我。

沈浩波等人的“下半身”诗歌主张在诗歌学理上已经与“朦胧诗”、“第三代”诗歌甚至“90年代”先锋诗歌一起站在了当代诗歌历史的地平线上。尽管“下半身”诗歌理论提出有着强烈的时代背景，有着发起者强烈的诗歌史焦虑情绪和策略式的反抗企图，也存在着明显的不足之处。在上个世纪末的诗坛甚至文学界的空前焦虑和相应的文学论争中，沈浩波等人的“下半身”诗歌无疑是新一轮话语革命开始的代表。其实这种关于身体的合理性和合法性话语权力的争取也不同程度存在于其他一些诗人包括一些女性诗人的写作当中。而沈浩波和一些“70后”诗人对“身体”的重新认识和鼓吹在另一个向度上暗合了后社会主义时代个体合理性欲望的诉求，但是很快这种诉求被另外一些“不明就里”的诗人作为廉价的工具走向了反面。

---

① 沈浩波：《中国诗歌的残忍与光荣——目睹近几年来的中国诗歌现状》，见沈浩波诗歌博客“沈大勃勃”http://blog.sina.com.cn/shenhaobo

更多诗人的偏颇在于他们在很小的面积上找到身体的同时，急切而功利的对欲望的奔走却恰恰使灵魂再度受到忽略和沉沦。这种写作身体管导致的结果却是人的灵魂比身体更无知更极端也更卑贱而不值一提。以沈浩波为代表的“70 后”诗人开始放弃身体与灵魂、情欲与政治、欲望与禁忌这些古老的二元对立并以此来重新认识自我、身体和欲望以及写作的合理性、合法化。他试图打破那些传统的禁忌，让身体性成为精神的救赎和一种现实维度。但是悖论和反讽的是这种救赎却在诗人这里不得不最终呈现为身体与欲望、灵魂与政治之间的强大冲突。甚至在最为强调身体叙事的沈浩波那里，“身体”也呈现为在生存与历史的夹缝中尴尬的一面，“我活了三十一岁了居然想不到／一件特别悲伤的事／我急得都快出汗／身体愚蠢的拱动／大脑飞快的旋转／突然／头脑中画面定格／一具尸体／仰天躺在狭窄的手推床上／满头白发／没牙的嘴大张／一阵悲伤汹涌的袭来／身下的女人疯狂迎合／这是生命诡异的一瞬／满脑袋都是奶奶去世时那张干瘪的脸／身体却在颤抖中达到了高潮”(《祖国的星空·我能想到最悲伤的事》)。在众多普通读者和专业评论者看来沈浩波的一些诗歌会被不假思索的被认定为色情诗，下流诗和垃圾诗。但是有一点值得强调，即很多人可能没有真正意识到沈浩波的初衷，或者说与身体直接相关的文化因素和表达策略被一些不明就里和武断的道学家式的批评者们所遮蔽掉了。我想强调的是应该全面和正确认识沈浩波一些有关“身体”的诗歌叙事。沈浩波诗歌中的“善”和“恶”是毫不遮掩、相当分明的。沈浩波曾自我解嘲将自己称为“心藏大恶”的诗人。沈浩波的一些诗歌尽管处理的题材和用语有着“不洁”的冒犯，但是这种“不洁”的背后所呈现的是更为复杂的生命、文化、历史和社会因。

二、“文楼村纪事”的现实性与历史感

在城市化和城镇化语境下，1990 年代末期以来的诗歌写作有回到日常生活现场和存在细节倾向。但这并非意味着诗歌写作简单回到现场和当下的扫描或者沉溺，而是诗人在当下的体验和抒写中坚持了“历史的个人化”叙事和“求真意志”的表述。这种日常化写作语境实际上对诗人提出了更高的要求。同样有着乡村经验的沈浩波则是在更为个人化和极端性的意义上呈现了乡村经验的黑色质地。

在相关的诗中沈浩波呈现了对乡村生命死亡的无奈，而可贵的是这种无奈的体验与想象是与诗人的个人化历史想象力、家族命运脐带式的联系在一起的。诗人关注的不只是故乡亲人的一个个死亡，而是对这些卑微生命予以了无情的剖析。沈浩波这种介入和及物的诗歌写作让我想到了近年来关于"诗歌伦理"的争论。换言之诗人该如何处理好个人与时代、诗歌与现实之间的关系。实际上这个争论可能有些多余，因为对于真正的诗人而言，承担、道义是不可丧失的诗歌良知之一，尽管诗歌的技艺和多元性维度同样重要。而沈浩波的诗歌文本大体都有两个层面：一个是为人所"诟病"甚至误解的所谓性欲和身体的诗歌，而另一个层面则往往被忽略了。这就是沈浩波对现实社会和生存现场的毫不犹疑的、大张旗鼓的介入和表态。社会的晦暗与刺痛被相当真实和尖锐化的方式呈现出来。在这点上沈浩波的诗无疑具有强大的不容质疑的"现实性"和"历史感"。只是这种现实性和历史感的呈现方式是极其个人化的，是属于沈浩波自己的特殊方式，插科打诨、嬉笑怒骂又一往情深。沈浩波诗歌呈现给我们的场景看起来是如此荒诞、夸张、滑稽，但是它们又是如此让人心生寒意、胆战心惊，它们让我们一再追问什么是"现实"，什么是"真实"——"姑娘站在小旅店的庭院深处 / 一棵大树底下 / 小马说：姑娘，把头抬起来 / 他用手托起姑娘的下巴 / 又摸了摸她的胸 / 然后说：就是她了 / 小马在里面打炮，我和小张 / 在外面等 / 老板娘对小张说：今天得收 60 块 /'这是棉花厂的小姑娘 / 才 17 岁'/ 我说：棉花厂的？ / 老板娘说：我这里不光有棉花厂的 / 还有服装厂，和酱油厂的"(《棉花厂》)。这个 17 岁的小姑娘，像集市上被挑选来挑选去的牲口一样从事肉体生意的棉花厂女工，其所承载的仅非几个充当"嫖客"的男人所能涵盖。棉花厂、服装厂、酱油厂这些与下岗工人的命运联系得更为紧密场所无疑成为了一个时代不可忽视的隐秘入口。一种日光下的长期掩埋的黑暗和伤口终于被撕去了——带着血泪的绷带显露出来。

经过诗坛的喧嚣,沈浩波的写作已经逐渐沉潜下来。他以越来越强烈的个人化的历史想象力和对生存现场中龌龊、荒谬场景的关注呈现出极其强烈的个性化言说方式。在沈浩波近年来的写作中我感受到一种青春的激情和骚动正在他身上渐渐消退,“中年”般的秋天气息已经开始出现。曾经的欲望化叙事也时时呈现出知性的质地,诗歌的视角也在当下的日常景观中逐渐转向历史纵深和记忆深层。沈浩波是一个以戏谑而又深刻的极端方式呈现他对现场甚至历史文化的态度,而曾经令人热血喷张的历史文化图景已经被无限加速的城市化和市场时代吞噬殆尽。沈浩波的诗是尖锐的,犹如锋刃割开一个个盲肠和盲区。他在冷峻中压榨出的人的“小”和生存的“恶”以及历史的“黑”,甚至可以说是淋漓尽致、痛彻心扉。沈浩波越来越自觉的承担起个人化视阈中对历史和现场的勘察者和发问者的责任。这就是沈浩波与巫昂考察完文楼村之后写于 2004 年 5 月的组诗《文楼村纪事》。

河南省上蔡县文楼村在表面上看是一个普普通通的村庄,但就是这个村子有六七百个艾滋病病毒感染者登记在册。也就是说村里的 3000 多口人中每 6 个村民中就有一个人感染了艾滋病病毒,而现在的文楼村正处在艾滋病高发期。一个贫穷、落后的文楼村和村民却是因为卖血染上艾滋病而出了名,这不能不是当下时代的一个巨大的讽刺。

文楼村如一根强大的骨刺穿痛着千疮百孔的时代身躯,而文楼村在沈浩波的组诗中无疑成了现实和历史的一个强大的隐喻。在组诗《文楼村纪事》中我们会发现一个令人毛骨悚然的场景,村里死去的、没死的、即将死去的草芥一般的名字在这个非理性的物欲时代只能是一个个最终被人忽略的渺小的空洞的符号。一个个同样真实的生命就在贫穷、绝症中经历浩劫。当沈浩波在诗歌中呈现出这个巨大的、黑暗的、阵痛的、充满死亡气息和荒谬蔓延的乡村图景时他就证明了诗歌不只是一门单纯的手艺和修辞的练习,而是在时代的大火中精神的淬炼过程。当后韩村村民为了争得一点权利不得不使出“河南人”特有的聪明、狡黠让几个老妪站在队伍最前面去向县政府请愿时，我们不能不看到生存的底线和无望的挣扎。诗人对现实的批判、草民命运的省思和普遍性的人性问题的棒喝来得没有半点含糊。这就是真正的诗歌的现实感和历史感，而不是对现实场景的简单比附和描摹。正如沈浩波在《诗人能够直面时代?》中所提出的"今天的时代，是一个浩浩荡荡的时代，一个迅速摧毁一切又建立一切的时代，是一个如同开疯了的火车般的时代，是一个疯狂的肆虐着所有人内心的时代，是一个令人瞠目结舌气喘吁吁的时代。这么大的时代，这么强烈的时代，我们的诗人却集体噤口了，到底是不屑还是无能?"与这段话相应，《秋风颂》最为决绝也最为彻底地呈现了一个后社会主义时代绝望的戏剧化场景。冰冷背景中的日常生活、政治遗迹和历史后遗症与诗人内心相遇之后的巨大撞击和破碎，"天凉好个秋，北京，像一坨 / 提前凝固的冰冷的雪泥 // 高高的天幕 / 偶尔有几颗星星 // 睁开那属于已死老人的 / 浑浊、酸痛、充满沉默威严的眼睛 "。不知道为什么，在直觉里我想到了食指当年的《再也掀不起波浪的海》。

沈浩波是一个相当自觉、自知的诗歌写作者。无论是对于早期"下半身"诗歌还是近些年来的不断深入历史、现场的诗作，沈浩波都只想做一个先锋诗人，一个先锋到死的诗人，一个不断反对和不断创造的诗歌精神已经在他这里诞生。

三、长诗《蝴蝶》与沈浩波的"突变"

沈浩波自从"出道"之日起，其写作长诗的努力是有目共睹的。尽管写作这些长诗给他带来了难以想见的痛苦和挑战，甚至曾有一段时间沈浩波不得不因为各种原因而放弃长诗写作。当沈浩波在2009 年 10 月 27 日饿着肚子在北新桥的"等待戈多"咖啡馆终于完成这首长诗《蝴蝶》的时候，我们是否看到了一个时代的沉滞低洼地带的艰难的精神"飞翔"或者是坠落时的痛楚与分裂?

沈浩波的《蝴蝶》等长诗写作蕴含了一种独具个性而又相当重要的个人化的历史想象力的深入现实的精神向度。一个诗人对日常和"平庸"生活的逼视本身就是绝好的现实之一种。这种个人的历史想象力较之 1980 年代以来的带有青春期写作症候的美学想象力而言更具有一种深度和包容力。尽管有为数不少的评论者对长诗《蝴蝶》不乏哥们、朋友式的叫好和追捧，甚至《蝴蝶》出版时在勒口处的文字“里程碑意义上的史诗”，但是这首长诗还是有待时间的进一步考验。但平心而论，《蝴蝶》这首长诗确实是21世纪第一个十年的一个不小的收获——尽管它不可避免仍然存在缺憾。《蝴蝶》是一个诗人的精神成长史和一代人的“家族”寓言，更是一个生命与时代、伦理、现场和历史惨烈碰撞之后不无悲壮的嘶鸣之声与嘶哑而尖厉的叫喊不绝的审判、自供和忏悔。这是一个强力而自省诗人的“不原谅”、“不宽恕”的高音量告白。诗中不断出现的“母亲”、“父亲”、“祖父”、“妻子”和“儿子”等家族谱系是诗人借以对畸形的、不正常的历史秩序、国家神话、政治叙事、生存语境和现实存在的一种融入了个人化历史想象力的符号性象征和诗歌精神推进的寓言。尤其值得注意的是沈浩波的诗歌文本中的由“儿子”—“我”—“父亲”—“祖父”所构成的循环的“父系”形象。而这个循环的家族系统在沈浩波这里构成了一种可怕而宿命性的难以挣脱的巨大力量，相互焦灼、相互排斥又难以挣脱和剥离的胶着。而在伊格尔顿看来“父亲”是政治统治与国家权力的化身，而在沈浩波这里“父亲”还没有被提升或夸大到政治甚至国家的象征体系上，而是更为真切的与个体的生存体验甚至现实世界直接关联。诗人与“父亲”以及以“父亲”为象征的关系是尴尬、焦灼和拉锯式的状态。这是一口黑黢黢的深井，既想回到本真性的亲切又不能不面对强大的血统、伦理乃至文化上的巨大差异、隔膜和逆反，甚至还有挑战，“上帝为男人发明了10000种小丑的姿态 / 每一种都属于我的父亲 / 我是虚伪、紧张、不甘 / 和简陋、怯懦、绝望交媾的产物”(《蝴蝶·第二辑》)。沈浩波的长诗时间意识是相当显豁的，更为重要的是这种时间意识是与生命的体验、现场感和个人化的历史想象力直接相关的。这种时间意识不仅具有宽泛的哲思性更具有真切的个人性，同时这种时间意识在诗人所发现和创设的意象、诗歌节奏、语言方式和诗歌的整体构架中得到了近乎精确的个性化呈现。这种呈现既是个人的也是历史的，既是记忆的也是现场的，既是诗学层面的也是社会学层面上的。说到长诗人们谈论最多的就是所谓的

"跨文体写作"，而我对此却不敢苟同。真正的诗歌是从来都不会仅限于抒情或叙事的一元的牢笼，而是会尽可能地以多种话语方式增强诗歌的容量、张力和空间。长诗写作尤其如此。长诗的精神维度和诗歌结构显然更为重要，这既是关涉诗歌语言的，更是关涉生存本身的，当然也有社会和历史文化上的考量。沈浩波的长诗写作在迅速摆脱早期的青春抒情和诗歌学徒期之后显现出在生存现场、个体生命和历史文化的临界点上维护诗歌的本体依据的先锋特征以及知识分子的良知感（包括诗歌语言和技艺上的良知）和历史意识。沈浩波多年来的长诗写作呈现的是急速的节奏中暴风骤雨般的狞厉的、寓言化的、荒谬性的戏剧性景观。无论是与诗人的生存直接相关的往事记忆、生活细节还是想象和经验中的更为驳杂的场景、事件、历史、幻想都在质疑、反讽的基调，这都呈现出难以规约的真实状态。沈浩波的长诗写作极其强烈地张扬了自我的经验或想象性认识，以极其强烈的介入现实和历史的姿态呈现出快速的令人眩晕的目不暇接的驳杂景象。这些长诗更像是个人化、历史化、欲望化和寓言化的生存文本或一个诗人的灵魂档案和历史见证，一份关于社会、历史与个体的白皮书。好的诗人都是时代的兢兢业业的守夜者，这个守夜者看到了夜晚如何把中国变成了一口夹杂着欲望和现代化怪兽的深井，看到了一个推土机和搅拌机如何建造起一个个虚无的钢铁之城。

沈浩波在审视和叩问的过程中并没有呈现出简单而廉价的二元对立的冲动与伦理机制的狂想，没有在个人与整体、农村与城市、底层与中产、历史与当下、沉落与救赎、挽留与拒绝中设置鸿沟和立场。正是这种融合的姿态使得以上的二元对立项之间出现了张力、弥散和某种难以消弭的复杂和含混。这种还原的历史主义和田野作业式的诗歌话语方式恰恰是在多个向度上再现传统农耕社会的理想主义、革命教育与生活方式和此后工业和市场的无限推进的后社会主义时代泛政治语境下的尴尬心态、无根的失落和莫名的恐惧，"在灰色的城市 / 不再想念白云 / 只是依然试图 / 去写明亮的诗"（《蝴蝶·第一辑》）。沈浩波的诗歌显然并非扮演了个人和日常叙事中小感受、小反思者的角色，而是有意识在文本的尽可能拓展的巷道上延展自己个人化的历史想象力和求真意志，展现个人的命运轨迹和更为深切的家族历史。我看到了一个“民间”家族深埋地下的苦涩而顽健的“草根”，看到了看似颠覆和嘲讽“父辈”和传统“母亲”形象背后的无处不在的深潭般的泥泞和内心。这种建立于个体主体性和真切言说基础上的历史想象力和求真意志就在最大程度上打开了现代诗歌应有的空间视阈，将消逝的和正在消逝的事物与情感交织在类似于无物之阵的迷津之中。简单的肯定和否定都只是少年和青春期写作的表征，而中年式的在肯定、犹疑、前进、折回之间展开的辩驳和诘问方式在沈浩波这样的诗人中不能不日益显豁的呈现出来。

沈浩波以其沙哑而尖锐的声调，以各种令人触目惊心但又极其日常化的场景镌写着城市化时代的孤独与不安。这使得沈浩波的一些诗歌呈现出某种病历性的特征。沈浩波的诗歌呈现了语言现实和社会现实之间巨大的摩擦力和临床一样的病理特征。值得注意的是沈浩波的诗体现了真正意义上的文化、生命和时代伦理等多个层面下的身体诗学和病症式的写作方式。

第三节　无望的“祷辞”与“咒语”

“出入无时，莫知某乡。”

——孔子

一个我们曾经熟悉的世界作为一种老旧的空间和秩序正在可怕地消失。

读完雷平阳的长诗《春风祷》的时候，北方的秋风正抖落大片大片的树叶。穿过阴霾浓重的城市街道，我希望在时代的墓碑上鉴刻下这些名字：哀牢山、金沙江、奠边府、佤山、司岗里、基诺山、乌蒙山、他郎江、小黑江……

一、没有“故地”的时代诗人何为

我们所面对的是没有“故地”的时代。极其吊诡的则是我们的

“地方”和“故地”尽管就在身边但我们却被强行地远离了它。而“地方”和“故地”的改变更是可怕和惊人，因此文字空间里携带着精神能量的地理就成了不折不扣的乌有之乡。在隆隆的推土机和拆迁队的叫嚣声中一切被“新时代”视为“不合法”的事物和景观都以不可思议的速度在消亡——“心慌、不安和焦虑，已经让一座座纪念碑 / 每天夜里，都梦见了轧轧驶来的推土机”，“老去的 / 是烟囱上面的天空，厂房里的江南”。

雷平阳的出生地已经从“欧家营”变成了“爱国村”。强硬的带有“时代合法性”的铁臂正在取代一切曾有的秩序——尤其是精神秩序。然而，诗人在此刻必须站在前台上来说话！在此，诗人不自觉地让诗歌承担起了挽歌的艺术。那些黑色记忆正在诗歌场域中不断弥漫和加重。雷平阳无疑是一个真诚而朴拙的写作者，而用真诚完成的诗歌精神更为可靠。他的真诚和朴拙使得他将诗歌视野仍一贯地停留在“云南”空间。这样的好处在于能够强化一个诗人的风格，而存在的限囿和问题则是容易导致某种程度的自我封闭。雷平阳的诗歌性格冷静而克制，孤苦而决绝。他的诗歌更像是黄昏中顽健老牛的尖角，在安静的背景之下向下向内挖掘的同时不断给人以持续性的颤动与撞击。

请注意雷平阳《春风祷》以及其他文本中被强行置换的空间和时代弃置物。对于生活在城市时代的诗人而言，云南的高原、山川、河流、草木以及更为细小的事物使得雷平阳成了一个类似于狂奔的“刑满释放的自由主义狂人”。无论是对于一条消失的小路，一座颓圮的寺庙，还是对于一条流到中途就消失的河流，他都在承受虚无和迷幻的过程中呈现出关于“时代废弃物”的孤独追挽。这种暂时逃逸紧张“当下”的精神出游以及往返于“云南血统”的过程极不轻松。雷平阳又是一个“笨拙”的写作者。他不会取巧，即使是对于极其细小的虫草和石块他也必须弯下腰去翻检和察看。我曾经在一篇文章中说过我们难以自控地跟随着新时代看似“前进”的步调和宏旨，但是却很少有人能够在喧嚣和麻木中折返身来看看曾经的来路和一代人的命运出处。而即使有一小部分人企图重新在“历史”和“现实”两岸涉渡和往返，但是他们又很容易或者不由自主地成为了旧时代的擦拭者和呻吟的挽歌者，成了新时代的追捧者或者不明就里的愤怒者。而一种合宜的姿态就应该是既注意到新时代和旧时代之间本不存在一个界限分明的界碑，又应该时时警惕那些时间进化论者或保守论者的惯性腔调。雷平阳似乎一直在现实和文字中的云南空间寻找古诗所云“我心安处是故乡”，也一直在与现实和尘世抗争中于纸上搭建一片旷野和一座寺庙。但是，既然我们能够再造城市却不能再造故乡，既然我们不能重返过去又不能超越当下，那么焦虑和紧张感就必然一直紧紧伴生在雷平阳的云南空间里。而随着“空间转向”，空间诗学以及“地方性知识”的研究也随之呈现了诸多哲学思想以及社会思潮的交叉影响（比如结构主义和后结构主义对空间的具有差异性的理解）。其中代表性的空间理论“空间社会学”、“异质空间”、“空间对话”、“诗性地理”、“诗意空间”、“想象性地理空间”、“建筑的空间伦理”、“光滑空间”、“条纹空间”、“多孔空间”、“第三空间”等。在福柯看来 20 世纪必然是一个空间的时代，而空间在公共生活中显得极其重要。空间、地方、地域、场域、地景（landscape）等词一旦与文学和文化相关这些空间就不再是客观和“均质”的，而必然表现出一个时期特有的精神征候甚至带有不可避免的意识形态性。多年来我对诗歌的“地方性知识”越来越发生兴趣。我不断想起美国自白派诗人伊丽莎白·毕晓普在其诗歌《旅行的问题》中这样的诗句：“陆地、城市、乡村，社会 / 选择从来不宽也不自由。”然而在特殊的年代里这些地方和公共空间甚至会成为社会灾难与政治灾难的见证，“从高处望着这些鳞次栉比的宫殿、纪念碑、房屋、工棚，人们不免会感到它们注定要经历一次或数次劫难，气候的劫难或是社会的劫难。我几个小时几个小时地站在富尔维埃看里昂的景色，在德·拉·加尔德圣母院看马赛的景色，在圣心广场看巴黎的景色。在这些高处感受最深切的是一种恐惧。那蜂拥一团的人类太可怕了”①。对于当代中国而言，广场、街道、学校、工厂、农村、城市、城乡结合部、高档社区、私人会馆

① 本雅明：《发达资本主义时代的抒情诗人》，张旭东、魏文生译，张旭东校订，生活·读书·新知三联书店 2007 年版，第 104 页。

无不体现了空间以及建筑等的伦理功能。这些“地方知识”又在不同情境和年代经历了换转甚至剧烈地转捩。雷平阳则一直试图在诗歌世界中完成对“云南”这样一个城市化时代看起来仍然有些“异秉”地带的发现和命名。他的任务就是在诗歌世界中发现时代表盘背后的结构和动因,“是一双隐形的手,把人们推向了末日”。他企图重建一种精神秩序和“地方性知识”。而这可能是最后一块安置内心和灵魂的特殊空间了。这也是为什么在长诗《春风祷》中雷平阳不断重复“寺庙”、“经卷”、“宗教”、“命运”、“灵魂”的深层原因。据此,雷平阳更像是一个充满野心的土司,企图为民众和山水重建和规划一种精神性空间与秩序。然而,这只能是一场新时代的幻梦。这一切呈现和印证了关涉本土“现实”话语的焦灼和失语症状。

而尤为可贵的是雷平阳的诗歌文本中的“云南空间”已经超越了自然地理意义上的存在指向。这一特殊的文字化、精神性空间因为带有了超越性而具有了普遍人性、现场感和生命诗学的意义。他的诗歌来自于乡土却又超越了乡土。这对于众多粘滞于“乡愁经验”的诗人们而言无疑是一个重要的启示。雷平阳诗歌里的“云南”显然不再是单纯的地理风貌的代名词,而是成为精神重组后的个体乌托邦意义上的灵魂空间,“当区域文明被全球化逼到天空的外面,所谓云南,我视其为世界的灵魂。它的天空住满神灵,让我知敬畏”①。尽管“云南”足够阔大,但是到了雷平阳的诗歌中则不断被他收缩成个人化的封闭性的精神构造。他不断在高原和河流间跋涉、翻检和发现,他也甘心情愿只在这片领空里固步自封、仰卧观天。在这里一切都可以独立,一切都可以有灵——“哀牢山的树,一棵 / 想变成两棵,它们都爱上了自己”。但是他最终指向的终极性精神却在当下情势面前遭受到了前所未有的规训与挑战。在雷平阳这里“云南”已经不再是地理学上的空间概念而是广义的城市化时代履带重重碾压下“人类童年期”剩余一角的隐喻。而作为“语言”的操守者,他返观着黑暗深处的虚无。雷平阳对语言、文化、地方性知识有着“山野土著”式的“宗教”一样的虔敬。

---

① 雷平阳:《希望纸上有片旷野》。

二、在祷辞与咒语之间

诗人永远都是一个夜行者！在那些用高科技手段都不能定位的地名以及现实和虚构性相掺杂的空间里，雷平阳不断去祷告。他在用祷告重建一种秩序和空间——秩序和空间却正在不可挽回地消失。祷告实际上成了名符其实的哀歌。雷平阳在很多场合都会用他遗留着马帮的粗砺低沉的声音诉说发生于云南的特殊故事。雷平阳之所以成为这个时代最会讲故事的诗人，正源自他精神血脉与滇地现实和历史之间的互相滋生与砥砺。这些故事就是一个个寓言，诗人必须把它们转换在诗行里。长诗《春风祷》的第一节使用了极其繁密的祈使句式——诗歌的祷告开始了——“我们就成全它们吧”，“我们就默许它们吧”，“我们就为它们超度吧”。而需要追问的则是这些祷告是由什么引发的呢？显然，是一个个时代无情的咒语造成的。面对被拆的旧城，连根拔起的寺庙、牌坊和祖屋诗人也许除了祷告已无他法。诗人在此就是完成极其艰难、不可思议甚至是难以完成的高蹈的工作——为地方性知识，为了一颗固守的心地。雷平阳的诗歌写作在这样的时代氛围与精神语境下不得不面对着多重困境。多年来，之所以雷平阳的诗不断穿梭往来于滇地的世界就在于他在这里找寻到了精神的对应之所，而另一方面滇地又对他形成了巨大的黑洞一样的限制性空间。当然，空间自身并不重要，关键是作为主体性的人在其间发现了什么样的构造和机制。对于雷平阳而言，当他在诗歌中不断重复、叠加那些经常出现的地带和空间时，他的写作难度也在不断加大。在此过程中，雷平阳包括长诗《春风祷》在内有很多高蹈的精神性的趋向。这样下去可能会形成另外一种写作的缺陷——诗歌质感和可感可触的生命力的丧失。而雷平阳比较可贵的是在他不断抻开的精神线头中始终保持了生命的热度。或者说他是在还原生命的过程中自然生成了精神性的寓言景观和沉痛不已的追问与省思——“那些挖出来的白骨 / 没人收拾，还请流水，把它们 / 洗干净，葬之于天涯”。

面对着那些沉暗的异乡人、出走的人、再也回不到故乡和旧地的人，雷平阳只能用经书一样的极其朴拙的祷告声调开始发声，“我们来自司岗里，嗯哼嗯哼嗯哼哼……”我更愿意将这些声音看成是抽搐痛苦的呻吟。在这里诗人遇到了巨大的悖论。当“我以为”在诗歌中不断出现的时候诗人看到的却是不可能完成的精神救赎。时代的咒语过于强大了，强大到每一个草籽都没有安身之所了。雷平阳自觉或被动地与现场、地理、生存、文化和历史产生了多层次的精神交叉和不停地摩擦与撞击。冰冷、黑色、虚无、苍凉、疼痛，这无不象征了雷平阳在特殊的时代语境下生活、思想和写作的遭际和低沉底色。雷平阳在精神的自我挖掘和深度沉潜中发现了时代的宿疾。我赞许雷平阳的所恪守的诗歌从阅历中来的“写作规矩”，尽管我同样强调想象力对于诗歌不可替代的重要性。

值得注意的是这首长诗《春风祷》中出现了很多散文化的惯用语，比如“远处落日熔金啊”。为何？如果我们深入探究就会发现，在“落日熔金”、“落日苍茫”这样的语言背后是凝固化的前现代性乡土的时间景观——这在几千年来都是不变的。换言之，词语所对应的景观和内心体验是一致而融合的。而当一个极其强大的城市化和全球化时代到来和迫近的时候，这种物我一致性的体验被强行撕裂。当这些老旧和固化的词语再次出现的时候，它们就与诗人一起成了空荡荡的被追挽的部分。而这些物象也不可避免地沾染上时代锈蚀的痕迹。

雷平阳面对着时代的强大诅咒只能用祷告去面对。然而，祷告有用吗？由此，诗人承受的是一次次的虚无，因为“念咒的母语灭绝”。山是空山，庙是空庙，人是空心人。面对着时代和正在烟消云散的历史，为了获得一种普适性的精神道义雷平阳有意在诗歌中淡化了时间。比如长诗的第五部分，那个背着母亲的残骨疯狂而不懈地追赶飞机的女人正是一个超越了当下和时空的白日梦一样的寓言。这种寓言化写作方式的出现似乎正在成为当下中国诗人的集体宿命。在雷平阳这里，生发于“云南”的诗歌既是一种命运，也是个体的宗教。而命运和宗教一旦与文字发生关联就一体而不可分割了。面对着活生生而又面目全非的土地，诗人可以毫不避世地俯下身子寻找，但是那条精神救赎之路似乎仍然在无边的晦暗之中。据此，雷平阳不能不是矛盾而分裂的。他将伟大的颂词给了这里，他也不得不把分裂、尴尬、痛苦、剥离和除根的过程也同时袒露出来。

在雷平阳这里，入世与高蹈、诅咒与赞颂、介入与游离、市井与经卷、城市与旷野如此不可分割地纠结缠绕在一起。而正如一个诗人所说向上的路和向下的路实际上是同一条路。雷平阳在长诗《春风祷》里面就呈现了在向上的路和向下的路之间不断折返的过程。与此同时，雷平阳不断使用一些似是而非以及充满了矛盾和互否性的词语。这再次印证了写作与现实之间的巨大反差与龃龉。雷平阳是水深火热的介入者、冷静祛魅的旁观者、若即若离的测量者以及冷暖自知的卜水者。雷平阳似乎更像是一个难以安栖而又尴尬无比的精神"逃亡者"，他不断被现实强大的尘埃掩埋，又不断从其中挣扎出来。他在痛苦而虚妄地寻求已经远离这个时代的最为原始、最为本真的血缘和语言。雷平阳在长诗《春风祷》以及同时期的创作中不断将诗歌置放在荒草、山林以及旷野之中。在此，雷平阳进行的不能不是一种隐喻式的寓言化写作。他只能用诗歌重新找回一种秩序。而这找回的过程无异于竹篮打水、痴人说梦。尤其是"旷野"("荒野")在这首长诗中不断累积叠加。在俗世的谷底(包括人尘、旧城、山寨、村落、兵工厂、屠宰场、殡仪馆)和精神的山顶(注意其长诗中不断出现的寺庙、尼姑庵、高山、山峰、山顶、雪山以及雪山小屋)之间诗人不断折返。

雷平阳在诗歌中不断抬高精神的高度，最终个体想象视域中的神学景观就诞生了。雷平阳诗歌的精神景观让我想到的却是当年的海子。不是海子的那些长诗，而是他的一些代表性的抒情短诗。当海子在诗歌中提前目睹了一个时代结束的时候，他选择了最终的离开。而雷平阳在面对一个时代行将结束的时候，他选择了在诗歌中直接面对。他的诗歌中出现了类似海子体验式的句子"村庄在尽头，房屋在尽头，粮仓在尽头 / 语言和情爱，在尽头，儿孙在尽头"。正如诗人所说，诗歌不是修辞练习，而是精神淬炼的大火。尽管雷平阳试图一次次建立起精神的秩序，但是他面对的则是一个个锋利的碎片。在这个时代，已经没有任何人能够将这些碎片捡拾并拼接成一个整体了。所以，雷平阳越是努力就越是失败。可叹的西绪弗斯！现实当中的雷平阳用世俗的生活和饮酒、喝茶、写字一定程度上冲淡了海子式的精神决绝与自戕的冲动。尽管雷平阳的诗歌充满了自啮、反讽、救赎，但是他能够在诗歌中找到那些与现实生活榫接的点。当雷平阳的祷辞式的诗歌写作不仅生发于现实场域的直接碰撞，而且还来自于个人化想象力前提下的历史空间时，二者碰撞和龃龉出来的除了卑悯和自剖之外不能不是悲痛而荒诞的，“一种反向的文明，被培育，被倡导 / 贴着地皮，翻卷着，无边无际 / 高僧不诵经，入屠门，喝生猪血 / 娶肥臀女子为妻，言必半生虚度 / 一定要从头活一次。农夫不种地 / 田边地角，听广播，读报纸 / 喊口号，赛诗词，坐地日行八万里 / ——我们为此祈求吧”。诗人能够做到的就是在夤夜的静寂中将燃烧的火焰抵在胸口上。当任何人企图测量一个时代的精神地形，他都应该为此付出难以想象的努力和痛苦。时间的历史性呈现以及时间的断裂性体验从来没有像今天这样显豁，“我有过一个苍老的邻居，把很多钟表 / 埋进土里，或放入草丛，或装进红色的 / 小木匣，投入溪水”。雷平阳在长诗《春风祷》以及其他诗作中完成的“还原”工作非常重要。这种“还原”体现为对词语与事物之间惯常意义上的能指与所指之间关系的重新观照甚至祛除。诗人由此直接呈现和打开了词语与事物之间最为本质和原生的体验性关联。当雷平阳将时间体验还原为中国现实的精神性过程，那么他所要做的除了呈现之外还有更难的工作要完成。他不仅要做类似于加法的工作——不断添加那些有精神势能之物的重量，而且还必须进行减法式的去除、摘除、剔除——去除那些时代的赘余和肮脏的部位。但是结果是否如诗人所愿呢？“我在药丸中，加入过闪电、鸟鸣、黄金 / 寺庙的香灰和经卷的粉末，还在药罐旁边 / 摆放了一面蓄满阳光的镜子，也难以改变 / 药丸的品质。它们的黑，总是无力剔除 / 有一次，我在白天煎药，一只乌鸦飞过 / 它的影子，漆黑，一闪便下落不明 / 空荡荡的山，为此陷入心理上的 / 不可救药的黑暗，孤绝，暗疾流传”。

诗人所目睹的“时代风景”更多已经变形并且被修改甚至芟除。

"真实之物"不仅不可预期而且虚无、滑稽、怪诞、分裂、震惊体验一次次向诗人袭来。虚无的诗人已经开始失重并且给时代巨大的离心力甩向无地。在此时代情势之下诗人的"祷辞"就只能是一种虚无体验的无奈验证之举。诗人在为那些消失和正在消失之物以及空间祈祷,也不能不对那些现代性和城市化时代的现实之物抱以"不解"和警惕。当雷平阳不断处于世俗经验的涡旋和形而上空间的挣扎过程之中时,那些高蹈就获得了以生命体验为基座的可靠支撑。而在当代中国的文学写作中企图当一个历史主义者和有机型的知识分子显然难度更大。包括雷平阳的这首长诗《春风祷》在内,我都不得不重复我几年前所说的一句话:中国的诗歌美学很难和社会学和伦理学剥离开来。这是悖论,更是必然。但是诗人也必须时刻提请自己——诗歌对公共性话题的介入和发声必须是建立于个体主体性和诗歌本体意义上的。换言之,应该是个人前提下的公共性。

《春风祷》这首长诗的片段化的叙事性和戏剧化手段也值得注意。而在频繁的时空转换以及历史和现实相交接的缝隙和孔洞里,我不断与诗人留下的空白、喘息、哭泣、失声、沉默、死寂和寒噤相遇。让我们看看诗歌中出现的那些弱小卑微之物的命运这一切就知晓了——昆虫、小蚂蚁、身份不明的蛹、梦境中的马。雷平阳的诗人形象是呓语者、挖药者、祈祷者、流亡者、彷徨者、信使、土司。这一起构成了长诗《春风祷》中复合体的诗人形象。但是他们都已经对于重建一种空间和秩序无能为力。咀嚼草根的诗人,胃中必然有难以消化的暗疾。

在当下,诗歌的写作旨趣已经与几十年前的民国乃至古代有了天壤之别。当诗人从篡改得面目全非的现实世界中艰难地抬起头来,他所看到的山水、亲族、星光、波浪、柳丝和鹭鸶都只能是一种遥远的古典旧梦——"我一生最大的梦想"——"可以 / 狂热信仰太阳和山水,信仰父亲和母亲…… / 老之将至,在水边,筑一条长廊 / 扶着栏杆,细数江上的波浪、星光和柳丝 / 鹭鸶飞来三两只,搅乱了方寸,但不惊慌 / 从头再数,江上的波浪、星光和柳丝"。

痴人说梦,天方夜谭!而梦想将尽,诗人又情何以堪?

第四节 "中年智齿"与"第十一个指头"

这是2013年七月的北京，刚刚过大暑。我带着刚刚打印好的还留有余温的汤养宗的诗歌与一位从南方来的诗人挚友前往一个远郊的场所。车子正艰难地穿过繁扰的北京街道，而车窗和诗歌暂时隔开了这个无比熟悉又无比疏离的城市。面对着汤养宗这样一位着力诗歌多年的重要诗人，我说出的只能是个人的零碎观感。

在京郊的暑热中我与汤养宗第一次谋面。他缭绕过来的香烟的雾缕增加了胜似夏天的烘烤。而我也得以在接下来的日子通过这位有着"立字为据"使命般的诗人感受其"见字如面"的真切与文字的体温。

一、智性的"中年"

"中年"的汤养宗长着一颗诗歌的"智齿"。

这颗带有不合时宜色彩且带有寓言性质的"智齿"打开了诗人特殊的精神脾性。正如诗人自己所说——"我写下的字 / 已看住我的脾气"。

这个时代已经没有一个"绝对的词"能够获得共识与认可度。在一个诗歌写作和评论全面放开又丧失了公信力、辨识度的全媒体时代，我们迎面相撞或者需要解决的事物是如此乱花迷眼。这使得更多的诗人将视角转向日常化的当下境遇以及内心渊薮。他们极其认真、精细、彻底甚至不留半点情面的自我挖掘与自审意识使得诗歌带有了深深的个人精神的印记。与此同时这还不够！诗人在一个全面拆毁又看似奔跑向前的时代还必须在那些时代的"废弃之物"上重新发现暧昧而隐秘的历史和当下的榫接点。说实在话，新世纪以来中国诗坛众多的诗人形象是极其模糊和暧昧的。在精神事实和词语现实当中我们能够反观新世纪以来诗歌写作远非轻松的一面。对于地方性知识和废弃、弃置之物的寻找实则正是重返自我的过程，而吊诡的是众多的诗人都集体加入到新时代的合唱当中去——他们企图扮演文化精英、意见领袖、屌丝代言、全球化分子、自我幻觉、中产趣味、底层伦理、政治波普和江湖游勇。他们在不自觉当中充当了布鲁姆所不屑的“业余的社会政治家、半吊子社会学家、不胜任的人类学家、平庸的哲学家以及武断的文化史家”。

我在近年来汤养宗的诗歌中首先感受到的是“经验书写”的精神势能以及由此而生发出来的“诗人形象”。

由汤养宗诗歌的“经验书写”我想到的是其与“事物之诗”之间的关系。在90年代以来的叙事诗学和戏剧性现实的双重影响下，更多的诗人以超强的“细节”和“叙述”能力对身边的“事物”予以绘声绘色又煞有介事的抒写。这样的写作好处可能就是内心找到了客观或虚拟的物象予以对应，其缺陷则是导致了过于贴近原生景观和社会百态的仿写和拟真化写作的泛滥。与此同时，这种黏稠的缺乏了性情观照和超拔想象力提升的写作方式正在成为新世纪以来的诗歌“美学”。而汤养宗近年的诗歌则很少有这种“事物之诗”的冲动，恰恰相反，他在反方向中走向了智性探险意义上的“迷人的深渊”。

在他那些大量的自陈、内观、寓言质地又具有深层的与经验和“个人现实感”发生关联的诗歌话语方式正在构成他整体诗人形象中最值得探究的部分。汤养宗无异于在“更高的悬崖那里”寻找一种与危险同在的语言方式、精神体操以及带有一定形而上意味的思想平衡术的操练。正如开篇的《悬崖上的人》一样，那黑暗中森森陡立的悬崖以及崖边倒立、腾空翻的“修习者”的勇气、冒犯、自毁的冲动都得以让我们遥想到历史和现实空间里那些互文性的文本与精神探险者们绷紧的面影。这种写作精神在《立字为据》一诗中有着继续的延伸，“我立字，相当于老虎在自己的背上立下斑纹 / 苦命的黄金，照耀了山林，也担当着被射杀的惊险”。文字的立法者，精神的修习者，这样的精神图景已经在当代汉语诗歌景观中久违了。而我想，这正是多年来汤养宗诗歌修习的一个恰切的精神图景与内心提请的个人寓言。对于很多“资深”写作者而言，写作的“危险性”与语言的“冒犯精神”显然多少成了惯性中被忽视的部分。更多的诗人是作茧自缚而非化蛹成蝶。

汤养宗近期的诗歌越来越叠加出一个"中年写作者"的身体和精神的双重焦虑的映像。《光阴谣》等关涉时间之诗已然不是舒缓可人的谣曲，而是一变为巨大的空无和日常图景中百无聊赖的"忙碌"之间的精神往返与尴尬无地的状态。尽管中年的暮色刚刚拉开帷幕，但是诗人却提前领受了无尽寒意——"赦令终于要传来，棺木也早已有人在打造 / 这是我早就准备好的问题：我终于等到要被谁吃掉"。在诗人的两边同时响起两种声音：一个是提醒不断精神向上的先知，一个则是不断拉坠到毫无意义又漏洞百出且欣然领命的人世之声。然而诗人正处于两个声部的长久的拉锯战中，而两个声音任何一个的放弃都可能使得诗人的精神存在产生偏激性的爆炸和自我摧毁。耽溺于精神幻想和沉湎于日常犬马显然本质上是同一条道路。正是由于对生命诗学和诗歌美学的长久思忖，汤养宗的诗歌中一直容量了向上和向下的两条路径。它们经常缠绕和撕扯、扭结在一起，你已经无法将它们剥离开来分别审视，比如《黑蜘蛛》。因为作为一个生存的个体以及写作中逐渐形成的"诗人形象"而言，他们都是一个充满了基色和变数的复合体。

二、"真实"的修辞与身体感知

值得注意的是在"中年之暮"里诗人以忧悒和无奈甚至戏谑的方式在诗歌中不断出现和叠加着互文意义上的"身体性修辞"。《光阴谣》《一把光阴》《向时间致敬》《戏剧版》《春慵好睡帖》等这样的修辞方式更为真切、直接、可靠和带有体温地呈现了某种意义上的生命诗学。就汤养宗诗歌中的"身体空间"，我们先来做个统计学的尝试！无论是"壮年的身体"、"身子"、"身体"、"一堆肉"、"大大方方的情欲"、"燃烧的嘴唇"、"颤抖的双唇"、"牙齿"、"小腹"、"胯下"、"睾丸"，还是不断出现的"手"、"双掌"、"手指"、"指头"、"十指头"、"十个指尖"、"十个指尖"、"第十一只手指"、"第十一个指头"（"十指连心"？）都回应了写作精神的一个本源性的焦虑和冲动——身体。"道成肉身"成了常识，而具体到汤养宗的诗歌而言则是"诗成肉身"。至于汤养宗诗歌还时时呈现的"羽毛"和"飞翔的欲望"也必然是诗人在俗世生活中自我精神提升的一种方式。这种“向上”的个体精神乌托邦的力量在他多年的诗歌中一直存在，带有秉性难移的“执拗”。这体现在诗歌技艺上也是如此。汤养宗的这种拒绝了大多数读者的“精英”式的写作方式无可厚非，当然他近年的诗歌写作在这一方面也做出了适度的调整与校正。汤养宗诗歌中的这种自我戏谑的方式实则也是作为一种提请乌合之众的有效手段，比如“因为经历过真正的男盗女娼，/ 面对市井上奔走的男女，已经看也不看”这样的“自我贬损”或“自我诋毁”的叙述姿态很少有诗人能够做到。因为更多的诗人是有意识地在诗歌文本中塑造一个完美、高尚和纯净的诗人形象。然而这样看起来无懈可击的诗人形象是极其脆弱和可怕的，因为这种带有强烈的伦理化甚至道德感的自我美化无形中不仅会障人眼目，而且还会使得道德化的倾向影响到某种文人传统和写作惯性。而汤养宗的诗人形象是真实的，这来自于他不断的向内心渊薮的挖掘与探问。里面有光芒也有阴影，里面有纯净也有秽渍，里面有贪念也有释然，里面有情欲也有克制。如此对立的身体和内心正是真正意义上的产生可靠性诗歌话语方式的有力保证。所以，当汤养宗的诗歌中出现“神经兮兮”、“情欲”、“病人”以及“刺目而庄严的光芒”等这些伦理学意义上对立并指的词时，一种“真实的诗学”已经诞生。

诗歌写到汤养宗这样的年龄必然会滋生出写作的焦虑感，这在其《试着在三十年后读到一首汤养宗的旧作》中有着代表性的体现。“三十年后”，时间无情地砥砺和销蚀是如此可怕而不可思议。这种焦虑既是对时光的追忆和已逝的曾经的自我的扼腕，也是对不同时间节点上不同的“诗人自我”、情感状态以及语言和“手艺”的再次打量与拷问。

写诗有时候也不得不“以毒攻毒”，亦如做人——“明知道自己有一肚子毒水，却就是不能了结了自己”，“暗中提鞋，边上放尿”。当“和尚”口中的穿肠酒肉与“常人”嘴里的豆腐和白菜无异，当“毒药又变成清茶”，这显然是大境界。而对于汤养宗诗歌而言，不可吞食但不能缺少的月光和腋窝也满布芳香的少妇般的欲望同样是必备之物。汤养宗不断将一个极其复杂又一以贯之的矛盾的个体推搡出来。他会抽取身体的某个部位或空间，或者将一些物件填充到体内，让这些多余和必备之物互相较量和博弈。这个在诗歌中长着“十一只手指”的人必然是一个在诗歌趣味和思想禁区的反常规者，冒犯者，忤逆者。这种特殊而悖论性的精神脾性使得汤养宗的诗歌会同时出现《我们原始的姿势》和《一个人大摆宴席》这样的两个方向的极端文本。汤养宗诗歌写作中所呈现的诗歌技艺以及话语方式是不乏现代性以及一定先锋精神的实验性的，但是可贵的是他的诗歌也呈现了向古典诗学传统和文人精神致敬和追挽的方式，比如《岁末，读闲书，闲录一段某典狱官训示》《元月十六日与胡屏辉等啖狗肉，归时遇小区母狗躲闪，札记》《过半百岁又长智牙帖》《辛卯端午不读屈原读李白》《春慵好睡帖》等诗。这样的诗歌形制很容易一不小心就堕入前人后尘而遮掩诗人的“现代”个性，而汤养宗的这些诗歌却是时时贴近现世精神和个人体验与想象方式的。其中最令人叫绝称快的是《元月十六日与胡屏辉等啖狗肉，归时遇小区母狗躲闪，札记》：“清明，小雨 / 从父母墓地上返回，脸上无端地被溅到 / 两滴来历不明的血水 / 我有大缪已无力祛除，也有小恶不能藏匿 / 元月十六日夜，有深山带来的一腿狗肉 / 有一帮男女对酒言欢的大餐 / 回来时亲密的小区母狗见我便远远躲开 / 我知道有另个死魂灵已被看见，隔着皮肤 / 是这一个与那一个。我问：你躲什么？被问的还有 / 三十年前小城的一桩真事：警长天生斜眼 / 小偷想溜，警长说我长有火眼金睛 / 看你时就是不看你，不看你时我偏看到了你 / 谁知道，在看到与没看到之间，他以什么为依据”。这首诗真正做到了极致状态的诗歌“第三只眼”。无论是诗歌的结构和肌质、个体的精神状态还是似真亦幻的寓言白日梦的氛围和及吊诡的现实感景观的介入，这首诗都足以堪称近年来诗坛少有的优异之作。汤养宗的诗歌不乏当下体验且具有现实感和寓言性混成的质地以及个人化的历史想象能力——“好像几个朝代终于合在一起做相同的事 / 那些不是花的东西正发出花开的声音”。当然个人化的历史想象力也要有个限度，比如《西施》这样的诗会让人会心一笑并且有阅读的快感，其中也不乏就此提升拓展开的具有历史感寓意的空间，但是未免会有个体想象过度膨胀所导致的“失态”甚至某种程度上的“油滑”——“‘在我的身体里，吴国和越国不过是两条阴茎。’/‘这是个好比喻。那么以你的感受，谁更坚挺与泼皮些。’/‘面对敌我两种关系，你是否也激荡过类似偷情的欢愉？’”

汤养宗诗歌中的互文性值得关注。

其中“竹篮打水”、“在一条无名河上洗炭”、“跑来跑去的一棵树”、“第十一个指头”的反复出现正凸显了诗人内心主导性的精神图景。无用、徒劳是人生常态，而这也是希绪弗斯式的命题。徒劳无益是常识，但是到了汤养宗的诗歌中则是“徒劳”的命运和精神缩影亦成为一种“有益”和“有效”的话语方式。汤养宗的自我探问和精神挖掘方式让我不由想到的是鲁迅的《墓碣文》那样透彻骨髓又无比洞彻了虚无和生死的颤栗性文字——“于浩歌狂热之际中寒；于天上看见深渊。于一切眼上看见无所有；于无所希望中得救。……抉心自食，欲知本味。创痛酷烈，本味何能知？痛定之后，徐徐食之。然其心已陈旧，本味又何由知？”

正是在诸多的矛盾体共生搅拌所形成的漩流里，在被毒蛇缠身的寒冷、无望和颤栗中，汤养宗诗歌以自剖、省思、内观的方式对时间和存在的命题进行了当代诗人少有的决绝与犹疑并存的分裂式的抒写与呼应。面对这颗“中年智齿”，诗人是选择拔掉还是让它继续发挥“特殊癖性”的命运？我想到的还是那个长着“第十一个手指”在悬崖边练习危险的倒立、翻腾术和平衡术的“不合常理”的人——如此触目惊心、唏嘘感怀又有不可思议的僭越者一样的坦然、胆量和冒犯精神。

第五节　夤夜的拨火者与“乡愁”地理学

尽管“70后”一代人的诗歌写作已经有10多年的时间，甚至像江雪这样的“早成”诗人其诗歌写作时间更长，但是我可以肯定地说江雪还一直处于“黑暗期”。也就是说他的诗歌写作一直没有被所谓的“主流”和“学院”所认可。我早在多年前就写过关于江雪的文章，当然那是一篇零碎的随感式的短文。在我的阅读体验中作为同时代的诗人江雪的诗中有一种少有的凛冽和尖锐。江雪诗歌写作的视域、想象的空间、词语命名的力度和个人化的历史想象力都相当突出。我想面对着一个具有相当的代表性和极其强烈个性言说方式的诗人，我们的时代批评家们再次验证了中国当代文学批评的无力和无以置喙的宿疾。从农耕情怀在上个世纪 80 年代的沦落到此后急速推进的工业时代再到城市时代，尽管江雪的诗歌写作一直试图在多元化的路径中进行拓殖，但是他一直存留着一个黑色“乡愁”的见证者和命名者的身份和胎记。江雪在我看来更像是暗夜的举火者，这其间的风暴和难以想象的“冰凉”令人振颤，冰雪无限期地阻挡了朝圣者的小路。他自觉或被动地与现场和历史产生了多层次的精神交叉和不停的摩擦，而冰冷、黑色、虚无、苍凉、疼痛、迷失，无不象征了江雪这一代人在特殊的历史语境下生活史、思想史和诗歌写作史的低沉底色。

蕲北的乡村、孤儿岵、清水河镇、茅山码头、落日下的广场、深南东路、地下隧道、异乡城市的牧羊湖等场景成为江雪诗歌写作地理学上的重要坐标，也成为伤痕累累但又挥之难去的时代“乡愁”。类似于飚猎秋风中迎面而来的药罐的疾病气味却氤氲其间。

诗人在夤夜中拨亮了灰烬中残余的一点火种，而此刻，风正吹来……

一、迎风打开的“药罐”与时代卫生学

江雪是一个不折不扣的发着高烧的时代“乡愁”诗人，而他又以骨刺一般坚硬、疼痛的方式刺向一个时代病困重重的子宫和躯干。

1989 年冬天王家新不断和俄罗斯千里的冰雪，不断在暴风雪和狼群围困的夜晚与帕斯捷尔纳克进行精神对话。北京十二月轰响的泥泞不能不充满黑色和绝望的质地。我们在谈论 90 年代诗歌的时候都是以所谓显豁的转型期的时代作为重要的诗学背景。换言之 90 年代诗歌的诗学意义在很大程度上被指认为归功于一个特殊的时代。而到了1999年之后尤其是进入了一个新的世纪，人们谈论最多的恰恰是时代和文学的娱乐精神，而忽视了一个即使工业化和城市化的时代其写作的难度不仅没有降低反而是同样困难重重的事实。作为更年轻一代的诗人，江雪却极为清醒地认识到更多的诗人和评论者沉溺于个人甚至荒诞的碎片化时代主流美学伦理温柔的天鹅绒般的牢笼之中。据此，安置灵魂的书卷和嘈杂迷乱的日常生活都在交互辩驳中登场，而疾病的气息则占据主导，因为“中国式病人”已经无处不在——“那些穷苦人 / 带病劳作，解决疾病，回到健康中去 / 那些模糊的狂欢者，让我羡慕，可我 / 无法进入他们的轨迹，我不得不离开纷乱的广场 / 学习节省汉语，记忆的香泽 // 必死者就在我们中间。/ 他们的人，他们的声音，铺天盖地 / 在亡灵的带领下，举行一次次幼小的起义 / 一个病中人，在清贫的幕后 / 微笑，歌和哭 / 趁着月光，敞开心灵，把暗淡的星火眺望”（《中国病人》）。

乡村痛苦的游离者，城市边缘的外省者，核心高尚社区的守门人甚至“阳痿”、“痛经”的城市白领、金领、中产者以及地下矿工的风湿病和“卖肉者”小姐们发痒难耐的身体都在发着持续高烧。城市和工业里的“镀金”天空甚至包括农村的一些盲流无业者们都构成了这个时代的病灶。每个人都心事重重地揣着“药罐”，“如果有人熄了灯，在黑暗中摸索彼此的脸 / 我无法隔离，外省的歌手与戏子，在楼下 / 磁湖梦里的悲欢，嚎叫，出卖，人群中夹杂着调酒师的表情 / 像往日一样，把祖国贴在性爱的墙壁上 / 中年记忆，继续沿着它旅行 / 城市的垃圾之歌，进入地下管道 / 以书掩面的人，书生意气的人，置之不理……”（《秋夜闻书》）近期江雪的诗作不断出现这些“疾病”气息的压抑性场景可能也在一定程度上召唤着“中年写作”的开始。到了一定年龄和身体感知的愈益洞悉，诗歌不能不被愈来愈突出的身体问题和感知方式所牵引，“母亲在病中，病在骶脊骨，病在肝胆，病在心脏。祖国在病中，病在骶脊骨，病在肝胆，病在心脏”（《与杨杨书》）。在70后诗人中，江雪所特有的经历、情感经验和思考方式使得他更多地充当了理想主义史的怨愤者的角色。而很多人在青年时代都是愤青，而随着年龄的变化这种带有本能性的愤怒与批判就不断走向了衰竭，而江雪却一直扔下不能和解的白手套。据此，他的诗歌文本不断出现带有来苏水味道的病态场景和浓重的疾病氛围，“如果守林人与夜莺，还有狮子王，构成一部森林卫生学 / 啄木鸟，猫头鹰和蝙蝠侠，就是护士 // 狩猎者永远不会和豪猪站在一边 / 狩猎者不懂得森林卫生学，豪猪也不懂得 // 虚构的森林卫生学，有时多么滑稽 / 动物们就像人类，‘它们的行为具体到做爱中，也不大讲卫生’/ 因此，我怀疑：自然主义者的清洁度”(《森林卫生学》)。病人、疾病、死亡、疼痛成为江雪很多文本的典型症候，而疾病就是人和时代的黑夜状态。他不能不在诗歌中愤怒，甚至已经开始慢慢生病。一定程度上江雪毫不留情地呈现了一个骤然寒冷的时代冰库，每一个读者读来都会为其中的一个个难以避免、纷至沓来的病症不停寒噤。所以从精神和文化的角度来考量，江雪以及其他 70 后一代人的诗歌写作在很多方面都像是在一个发着低烧的时代，以内心波澜不断的抒写在为时代提交着一份扭曲而尴尬的病历表。这些病历共同呈现了一个时代的病症和顽疾，也说出了他们视野中的衰老、占领、死亡和经验价值观的降价、贬值。在这个意义上，诗人喷发郁积的病痛的抒情也成了民族的疾病式寓言。在江雪的很多诗歌中他不无有效而决绝地呈现出 1970 年代人面对的生存黑幕的压力，不断与现实摩擦甚至冲撞，不断在龃龉的现场中发出质疑，并在浮华和肮脏的背后窥到“龌龊”与“不洁”的发现，“戊子年冬，怀杜甫，滴墨成字。曰：苏幕遮，菩萨蛮，满江红，肉蒲团，八声甘州酹江月，水调歌头王孙怨。殊不知，冬日尚有盛开的杜鹃，啼血的杜鹃，在城中荒村，开得正欢，放得正艳，正裸露着自由中的美与死”(《与杨杨书》)。江雪在这里确认了“龌龊”与“不洁”就是世界存在的常态，但也是一个时代的病症和标志。这也因此唤醒了诗人理想化冲动，让诗人渴望能有一个人在内心疾病的深处静静栽种梦想的幼苗，尽管它难以实现，每一点实现都会让一代人付出难以想象的努力与代价。诗人告诉我们在无边的寒冷和死寂中我们缺少的就是那个唤醒我们内心的人，而只有这个人才能让我们的河床有鲜活的水流而不至于在生活的压榨中愈益干竭。这个能唤醒内心的声音正是来自干燥、岁月深处的那个被遗忘的“乡下”，那个任何人都不应该放弃的“精神故乡”。它令人泪流满面正如乡下母亲送到城里的洋葱，它和母亲和记忆合而为一。正是一只黑夜深处抚摸洋葱的那只粗糙的老手在抚慰和拯救我们失魂落魄的麻木内心。剥洋葱的母亲，泪流满面、躬身乡下的母亲，成了患病时代最为沉重的一副良药。时代和成长经历所造成的生活的琐碎、偶然背后的宿命之手和难以挣脱的规训与惩罚都使得江雪的诗歌写作向来呈现出病历性的特征。在他的作品中层出不穷的那些饥饿、性病、呕吐、感冒、神经性过敏症、发烧、偏头痛、咳嗽、肺结核、心绞痛、胃病、盲肠炎、衰竭、囊肿、霍乱、积水、休克、阳痿等都是一个时代共有的疾病和“低烧”状态。这种“低烧”的状态也基本呈现了包括江雪在内的70一代人诗歌的时代特征。虽然这种“低烧”状态并没有使诗人在虚幻的理想乌托邦面前长久的沉坠，反倒使诗人获得一种对抗的勇气。实际上饥饿更是一种严重的时代疾病。作为在成长经历中经受了精神和物质双重饥饿的70后一代人而言，这一代人的诗歌几乎无处不印证了这种“尴尬”和“饥饿”状态。而正是这种“饥饿”和由此而产生的觅食飘荡——在生活、社会、精神中的漂泊和游移——的状态使得江雪不断在纷乱的生存现场中将视野不断投注到那个逝去的年代，实现自我的一种渴望机制。“饥饿”甚至成了70后一代人的墓志铭，“那年春天，妈妈脸上的汗水，泪水 / 还有蕲南的雨水，露水 / 纷纷落入河湾 / 落入像河湾一样饥饿的 / 土地 // 如今，雨中的妈妈消失了 / 她早已跟随 / 饥饿的牛羊，饥饿的时代 / 饥饿的祖国 / 一起进入她们的 / 垂暮之年”(《雨中的妈妈》)。

在一个时代遗留的影像中江雪以其沙哑而尖锐的咳嗽，以各种令人触目惊心的时代病历书镌写着一代人在紧张的工业时代的孤独与不安，但他还是难以形成决定胜利的对抗。江雪在一个个夜晚制造着绝望的“白色药片”，这也曾让我长久地沉浸于诗人的忧郁、舒缓、焦虑、尴尬的病态和“冰”。我们最终看到了一代人的生存就像是黑夜中的一场暗火，在维持着内心的尊严，驱赶着世俗的黑暗却布满了一道道醒目的伤口。那些诗作洞穿了生命的困厄，却打开了梦想的小径上一个又一个荒草丛生、受病而恐怖的深渊与陷阱。诗歌写作作为一个人的内心"宗教"和乌托邦确实具有一定程度的自我"清洁"和对社会进行矫正的功能。但是我们看到的仍旧是无边无际的龌龊、喧嚣、混乱和荒诞。

在理想主义的乡村晚景和不断欲望勃起而精神萎顿的后社会主义时代的夹缝之中，在精神的自我挖掘、奔突和深度沉潜中，江雪发现了时代的沉疴新症也目睹了自己的疾病。沉潜和发现都只能让他更加符合一个近于"孤独的演奏者"的形象。江雪在不断的培养着面对时间、社会、生存和死亡的勇气，在交叉的小径花园中高高地举着内心的灯盏，努力寻找着与时代与理想对话的机会，但这样的机会不是稍纵即逝，就是永远不来。这一代人带着持续发着高烧的额头给时代开出了令人颤悸的病历书。

二、"乡愁"的游动悬崖和搁置的"北方浪漫"

在江雪的诗歌中"乡下"和"城市"一起呈现了一个彷徨尴尬的"异乡"人的面影。江雪一直夹杂在高歌和低吟之间的撕扯之中，在蛮横的城市、公园、过街天桥、地下通道所构造的时代表象中，诗人通过高速旋转的乡下的公鸡、桉树、葵花、白桦、牛羊、粪金龟、失学儿童、乡愁的流浪者和失去土地的"地主"等核心意象凸显了一个正在加速度前进时代和现场的巨大的离心力量，"一群嗷嗷待哺的乡村婴儿——未来，他们将长成 / 一群伟大的旁观主义者"(《乡愁》)。游动悬崖的一侧是"返乡"，另一侧是"离乡"，然而江雪等 70 后诗人既不愿迅速离去又无法彻底地返回过去。那么站在中间的一道细细的不满荆棘的刀锋上，他们到底该如何面对这两股强大的左右而来的力量？如何对待立在刀锋上的那颗火热而尴尬不已的惊颤的心？

历史的场景有时总是如此的相近，黑色的一幕总在不断上演。近 20 年前一位著名诗人的痛苦而惊心的叩问对于 70 后一代诗人的尴尬的时代处境同样适用——是到了，在风中坚持或彻底放弃的时候了，"浮动的祖国，一直在给我们 / 制造巨大的假象，肥胖的春天，甜蜜硕鼠 // 在 机器里筑巢，生日育女，安居乐业 / 流星却飞过屋顶，蚂蚁爬上草尖，穷人捞起湿淋淋的月亮 // 摇摇欲坠的花朵，一阵风 / 才会把它们吹入天空，或者，飞入更幽远的天国"(《春日诗章》)。

当一个个近似于老式的灯盏在返乡的途中被时代工业的飚风一次又一次吹灭的时候，那一只只颤抖的手不能不一次次小心翼翼的点燃。

上个世纪80年代中后期以降，古老温润的农耕庆典在中国不可避免地成了黄昏最后的闪光。理想情怀中大地上那延展不息的本源性依托，在各种死亡事件中被撕裂成一个个碎片，而无限加速的工业列车正在飞速前进。那曾经的一切，那古老乡村土地上的一切都在飞速行驶车辆的后视镜中远去。精神高地上一代人的降旗仪式不可避免地开始了。在这场颇具祭奠意味的仪式与挽歌中，大地、乡村、自然之物，迅速成了一种眷恋式的经验表述和照看的苍白。这一时期的诗歌对失落的农耕情怀的追忆和重新命名与发现的能力已经相当贫乏。在上个世纪80年代甚或90年代的诗歌写作中，仿效海子的"麦子诗"曾大量涌现，但这只不过是拙劣的仿写和近似于孩子组装玩具的游戏。这些仿写使包括"乡村"在内的一些伟大的诗歌元素不是受到了滋养而是受到了戕害。土地、庄稼、乡野的自然意象这些恰恰能够彰显出中国诗人复杂经验和想象力的名词已反过来限制了大部分诗人的想象与再次发现和命名的能力。这种现象直到1990年代后期，70后一代人的诗歌的出现才让这些伟大的乡土诗歌元素得以全新的面目重新苏醒。"麦田"等经典而传统的意象，再次在诗歌中呈现了本真的沉重感和荒芜感。烟草、汗腥、柴禾、泥土、柴门、院落这些典型的乡村事物作为一种切切实实的生活和中国记忆，在70后一代诗人身上再一次得到挖掘和闪烁。即使是他们中的大多数在城市的地下像土拨鼠一样的忙碌，但是他们的那只挖掘的手仍在不断地探向内心的深处，探向遥远的乡村往日。诗歌写作，已经确确实实地成了乡村的挽歌和记忆。在黄昏中，这些孤独的孩子在落寞中注视着乡村事物如轻烟一样渐渐远去，旧日乡村的历史以一种空前紧张、分裂的认识心态，一种古朴的具有雕塑感的诗学方法让它们经过过滤，然后，在显影纸上扩散、显现、放大和定格，为中国农耕时代的黄昏镀上了一层金黄而沉重的诗歌油彩。

江雪把与土地、城市、工业、贫困、挣扎和根性乡情不可分割地融合、纠缠在一起。他拒绝了矫情和伪诗，袪除了一些诗人在所谓私人化写作的无病呻吟和纯诗歌技巧的炫耀与乏力，“在北方，我们找不到田园诗的幸存者 / 动物园里的驯兽师 / 轮番看守天使们的仲夏夜 / 白桦林结构的墓地，闪耀着异乡人脸上的锡光”（《北方浪漫主义》）。

在江雪以及其他代表性的 70 后诗人这里，像“北方”这样的概念已经不再是地理学上的空间概念。他以虔敬的良知排拒着虚假的叙述，在乡村背景上相当细致地呈现出生存景观中所蕴含的戚戚绵思，在广阔的生活空间和想象空间中构筑起一种令人屏息的氛围。在那些已经沾染上时代锈蚀的痕迹和工业化履带的重重碾压下的物象中江雪抒写着个人的成长史。所以，江雪诗歌关于乡村的叙事决非简单的题材处理，绝非为了乡村而乡村的耽溺与幼稚，更非什么“新农村”写作的时代伦理。“田园诗”的幸存者的集体隐匿正有力返观了黑暗的无处不在，也反衬了诗意的情怀在工业时代的荒诞感和虚无感。值得注意的是江雪在具有“本事”色彩的突出叙事特征的《贱金属》中将生活和写作相当契合地进行重叠抒写，呈现了一种惨淡而饱满的色泽，出走与漂泊的无助，“父亲突然问我，手中的杯子保温吧/我说还行，这是贱金属制品，可以保温到下半夜/后来不行，茶水会凉/父亲又问我，有没有可以保温到天亮的杯子/我说有，价格贵，买不起/如果我有这样一个理想的杯子/我的写作/能否坚持到天亮”（《贱金属》）。

乡村在江雪的诗歌谱系中更多是作为连接历史与现实的一个背景或一个个窄仄而昏暗的通道，“爬上清水河公路，就可看到飞跃大坝，神庙的屋顶，炊烟四起 / 红砖小楼夹着土屋，梧桐树中夹着久远年代的水杉和樟木 / 一个中年人在失落中，立在马桥上，向后眺望：/ 牛车，小少妇，健壮的拖拉机手 / 公路边废弃的草场和乡村诊所 / 长长的送葬队伍，穿过清水河公路，进入枫树林 // 尘土飞扬中，生者与死者擦肩而过”（《清水河公路》）。“向后眺望”不能不是包括江雪等 70 后诗人在内的一代人面对乡土的最基本姿态。然而，在工业时代的拖拉机和尘土飞扬的公路上，河流、土屋、树木、牛车、废弃的草场等这一切“沧桑”而“可爱”的乡村元素都成了一个个被追悼的词。

“长长的送葬的队伍”成了乡村的葬歌，成了70后一代人的葬歌。诗人就是在时间面前对历史往事和现场进行命名和探询的人。《清水河公路》中以乡村背景为底色深切地直面了生存和死亡的关系。死亡，这人类个体最终的宿命成为敲打诗人灵魂的暗夜鼓点。

起码对于江雪等70后一代诗人而言，在工业和物质联合作战成为这个时代的图腾而倍受崇拜的后现代语境下，乡村的记忆与抒写就不是一种简单的可有可无的美学趣味，而成了重要的衡量尺度的良知与道德。据此写作与生活的关系或瓜葛在温婉的叙述中呈现出特有的相互打开的宽广而恰切的视域，“打开窗户，月亮在雾中 / 那些虚假的夜莺，在暗哑的枝头 / 作沉思状 / 唱起歌来，一只只可爱的猫头鹰闹钟”（《暗夜》）。江雪对诗歌虔敬的良知心态使其排拒着诗歌的虚假叙述和令人作呕的伪抒情。江雪能在极其微小的自然事物和场景中相当细致地呈现出生存景观的细密纹理以及其中所蕴含的令人戚戚的绵思，“兔子在路上。路旁的小草 / 不再新鲜，有人怀想那是去年的秋风 / 献给仆从的抒情诗 // 这个冬日，一只流浪狗把小草连同兔子一起吃掉 / 来年 / 它们长出不整齐的洁白牙齿”（《伤逝》）。在秋风的吹拂中柔弱而坚韧的根性力量在折射出时间无形力量啃啮的同时更暗含了一种无限向上伸张的情怀。城市和工业的崛起以及由此而引起的乡村的萎缩和疲弱，其实早在20世纪80年代末期就已经开始了，但似乎只有70后一代人对这种“强行”的开始有着天然而本质性的思考与疑问。早在30年前在一本黑色的亡灵书上，乡村就已经开始陷落，而随着巨大的工业推土机的履带一起被碾压的，还有几千年的乡村伦理和农耕道德。在这种措手不及的消失中，乡村的一切事物似乎一下子都接近了黄昏而毗邻黑暗，“八只白蚂蚁抬着沉睡中的亲属 / 沉睡的木头罩子 / 一群白蚂蚁跟在后面 / 穿过漫长的街道，穿过寂寞之城 // 当我的心疲惫不堪时，抬头眺望 / 生活的上空 / 天花板上，巨大的玻璃罩 // 黄昏，我沿着湖边散步 / 一群红色蜻蜓，在空气中飞舞 / 它们在透明的，无色无味的空气中，突然纷纷坠落 / 莫名地撞得遍体鳞伤 // 是啊，还有没有人说/我们的生活，罪孽深重，幸福又无边”（《玻璃罩》）。在渐渐逝去的光芒中，乡村背景下的蚂蚁、落叶、遍体鳞伤的蜻蜓与那个无处不在坚硬的“玻璃罩”——天，也好像突然变成了无处归依的苍凉景观。破碎镜像中坠落的“红蜻蜓”曾让我长时间停留在对当年历史的记忆甚至悼念之中。曾经铺展开来的农田里的棉花和“纯棉”般的农耕情怀和温润古朴的记忆已经被无限崛起的城市景观多取代，只留下无所依存的惆怅与虚空，“棉布的历史 / 顺着老祖母的指间流淌 / 超市里，有人把钢琴和织布机，摆在一起 / 把音乐和乡村经验，摆在一起 / 人们除了购买棉衣 / 还会购买织布机的声音”(《织布机之歌》)。值得注意的是在江雪的诗中有着大量的动物和植物的意象。而这些工业化语境中的曾经令人反复感怀的意象在诗人的世界中更多是经过哲思的过滤和折射，因为这些物象已经沾染上时代的锈蚀的痕迹和工业化履带的重重碾压。江雪的诗歌写作的基点是扎根于个我本真情怀而从不造作，他的诗作的根性是来自于深刻的经验和词语想象空间的多重铸造。因此，他的诗尖锐地楔入了日常生存景像的腹部，他的诗歌声带也是喑哑却又高亢的。江雪的诗歌中设置了大量的戏剧性、荒诞性但同时更具有强大的生存和现场感的场景。在这些苍茫的黑色场景中纷纷登场的人、物和事都承载了巨大的心理能量，更为有力地揭示了最为尴尬、疼痛也最容易被忽视的时代的华美衣服的真实内里，“蕲州城，铺满了水泥，粪金龟无法生存，无法帮助/城里人处理它们的排泄物/还有那些狗粪，猫粪，被滞留在 / 声色飞扬的大街上，那些粪便又会滋养 / 一大批好逸恶劳的苍蝇。// 粪金龟，不光是清水河镇的清道夫，还是 / 像土拨鼠一样的挖土者，它们和农民一起并肩劳动 / 让空气中的氧气，深入大地的皮肤”(《粪金龟》)。“粪金龟”更像是有着乡村生活背景的“70 后”一代人的集体隐喻和生存寓言。在瑟瑟风中，蕲北乡村的卑微甚至荒诞性的反讽存在呈现了一个时代的寒霜与疼痛，“京城，是个寒冷的地方 / 蕲北的乡村，虽然比京城温暖 / 可是冬天一到，北风 / 总会残酷地吹灭，粪金龟生活的 / 每一个村落的灯火”。

江雪在长诗《无伴奏乡村叙事曲》中以个人的视域抒写了乡村的历史和个人的成长史。与时下一些所谓的“新乡土”诗人比较，这首诗没有伪饰的涂抹和虚假的呻吟。全诗在极富象征性的场景设置和个人感怀的具体意象的创设以及情感的抒发上都相当准确而具有感染力，“我只是偶尔梦见／陌生的祖父／迈着乡村的节奏／在山坡羊和水牛出没的地方／抱着小板凳／跳中国式踢踏舞”。当人们普遍陷于工业化和科技理性的官能欣快症，当一些貌似真诚的批判者在浅尝辄止中喷出各种哈气时，真正能够穿透生存的迷雾发现“黑暗中”的疼痛的诗人肯定是弥足珍贵的。但是真正的从乡土本身生发的诗作却无疑在一种伪民间书写中被遮蔽，而江雪的一些关于乡村记忆的诗作如《清水河公路》《在小镇上》《送病中人回故乡》《忆茅山码头》《深南的午后》《河西》却让我重新感受了乡土的力量，一种不可或缺的诗歌元素的苏醒。

我认为江雪在诗歌写作中体现出一种同代人少有的繁复和尖锐。他的一些诗歌文本在对广阔的生活空间和想象空间的细致而深锐的开掘中构筑起一种几乎令人惊悸或窒息的氛围。评价江雪的诗歌我感到了一种难度，这种难度就是面对像江雪这样的诗人，其写作还处于不断的发展变化之中，我的来自于印象的只言片语肯定会有偏颇之嫌。但愿这不会影响江雪的诗歌写作，诗人时时走在自己的路上，甚至永远。遥远而切近的诗歌之途垂青于那些暗夜中的跋涉者，那手中传递过来的漂流瓶言说了诗歌和生存的双重奥义。

第二章　诗歌“现实”境遇的几个面孔

尤其是在莫言获得诺贝尔文学奖之后，围绕着文学与中国现实、本土经验和在场体验的讨论已经成为了近乎“全民性”的行为。这是必要的，但是却不期然中忽视了诗歌话语与“中国现实”的复杂关系，忽视了语言现实和社会现实之间的差异。尽管新世纪以来关于“打工诗歌”、“底层写作”、“草根性”的讨论仍然方兴未艾，但是不仅评论界对这些伦理性的写作缺乏应有的界定和深入认知，而且在这些关涉社会题材之外的更为复杂的诗歌写作现象却多少处于被悬置和漠视的状态。这是一个造梦的时代，中国梦、中产阶级梦、底层噩梦、屌丝逆袭、现实梦、移民梦、全球梦、先锋梦、犬儒梦、城市梦、GDP 梦、地方主义梦、娱乐梦、触屏梦、文艺小清新梦。当下的诗坛正进入一个乱象迷眼的“博物馆时代”。如果说 80 年代喧嚣奔涌的先锋文学运动给批评家以难以置喙的“气闷”的话，当下的文坛尤其是诗歌则真正让批评者和观察家们“失语”。这不仅是一个没有真正文学观念交锋的年代，而且写作者们更加自以为是。那些刚刚把文学外衣穿戴一新的人们都在急于挤到文学的台面上去和博物馆的展台里去。我希望文学能够回到正常的生态里面去，文学本应就是安静的，而现在却是满大街不知疲倦的可劲而卖命的吆喝声。鲁迅在上海曾经揶揄过“一杯热气腾腾的无产阶级的咖啡”，而如今我们在那么多的一研讨会、评奖会和国际文学节上说出的那些话是对文学负责还是对自己负责？我想起当年哈罗德·罗森堡所说的“一代人的标志是时尚，但历史的内容不仅是服装和行话。一个时代的人们不是担起属于他们时代的变革的重负，便是在他的压力下死于荒野”(《荒野之死》)。

第一节 一份青年诗人写作状况的考察报告

在2013年全国青年作家创作会召开前，中国作协创研部对青年诗人的写作做了一次田野调查。这对于了解当下诗坛生态以及年轻写作者的整体状态而言是有重要帮助的。

新世纪以来批评家们一直自信而火热地在各种场合谈论青年诗人的写作状况，尤以对“70后”和“80后”的写作充满批评与不满。另外值得注意的是我在很多批评家那里看到他们在谈论“70后”和“80后”的时候总是在拿小说家说事。那几个零零落落的小说家背后庞大的诗歌群体为什么被忽视了呢？而面对着社会城市化进程以及新媒体空间的开放所导致的新世纪的现实，诗歌写作现象已经乱迷人眼。如果不能耐下心来阅读，如果不小心翼翼地在诗歌纵横交错的田野上进行调查的作业，我们又如何能够对这个时代的诗人和诗歌说话？

一、调研范围、重点以及诗人的基本状况

此次调研除了向中国作协下属的全国各级作协单位发出调查问卷的同时，还向国内的著名诗歌评论家和《诗刊》《人民文学》《星星》《诗潮》《诗林》《诗歌月刊》《绿风》《世界诗人》《中国诗歌》《中国诗人》等专业诗歌刊物以及民间独立出版刊物的主编和编辑进行调查，同时在个人诗集(包括大量的民间出版物)、年度诗歌选本以及各大诗歌网络以及博客上进行搜集。因为以40周岁为年龄限制，所以此次被调研的诗人以“70后”和“80后”为主体。因为“90后”尚处于写作的成长期和黑暗期，所以只有极少数的代表性诗人在此调研范围之内，比如湖北的王芗远。

因为是着眼于全国，所以此次调研着意考察了各个省和自治区的诗歌状况。结果表明，从文学地理学的层面和诗人分布来看，很不均衡。其原因是多方面的，比如经济、文学传统、青年的生存和工作状态等。其中山东、广东、北京、浙江的青年诗人人数是最多的，而内蒙、西藏、新疆的人数是最少的。限于地域，香港和澳门的青年诗人只考察最具代表性的少数诗人。实际上，新世纪以来以"70后"和"80后"为主体的写作群体和数量是非常庞大的。我在拙作《尴尬的一代：中国70后先锋诗歌》中就曾列举了多达几百位的"70后诗人"(包括港澳台)，而"80后"的写作群体也日益壮大。所以必须纠正"诗歌边缘化"和"青年诗人太少"这样偏狭的文学观念和刻板印象。正是基于庞大的青年诗人写作群体，所以此次调研也是有一定的难度的。到目前为止，"70后"和"80后"还没有人获得鲁迅文学奖的诗歌奖，所以主要以如下具有代表性、公信度和权威性的几个诗歌奖和活动作为重点考察和调研的标准：《诗刊社》每年举办的青春诗会，《诗探索》杂志社主办的华文青年诗人奖以及年度诗歌奖，首都师范大学中国诗歌研究中心与《诗探索》合办的驻校诗人(目前已经连续举办10届，影响广泛)，21世纪文学之星丛书的入选者，《人民文学》和《诗刊》《诗选刊》《星星诗刊》的"年度诗歌奖"入选者。同时，除了骏马奖、庄重文文学奖之外的几个重要的诗歌奖，比如甘肃诗歌八骏、徐志摩诗歌奖(中国诗歌学会主办)、闻一多诗歌奖(闻一多基金会、《中国诗歌》主办)、《芳草》诗歌双年奖、"后天"双年文学艺术奖、红高粱诗歌奖、叶红全球女性诗歌奖以及各个省级作协的文学奖获得者，比如柳青文学奖、泰安文学奖等。此外，此次调研尤其对代表性的青年诗人的创作持续性和代表性予以重点考察，尤其对那些新世纪以来一直表现出强大的创造力和持续性的诗人予以关注。凡是在国内已经具有了一定的影响力并且在各种"民间"的诗歌场域下具有了相当代表性的诗人都予以了考察。诗歌的标准是多元化的，当然这种多元化的前提是健康的、活力的、创造性的。

此次调研注重青年女性诗人的比重。在1998年以前，当代女性的写作人数是比较少的。而随着1998年网络新媒体的产生以及文学生态的迅速变化，新世纪以来涌现了大量的青年女性诗人写作群体。这些女性在传统的纸质媒体以及网络、博客等新媒体上充分展现了女性诗歌写作的活力、个性和多元化写作特征。女性诗歌无论是从写作水准还是写作人数以及写作身份的多样性上都成为了新世纪以来激动人心的文学新景观。基于此，此次调研对女性青年写作群体予以了相当的强调和更为严格的筛选。

同时值得注意的是调研的主体是现代汉语新诗的写作者，同时为了真正意义上体现诗歌话语的丰富性，我们也将部分重要的古体诗词和散文诗（近年已经有学者和诗人提出了“大诗”的概念，这一概念包括一般意义上的现代新诗、古诗词、散文诗）以及民谣写作者纳入到此次调研范围中来。

二、青年诗人的写作现象与新世纪诗歌生态

因为此次的调研主要以“70后”和“80后”为主体，所以就必须考察这些青年诗人的写作现象以及与新世纪以来的诗歌生态之间的关系。随着写作空间的开阔以及表达的自由度，这一群体的诗歌写作风格愈益多样化。

最为值得关注的就是网络等新媒体空间与青年诗人写作的关系。

尽管网络不可能改变中国诗歌发展的基本格局，网络也只是作为一种新媒介的方式使得诗歌写作、发表和传播变得愈益快捷和广泛，但是青年诗人与这一媒介之间的关系确实复杂而不可分割。随着新媒体（网络用户2011年已突破5亿）尤其是手机（用户3亿）、博客、微博等自媒体的出现，诗歌生态确实在一定程度上发生了相应的变化。这使得任何人都能够在这些数字化空间里发挥自己的话语权力。但是值得注意的是网络也使得众多更为年轻的诗歌习作者空前缩短了诗歌写作的“黑暗期”和“沉淀期”，他们对诗歌和母语的敬畏心理正在空前淡化。当然并不是说诗歌写作有多么神圣，但是显然诗歌的精英化和知识分子传统正在网络化和平面化的写作语境中遭受到了冲击与挑战。与此同时，网络也使得很多青年写作快餐化、一次性的诗歌写作泛滥。

新世纪十几年来，包括“70后”和“80后”在内的青年诗歌写作从

现象学层面考察，其写作大体出现了三种格局。

其一：更多带有“乡土”生活经验的青年写作者在异地生存和城市化的语境中不断表达对前现代性“乡土中国”的眷念和回溯性的精神视角。这些诗歌大体上带有精神挽歌的性质，我们也可以指认这些青年诗人的“精神乡愁”几乎无处不在。这从提供的诗人的简历和生存状况中可以比较直观地看出，几乎90％以上的青年诗人都存在着“漂泊”的状态和“异乡”体验。换言之，这些青年诗人都是从出生地到另外的工作地，因此他们的写作不能不处于一种尴尬的夹缝和精神困窘之中。与“乡土情结”相应，这些青年诗人对城市的书写范围和能力较之他们更熟悉和钟情的“乡土”而言就显得虚弱而不够宽广和厚实。同时从思想状态和精神维度上，青年诗人又大体对现代性的城市生活抱有集体性的批判和拒绝认同的姿态。

其二：青年写作群体因为各自社会身份、阶层以及精神状态和诗歌观念的差异，其中一部分青年写作者（尤其是近5年出现的诗人）存在着自我沉溺的精神倾向。在这一写作群体中，青年诗人更多沉浸于所谓个体的趣味和日常性的想象之中。这种诗歌只注重个人情感的状态，这些诗歌不具备写作的介入性和“现实能力”。当然，这一类型的诗歌其优势是不断强化了诗歌的个性体验以及自我言说的能力，而其缺陷也是明显的。这种类型的诗歌因为显而易见的自我性、封闭性和非介入性从而使得诗歌的传播和接受的范围过于狭窄。

其三：因为这一青年写作群体社会身份的复杂性，一些带有学院派的知识化写作倾向也随之出现。在“70后”和“80后”中几乎85％都是大学本科学历，其中硕士和博士也不在少数。因为显豁的知识背景，这一群体的写作尤其是在早期都带有知识化的倾向。而这种知识化并非是向古典诗学和现代诗歌传统的学习和致敬，而是大体上对西方现代诗歌的整体学习和不同程度的模仿。这实际上也体现了“90年代”诗歌传统的影响。这种写作在近年来愈益明显的“现实问题”突出的语境之下其局限性是明显的。这种类型的写作因为语言上的欧化和修辞上的过于技巧化，不断丧失了诗歌对“现实”的发现和命名能力。换言之，这种类型的诗歌更多是“不及物”的非本土化状态。

三、青年诗人存在的问题、困境与建议

当我们深入阅读各种刊物和博客、微博上的诗歌,我们会发现青年诗人写作业存在着不小的问题以及不可回避的困境。

青年诗人的写作普遍缺乏持续性和方向性。更多的诗人在短时间内集中发表作品并在诗坛引起一定的影响,但很快就偃旗息鼓,写作宣告终止。这种持续性的缺乏一则印证了当下写作者知识分子身份的缺失,再有就是呈现了写作的不自觉状态。而方向性的缺失正是青年诗人写作群体写作盲目、凌乱、碎片、不成体系的集体症候。其中的一个极端现象就是诗人普遍存在的“懒散”状态。换言之他们已经逐渐或正在丧失诗歌言说的能力。好像已经没有任何事物能够刺激他们的神经和内心,他们只是为了写作而写作,为了语言而语言,为了表达而表达。这些文本充斥大量援引和贩卖式的“知识”和“引文”。这种类型的诗歌写作已经偏离了诗歌的“别才”本源,而成为了知识的套用。另一个极端现象就是仍然有数量惊人的诗歌指向了所谓的社会现实和敏感事件,高铁事故、乡村悲剧、留守儿童、工厂血泪、就业无门、讨薪无果、中产麻木、社会不公成为他们诗歌中频频造访的主题。这些诗歌中优秀之作稀少,更多是带有“仿真性”的新闻播报体和打油诗的廉价替代品。由此,就新世纪以来的中国诗坛,我们看到了很多的青年诗人成了旅游见闻者、红包写作者、流行吹鼓手、新闻报道者、娱乐花边偷窥者、“痛苦”表演者、国际化的“土鳖”分子、翻译体的贩卖者、自我抚慰者、犬儒主义者、鸵鸟哲学崇拜者、征文写作者。话说回来,我们的诗人学会了抱怨,也学会了撒娇,学会了演戏,学会了波普,但是就是没有学会“诗人”的“良知”。

新世纪以来青年写作群体中存在着不断泛滥的“乡土写作”、“现实写作”、“地方写作”、“伦理化写作”以及被误解的“个人性”、“日常化”、“本土化”以及“诗歌与现实”的关系问题。新世纪以降诗歌的题材问题尤其是农村、底层、打工、弱势群体作为一种主导性的道德优势题材已经成为了公共现象。在这种情境之下由诗歌中的“现实性”和“想象性”的精神事实我们可以通过一种特殊化的方式来观察和反

观中国现实的历史和当下的诸多关联。然而可笑和可怕的是很多的青年写作者已经丧失了同时关注历史和当下的能力。换言之在他们“进化论”的论调里历史早已经远离了现实。

“日常性”、“个人性”以及“叙事性”成为诗歌美学的主导。

在新世纪的诗歌写作中写作者、评论者和阅读者几乎已经达成了一个共识，这就是“日常性”、“个人性”和“叙事性”成为了十多年来诗歌写作的检验标签和“合格”证明。实际上所谓“个人性”无非就是强烈诗歌写作的不能被共约与弥合的“个性”特征。不管在何种程度上谈论这一时期诗歌写作中的个人化、个性化特征，这对于反拨以往诗歌写作强烈的意识形态性和写作技法的狭隘性而言其意义已不必多说。但是反过来当个性化和日常题材逐渐被极端化、狭隘化并成为唯一的潮流和时尚的时候，无形中诗歌写作的个性化和多元化就带有了矫枉过正的特征。当“个人性”、“叙事性”、“日常性”诗歌大旗铺天盖地大面积涌起的时候，无数个诗歌写作的个体实际上已经不约而同地沦为毫无个性可言的集体化行动。很大程度上被庸俗化和窄化的“个人性”排斥了诗歌写作的共性特征、整体意识、历史感和形而上精神的探询，甚至个人性还排斥了诗歌的本土和优异的古典诗歌传统(尤其是在诗歌精神和诗人经验层面)。而诗歌的叙事性则不断排斥了诗歌的抒情性，甚至诗歌的抒情和浪漫化在很多人那里被视为小儿科的游戏。我们注意到当普泛的叙事性和日常经验为诗人和研究者所津津乐道的话题，诗歌的“个性化”风格却恰恰在这一点上获得了共生性和集体性。写作者尤其是青年写作者应该认识到“日常经验”的负面效应并报之以警惕。确实“日常经验”在使诗歌写作拥有强大的“胃”成为容留的诗歌的同时也成为一种巨大的漩涡，一种泛滥的无深度的影像仿写开始弥漫。

通过以上种种问题，我们的青年诗人写作状态尽管整体上多元而富有活力，但是其中存在的问题也是不容忽视的。尽管我们可以说当下的诗歌生态整体上比较健康，但是对于这些出现的问题我想青年诗人一定要注意的问题是要明确诗歌的功用以及写作所需要的基本能力。不管诗歌是个人情感的表达还是对社会事件和敏感问题的批判其前提就是不能忽视诗歌的本体性以及语言的要求，不能忽视了个人化的历史想象能力的重要性。诗人尤其在处理现实和当下题材的时候，一定要追问一首诗和一个热点新闻和话题之间的区别是什么？当下的青年诗人还普遍缺乏以诗歌的方式认识和命名当下愈益复杂和吊诡的社会现实的能力。还有很多的“地方”、“命运”和“社会现实”处于黑暗之中，需要诗人用语言和良知把它们提取出来。青年诗人的生活范围还比较狭窄，真正接触更为广阔也更为陌生的社会现实的机会并不多。诗人应该到那些热闹和偏远的地方去进行勘探和田野考察，只有这样才能使得诗歌既是个人的，又是时代的。

第二节　诗歌不只是为了“疼痛”和“苦难”

“打工诗歌”已经成为新世纪以来重要的文学概念，而围绕这一概念的聚讼纷纭的讨论也凸显了文学与社会学之间极其复杂而难解的关系。尤其是打工大省广东已经在近些年的文化合力的推动下成为了“打工文学大省”。实际上“打工诗歌”这一概念确实有很多值得商榷之处。搁置概念和争吵，具体看看相关诗人的写作可能有些问题就会迎刃而解了。从南充来广东打工的80后郑小琼在底层和打工文学的热潮中已经成为了代表性人物。人们几乎是共识度极高地给她套上了“打工诗人”的马甲。而近年来郑小琼的诗歌写作越来越复杂和多变，希望人们见到郑小琼的时候不要再鲁莽地再叫她——“嘿，打工诗人！”

一、沧桑而吊诡的词：散落在机台上的诗

谈论郑小琼的诗歌是困难的，因为在相应的语境下（甚至有作家认为这是一个新的“普罗文学”的时代）这会不可避免地与时代语境以及非诗的力量纠结在一起。我与郑小琼的交往更多的是短信和电子邮件，在近年的几次见面中我感受到的生活当中的郑小琼是非常朴实和活泼开朗的。记得有一年郑小琼到北京北三环路边的老故事

餐吧领取“宇龙诗歌奖”的时候我本想上前和她打招呼,但是围拢着她的黑压压的人群和不时闪烁的镁光灯让我看到了这种场合下的交流是有些多余的。当我 2012 年在深圳“第一朗读者”活动上再次见到郑小琼的时候,我惊讶的是她几乎没有任何改变。我相信是诗歌使得她维持了一种可贵的性格和精神质素。可贵的是郑小琼在日常生活和诗歌精神上保持了某种纯粹性,“一直以来,我都认为自己是一个懦弱者,一个永远在忏悔中生活的耻辱者,当我自己接触的人与事越来越多的时候,这种感觉就越来越深。很多时候,我只有选择逃避,将自己禁锢在一个狭小的范围,我宁愿将自己自闭起来,让这种忏悔与耻辱不断地折磨。面对现实中的种种,我不敢站出来,也不敢说出来,选择了做一个‘成熟’的沉默者,正是这种‘成熟’,让我对自己感到越来越憎恨。我一直以为写作者首先是一个理想主义者,他所坚持的部分在现实看来也许有些荒诞,但是正是这种荒诞还保持着一种没有被异化的纯粹。”(《在荒诞中保持纯粹》)

郑小琼的诗歌写作是从 2001 年开始的,而新世纪诗歌写作所面临的问题并不比以往要少。我们不能不发出这样的疑问:在一切都可能成为消费品和“娱乐至死”的全球化语境里我们该如何进行真正的诗歌写作?当我们的思想被主流诗歌话语再一次集体“征用”和“消费”的时候我们该如何处理词与物、诗人和现实的关系?由此在政治、现实、情感甚至底层命运和乡村苦难都成了“消费”对象的今天,我们来谈论郑小琼的诗歌写作其难度是可想而知的。可以肯定地说在很大程度上我们低估了我们目前所处时代的现实难度和写作难度。我们不约而同的认为这是一个已经完全摆脱了政治和意识形态的商业化、消费主义化的开放、自由和个性的写作时代。但是无限加速度前进的商业、城市化和工业化的列车并没有降低写作的难度和思想的深度,只是我们过于迷信和乐观于时间的进步论神话。而事实上任何一个时代都会给写作者制作出种种难度和困境,政治年代如此,经济年代同样如此。当 1972 年冬天北岛把偷偷写好的《你好,百花山》给父亲看的时候遭到了父亲的不解和反对。而当政治年代早已远去,在 2009 年 11 月 12 日北京罕见的大雪中,在第二届中坤国际诗歌奖颁奖典礼上北岛在受奖词中表达了对全球化语境下诗歌写作的难度与危机，“四十年后的今天，汉语诗歌再度危机四伏。由于商业化与体制化合围的铜墙铁壁，由于全球化导致地方性差异的消失，由于新媒体所带来的新洗脑方式，汉语在解放的狂欢中耗尽能量而走向衰竭”。

郑小琼在这个时代显然成了一个标志或者象征。她的个人博客“独自浅唱”的首页上曾经写着：“主要业务：台湾 TOSG 丝攻、铣刀、螺纹塞规、搓丝板、滚丝轮、OCC 圆车刀、日本 OSG 丝攻……”郑小琼有一篇文章叫做《打工诗歌并非我的全部》，而可悲的是当下的诗人、读者和评论家们似乎忘却了诗人的自陈。今天当人们谈论郑小琼和她的诗歌时，人们会立刻想起两个关键词——“80 后”和打工诗人。郑小琼的诗歌写作从 2001 年开始，但是短短的几年时间内郑小琼无论是在所谓的体制内还是在“民间”经济文化体中都获得了如此众多的赞誉甚至追捧，各种诗歌奖和文学奖也都如此热衷地垂青于她。如今郑小琼也由曾经打工的工厂转到了广东文联成为《作品》的文学编辑和专业作家。郑小琼在一定程度上是幸运的，是诗歌改变了她的命运。或者也可以说她的命运改变了诗歌。如今，人们似乎已经达成了这样一个共识——郑小琼是打工诗人的代表。而她诗歌中“铁”、“机器”、“厂区 ”和“断指”的深度意象以及“痛苦”、“泪水”似乎成了人们说到打工诗歌和底层诗歌的一个时髦却吊诡的悖论重重的“标签”。显然，无论是作为一个“80 后”诗人的代表，还是作为打工或底层写作的代表，郑小琼无疑成了一个被“体制”化了的诗人。换言之郑小琼在一个写作效应和写作方向越来越涣散的时代却获得了凝聚式的空前认同。甚至一定程度上她的身份成了一个具有强烈社会学意义的象征符号，她的诗歌也成了后社会主义时代的国家寓言。如此令人吊诡的现象似乎正呈现了这个在媒体越来越发达、写作越来越“自由”的时代背后仍然存在着一个强大的评价和流通机制。这一机制最为关键的组成部分就是时代伦理和“主流”美学的驱动。新世纪以来在包括诗歌在内的所有文学评论和文学奖的评选中，题材(写什么)作为文学和时代的双重伦理已成了时下的圭臬和衡量的标尺。强大的时代伦理的规范令人反讽地看到几十年前中国大地在政治风云中文学尴尬和荒诞宿命的重新上演。那么作为一个极具代表性的诗歌写作个案和急需厘清的时代伦理甚至社会学的切片，郑小琼带给整个中国文学的意义是什么？或者说在主流型的文学传播和接受机制中我们接受和生产了一个怎样的“郑小琼”？可悲、可笑的是在看似多元化的写作和传播机制中郑小琼却被呈现出一个刻板印象，或者说我们目前所看到和所接受的只是郑小琼的一个侧影。而诗人的全貌却仍然被消隐在深不可测的黑暗之中。

几乎所有的诗歌选本、报刊媒体和批评文章都给郑小琼挂上了一个时髦的牌子——底层写作、打工诗人。确实如果我们从郑小琼的社会身份、阶层归属和其诗歌文本综合层面考量，郑小琼确实很容易被纳入到底层、打工和草根、弱势群体上来。从 2001 年开始郑小琼的诗歌确实和打工产生了如此不可分割的关系，她的第一首诗歌就是写于打工期间并且当时是手指甲盖受伤。把她归入目前流行的甚至占有了强大话语权力的“打工诗歌”中也未尝不可，但是我们却忽略了一个重要的事实，甚至包括郑小琼本人在内也曾强调外界不要将她简单归结为一个打工者在写打工的诗歌。如果说当一个时代伦理性诉求越来越强烈，某种题材的写作方向在时代和文学的诸多合力中，在更为广泛的读者和民众中间产生越来越多的偶像性效应的时候，这种与时代伦理暗合或主动迎合的主流写作提供给诗歌史的是什么呢？

历史已经证明，一百年来的中国新文学发展史的事实已无需我多言，迎合时代的主流写作尽管会产生几个重要的诗人和诗作，但是更多的时候只能会产生出短命的作品甚至是文学的垃圾和稗草。更多的时候这些主流的曾经风靡一时的复制性的诗歌写作更多的是在运动情结中制造了政治甚至社会学的轰动，而当时过境迁历史并不会收割一切——更多的稗草已经灰飞烟灭。在新世纪以来，“打工”和“底层”越来越成为社会学和文化学意义上越来越主流的词汇。这种社会化和伦理化的写作路径越来越成为无论是官方还是所谓的民间都不约而同摇旗呐喊的对象。我想这种写作带给我们这个时代甚至文学本身的除了一部分有意义之外，更多的却是需要重新的反思和检视。谈论新世纪以来的诗歌我们不能不注意到“底层”、“打工”和“新农村”诗歌写作已经成为了诗歌主潮，而普遍的简单仿写和平庸复制已经成为这一流行性写作日益明显的缺陷和危险。我想我们需要写作“底层”和“新农村”等具有现实介入题材类型的“当代性”诗歌，我们需要具有直面现实和担当精神的诗人，但是我们需要的又不是简单的“伤痕性”的、“感动”的、“疼痛”的诗歌和简单庸俗的时代伦理道德的“苦难”和空洞的能指，更非消失个性和良知的被集体“征用”和“消费”的写作。显然阶级文学传统和中国“新左派”所关注的底层、控诉贫富差异在“底层”和“新农村”的诗歌写作中得到了最为及时和有力的呼应。甚至在一些诗歌中打工者、底层、农村和弱势群体成了被反复展览人性“丑陋”的空间。需要指出的是“底层”和“新农村”概念是与所谓的中产阶级诗歌相对立而出现的，过于强烈的阶级归属和道德属性使得这些作品在整体性上出现了思想探索性的下滑。在当下的各种杂志和媒介中，这种类型的诗歌写作已经是以惊人的速度复制，甚至这种带有阶层和苦难叙事的写作类型已经成了新一轮的主流话语。在 2009 年《诗刊》社第 25 届青春诗会入选诗人中，为数众多的诗人都是在写工厂、机器、眼泪，写农村荒凉的土地、干草车。而无论是在思想深度的探索上还是在诗歌言说方式上这些诗作大都乏善可陈。由此可见在后社会主义时代和新移民运动的语境中“新农村”和“底层”诗歌已经不再是中性的题材问题，这一人们谈论的“公共话题”显然被赋予了更多的意识形态的色彩和道德论倾向。

二、另一个“郑小琼”

以郑小琼为例，如果说她仅仅只是一个“打工诗人”的代表，如果她的诗歌写作能够被“打工”这个词汇全部涵括，如果郑小琼的诗歌写作仅仅是为了呈现一种时代漩涡中个体疼痛的话，那我想郑小琼的意义就没有那么重要了。起码这种重要程度要打上折扣。换一个角度，当郑小琼被套上“打工诗人”的马甲也说明了中国文学界和批评界的不负责任，甚至还有些无知。无知到以一种标签来对一个诗人似乎并不简单的写作予以定论性的标识。在此吊诡的时代语境下几乎所有的关于郑小琼的文章都在反复强调她的打工者身份和她诗歌题材的“打工”属性甚至“底层”烙印，而恰恰忽略了郑小琼这个年轻诗人丰富的诗歌个性和题材的多样性。

郑小琼当年产生较大影响的诗作《打工，一个沧桑的词》最初就是发表在民刊《打工诗人》上。这也给读者和批评者留下了抹不掉的印记，似乎郑小琼从2001年南下打工开始她文学写作的宿命和伦理只能是“打工”。从此，人们面对郑小琼的所有诗歌甚至散文等文学作品都会直觉而不假思索地将之收拢到“打工”的视界之中。人们对郑小琼诗歌语言、技巧和结构已经不闻不问，只对诗歌题材中具有社会性、伦理性和阶层性的内容予以高强度的关注和阐释，而其他的层面则被巨大的筛子无情筛掉了。我想新世纪以来中国的诗歌无论是在优美的抒情上还是在伦理的深度上都已经不成问题，问题恰恰是普遍缺乏从稀松平常的日常生存场景中带有现实感的个人化的历史想象力的复活和提升能力。更多的诗人沉浸于虚幻的个人化和时代伦理的双重泥淖之中。

那么郑小琼是否是一个单一化的“打工诗人”？或者说在时代和文学伦理的双重诉求中郑小琼只是为我们提供“疼痛”的诗人？我想回答这个问题，包括读者、批评者和诗人都应该静下心来全面读读郑小琼的诗歌文本。确实在郑小琼的抒情短诗甚至长诗中，有为数不少的打工题材的诗作如《女工记》《五金厂》《机台》《三十七岁的女工》《钉》《爱》《深夜三点》《生活》《铁》《人行天桥》等。人们在郑小琼的这些诗歌中发现了一个时代的关键词——铁、机床、宿舍、异乡、疼痛。人们也在这些关键词中反复强调有关这个诗人的身份界定——女性、打工者、诗人。但是在这种强大惯性的时代阅读幻觉和带有快感的“二流”性质的欣快症中郑小琼带有着多重向度的既关注当下生存又深入到往事和记忆的个人化的历史想象力的诗作却被普遍忽视了。而这些被忽略的诗恰恰是构成郑小琼诗歌写作个性的重要的不可或缺的维度。在《交谈》《碎石场》《蜷缩》《非自由》《草木还保留着旧有……》《一生》《白桦树》《六月》《给父亲》《旧事》《葵花》《天鹅》《图书馆》《光阴》以及组诗《玫瑰庄园》等诗作中郑小琼呈现了一个加速度前进的后工业时代诗人身份的多重性和写作经验以及想象力的无限可能的空间。这些诗作与打工不相干，这些诗作同样是从诗人活生生的社会生活、个体生存和历史场阈中生发出来的平静的吟唱或激烈的歌哭。更为可贵的是这些诗作闪现出在个体生命的旅程上时光的草线和死亡的灰烬。这些诗作呈现出一个诗人宿命般的时光感和生命的多种疼痛与忧伤。在对乡土、往事、历史、家族和生命的追忆中这些诗歌带有强烈的挽歌性质，更带有与诗人的经验和想象力密不可分的阵痛与流连，“草木还保留着旧有朝代的秩序生长 / 窗外的河流如秦朝时一样流动 / 啊，今天却已换走了昨天 / 它们挤出了时间的皱纹 / 我的悲伤无法赶上落日 / 骑马的历史不断更换 / 我活在其中，却只能旁观 / 啊，过去从三个方向压了过来 / 万物有规则的凋零，那么多的大事件 / 像海浪一样漂移过来 / 时光染白我对山河的敬畏 / 我无法原谅自己迟于过去年代 / 那些激情仍让我内心充满了火焰”（《草木还保留着旧有……》）

郑小琼在 2012 年有一组诗歌叫《女工记》，至今一些刊物也仍然在转载和发表。她在刚刚写完之后就通过电子邮件发给了我，后来在《人民文学》等刊物发表。在发表的时候这组诗歌是以“非虚构”的方式出现的，这组诗歌里面所写到的女工应该是涉及到了当下很多敏感的社会现象。这几年文学界很流行一个词，就是“非虚构写作”。郑小琼的《女工记》是由两个文本组成的。一部分是诗歌，她在每一个诗里面描述一个女工，比如说洗脚的、三陪女等等。由此她呈现了各种各样的女工形象。另一个部分就是在诗歌文本后插入散文化和说明性的文本，对相关的女工予以评说和阐释。第一次读到这组诗的时候我确实觉得这组诗歌的优点是呈现了这个时代女工特殊的群体生活和精神状态。当然我给郑小琼回复邮件的时候，我也有一些担忧。或者说我有一点不满足在于这样的女工群体形象在中国新闻体系和网络等新媒体空间面我们已经看到的太多了，太过于熟悉了。问题就是当这些社会关注度高的群体进入文学和诗歌空间的时候，写作者该如何完成一个提升和陌生化的过程。

当我们面对一个诗歌写作者的全部，郑小琼呈现给我们的文学文本是丰富的。然而在这种社会和人为的工厂和流水线的制造中郑小琼只留下了一个看似越来越清晰的侧影。而她更具时代意义和美学价值的全貌却越来越模糊。当然对于像郑小琼这样的一个年轻诗人，我们需要宽容也需要鞭策，正是在这种强烈的带有社会学特征的时代阅读和批评甚至写作的诉求与合谋中诗人写作无疑存在着一个巨大的危险。如果诗人对自己的写作没有自觉性和适当的节制，没有对时代的伦理所制造的天鹅绒般的监狱和陷阱缺乏警惕和自知的话，她的写作很容易在时代所制造的强大幻觉中自我沉迷与反复麻木。显然郑小琼是一个相当自省、自知并在多方面进行诗歌努力和尝试的诗人。我想郑小琼这样具有写作潜质和发展势头的诗人缺乏的不是对打工身份的强调和打工诗歌的写作，所需要保持和提升的恰恰是如何在时代的限囿面前葆有个人化的历史想象力和多样化的写作路向以及诗歌情怀，而不是仅仅为我们这个时代提供道德疼痛和时代苦难的“打工”诗人。

郑小琼近期更为繁复、路向更为多样的诗歌写作尤其是《玫瑰庄园》《时间广场》等长诗、组诗都让我不断感受到新鲜的诗歌力量。这些诗歌自身已经证明了郑小琼的多面性和复杂性，再次呈现了她诗歌的多种可能性和生长的空间。

希望人们再见到郑小琼的时候不要再鲁莽地叫她——“嘿，打工诗人！”

第三节 “重新做一个浪漫主义者”

在 2011 年 6 月 26 日在南开大学举办的“现代诗歌语言”国际研讨会上，面对着稍显沉闷的会场我对与会者提出了这样一个问题。即看起来当年的“盘峰论争”已经结束多年，似乎“知识分子”和“民间”话语势力的论战也已告一段落，诗人们在各自的俗世身份中为了谋一杯羹而干着近乎同样的工作。但是面对着会场的程光炜、王家新、陈仲义、沈奇以及我的恩师吴思敬先生等当年参与了“盘峰论争”的当事者，我的意思是中国当代诗歌的很多问题仍然没有得到真正的解决。这也是为什么一位“民间诗人”的代表人物在2010年6月北京的一次民间诗刊的颁奖会上高声质问的——那些“知识分子”还写作吗？他们不是说“十年之后再见吗?”而我想就此说出的是谁的声音分贝高和是否希望再次争吵这都不是问题的关键，而是事过多年之后这些参与了“论争”的诗人自此后直到今天其诗歌写作和诗学观念发生了怎样的变化？甚至包括“知识分子写作”和“民间写作”之间的交叉和重叠。我们尤其应该注意到1990年代后期尤其是新世纪以来所形成的“叙事”美学的传统对诗歌的抒情性和浪漫主义情调的巨大消除和集体性放逐后所产生的后果。据此我不能不发问——能否重新做一个浪漫主义者?

一、“浪漫主义”的黄昏或一种命运

谈论诗歌场域中的浪漫主义诗学的命运，这是否像十多年前一位著名的研究者所说的是一场“不知所终的旅行”？还是像更早的1862年一位叫波德莱尔的诗人所宣布的“浪漫派的夕阳”时代已经不可避免地降临?

1989年3月26日不仅是一个中国彗星般的诗人海子的“告别”年代，这一年也被更多的诗人和研究者们视为中国浪漫主义诗学和诗人理想主义的结束。自此，“麦地”、“天空”、“天鹅”、“大海”、“火焰”、“升阶书”、“圣杯”、“精致的瓮”等这些带有玄学和浪漫色彩的抒情意象和浪漫主义传统被视为“过时”和“矫情”而“蹩脚”的“生拌饭”式的写作而遭到“放逐”的命运。1939年，一个中国诗人在战争年代喊出“抒情已经死亡”的口号，而60年一甲子之后却是整个中国诗人集体性地喊出了浪漫主义诗学的“末路”和“死亡”。

说到浪漫主义诗学我们自然会立刻联想到与之相对的现实主义诗学和现代主义诗学，而更为“本能”的反应则是浪漫主义诗学早已经“落伍”和“过时”了。或者说我们在1980年代以来所不断强化、倚重的现代主义甚至后现代主义的“先锋诗学”已经在文学史话语和文化场域中获得了道德优势和精神主导性理论“清场”的意义。与之相应，曾经在一个时期内“流行”的浪漫主义诗学因为“合理性危机”则显得无人问津。但是任何一种诗歌写作或诗歌主义都不可能以唯我独尊的排他性极端自我的方式为诗坛提供不可撼动的秩序或尺度，尽管可能这种诗歌和主义会在一个语境之下成为时尚和“主流”。而新世纪以来更为开阔也更为复杂的社会文化语境使得诗人产生了可以用诗歌与政治、经济、文化、时代、社会、现实、公众、广场等“公共”场域以及个人空间发生摩擦和互文甚至介入的关系与集体性冲动。这导致的一个后果就是潜在的二元对立思维惯性下对“纯诗”、“抒情”和“浪漫主义诗学”的矫正甚至否弃。尽管“反对纯诗或反对诗歌的对峙主题，并不意味着简单的摒弃，而是相反，各种题材和手段被纳入写作者的视野，被重新加以利用”①。确实在一些诗人那里存在着这种综合性写作的事实，但是显然“抒情”、“浪漫主义”已经成了被更多数诗人甚至“时代”所首当其冲“清洗”的关键词和诗歌趣味。与建立“宽阔的写作视野”相应，“叙事能力”成为“90 年代”诗歌的特殊要求②、写作策略甚至必备指标。显然在一些研究者那里“叙事性”首先是针对 1980 诗歌的浪漫主义和布尔乔亚的抒情诗风而提出来的。叙事性诗歌出现的必然性被指认为是修正诗歌与现实的传统性关系。那么这是否意味着以往诗歌历史进程中的“非叙事性”的诗歌写作与“现实”的关系是非法的呢？或者说是“现实”宣布了“抒情”的非法性？③ 而叙事性诗歌的功能在此语境下被强化为：打破个人命运的意识形态幻觉，叙事是文化态度、知识态度甚至人生态度的转变，叙事的形式和技巧（经验利用、角度调换、语感处理、文本间离、意图误读）以及写作之外的“高水准、对话性和创造性的阅读”。而这种

---

① 程光炜：《不知所终的旅行》，《岁月的遗照》，社会科学文献出版社 2000 年版，第 5 页。

② 见程光炜《不知所终的旅行》《九十年代诗歌：另一意义的命名》（《学术思想评论》，1997 年第 1 期）、《九十年代诗歌：叙事策略及其它》（《大家》，1997 年第 3 期）等相关文章。

③ 尽管也有像西川、臧棣等少数诗人非常可贵的对叙事性的容留性理解，对抒情性、歌唱性和叙事性关系的正确而深入的辨析。

叙事性诗学的张扬以及对抒情性的贬抑作为一种“攻击性的戏剧效果”(aggressive Dramatic)显然已经成为中国汉语诗歌的显著标识之一。这也为日益“去浪漫化”的意识形态诗学提供了表达工具,“这种效果表现在众多更倾向于彼此对立而不是相互依附的主题和母题之间的关系中”,“这种戏剧效果也决定了诗歌与读者之间的关系,制造了一种惊吓作用,读者是其中的受害者”①。

谈论浪漫主义诗学无疑是一件费力不讨好的事儿,就像当年那些因为文学话语权力和国家主导文化的利益争夺者们将其区分为积极浪漫主义和消极浪漫主义一样多少会成为历史的笑柄。不仅不同国家文化地理场域下的浪漫主义诗学充满了差异,而且浪漫主义诗学自身也是不断发展、丰富和变化的。比如在欧洲的浪漫主义者那里他们对自然的抒写充满了驱除宗教神圣化的趋向,而这在其他国家的浪漫主义者那里却有着完全相反的写作现象。据此浪漫主义和加洛蒂所指认的“无边的现实主义”一样也成了“无边的浪漫主义”。当有研究者指认浪漫主义和现代主义的“血缘”关系,甚至强调“存在主义是浪漫主义的真正继承人”②,浪漫主义也同时成了象征主义、形式主义、自然主义乃至“新批评”的“引路者”(正如 1859 年波德莱尔所强调的浪漫主义是一种天国的或者魔鬼的赐予,有赖于它我们有了永恒的伤痕)。这是否印证了维特根斯坦的“家族相似”论的正确性? 而美国历史学家亚瑟·洛夫乔伊在 1948 年的《观念史》中就证明了给浪漫主义诗学予以界定的困难性。而更多的研究者不是将浪漫主义视为一种基本的创作方法,而是视为持续到现代的文化运动和思维方式,甚至有研究者将浪漫主义视为现代性文化的肇始。据此,我们对浪漫主义诗学的本来面目多少有些一头雾水。浪漫主义诗学(尤其是西方)无疑曾一度以自然抒写为核心,且常常以儿童视界予以观照。更为重要的是浪漫主义诗学对诗歌本体依据和自律

① 胡戈·弗里德里希:《现代诗歌的结构——19 世纪中期至 20 世纪中期的抒情诗》,李双志译,译林出版社 2010 年版,第 3 页。

② 以赛亚·伯林,威廉·巴雷特也在其研究中将布莱克、华兹华斯和科勒律治等浪漫主义诗人视为存在主义哲学的先驱;在中国诗歌研究者这里一个不折不扣的浪漫主义者徐志摩也在他和哈代的文学接受中具有了“现代性”。

性以及对诗人想象力、自我表现(也出现了极端的自我膨胀和情感极度扩张的现象)、主观情感的强调而呈现了主观性、情感性和想象性的多声结构和非限定性特征。而浪漫主义诗学在中国语境中一度被视为“不及物”的写作,却恰恰忽视了浪漫主义和现代主义一样表达了对工业社会和都市文化以及工具理性的反思、质疑与批判。当然像任何一种文学主义一样,浪漫主义诗学也同样存在着优势和缺陷并存的命运。其保守性与激进性并存,其敞开性和封闭性也密不可分。而苦涩、灰暗、阴郁、病态、颓废、虚无厌世、自我升华和个体膨胀的“内部经验”、“灼烧的情感”和“上升的诗学”已经成为浪漫主义诗学为人反思甚至诟病的所在,尽管浪漫主义诗学所提供的隐秘的情感场景和富于想象的图景具有不可忽视的诗学意义。但是很大程度上我们忽视了浪漫主义诗学“情感”之外的理性向度和不无复杂的感受方式。更为重要的是忽视了这一诗学同样是复杂的整体的有机性的诗学。这甚至对新批评产生了重要影响。例如施莱格尔、雨果、柯勒律治都强调了浪漫主义作品同样应该是由各种因素构成的有机整体,“它们的各部分相互支持,彼此说明”①。换言之,在浪漫主义诗学这里情感与理智、浪漫与现实、个人与社会、表现与再现、概念与形象之间并不是分裂不相容的(迈·霍·艾布拉姆斯在最为著名的《镜与灯》中就将浪漫主义诗学界定为是一种“表现理论”),而是互相依存和彼此支撑的关系。只是在不同国家和地域的文学实践中,浪漫主义更多的时候体现为偏激甚至极端化的方式。

二、中国化的“浪漫主义诗学”误读

而问题的关键却在于中国当代的文学语境尤其是在上个世纪40年代和90年代的诗学转捩点上浪漫主义诗学被强行从诗歌写作中给剥离出来。也就是说浪漫主义被所谓的革命现实主义和现代主义文学取而代之。更具有中国特色的现象是出现了一种更为独特的浪漫主义写作的意识形态化变体——政治抒情诗。

现代诗歌戏剧化或戏剧化倾向在西方诗学中显然有着更为悠久

① 柯勒律治:《文学生涯》,《十九世纪英国诗人论诗》,刘若端编,人民文学出版社1984年版,第67页。

的传统，如波德莱尔、叶芝，尤其是在T.S.艾略特这里得到全面而综合性的呈现。复调、情境、场景、细节、对话、戏剧性冲突在带有跨文体的色彩中进入诗歌写作。而在中国新诗的现代化过程中新诗戏剧化是在上个世纪40年代开始倡导并在一部分诗人的诗歌实践中得到张扬，而这种短暂的新诗现代化的尝试与拓荒却在此后近半个世纪的政治烟云和极端而偏狭的诗歌美学桎梏中被搁置、忽视甚至否定。而新诗戏剧化、综合化则在长时期的谈出文学史视野之后在1990年以来的诗歌写作中得到久违的再次出场和空前强化。显然，新诗的戏剧化从诗歌写作的层面考量并非始自袁可嘉的倡导，作为新诗实践的一个方面新诗戏剧化的倾向显然要更早。例如朱自清、徐志摩、闻一多、卞之琳等人就在诗歌中运用戏剧性情节、场景、对话。新诗戏剧化在40年代克服和反拨了新诗"感伤"和说教的不良倾向，对前此的象征派、现代派强调"玄学"而忽视日常经验予以反思。不可否认"新诗戏剧化"理论及其倡导无论是在40年代还是在今天都有着相当重要的不可替代的历史意义和现实价值。但是在21世纪已经走过十多年的时候，我们也看到在具体到诗人、群体甚至整体性的时代氛围的诗歌写作中"新诗戏剧化"作为主导性的现代诗歌的创作理念已经产生了相关的一些诗学问题。而这些问题显然并未引起诗坛和研究者的足够关注。值得特别注意的是尽管袁可嘉关于新诗戏剧化的理论主张是在1946年到1948年间提出的，但实际上早在1942年的时候袁可嘉的兴趣已经由浪漫主义转向了现代主义。由此我们不难发现袁可嘉的新诗戏剧化以及新诗现代化的倡导除了针对中国诗歌的具体现状之外，还有着对普泛意义上的浪漫主义诗歌的批判与反拨。当时强劲的校园里的"现代风"使得袁可嘉放弃了自己曾经钟情的19世纪的英国浪漫主义诗歌并且对中国的浪漫主义诗风开始反思。换言之，在正式提出新诗戏剧化理论之前袁可嘉更多是从个人美学趣味出发的，还并未结合当时中国诗坛的现状甚至弊端。袁可嘉1946年从西南联大外文系毕业，在1946年年底到1948年间提出新诗现代化和新诗戏剧化的主张。这显然与当时的时代背景、新诗创作的实践以及相应的诗歌观念的转换密不可分。

再有,袁可嘉西南联大时期的知识背景显然对他建构新诗现代化的理论有着非常重要的作用,“我所提出的诗的本体论、有机综合论、诗的艺术转化论、诗的戏剧化论都明显地受到了瑞恰慈、艾略特和英美新批评的启发”①。在战时的语境之下,文学的社会功能得到极端化的强调。据此,袁可嘉的新诗戏剧化理论的提出和倡导其意义非常重大。针对当时的诗歌写作的主导性弊端,袁可嘉强调当时诗歌无外乎两类,“一类是说明自己强烈的意志或信仰,希望通过诗篇有效地影响别人的意志或信仰的;另一类是表现自己某一种狂热的感情,同样希望通过诗作来感染别人的”②。然而这两类诗歌实际上本质是一样的,即诗人的急于表达和急功近利尤其是强烈的意识形态性使得这些诗作因为艺术转换过程的缺失而成为了抽象的说教和干瘪的口号。在袁可嘉看来这些新诗沾染了“说教”与“感伤”的时代病。而袁可嘉的新诗现代化尤其是新诗戏剧化的提出显然是反拨了当时的题材决定论和文学工具论,搁置了诗歌的社会和政治文化。他从而强调诗歌艺术的转化和生成过程,强调诗歌的本体性和艺术品质。“批评的标准是内在的,而不依赖诗篇以外的任何因素”(《新诗戏剧化》),这显然与新批评的强调文学性,以文本为中心的诗学立场一致。自此,诗歌的意象以及诗歌语言的象征功能、隐喻、反讽、悖论等修辞技巧被得以强调。此后,新诗戏剧化在表现上的客观性与间接性,强调客观对应物、想象逻辑、意象比喻、文字的弹性与韧性,强调对话性、复调性以及戏剧冲突、场景、细节和事件在诗歌中的重要性也在近20年来成为重要甚至唯一的尺度。与此相应,诗人作为创作主体被认为应该从文本中退场。这在强调智性的在一定程度上否定了诗歌表现上的主体性、情感性和直接性,诗歌的抒情、情感在一定程度上受到了排斥。具体到诗歌写作实践中,一个显豁的事实是浪漫主义诗学在诗人的写作中是以更为复杂的方式呈现出来的。换言之如果一个诗人他不是狭隘的诗歌“主义”者,那么他的写作应该是综合性的,是共生性的关系,而不是排他性的。或者在最低的限度上

① 袁可嘉:《欧美现代派文学概论》,上海文艺出版社1993年版,第95页。
② 袁可嘉:《新诗戏剧化》,《诗创造》,12期(1948年6月)。

他诗歌写作中所谓现实的、浪漫的或其他什么主义的元素都应该是共时呈现的，只是各种元素呈现的程度具有差异而已。

在中国1980年代的朦胧诗之后的新诗发展中，早期的诗歌中无节制的抒情性和诗人的个体意识逐渐遭受到反拨。随着对朦胧诗写作的“不满”以及后现代主义时代语境的影响，诗歌写作中逐渐凸现出一种客观化、间离性的写作趋向。这种写作趋向在1990年代甚至当下的诗歌写作中仍有不小的影响。基于此，谈论诗歌的“个性化”问题不能不牵扯到诗人自身、个性化写作观念、整体社会语境、诗歌批评误导所导致的“集体失语”的共谋等等方面。

三、“抒情的放逐”

1915年，休姆在《古典主义和浪漫主义》中宣告古典主义和浪漫主义的结束。而在当前无限提速的工业化、城市化的后社会主义的语境下来考量，似乎人们已经达成了共识——一个有着古老的抒情诗传统的国度已经终结，诗歌的抒情性遭到“放逐”。相应地，新诗戏剧化、叙事性、复调性在诗歌中的实践呈现出时代美学的精神要求。在日常、口语、细节、对话、事件的所谓复调性的时代美学驱动面前，诗歌的戏剧化、叙事性、复调、张力、戏谑、反讽、冲突、悖论成了新诗现代化甚至新诗后现代主义的必经之途。而新诗和戏剧甚至电影的共同作战成了诗人写作的必要常识和思维模式。诗人在普遍的欣快症中迫不及待地加入到日常经验和琐屑的身边事物的漩涡之中。这就使得无深度的生活仿写开始泛滥。而这种大多带有口语倾向的戏剧化的写作景观显然更为符合当下读者的阅读期待和趣味。在调侃、反讽、幽默、戏剧性甚至带有色情性的日常生活场景中，现代人的白日梦和高度紧张的神经得到暂时的抚慰，力比多得到刺激与释放。至此，“叙事性”的戏剧化的诗学愿景成为新一轮的情感麻醉术。艾略特所鼓吹的“诗不是放纵感情，而是逃避感情；不是表现个性，而是逃避个性”的“非个人化”的主张其诗学意义毋须重复，但是我们在今天同样应该对其中的观点进行反思。是否艾略特的以文本为中心而一定程度上忽视甚至贬抑诗歌与主观情感、社会历史、时代背景的关系就是完全正确的？是否经验诗学就一定要优于情感诗学？更为重要的是叙事性的"攻击性戏剧效果"忽视了浪漫主义诗学内部的丰富性。早在狄德罗和施莱格尔、雨果时期，他们就在浪漫主义诗学谱系中提出了谐趣、反讽、怪诞、变形在写作中的重要性。而就诗歌和现实的关系以及诗人和当代的关系而言，诗人和评论家们更为信赖的是诗歌的客观化、叙事性和戏剧化以及间离效果。相应的浪漫主义诗学理所当然地被视为浮浅的"小儿科"的情感游戏和文学青年的陈词滥调和无病呻吟。而中国的诗歌和诗学再次换上了强迫症和健忘症。波德莱尔一贯将自己的《恶之花》视为是浪漫主义之作，而当时受到法庭审判时让他难以接受和想象的是这部作品被批判为"现实主义"作品。这让我们不能不再次认真思考在诗歌和现实的关系层面"主义"是否真的那么重要，浪漫主义是否不足以对称或对抗于"现实"？

而不管在何种程度上谈论诗歌写作中的叙事性，这对于反拨以往诗歌写作的运动性、强烈的意识形态性、写作技法的狭隘性和滥情易感的炫技术而言其意义已不必多说。但是，反过来当智性追求下的日常题材逐渐被极端化和狭隘化并成为唯一的潮流和时尚的时候无形中诗歌写作的多元化这一说法是需要重新过滤和打量的。当诗歌写作的叙事性和戏剧化重新在诗歌的现代之途上受到前所未有的礼遇之后，诗歌的抒情性反而反复得到遮蔽甚至被看作是诗歌的歧途与"末路"。在新世纪以来的诗歌观念史中诗歌的"叙事性"以及其对"抒情性"和浪漫主义诗歌的反拨"意义"已经成为这个时代的诗歌区别于以往时代诗歌的重要标志和显著性成果。但是当我们已经共睹了诗歌写作的叙事性的诸多益处和"战绩"时，更多的人也因此忽视了问题的重要性和复杂性远非如此简单。当"朦胧诗"（今天诗派）在"第三代"诗人的呐喊声中湮没于另一种集体狂欢的时候，诗歌写作的精英性和代言身份似乎多少显得不合时宜。这曾在"知识分子写作"和"民间写作"的论争中仍有显豁的重现。当大众文化和商业媒体的浪潮在更换受众的审美趣味的同时，诗歌写作和诗歌批评也沾染上不可避免的时代症候。"叙事性"作为新诗现代化和"先锋精神"的重要维度在当下的诗歌批评中成为相当含混和暧昧的诗学概念。我们不得不面对这样的一个事实：诗歌写作的叙事性已经成为圭臬甚至唯一的评价诗歌的尺度，而诗歌写作的抒情性则被视为畏途和歧途。在当下的诗人和评论者看来叙事性是一个合宜的时髦说法和托辞，甚至指认海子自杀之后中国诗歌的抒情时代就已宣告结束。实际上，回到诗歌的源头返观诗歌的本体特征，抒情诗才是其真正的底色，任何所谓的叙事性和戏剧化都要以抒情为前提，反之诗就会走向反面成为“非诗”或杂交的变体。当然这并不意味着我对诗歌写作的叙事性心存芥蒂和偏见，相反合理的使用叙事性会增强诗歌的容纳能力和张力。但是当在每年结束和新的一年开始的时候，翻开各个年度诗歌选本和评论集，我们就会发现相当多的诗人在误解新诗戏剧化和叙事性的前提下滥用了这个看似屡试不爽的灵丹妙方。而诗人和批评者对诗歌的“叙事性”的理解是充满歧见的。实际上作为新诗戏剧化、现代化的重要方面“叙事性”已不是单纯的诗歌技巧，而是更大程度上是在强行转换的时代语境中诗人写作观念和态度的转变。一些诗人毫无节制并自以为“先锋”地将电影、戏剧、小说、日记、歌曲、随笔、广告掺入诗歌写作中。综合了“现实、象征、玄学”等跨文体性质的诗歌写作方式在一定程度上却因为“过度”而成为诗歌写作的阑尾或盲肠。诗歌写作从来都是多元的，以抒情为主和以客观、间接的戏剧化为主都会生成出优异的诗歌文本，但是在1990年代后期以来显然戏剧化以绝对的压倒性优势放逐和排挤了“抒情性”。所以在一定程度上和一定的时期新诗的反抒情性倾向并非是新诗创作和新诗理论研究的唯一“福音”，有时候一种理论倡导在种种时代和诗歌多重因素合力作用下会程度不同的出现偏差性的误度和阐释。今天的诗人和批评家必须正确认识和重估新诗的抒情性与反抒情性。“现实”叙事性的凸显和对抒情性以及浪漫主义倾向的祛除使得这一时期的诗歌成为“阅读”的诗学。换言之诗歌的“声音性”被极大程度上的消解。曾经的朗诵性、更为明显的情感节奏以及词语之间、音调上的声音效果被搁置，而智性、思索的禀赋取而代之。

新世纪以来的诗歌确实在一个无所适从的转型时代为使人们提

供了审视历史和现实，重新认识个人与社会、生存和诗艺之间的复杂关系的巨大场域。而在诗歌精神和诗人经验层面以及对浪漫主义诗学的反拨层面，这使得诗歌在与时代和生存发出实实在在的碰撞之时焕发出写作的及物性、现场感和担当性的同时也呈现了“知识性”写作和“民间性”写作的“派系”倾向。以“知识性”写作为例，这种倾向曾经在时代转捩点的早期具有不可忽视的诗学价值和思想文化史的意义。但是很快这种对话性、互文性和翻译体的贩运式的写作方式其弊端越来越明显，甚至这使得其及物性大打折扣。好像一个中国本土诗人成了一个异域诗人，或者说一个中国诗人的身后站着很多个“西方”的诗人。当我们再次翻开程光炜先生编选的作为“九十年代文学书系”的《岁月的遗照》时，那些诗人的诗句中纷纷呈现的尤利西斯、哈姆雷特、帕斯捷尔纳克、卡夫卡、布罗茨基、博尔赫斯、里尔克、布莱克、柏拉图、聂鲁达等“异域诗人”成了这一时期中国本土诗人心像对位和重新寻找精神对应物的努力过程。这也在一定程度上显现出“互文性诗歌”的去个人化、本土化的“自信缺乏症”的特征。自白式的抒情诗、个人隐秘情感的日记体以及诗歌写作与个体经验相统一的浪漫主义抒情诗的语言风格都一并在去个人化的时代被宣布被“无效”甚至“非法”。巴尔特认为自 1850 年以来作家已不再担任社会重任，不再关注作品所表达的观念思想和价值意义。写作如果是一种呼吁、一种社会目标的追求、一种政治介入的话，那仅仅是一种“自由”的伦理学写作。而所有关于人道的和伦理的关怀与自由，当被作为一种目标追求的时候那么它所论述的“中心”其实已经不再是写作本身，而是社会的、政治的或意识形态的观念了。尽管 1990 年代诗歌精神学试图反拨意识形态化写作以及对“知识分子精神”的强调，但是这一时期的诗歌就其和浪漫主义诗学的关系而言显然仍然是一种意识形态化的思维惯性。

浪漫主义诗学曾一度被认识和狭隘化地限定为多情易感地“感伤”的写作范式。似乎简单、浅显无深度不成熟（属于“文艺青年”式写作）、不够现代性和繁复（比如缺乏反讽、张力、悖论），敏感、感伤、甜腻、孱弱、神经质成了其精神病式的标签。而其抒情空间的丰富、知性和自我反思的传统也在中国新世纪以来的叙事、戏剧性的现代主义的诗歌语境中被长期忽视。在社会转捩点上浪漫主义诗学作为一门“不洁”的知识而被更多的诗人和研究者们否弃。他们一致的理由是在复杂的社会和诗学愿景面前，浪漫主义诗学显然过于矫情、简单和“小资”而“过时”和“落伍”了。而当我们重新反观中国汉语诗歌，尽管浪漫主义写作不乏优异诗人和文本，但我们却忽视了浪漫主义诗学的复杂性。浪漫主义被不断强化其“抒情”“易感”“简单”的质素。而早在柯勒律治的浪漫主义诗学理论中就强调的诗歌的“有机性”和丰富性却被一再过滤。即使是在声誉盛隆早已被经典化的诗人穆旦那里，他为了强调诗歌“新”的抒情质素而不断强调诗歌的“理性”以及对“唯美主义”和“多愁善感”的祛除。显然一定程度上诗人“天然”地认为浪漫主义诗学中的抒情与理性之间的差异与不容。自此，穆旦在1940年春天所提醒我们警惕的时代却再次轮回上演——“在二十世纪的英美诗坛上，自以为艾略特（T.S.Eliot）所带来的，一阵十七、十八世纪的风吹掠过以后，仿佛以机智（wit）来写诗的风气就特别盛行起来。脑神经的运用代替了血液的激荡，拜仑和雪莱的诗今日不但没有人摩仿着写，而且没有人再肯以他们的诗当鉴赏的标准了”①。从1990年开始，中国诗人集体告别了理想和浪漫的年代。一个“新时代”使他们不再抱有幻想，而是开始思考写作和存在和现实的关系。写作该如何面对一个陌生的时代？呻吟、抒情、浪漫、易感在此语境下显得如此格格不入。自此诗人们在急迫、焦虑中开始比拼智力和理性，比拼对新社会的“发现”与“介入”的能力。中国的诗歌开始显现出及物性的介入、担当和公共话语的某种努力。“新诗戏剧化”的提出作为中国新诗现代化的想象和实践而言其重要性自不待言，但“新诗戏剧化”曾在此后长时期的新诗写作中被搁置、忽视甚至否定，而在上个世纪的1990年代得到重新的认可和张扬甚至成为此后诗歌写作的圭臬。在新一轮的新诗戏剧化和叙事性的话语权力中，诗歌的抒情性和浪漫主义诗学传统开始遭到再次“放逐”。1990年代开始的诗歌“叙事性”、“戏剧化”和“经验性”的综合性写作

① 穆旦：《〈慰劳信集〉——从〈鱼目集〉说起》，《大公报》，1940年4月28日。

在对所谓的社会转型期的生活细节、诗人经验的不断陈述中，诗歌的抒情性和浪漫主义传统显然成了最大的“敌人”和被“PASS”的对象。众多诗人唯恐被扣上浪漫诗人的帽子而不断在场景中添加小说家们的手段，描述、展示、呈现代替了想象、抒情和表现。他们试图不断超越和摆脱抒情和感伤。这个时代的诗人重新患上了健忘症和进化论的想象，在他们看来只有叙事性能够承担他们与时代的关系，而生活和“及物”也成了写作的前提。而只是在后来这一时期诗歌的参与者和见证人的孙文波才予以了追加式的反思，“当代诗歌写作中的叙事，是一种‘亚叙事’，它关注的不仅是叙事本身，而且更加关注叙事的方式”，叙事的实质仍是“抒情的”①。在1990年代以来的中国诗人那里，“抒情”的理想年代和“牧歌”的浪漫主义都已经不能适应这一时期的中国现实了。他们需要一种“新的抒情”。

而当我们近几年“突然”之间对浪漫主义诗学重新加以强调和重新考虑，我想这多少仍然是中国诗歌理论与批评的一个悖论性循环。就像当年人们津津乐道于现实主义以及后来的现代主义一样，只要讨论沾染上了所谓的“主义”往往最终都是走向了诗歌的负面甚至反面。在书斋和学院中讨论浪漫主义诗学多少有些失效和大而无当。我认为只有结合中国当代的诗歌文化语境尤其是对浪漫主义诗学的反驳和“清算”的极端文学史知识才能重新认识甚至反思诗歌的诸多问题。

第四节　诗歌伦理与深入当代

新世纪以来“底层写作”现象，包括打工诗歌、农民诗歌、草根性

① 孙文波：《生活：写作的前提》，《阵地》，第5期。

诗歌等为越来越多的新诗批评家甚至社会以及宣传媒体所关注①。包括一些研究者从所谓诗歌伦理的角度尤其是从诗歌美学自主性的立场质疑这场所谓的时代“共谋”的诗歌写作热潮，认为有必要对这些诗歌概念和相应的写作现象抱以警惕②。

一、一场美学和社会学的再次争吵

在一些学者看来“打工诗歌”、“草根性”和“底层写作”这些概念是适合主流话语的“随机出场”。即这些概念都是对“纯文学”、“文学性”、“文学自足性”、“技术主义倾向”的伦理化贬抑与反拨，都带有不可避免的诗学上的单调和狭隘。也即否定了这些诗歌概念的合理性，并进而从诗歌美学伦理的角度否定了这些相应的写作现象。概而言之，在这些研究者看来底层写作与诗歌伦理（美学自主性）是二元对立的。尽管一些学者试图尊重诗歌的本体依据和美学自主性以反拨诗歌写作中长期的意识形态化和非文学化的限囿，表现出对新诗写作“题材决定论”的不满，但这些论者显然又带有不可避免的狭隘和偏激。他们无形中也形成了将诗歌写作排队的意识，美学伦理／社会伦理，技艺／题材，底层／非底层等。那么他们所指责的底层写作是否会伤害到诗人创作的主体性和诗歌的本体性，所谓的诗歌写作处理当下社会较为关注的题材是否就一定会降低诗歌的水准甚或沦为廉价的工具？那么当一些学者严厉批判这些与底层相关的诗歌概念时恰恰没有抓住问题的关键。对于这些概念目前还很难取得共识，如打工诗歌是打工者写的诗歌还是一些与打工无关的人关注打工现象，亦即打工题材的诗歌写作？底层写作是身处底层的人写作的诗歌还是关注底层的人写出的诗歌？而到底什么是底层，与底层相对的是什么？中层，高层？再有值得提及的是 2003 年 5 月 26 日由鲁迅博物馆、《文学报》社、《当代作家评论》杂志社、浙江文学院、

① 如《文艺争鸣》2005 年第 3 期推出“关于新世纪文学·在生存中写作”专辑，发表了蒋述卓的《现实关怀、底层意识与新人文精神——关于“打工文学现象”》、柳冬妩的《从乡村到城市的精神胎记——关于“打工诗歌”的白皮书》、张清华的《“底层生存写作”与我们时代的诗歌伦理》、王小妮的《张联的傍晚》以及该刊主编张未民的《关于“在生存中写作”——编读札记》等相关文章。

② 钱文亮：《伦理与诗歌伦理》，《新诗评论》，2005 年第 2 辑。

绍兴市文联等单位联合举办的浙江省第二届作家节在绍兴鲁迅故里百草园就"走近鲁迅:中国当代文学的草根性"议题进行讨论。相当有意思的是与会者对于"草根性"说法不一,如认为草根性是寻根性、越文化性、乡土性、乡土文学、大众文学、民间性、民间资源、民族性、地域性和国家性等等。既然对于"草根性"还没能取得共识,那么一些研究者就心急地对之进行批评甚或肯定就多少有些草率和鲁莽。而是恰恰应注意到从90年代初期随着中国社会的转型,大批的农民工进城和多重含义上的"打工"阶层的大面积涌现以及一些从经济上讲贫穷的群体逐渐成为社会热点。与此相应,随之出现了相关的诗歌写作现象。进一步要追问的是,出现所谓的底层写作或打工诗歌其社会动因和文学机制是什么?其在美学和社会学上的合理性是什么?对于这些涌现的写作现象新诗批评者应该持怎样的态度,是漠然处之还是横刀相向?

实际上,不管是从诗歌伦理的角度承认或批判"底层写作"现象,都涉及到诗人如何有效地在尊重诗歌自身美学依据的同时以诗歌方式承担时代和生存的责任。换言之,诗人如何能够深入当代。这实际上远非一个新世纪之初才有的新话题,关于诗歌与时代的关系、诗歌与题材的关系在上个世纪论争得还不够多吗?甚至大批的诗人正因为被主流的诗坛认为没能"深入时代"而惨遭罹难流放。恰恰是因为经历1980年代以来的20余年的新诗历程,有必要重新检视诗人与时代的关系,诗歌与生存的关系,题材决定论和美学自主性的关系,诗歌的社会伦理与美学伦理的关系等等。诗人深入当代、处理当下的甚至社会焦点题材是否就意味着诗人的写作在美学上就会"不纯"?是否深入当代就意味着是以集体甚或民族的伦理来压制个体经验表述和诗歌自身的美学伦理?在所谓的"底层写作"成为重要的写作现象的同时,评论家该以怎样的标准和姿态来评价这些相关的写作现象?而"草根诗歌"、"打工诗歌"、"农民诗歌"和"在生存中写作"等这些并不一定科学的诗歌概念又反映了怎样的一种当下的写作境遇?是否意味着这些概念像一些学者所声称的是对特定阶层的代言性的社会伦理写作?这些诗歌写作是否与诗歌的"技术主义倾向”是二元对立的？这都是当下的研究者应该思考的问题，而这些问题又大体是围绕着诗歌伦理展开的。是注重诗歌的社会性伦理层面还是侧重诗歌自身的美学伦理，还是采取兼容和多元的姿态？这都是需要进一步反思的。而非像一些研究者急于下结论，完全肯定或完全否定、捧杀与棒杀在我们面对正在进行的诗歌写作事实和相关的争论时都会有失公允。

有论者声称诗歌伦理问题是个伪命题，这种说法显然有待商榷。而说到诗歌伦理问题也可以在一定意义上说就是诗歌的道德问题，这都涉及到诗歌的“善”即“用”的向度。也就是说诗歌的功用和职能是什么？政治功能、文化功能、美学功能、教化功能？在这个意义上，诗歌伦理是从诗歌诞生之日起就一直是聚讼纷纭的话题。不管是柏拉图对诗人的驱逐还是艾略特对诗人的极力赞咏都从不同侧面呈现了对诗歌伦理的不同体认。阿诺德曾说：“一时代最完美的确切的解释，需向其时的诗中求之。因诗之为物，乃人类心力之精华所构成也。”艾略特更是强调“诗代表一个民族的最高的意识形态，最大的力量和最精细的感受”①。而就中国诗歌而言古典诗学中不论是诗言志、诗载道，还是兴观群怨说、“经夫妇、成孝敬、厚人伦、美教化、移风俗”，甚至诗可以“用之乡人焉，用之邦国焉”等不一而足都强调了诗歌的社会和教化功能，也即政治社会学意义上的诗歌伦理。而 20 世纪的中国新诗，更是空前张扬政治运动和阶级斗争美学意义上的庸俗化的诗歌伦理，即过于倚重诗歌的战斗鼓动功能和社会教育功能。诗歌和诗人成了国家和运动的传声筒，诗歌成了直接服务于社会伦理的利器和工具。

然而诗歌伦理，概言之即是要求诗人和诗歌的承担责任并使诗歌发挥出应有的效应。这既是社会学意义上的又是诗歌自身美学层面上的。而如果只侧重于其中的一个指向，诗歌写作和诗歌批评肯定会出现不小的问题。这从十七年的政治抒情诗和新民歌运动、文革红卫兵诗歌和 80 年代以来的一些“纯诗”和技术主义倾向便可相当有力地印证这一点。钱文亮先生在《伦理与诗歌伦理》中所表现的

① 《托·史·艾略特选》，上海文艺出版社 1987 年版，第 53 页。

态度却恰恰是对诗歌的社会伦理的排拒，而单纯从诗歌本身的伦理即美学伦理出发。这样就不能不失之偏颇。正如钱文亮所说的鉴于现代汉诗的惨痛经验和教训诗人所要遵循的仍然也只能是诗歌自身的伦理法则，“一种审美的角度，一种沉着的专业的态度，通过‘技巧’对思想、意识、感性、直觉和体验的‘辛勤咀嚼’，成就出经得起时间磨损的诗歌形式，和能够保持苦难的重量与质感的、具体的诗歌文本。他的道德价值也只有通过对诗歌艺术的忠实，通过艰苦的甚至是寂寞的诗歌劳作来体现。他的伦理态度、伦理价值关怀不应该表现在人云亦云的热情和具有轰动效应的题材上，而应该体现在遵循诗歌自身的逻辑”①。我想批评家陈超的一段话可以对钱文亮的有些狭隘化的过于倚重“诗歌怎样写”论点的回答。

> 作为一个“诗歌从业者”，我乐于承认，我们的先锋诗歌在技艺上已发展得比较成熟了。诗人们学会了振振有词地说：“重要的不是说什么，而是怎么说！”是的，这话没错儿，错的是对“怎么说”的狭隘化理解。“怎么说”，并不仅指向诗歌局部肌质上的机巧，它更关涉到说话者的姿态。如果诗人没有求真意志作为写作的内驱力，无论你说“口语”还是“雅语”，出现的都会是措词学的花招儿。②

显然，一些研究者仍过多的坚持“纯诗”和诗歌的美学自主性立场，也即坚持“好诗”的立场而反对题材决定论。这就一些诗歌批评家将思考仅局限于诗歌写作内部的“美文修辞手艺”而恰恰忽略和搁置了对诗歌现实经验和求真意志的关注。首先，需要说明对诗歌的自身伦理也即美学伦理的强调与张扬在上个世纪 80 年代中期以来有着不可忽视的新诗研究与新诗史意义。这对于纠正以往当代诗歌写作过多地遵命于时代的政治运动而迷失于美学的探询是有价值

---

① 钱文亮：《伦理与诗歌伦理》，《新诗评论》，2005 年第 2 辑。

② 陈超：《诗的困境与危机》，《打开诗的漂流瓶》，河北教育出版社 2003 年版，第 80 页。

的。当我们回顾百年汉语诗坛，曾几何时用所谓的革命现实主义、社会主义现实主义来压制现代主义诗歌，用战歌和颂歌来规约诗人的复杂性和个性特征。而新时期以来随着政治上的拨乱反正，诗歌写作中的现代主义一脉在化石挖掘中重新浮出历史地表。当然在80年代的美学吁求中极力张扬诗歌的现代性特征的同时，贬抑以往的十七年诗歌显然缺乏历史的眼光，搁置了文本的历史化而单纯沉溺于美学的幻觉。正是在“回到文学自身”的吁求中，相当的诗人和研究者对于“纯诗”表现出空前的热情甚至成为了一个时期的美学圭臬。正如南帆所强调的在一些诗人和研究者的心目中诗来自一个美学的天国，“这个美学的天国拒绝与世俗之声合作。凯撒的事情归凯撒，上帝的事情归上帝，而诗人仅仅听命于美学的天使。真正的诗是纯粹的。对于诗而言，浮云、沙鸥、落木或者一叶帆影远比财政预算、立法议案或者外贸谈判重要。美学天国的独立甚至让诗人保持了特殊的高傲”①。

实际上，一些批评者坚持诗歌自身的美学伦理这是无可厚非的，甚至对于中国当代诗歌写作和批评而言不无重要。但是，其中的误识在于夸大了诗歌的美学伦理并将之狭隘化并且对于所谓的诗歌题材问题也存在误解。在他们看来关注社会现实、深入当代、处理包括对社会底层关注的焦点题材就会导致诗歌的不纯甚至诗歌的堕落。这种偏狭的美学伦理观念对于中国新诗建设而言会产生负面效果。实际上不只是就当下关注的打工诗歌、草根性诗歌和底层写作引发了关于诗歌伦理的争论，而恰恰自上个世纪尤其是80年代以来这个问题一直都没有得到很好的解决，反而是各种诗歌运动和义气之争将之进一步遮蔽。所以，关于诗歌伦理的争论一直就是一个老问题。众所周知在90年代随着社会转型和诗歌写作的变化，90年代诗歌被认为是个人化的写作，注重诗歌的自身的美学，如技巧、语言、修辞和想象方式。笔者从来不否认90年代诗歌所取得的成就及新诗史意义，但是一些新诗批评者无形中形成了这样一种认识：认为个人化写作就是拒绝任何诗人的“代言人”特征，也就是诗歌写作是不及物的，

① 南帆：《诗与国家神话》，《隐蔽的成规》，福建教育出版社1999年版，第133页。

诗歌伦理或诗人伦理就是对诗歌美学和技艺的尊重与效忠。而谢冕先生当年的一段话有必要重新提及,以对这种观念进行纠正。

> 从70年代末到90年代末将近二十年的诗歌实践给我们的最大启示,是诗歌因承载了社会的忧患而获得了公众的同情与承认。诗歌在这种对于苦难和悲情的表现中不仅调整与完美了自身,而且赢得了全社会的关注。公众因为诗歌传达了他们的憎爱而亲近并且肯定了诗歌。当艺术表达与接受者间的障碍逐渐消除之后,诗歌自然地加入了社会,并成为社会生活的有机组成。其实,社会对诗歌的热情,恰恰是因为诗歌发挥和展示了社会"代言者"的职能,是社会给予诗歌一个回报。80年代后期因为强调诗人的个体意识而不加分析地排斥并否定"代言",带来了消极的后果。①

谢冕对70年代末以来诗歌写作问题的评价也并非完全准确,但是批评80年代后期以来的将诗歌写作的"代言"特征理解的狭隘化还是相当有价值和敏识的。在80年代中期以来对诗歌语言形式的关注和对诗歌美学伦理的强调有一种本质主义的倾向。这在将诗歌和诗人从意识形态话语中剥离出来的同时也导致了诗人与现实的隔膜,诗歌与时代的隔膜,"无条件地强调写孤立自我和以语言阅读感受为关注中心的陌生化美学律令,在它完成了对中国现代主义和先锋派文学的辩护后,也致命地狭隘化了中国现代主义可能的发展天地。"②

鉴于这种状况,当评价"打工诗歌"、"草根诗歌"等底层写作时,不应存在题材上道德优势的幻觉也不能完全以美学的立场来责全求备。有些评论家极力称赞打工诗人为当代诗歌写作中的萎靡之气带

① 谢冕:《丰富而贫乏的时代》,《现代汉诗:反思与求索》,作家出版社1998年版,第363—364页。

② 贺照田:《时势抑或人事:简论当下文学困境的历史与观念成因》,《开放时代》,2003年第3期。

来了一丝冲击，强化了一个关于写作伦理的庄严论题。这些研究者认为打工诗人作品的感人和价值在于它们是写作者通过自己的发现和书写来实现对劳动与劳动者价值的一种伦理的捍卫，并由此完成对自己心灵的净化和提升。实际上，他们关注的是打工诗歌题材上的"道德"优势，而评价诗歌的标准又绝对不是一维的排他性的。在认识到通过"打工诗歌"展现了一个独特生存世界的同时，是否应该忽视或避而不谈这些诗歌的艺术水准，甚或如柳冬妩所声称的不能从美学和诗歌肌质上来评论和衡量"打工诗歌"。这无形中削弱了"打工诗歌"的复杂性。在我的阅读中有为数不少的打工诗人如谢湘南等无论是在表述经验和诗歌技艺上都有可圈可点之处。当一些批评家极力肯定底层写作的题材道德优势时，钱文亮等研究者也站在诗歌自身的美学伦理角度对题材的道德优势进行批判。显然，这两者都不无片面和武断，也就是说都将诗歌的题材问题狭隘化了。"这种浅薄的观念不仅有害而且不符合实际。常识告诉我们，艺术的生命力量并不直接等于它的题材，而是源于诗人/诗章对这种题材的洞察，提审和个人隐喻系统的凸现能力。"①那么在这个意义上，那些打工诗歌、底层写作这些处理当下底层题材的诗作就与诗歌自身的美学伦理并非是冲突的。也就是说就现代汉诗整体写作而言，不单是题材问题，也不单是美学问题，"现代诗的活力，不仅是一个写作技艺问题，它涉及到诗人对材料的敏识，对求真意志的坚持，对诗歌包容力的自觉——有活力的诗，应有能力处理'非诗'材料，尽可能摆脱'素材洁癖'的诱惑，扩大语境的载力，使文本成为时代生活血肉之躯上的活体组织。"②然而一些学者仍然是坚持一种不及物的诗歌伦理美学观，一味地坚持诗歌的技艺，而对诗歌的活力、对当下题材（甚至"非诗"题材）的有效性的处理和追寻却认为会妨碍诗歌的正常发展就不免夸大其词且失之偏误。他们反复强调诗人只应该尊重"诗歌

① 陈超：《精神大势：三对"两难困境"的整合》，《打开诗的漂流瓶》，河北教育出版社2003年版，第62页。

② 陈超：《对有效性和活力的追寻》，《打开诗的漂流瓶》，河北教育出版社2003年版，第70页。

伦理”,也即遵循诗歌写作特殊的专业性质特别是诗歌言说方式的特殊性要求和基本法则。他们指出如果诗人没有这种诗歌伦理意识,就容易在流行的道德观念和时髦的公共性言说中迷失自我,沦落为浅薄的卡拉OK①。简而言之,这是坚持一种“好诗”立场,也即更多是诗歌技艺层面的好诗。那么也就是说,打工诗歌、草根性诗歌、底层写作在钱文亮看来却恰恰很多不是好诗,因为这些诗处理的题材是当下普遍关注的焦点问题。

二、如何能够深入“当代”

实际上,一首重要而优异甚至经典诗作,其评价标准并非是划一的,既不是简单的美学意义上的好诗,也不是政治社会学层面的颂歌。写所谓的关注生存困境的诗可以写出好诗,同样关注于更多个体意义上的独特而繁复的经验甚至一首在诗歌技艺上纯熟的诗作都可进入好诗的行列。有的好诗甚至重要的诗可能在题材处理上更具有一种道德优势甚至社会轰动效应,如艾青的一些诗作和郭小川的长篇叙事诗。当然艾青和郭小川的诗歌技艺也是很明显的,只是这些诗歌的“题材”或伦理道德感更具有震撼性,“为什么我的眼里常含泪水/因为我对这土地爱得深沉”。而有些诗作则明显是更注重诗歌的本体特征和技艺训练,更具有一种所谓形式和技巧上的美感,如朱湘的一些诗作。所以,一些底层写作的诗歌可能在诗歌技艺上并非上乘但又绝对保持了诗歌技艺上应有的水准,在这个前提下其处理的底层题材是有价值的。如田禾的《乡长》:“坐小车像乡长 / 作报告像乡长 / 说话像乡长 / 喝酒吃肉像乡长 / 真正办起事来 / 就不那么乡长了 / 身为父母官 / 父母官不父母 / 不管百姓地里有收无收 / 该提留的他提留 / 不该提留的他也提留 / 该摊派的他也摊派 / 你服他是乡长 / 你不服他还是乡长 / 那双手 / 跟泥土总握不到一块去 // 人说咱乡的乡长 / 是一个狂赌的赌徒 / 把咱乡三万条百姓的性命 / 作为赌注 / 坐在小轿车里斗地主 / 坐在卡拉OK里斗地主 / 最后把自己斗成 / 恶霸地主 / 不到三年　便把咱乡 / 输了个精光。”这首诗应该是不失艺术水准的,但更重要的或打动读者的就是其中所

① 钱文亮:《伦理与诗歌伦理》,《新诗评论》,2005年第2辑。

处理题材的社会效应。也就是说诗人在处理当代题材上使诗免于沦为美学的囚徒而是使诗在对生存的关注中充满了活力和有效性。同样阿毛的诗《当哥哥有了外遇》在2004年引发不小的争议，这也与诗人所处理的当代敏感题材有关①。而这首诗或类似的诗歌写作正是在保持了应有了诗歌特殊话语方式的本体特征的同时及时地抓住了当下生存中的一些普遍而敏感的话题，及时地对当代发言和承担的结果。所以说，“打工诗歌”、“草根性诗歌”和“在生存中写作”等底层写作现象并非像一些学者所声称的是随机的缺乏学理的概念。我们不能不正视这样一个事实——当面对大量的民工进城、底层生存的贫困状态，一些身处其中的人有感而发的文字正构成了当下的写作现象。实际上，评价一种诗歌写作现象是将之抬高到国家利益、为人民服务和为社会服务显然是高估了诗歌和诗人的作用，而完全站在美学自主性或是社会伦理性的立场又会失之偏颇。所以说诗人的责任或者说诗歌伦理就是在坚持诗歌自身美学伦理的前提下完成对当下题材的有效处理和命名，“在近年来的先锋诗歌写作中，诗人面临着许多彼此纠葛的情势。其中最为显豁的困境是：如何在自觉于诗歌的本体依据、保持个人乌托邦自由幻想的同时，完成诗歌对当代题材的处理，对当代噬心主题的介入和揭示”②。

正是在这个意义上写出诗歌美学伦理意义上的好诗对于诗人并非难事——尤其是先锋诗歌经历了20余年的发展，相反写出有活力的关注社会现实的“重要的诗歌”倒是长期成了问题。

> 把一首诗写得像“好诗”，并不困难。把一首诗写得有时代生存和生命的活力，才具有真正的难度。如果诗歌只是一种惟美的遣兴，一种自我抚慰的话语迷醉术，那么诗歌史上已有足够

---

① 参见拙作《真实的黑暗来自俗世的反面——为〈当哥哥有了外遇〉而辩》(《诗刊》，2004年第3期)以及由此展开的争论。这被相关媒体称为2004年十大诗歌事件之一。可参见《诗歌月刊》班桐《〈当哥哥有了外遇〉引发的争议》(《诗歌月刊》，2004年第7期)，《文学报》2005年1月13日的《2004诗歌：活跃·多元·争议》《〈外遇〉是一首“优异的口语诗作”吗？》《薪与火：新诗与传统》等文章。

② 陈超：《深入当代》，《生命诗学论稿》，河北教育出版社1994年版，第19页。

多的作品可以满足这个需要。我们之所以在今天继续写作，就是因为“惟美”和“迷醉”已不再是衡估诗歌成色的可靠标准。活力，是从写作发生学，题材和技艺，以及接受效果的综合效应提出的要求。①

值得注意的是有很多报刊媒体强调诗人关注现实，关注底层。《星星》诗刊2006年第一期开始就推出“非常现实”专栏。确实《星星》诗刊提倡一种承担的诗歌即更多关注诗歌的题材伦理，强调诗歌的“现实性”有其必要性和合理性。但是我们是否应该看到诗歌写作从来都不是整齐划一的，从来就没有一种写作观念能够统一诗人的写作方式。我们也不想看到在媒体的鼓动和社会的伦理吁求之下出现“打工诗歌”等关注现实的大面积崛起，更不能要求任何人都来写作“打工诗歌”或“底层诗歌”。1958年的“大跃进”运动就是前车之鉴。如果不是过多的纠缠于诗歌的题材决定论和诗歌美学伦理决定论而是从更为宽远的视域出发，从具体的诗歌文本出发，从诗人写作的当代性和诗歌写作的多样性出发可能会更为恰切。正如王小妮在所认为的尽管张联被称为“农民诗人”、“乡村诗人”，但更应将其看做是一个独立的诗人，“一个人写起了诗，在艰难的生存现状中坚持，把诗当作‘自己的生命’来珍视，这是纯粹的个人行为，它的缘起和终结都出自一个人的内心需求”，“一个诗人的实质只能孑然一身，他没有力量，也没有义务，去代表他以外的任何事物和群体。诗，最受不得约束，好诗，不被任何命名所框定。”②我想这都是有所启发的。

深入当代或曰诗歌伦理不是主流的宏大叙述或题材的道德优势，也非耽溺于自慰式的精神空虚，也非玩弄形式主义的技巧而空无一物的极端。完全站在诗歌美学伦理的立场或单纯强调诗歌题材的道德优势都是有失公允的。诗人的职责或诗歌伦理就是深入当代完成对当下噬心主题的揭示和切入，在尊重诗歌的美学本体又完成对

① 陈超：《对有效性和活力的追寻》，《打开诗的漂流瓶》，河北教育出版社2003年版，第71页。

② 王小妮：《张联的傍晚》，《文艺争鸣》，2005年第3期。

时代生存境遇的发现与命名。2000 年 1 月陈超写了一首名为《没有人能说他比别人更“深入时代”》的诗——“我前天坐在灯火辉煌的大会堂里 / 听一头吞掉麦克风的河马吼叫 /‘你们要深入时代!’// 我昨天收到真理部的灰喜鹊 / 集体飞掷出的尖唳 /‘为什么你们的诗不深入时代?’// 刚才,甚至在酒局上我的脚步趔趄地回家,看到我家楼下 / 菜市场那家腌菜、豆腐坊 / 老耿爷爷下岗的儿子儿媳今冬受雇于它 / 小俩口凌晨起来洗菜磨豆腐,双手皴裂 / 老耿爷爷到晚上还未卖出多少 / 腌菜、豆腐和他的老眼都结了冰碴 // 他们可从没想深入时代 / 他们巴不得躲开时代 / 可时代生活用盐水 / 深深蜇入了他们皴裂的一切”。①

第五节　新世纪诗歌的六个关键词

我愈来愈觉得新世纪的中国诗歌存在着一个巨大的悖论。一方面我们每天看到那么多的诗人和大量的融合了各种资本的“民刊”,至于各种诗歌活动更是乱花迷眼;而另一方面我却对这一时期的诗歌面貌无比模糊。诗人的整体水平无疑提高了,但是个性却消泯了,难度也在空前降低。个性的互相替代和抵消正在成为这个时代诗人的不可避免的集体悲剧。

而用六个“关键词”来概括新世纪以来的诗歌显然是一件危险和“不靠谱”的事情,但是显然面对着越来越庞大的诗歌之物我又没有其他更为有效的方法。只能勉而为之,以点带面。

一、“寓言国”与“现实感”

面对着“新世纪”以来的十多年的诗歌,我们是继续失望还是有着新的期许?或者说,当年“诗歌正在离我们远去”的说法是否还适用于高铁的加速度时代和一个愈益“寓言化”的国度?或者说,我们的诗歌与“现实”之间到底发生了怎样的龃龉或“暧昧”关系?

---

① 陈超:《热爱,是的》,远方出版社 2003 年版,第 121—122 页。

从回车键到诗歌究竟有多远？从诗走到现实究竟有多远？梨花体和乌青体是不是真正意义上的诗歌？这在一个文字练习者普遍缺乏语言敬畏和精神难度的年代显然已经成了问题。

我们诗歌界这些年一直强调和“忧虑”甚至“质疑”的就是指认现在的诗歌写作已经远离了“社会”和“现实”。里尔克的名言“生活与伟大的作品之间，总存在着某种古老的敌意”在今天的中国是否还适用？新世纪以来诗歌和诗人与“现实”的关系是怎样的呢？或者说当诗人作为一个社会的生存个体，甚至是各个阶层的象征符号，当他们的写作不能不具有伦理道德甚至社会学的色彩，那么他们所呈现的那些诗歌是什么“口味”的？我想这是一个相当困难的问题。因为任何企图回答这个问题的人都必须具备一个能力，那就是你的阅读量。2011 年 11 月 1 日，谢冕与洛夫在深圳对话中批评自朦胧诗以来诗人们在自我的世界里越走越远，社会担当的缺失已经成为当代诗人的痼疾。还是接着上面提到的问题，新世纪以来年的诗歌和诗人与“社会”和“现实”的关系到底是怎样的？二者发生关系的结果是怎么样的？诗人是用什么“材料”和“成分”构建起的诗歌的“现实”？进一步需要追问的是这些与“现实”相关的诗歌具有“现实感”或“现实想象力”吗？面对轰轰烈烈的在各种媒体上呈现的离奇的、荒诞的、难以置信的社会事件和热点现象，我觉得似乎中国已经进入了一个真正“寓言化”的时代。中国正在成为“寓言国”。值得注意的是目前无论是大面积涌现的城市题材还是乡村题材，都出现了写作的双视角或多视角。换言之，写作者更多是从城市和乡村的双重角度进入乡村、进入城市。单纯的、绝缘的乡村写作似乎已经消失。而写作乡村（乡土）的诗歌中，雷平阳的《穷人啃骨头舞》、江非的《傍晚的三种事物》、沈浩波的《沈家巷》和王琦的《滦河边，金钩屯》相当具有代表性。在读到《滦河边，金钩屯》这首诗时我对这位叫王琦的诗人几乎是一无所知，但是如此深刻地呈现、还原和象征性、寓言化地抒写真正意义上的城市化时代的乡村之作确属成功之作——“金钩屯也笨，是榆木脑袋的笨 / 有些村只剩下摇摇晃晃的天空 / 把土地卖给工厂，领工资。而金钩屯连一个 / 外出打工的都没有，死守着滦河不断污染的稻田。/ 用最笨的方法插秧 / 用最笨的方式收割 / 每天都用最笨的大水桶 / 在河边排开,洗衣、淘米、吃力地把水桶提到高处 // 在这笨得让我心慌的地方 / 我的三间茅草房,太不起眼的茅草房 / 寒风一吹就能吹到河边的茅草房 / 一句话也没有 / 这样笨的一条河,笨到不忍心”。

二、“仿真性”与“同质化”

由此,我们必须正视每年各种纸质刊物发表的诗歌数量已经可观,但是我们发现这些发表的诗歌具有相互替代性。当我们一再抱怨诗歌远离了读者,诗歌越来越边缘化和“个人化”,可充满悖论的是我们已经进入了一个“泛诗”或“仿真诗”时代。无论是楼盘广告、政治宣言、商品广告以及各种反应社会焦点和民生热点的“民意”都往往是通过各种打油诗和仿诗歌的形式出现。新媒体的无限拓殖性和各种纸质诗刊(很多文学刊物都推出“下半月刊”,甚至推出旬刊)的大面积出现,似乎显示着诗歌传播的速度和广度已足够令人乐观。各种级别、资源和渠道的诗歌活动、诗歌节以及奖金成倍增长的诗歌奖金似乎都令诗界同行们足够鼓舞和雀跃。确实诗歌活动、会议的频繁度已经超出了人们的想象,我们看到一个个诗人和批评家真正成了赶场的“在路上”的形色匆匆者。近年来诗歌界最流行的词就是“出场费”和“红包批评”。无论是诗人还是批评家都对此心照不宣。诗歌批评和诗歌活动正在成为一种显豁的文化资本。

看起来正常甚至繁荣的诗歌生态却难以掩盖一个诗歌苍白无力的时代。换言之,诗歌的热度和产量与质量之间的反差也足够令人瞠目。2011 年底即将结束的时候,臧棣以 9 万字的长篇访谈《北岛,不是我批评你》对北岛的批判引起了诗歌界的广泛关注甚至哗然。而早在 2011 年 8 月北岛回国参加第四届青海湖国际诗歌节期间,李笠就曾撰文对北岛的“妥协”进行了批评。而实际上臧棣并非单单批评和针对北岛本人,而是也同时指向了国内的文学批评界以及写作身份、文学史、文化场域(如诗歌的物欲化、诗人抵抗意志的丧失、政治诗学、文学知识分子化、犬儒哲学、诗歌翻译、国际视野)等诸多方面的问题。而值得注意的是文学界同仁更多是充当了旁观者,他们似乎对此难以置喙。确实，面对着北岛和臧棣这样的诗歌界的重要人物以及背后更为复杂的文化现象和文学场域，人们试图做出臧否和表态有些难度。而批评的鸵鸟哲学和犬儒主义由此可见一斑。

而“同质性”的诗歌又是来自于国内那么多的期刊这又说明了什么问题？我想这并不是编选者或者期刊趣味或者“标准”问题，而是牵涉到当下诗歌的生态和诗人所面对的一个难以规避的“现实”——阅读的同质化、趣味的同质化、写作的同质化。在新世纪以来，打工和底层越来越成为社会学和文化诗学上越来越主流的词汇。也许在这个时代谈论诗歌理想多少有些令人生疑，或者起码有些矫情，但是我想诗人必须具备写作的诚意——不管你写作什么题材类型和什么风格的诗。在诗歌中我们不仅要看到一个生命的历史以及想象，还应感受到一个人的血肉、骨架、呼吸和灵魂。我非常认同诗人谷禾所说的“我一直对那种虚幻的乡村镜像保持着足够的警惕”。

说到文学生态以及诗歌所呈现的“同质化”倾向，就不能不涉及刊物、编辑对写作者和读者无形中的“培训”和“塑造”功能。尤其是那些“大牌”刊物和“国刊”（当然，在那些持有“个人”和“独立”立场的写作者而言他们从来都不认为存在什么刊物的级别和重量）。显然，传统意义上的纸质媒体在“编辑”和“审稿”的过程中会有一个总体的风格、选择标准或者基本的“底线”。有人说编辑队伍是“老化”最严重的，我一定程度上认同这个判断。刊物的“风格”作为一种持续性的要求和惯性“气质”从积极的意义上讲会保障诗歌的质量和刊物的“个性”，但是这种期刊普遍存在的“气质”、“风格”和“个性”显然会对与之相悖或者具有差异性“风格”的诗人诗作形成搁置甚至遮蔽。我们不能不承认，阅读者越来越呈现为专业化和圈子化。或者说，写作、阅读和批评都越来越在“自说自话”且“自以为是”。我们知道自古以来就有些好诗写得就不像“诗”。显然，很多刊物都会不同程度地将这些“不像诗的诗”阻挡在门外。而更为重要的还在于，尤其是国家级期刊的用稿标准会对写作者、阅读者和批评者形成巨大的“塑形”作用。其中刊载的诗歌无形中已经成了很多诗人尤其是青年诗人仿效的“样本”，诗歌趣味和写作的“同质化”问题就出现了。这也很大程度上形成了诗歌写作的“同质化”倾向，而这个不良倾向已经存在了很多年。或者说这种“题材类同化”、“表达趋同化”、“意识社会化”的诗歌写作现象的出现不能不反映了诗人身份的复杂性以及生存压力和影响的焦虑。当然这也不能排除作协系统、评奖标准、主流趣味、刊物口味所一起形成的对诗歌写作者尤其是年轻写作者们的重要影响和“规训”。再进一步，由“同质化”的诗歌写作我们必须面对另外一个重要的层面——阅读。由这些文学期刊每年的发行量（有的每况愈下，发行数量已经难以示人）我们要说我们的读者是谁？读者群的“成分”？流失的读者哪里去了？尤其是对于诗歌刊物而言，其阅读者无外乎诗人、诗歌习作者、批评家和各大高校院所的一部分学生（更多是与文学相关专业的研究生）。这实际上就形成了一种“小阅读”，或者说这种阅读带有小范围内的“专业化”倾向。而更令人堪忧的是各大期刊不仅形成了写作者的“同质化”，而且也对阅读者和研究者形成了带有同质化倾向的阅读趣味和评判标准。实际上这就形成了一个封闭的系统，而其结果就是每年下来，在汪洋般的诗歌大海上能够真正站立的岛屿般的诗人寥寥无几。我们是否也会由此引发这样一系列追问：我们是否进入了“纯文学”式微的年代？

三、“跨界”与“微阅读”

一定程度上还要感谢“主流媒体”尤其是网络新媒体和博客、微博以及手机等“自媒体”的开放度和“水军力量”。很多热点问题都是在媒体和直播平台最先引发围观和热议，似乎网络民主的呼吁正在频频敲门（当然网络以及“网络”民主自身就具有复杂性，也具有不可避免的负面性和欺诈性）。而这种社会事实的复杂性、多层次性和差异性实际上并非是在近些年才出现的历史事实。而我们普遍忽视了最为重要的就是媒体的力量。正是媒介和“电子”的力量，众多在以前不可能被沉默的大多数所知晓的各种社会现象终于能够每天及时性地传递和互动。尤其需要注意的是更多诗人的个人化的想象力已经远远跟不上瞬息万变的各种“惊天动地”的关涉社会日常生活和“小人物”的个人事件和冲突。那么，当诗歌已经无力对社会事实和更为繁复的精神事实与想象空间作出合理和及时有效的呼应和回应的话，诗人就不能不遭遇到尴尬的地步。而在社会分层愈益明显、社会现象和民生问题愈益显豁的语境下，网络、博客以及微博等迅捷自媒介和“新闻体”效应对诗歌写作、诗歌刊物和诗歌接受都构成了某种挑战。而这种挑战也不能不影响到对传统意义上诗歌的诸多重新认识甚至反拨，从而也随之出现一系列变化、变体、跨界和调整的过程。在一个社会分层激荡以及全媒体和自媒体（博客、微博、直播）的“灌水”和“围观”的“微”时代，似乎无论是诗人的人数还是诗歌的数量我们都有难以置喙之感。这让我想到了一首关于“网络中国”的词（临江仙）——“全国人民来灌水，/ 管他狗熊英雄。/ 嘻怒笑骂转头空，/ 帖子依旧在，/ 几块板砖红。// 各种 PAD 一起上，/ 急了就用 IPHONE。/ @你我喜相逢，/ 辛卯那些事儿，/ 都在网络中”。文学期刊和纸质媒体已经不能完全具备承载各类诗人的写作“自由”、发表“民主”和诗歌“个性”和“自由”的空间。那么当这种空间被一定程度上转移到民刊、网络论坛，尤其是博客和微博上，这无论是对阅读还是对于批评都提出了相当的挑战。诗歌写作者与网络、博客以及智能手机的关系越来越密切，诗歌的写作、发表和评价途径因此发生变化。我们必须正视的一个问题就是，“新媒体”的出现是否一定程度上改变了诗歌生态（包括文学生态，目前出现了很多以“博客”为主要资源的刊物）？是否一定程度上修正了“正规”渠道和“主流”系统的诗歌美学与评判标准？

网络不可能改变中国诗歌发展的基本格局，网络只是作为一种新媒介的方式使得诗歌写作、发表和传播变得愈益快捷。随着新媒体、自媒体以及传播渠道的多样化和迅捷化，诗歌的“跨界”表现越来越明显。《人民文学》推出的“新乐府”也在一定程度上反思诗歌的功能以及诗歌的类型。诗和歌的关系思考以及对一般和传统意义上的诗歌概念和趣味的拨正无疑具有积极的作用。无论是周云蓬作为诗歌与民谣甚至摇滚结合的代表，还是从容的“第一朗读者”的原唱诗、黑大春的歌诗小组、曹克非的“诗歌剧场”，都一定程度上回归了“诗歌”的“音乐性”和“耳感”源头。而深圳诗人兼戏剧家从容开创的“中国诗剧场”和“第一朗读者”在诗歌与戏剧、音乐的融合与探索上具有重要意义。此外，还有“新诗实验课”以及“词场·诗歌计划”活动也都呈现出诗歌与其他艺术形式之间的互动。

新媒体尤其是自媒体的盛行不能不使得诗歌生态发生变化。这种变化一个最为显著的特征就是“微阅读”。在我看来“微阅读”涉及几个层面：面对数量极其庞大并且每一刻都在激增的各种媒体介质上的诗歌，任何一个阅读者和批评者的视野和阅读量都显得微乎其微。现在阅读的发生已经很大程度上转移到了电子阅读，论坛、博客、微博成为阅读最为集中的空间。阅读传统纸质刊物的读者越来越呈现出了小圈子化、知识化、专业化，甚至这些传统意义上的阅读人数也是非常微小的。这种阅读实际上一种“伪阅读”。换言之读者更多是专业人士构成的(写诗的、评诗的)。值得注意的是透过诗坛我们不仅发现了仍然有些人试图做“后退”的先锋主义者。仍然有隐逸的自铸个人冷暖的清音者，而且几乎更多的诗人自觉或不自觉的向生活的暗处、生存的漩涡和时代的冰山投注了目光。这仍然是一个存在着伦理化写作甚至“泛政治”的写作的年代。这个时代可能不一定需要与风车大战的勇士，但是肯定需要那些敢于说出“真话”的诗人。在一个所谓不断加速度“前进”的时代，心存真诚和敬畏地做一个不断后退的先锋主义者。确实，有时候或更多的时候我们需要逆流而上和顶风前行。

第三章　从“广场”、咖啡馆到“地方”

尽管极权年代的政治广场已经逐渐走入历史烟云的深处，但是对于更多的诗人而言一种挥之不去的“广场”情结仍然存在。新世纪以来作为重要的公共空间的广场已经不再只是具有政治功能，而是在城市文化、个体经验和现实想象的层面具有了更为多元和复杂的象征意义。

随着城市化尤其是城镇化时代的到来，在祛除地方性语境下诗歌写作的“地方性”显然成了必须重视的问题。这已经不单是诗学问题，而且具有关于“民生”和“传统”的社会学问题。这对于那些有着前现代性经验和乡土体验的诗人而言更成了一个时代的命题和难题。这也几乎成为了新世纪以来诗人的集体性命运。“南方”、“北方”不仅是现实存在，更是语言的存在和想象的存在。同时我也注意到作为一种典型性的“南方诗学”和“北方诗学”正遭受到全球化、城市化和工业化背景下强权的挑战与同一化力量的消解。还有多少诗人能像柏桦在2005年写给北岛的信中那样大声宣告：“我刚去过伟大的江南？”

在城市化和城镇化今天，诗人的地理诗学和地理文化想象显然在当下的语境下具有不言自明的重要性和两难性。“南方”和“北方”在文化、存在和历史想象力的容留中曾经浓缩了一个时代的民族志和地方史。但是在一个祛除地方化的同一化时代，南方以及北方的诗人发生了怎样的变动与转捩？当广场不再是政治狂欢和挥舞的拳头和旗帜，当诗人在咖啡馆伴着柔靡的音乐谈诗，当拆迁队到来的时候诗人在即将拆毁的故乡匆匆收拾行囊,我们的诗歌该何去何从?

第一节　广场诗学与“饥饿”之歌

从 1990 年代末期“70 后”作为整体性的诗歌运动的出现以及后此的十多年时间的诗歌写作历史来看,其诗歌美学和思想立场的分化已经愈益明显。其存在的问题也亟待梳理和反思。而这一代人的诗歌写作从一些方面凸显了一代人的共性,比如整体性上的历史想象和对生存现状、写作场域的焦虑感。这就体现为“70 后”诗人在政治、经济、文化和后工业场域下的“广场”地理上所展开的带有“饥饿”性质的尴尬写作和繁复的精神履历。

在一定程度上研究者要合宜、准确地了解和概括整整“70 后”一代人不无繁复甚至驳杂的诗歌写作无疑有着很大的难度,因为这所指涉的诗人、文本、现象甚至包括的运动和争吵都还在进行与发展当中。但是从整个“70 后”一代人的生存背景、社会政治语境、文化机制、精神征候、写作心态等复杂的因素出发寻找这一代人诗歌写作中存在的某些共同的因子却是有“根”可依的。这对于梳理一代人的精神履历和写作症候是有裨益的。特殊的社会政治文化语境以及此后在 1980 年代末期开始的翻天覆地的颠覆性社会转型注定了“70 后”一代人不能不尴尬地生活在政治、商业和城市的广场地理之中。而城市空间里巨大的广场和遥远异乡的正是黑沉沉的铁轨和寂寞的乡村小站以及绵绵不断的时代“乡愁”。

一、“70 后”一代与广场

无限膨胀的现代化进程则成为这些 1970 年代人生存的一个全新的广场。金钱和欲望成为这个广场上的旗帜或新的纪念碑,广场也遭到了前所未有的质疑,但它们依然以新的寓言形式存留。革命的、政治的、运动的集体性的广场尽管已经成为遥远的过去,但是那广场和纪念碑高大的阴影却难以抹掉。而更为令人尴尬的还在于在无限膨胀、无限加速度的现代化进程中一个新的后工业时代的广场正在建成。当70年代人出生的时候特殊的社会文化语境以及此后在1980年代末期开始的翻天覆地的颠覆性转折和“轰响”声中新的社会时代的开始注定了“70后”一代人不能不生活在这样的尴尬境地——广场与异乡。而连接杂乱的广场和遥远的异乡的正是黑沉沉的铁轨和寂寞的乡村小站，在第六代导演贾樟柯（1970—）的《小武》《站台》《逍遥游》甚至《三峡好人》电影叙事中，我们能够清晰地看到“70后”一代人在1980年代以来的成长故事和生存寓言。广场成为“70后”一代人尴尬的出生地，也见证了“70后”一代人尴尬的外省意识和漂泊宿命。这一代人在广场上面对集体主义和理想情怀在默默地发呆和失语，在异乡面对生存和现实的旋转木马而眩晕、致幻。在大起大落、交错纵横的时代背景转换中，一代人的成长、生活和写作都与广场和异乡如此暧昧地纠结在一起。甚至可以说广场和异乡成为“70后”一代人不无尴尬的精神背景和社会履历，甚至也成为一代人诗歌写作的动力或者说一种宿命性驱动。他们集体性强调的是真实的一代人的心灵感受和苦涩的草根世界，而不是虚张声势的历史乌托邦想象和神话。而且我们似乎看到了这个物质化的“广场”比上一个政治化的“广场”具有的更大的腐蚀力。上一个“广场”里腐烂的是观念，而这一个“广场”里腐烂的却是心灵。当空旷的广场、黄昏、象征时间的割草机和褪色的生活一起呈现的时候，广场更多是沾染上一种空前寂寞的霉味。这种霉味则是实实在在的个体生活略显冰冷的体味。“广场”从来都不是一个中性的不偏不倚的词汇，而是充满了伦理道德甚至教义的气息。“70后”一代游走于理想与物欲之间，好像任何姿态和方式都已经那么不合时宜，日常生活和理想境遇几乎是同时被遮上一层阴影。广场意识在诗歌中的展开很容易拓殖出关于历史、时代和记忆的最为有力、顽健也最为持久的焦虑、反思甚至反拨。当祖国、落日、高山、草原、河流、麦地和市场、超市、夜总会、酒吧、洗浴中心和脚手架一起出现的时候，“70后”一代人的生活是多么得不伦不类。老式的风车还在精疲力竭地慢慢旋转，而疾速驶过的时代列车留下的是无尽的苍凉与迷茫。广场上狂欢的巨浪、亢奋而盲目的激情，翻卷不息的手的海浪和绿色军装、红色旗帜的波涛，理想主义和革命浪漫主义的铺天盖地的豪言壮志注定没有随着1976年的结束而结束，而是成为一种习惯性的记忆与胎记。

宏大广场所构筑的地理和精神的“异乡”让“外省”诗人们无路可走。值得庆幸的是“70后”诗人以义无反顾的姿势来构筑自己精神“基地”的地缘政治学。他们不断将散落在各处的地理空间以诗化的意义，不断在日常化景观中呈现当代诗人的微观精神图景。围绕着广场弥漫开来被利用和矫正过度的政治文化、乡野文化和城市文化给诗歌写作带来了巨大的挑战。“70后”诗人在真实地域和想象空间的交织中通过梦呓与白日梦，现实与寓言相交织的文本世界呈现了一个时代的“广场”诗学和“缺氧”与“饥饿”状态的灵魂风暴。

“70后”一代诗人依然有他们内心的“广场“，而且他们从出生之日起就宿命般地生活在政治年代尾声里集体性的广场之下。尽管商业、城市的广场早已遍布中国的各个城市和乡镇。虽然这种宏大的政治广场在“70后”一代人的现实生活中并未维持多久，但是这短暂的政治和革命理想主义的晚照却已永远地留存在这代人的灵魂深处。愈益“成熟”和沧桑的“70后”一代人已经开始重新认识和反思一代人不可更改的广场意识和理想主义情结。1990年代的商业和都市的广场取代了政治广场，一块块五彩斑斓的工业瓷砖代替和铺满了曾经的墓地、纪念碑和英雄的故居。麦当劳的快餐文化已经取代十字架和鲜血。这成为后社会主义时代新一轮的广场诗学。

“70后”一代人所面对的却是物质和精神上的双重“饥饿”。

城市的广场投下的无所不在的阴影将他们并不高大的身躯深深覆盖。“饥饿”甚至在一定程度上成了“70后”一代人的墓志铭：“你站在我的嘴唇上喂我 / 我却吃到了一块阴影 / 我的肚子好饿 / 胃里没有钢琴 // 月亮是一个瘦鬼 / 砸到天上的一个大坑 / 月亮是一块 / 我吃不到的薄饼 // 奄奄一息的国家 / 到处是奄奄一息的啄木鸟 / 到处都是 / 咬着沉默的蛀虫 // 在地狱弥漫的年代 / 你册封我为越狱的逃犯 / 一只在白日飞翔的雄鹰 / 我却只向往着黑夜 / 那只欠条里的萤火虫”（江非：《后饥饿之歌》。灯塔倒下后是大片的废墟，前行的路上充满了腐臭和糜烂的气味。在“70 后”一代诗人的身上同时流淌着理想主义和务实主义的河流。这两条河流又不时地在河道的改向和飓风的席卷中纠缠、混杂在一起。这些河流里所有的浮游生物和水生植物都不适合“70 后”一代人的胃口，他们在物质和精神的饥饿中徘徊、寻找、流浪。关于“广场”意识的书写是这一代人诗歌地理学上一个重要的坐标。当然，我所指涉的“广场”更多是一种个人化的历史想象力和反思立场的一种精神式的内在呈现，而非简单的关于物理性场景甚至装置性“广场”的直接比附，“一个怀揣诗艺的无产者，依旧夹着一条理想主义尾巴 / 有人趁着暮色，在灰暗的广场，继续演说 / 有人继续偷窥，时代的后娘，伪君子和虐待狂的搔首弄姿”（江雪：《秋夜闻书》）。政治的、工业的、力比多过剩的广场上诗人不得不夹着“理想主义的尾巴”在肃杀的秋天为自己设置一个简陋但又暂时温暖的了慰心怀的房舍。他们也不得不与内心和书卷进行沉重的对话或诘问，“钟鼓楼，在这个城市的阴部，你看不到的 / 你想看到它很简单，绕过身后的步行街，冲出人流 // 那一刻，钟声响起 / 火车不愤怒，自行车不恋爱，飞机不梦想 / 当我们抬头看天时，上帝在小便 / 我们不得不撑起伞，穿起灰色雨衣，匆匆穿过陈家湾广场”（江雪：《钟鼓楼》）。江雪在“广场”上更为关注的是后工业和城市语境下一代人的尴尬宿命和生存的沉重与艰辛以及巨大的荒诞感，“一半干涸，一半汪洋的浪漫国家 / 我情愿闭上双眼，做一回 / 湖边的死者，越过青年时期的 / 那场虚惊 // 当我们经历虚惊之后，一群人变成了机器猫 / 匆匆消失于广场，逃进动物园”（《休克》）。

在谈论“70 后”诗人的广场诗学时不能不在文学的谱系性上提到朦胧诗时代的北岛和 1990 年代的欧阳江河。显然“70 后”一代人的广场诗学与北岛和欧阳江河等人有着相当明显的差异，但是也存在着不容忽视的历史关联。

北岛作为“今天”诗群的主将其强烈的对决意识和精英立场、启蒙姿态使得他不断扔下决战的白手套。他不断地在黑暗的现实和想象性的视阈中清洗和擦拭着一切。北岛诗歌中的广场成为那一代人在红色年代里狂乱而荒谬的精神“履历”和时代寓言——“我曾正步

走过广场 / 剃光脑袋 / 为了更好地寻找太阳 / 却在疯狂的季节 / 转了向，隔着栅栏 / 会见那些表情冷漠的山羊”（《履历》）。显而易见，北岛在这里所指涉的广场就是最具象征意义的天安门广场。这对于中国人来说是一个再熟悉不过的政治和文化空间。天安门，曾经是（现在仍是）亿万未曾目睹其真容的外省“人民”一生的梦想，是一代又一代人的朝圣地。而作为一个具有特殊意味的地理和人文概念，天安门广场也见证了半个多世纪命运多舛的新中国的社会巨变，“第二次世界大战结束和 1949 年全国解放后，紫禁城被辟为博物院，天安门前拥挤的小胡同被夷平了，建起一个巨大而壮观的广场。在广场的正中央，耸立着高耸入云的革命烈士纪念碑。两旁是新成立的共和国的公共建筑，肃穆而庄严，没有任何修饰。1966 年‘文化大革命’期间，天安门成为一个检阅台，成百万计的红卫兵云集于此。门楼上迄今悬挂着那一代精神领袖的巨大彩色画像”①。“广场”一词在中国新诗史上早已经成为一个内涵丰富的政治寄寓甚至是主流文化和意识形态的寄托。而欧阳江河的《傍晚穿过广场》则成为“90 年代”诗歌和社会转型的时代寓言。这正如黄昏下的广场，昏暗、暧昧、模糊，曾经的鲜血和牺牲已被喷射的商业时代的清水冲刷干净。曾经站立或倒下的广场上的人群成了时代最好的见证。一个曾经的理想主义时代已经结束了，强硬的政治铁板也已经粉碎，“我没有想到这么多的人会在一个明媚的早晨 / 穿过广场，避开孤独和永生。/ 他们是幽闭时代的幸存者。/ 我没想到他们会在傍晚离去或倒下。// 一个无人倒下的地方不是广场。/ 一个无人站立的地方也不是。/ 我曾经是站着的吗？还要站立多久？/ 毕竟我和那些倒下去的人一样，/ 从来不是一个永生者”。正如“傍晚”来临的时候一种渐渐阴暗的黑色基调笼罩了这首关于历史、时代、现实和精神的反讽与自审之作。这是一个时代的结束，也是另一个时代的开始。然而，尽管欧阳江河在《傍晚穿过广场》这首诗中同样设置了城市的意象，尽管欧阳江河和北岛的广场抒写与“70 后”诗人的“广场”相同之处在于二者都具有深刻的历史想象力和对个体命运的省思与剖视，但是

① 史景迁：《天安门：知识分子与中国革命》，中央编译出版社 1998 年版，第 3 页。

我们仍可以清晰地看到北岛和欧阳江河他们更多的是强调了内心对宏大的政治历史场景的质问。他们不约而同是在陈述一个遥远而模糊的“红色”历史的必然结束。我们甚至可以说关于广场的宏大叙事正是在北岛和欧阳江河这里得以最终完成，而真正意义上同时呈现了个人与城市、历史、生存、精神的融合性的广场写作却还是从“70后”诗人这里开始的。

尽管这一代的诗歌写作是非常繁复的，精神向度也是极其多元的，但是他们的诗歌底色一直存留着“城市广场”时代的黑色“乡愁”的胎记。通往圣洁、“乡愁”之路的灵魂安栖之旅被一个个巨大的难以跋涉的广场和城市的一个个高大的建筑所隔断、阻绝了。

二、政治遗留和城市化语境下的广场抒写

“70后”一代诗人在“广场”上更为关注的是工业和城市的语境，叩问一代人的尴尬宿命性和生存和精神履历。尤其是那些有着乡村背景的“70后”诗人，他们在童年时期基本上是在吃不饱、穿不暖的生存边缘徘徊，一块糖，一个冰砖（当时的一种冰棍儿，五分钱一支）就成了最大的满足。他们穿着过时、打着补丁的黑色或蓝色的布衣在田野上寻找朴素的快乐。他们的整个童年被泥巴、石块、污水池、玻璃球、自制的弹弓、火枪、铁刀、铁环这些玩具所充斥并且乐此不疲。他们在“人民公社”时代遗留的土地、废墟、生产队牲畜饲养室里上演着童年廉价的欢乐。他们同样挖过野菜，捡过柴禾，甚至在放学后到收割后的田野捡拾麦穗是一项必修的功课。“70后”这代人青少年时期的学习生活、阅读范围和娱乐活动都是相当匮乏的，连环画几乎成了他们最为深刻和珍爱的读物。需要强调的是“红色”政治文化对“70后”一代人的影响。《毛泽东选集》和毛泽东的瓷像曾摆放在家家户户的显要位置，公社的大喇叭以高分贝宣传着时代精神和重要的方针指示。革命文章、革命歌曲是每次盛大的节日联欢的必选曲目。他们从很小的年纪开始就被塑造成了同一的刻板形象——“五讲四美三热爱”。但是到了1980年代，政治和集体主义时代的禁欲不可避免开始瓦解，而与此同时商业、金钱、物欲、务实主义的社会气息也越来越强烈。几毛钱一场的枪战和色情弥漫的空气污秽的街边录像厅，摆在大城市、小乡镇大街上用于娱乐和赌博的台桌球，大量通俗的、低俗、恶俗的带有赤裸美女音像图书制品在烟尘飞扬的大街上搔首弄姿。大款、奸商、官倒、大哥大、茶叶蛋、小贩、站街女、下海、下岗工人、流氓、“严打”等等一起强烈的冲击着“70后”这代人尚未成熟的惊恐的眼睛和稚拙的内心。“红色”革命教育和传统的农耕情怀规训了他们的奉献精神和纯真理想，但是成长年代里越来越复杂的社会使得他们成了清醒而困惑的一代，理想而务实的一代，守旧而背叛的一代，沉默而张扬的一代。这就注定了“70后”诗人身上普遍有一种对广场等宏大的集体或政治事物的疏离甚至反拨。

懵懂年代的革命、政治、运动的广场已经成为遥远的历史烟云，而无限膨胀的现代化进程则成为这一代人生存的一个全新的“广场”。广场上狂欢的巨浪、亢奋而盲目的激情，翻卷不息的手的海浪和绿色军装、红色旗帜的波涛，理想主义和革命浪漫主义的铺天盖地的豪言壮志没有随着1976年的结束而结束，而是成为一种习惯性的融入血液的集体记忆。尽管可能这种红色的记忆随着年龄和阅历的增长已经遭到了这一代人的质疑甚至一定程度的颠覆。“70后”一代在“广场”上更为关注的是后工业和城市语境下个体的尴尬宿命和生存的沉重与艰辛以及无处不在的荒诞感。

在一些“70后”诗人那里广场也遭到了前所未有的质疑和挑战，但这种诗歌话语仍然是采用了寓言的方式，“除了当众滋事的念头 / 我对广场没有什么想法 / 当下午的阳光把整座大楼移向广场 / 我听到内心坍塌的声音 / 想挖广场的墙脚”（安石榴：《文化大楼前的广场》）。革命的、政治的、运动的集体性的广场尽管已经成为过去，但是广场和纪念碑高大的阴影却难以抹掉。在个市场天气的城市广场上迷蒙光线照耀的不再是挥舞的铁拳、昂扬的歌声和摇动的红旗，而是迟疑的、沉重的来自“外省”和异乡的青年。广场这个最具时代象征意味的公共空间也成为诗人言说的场域性的精神现实。他们在观照以往历史的同时背负着更为巨大的生存包袱。这甚至使他们在压抑中患上了精神分裂的症候以及失语症，“广场上的青草和黄昏。/ 吞吞吐吐的割草机和面色灰暗的步行人。/ 一半的颜色在减褪，另一半的颜色正在缓慢地加深。/ 像昨天有人从雕像下慢慢走过。/ 像今天也有人这样从雕像下走过 / 却是另一些抛弃历史的人。/ 他们牵着孩子,别着胸针 / 嘴里轻唱着时光的流失/ 啊心灵,心灵,腐烂的草根”(江非:《沧海雀·17》)。在我看来江非诗歌中广场上的“这些抛弃历史的人”并非简单的要张扬历史的记忆,而是要强调真实的一代人的心灵感受和苦涩的草根世界并借此对历史乌托邦的想象和神话提出挑战。在“70 后”诗人群体大量的广场抒写中我们可以感受到城市化、生存化、日常化的“广场”和曾经的政治化、集体性的革命“广场”具有着同样强大的规训力量。而这种规训力量的实施无疑是采用了仪式化的方式。当空旷的广场、黄昏、象征时间的割草机和枯燥重复的生活一起呈现的时候,广场更多是沾染上一种空前孤寂的商业时代的霉味。而这种霉味则是实实在在的个体生活况味和精神状态的对应。即使在“70 后”女诗人那里这种个体与生存、历史与现实之间的龃龉和张力关系同样显豁,例如苏浅在《从我现在的地方》中就写到“终于来了,三月 / 但还不是春天。但他们说广场上已经 / 有了春天的样子,那是敞开的心 / 太阳,和风 // 那将是我们,被一只风筝带到高处 / 是空寂的天空,突然涌入了人群,有了生气 // 我们将站在所有方向上 / 看得到的 / 看失去的 / 那曾经使我们仰望的,现在,从云彩中 / 我们一一俯身去看”(《从我现在的地方》)。在仰望与俯身、日常生活与历史场域的张力关系中诗人尽管提到了“春天”、“风”和“太阳”这些温暖的意象,但是这仍然掩盖不了内心深处的孤独、不安和难耐的寒冷与沉暗。虽然宏大的政治的广场在江雪等 70 后一代人的现实生活中并没能维持多久,但是这短暂的政治和革命理想主义的晚照却已永远地留存在了这代人身上。开放的广场会让人本能地想到封闭的监狱。在强烈的个人化的历史想象力对历史和现实的观照和重新清洗中,诗人愤怒而又盲然无助的面影却愈益清晰,“夜色中的火车 / 去遥远的京城,去郊区,去集中营,去 / 提篮桥,去古拉格群岛 // 陌生的父亲/被大片大片的葵花 / 包围,燃烧 // 父亲啊,我多么热爱 / 这怒火中的/监狱,这怒火中的祖国”(江雪:《2019 年的监狱》)。

很多的“70后”诗人的诗歌中都大量存在着“广场”意象，而广场在他们看来无疑是一个反讽的角色。在他们的诗歌中“美妙和谐”的广场几乎是不存在的，“那个在广州街头写诗的流浪汉 / 一身贫穷 居无定所 / 现在他头枕英雄广场　审视天宇 / 犹如审视多年来蜗行的生活 / 星辰相互闪耀　不傲不屈 / 整个夜空弥漫着美妙和谐的气息”（温志峰：《暴雨后繁星满天的午夜》）。广场上的主体已不单纯是高大的英雄雕像和挺立的纪念碑，同样重要的还有那些来自外省的青年。他们有权利自由地来到广场上，而迎接他们的是巨大的生存阴影——“这是一个四处透风的地方 / 天气永远一样 / 一块中性的地方 / 互不相容的东西再次相遇 // 太阳在下午将尽时将倾斜拉长 / 一个阴影 / 从纪念碑的侧面倒下 / 阳光清明尖刻的刀 / 把各种物体铭记在记忆中 / 但从不爱抚它们 / 从不提供安宁幸福的感觉 // 现在，空间以风景画的透视形象 / 从民工眼前冲出去 // 广场被视线拉长了—— / 这使物体有了一种神的疏远 / 和清澈的感觉 / 在压缩中变异互相抵触 / 竭力保持自尊的外套 // 纪念碑浑身裂纹而缄默 / 民工呆坐着 / 用碎片支撑着自身的废墟”（丁燕：《民工呆坐在广场上》）。在雕像与废墟、高大与碎片、重压与尊严、城市与外乡、阳光与阴影的张力冲突中，诗歌的刻刀雕凿的是沉重个体的生存状态和不无压抑的精神图景。吴情水诗歌中午夜的广场就具有强烈的历史感和荒芜体验，“什么人，顶着风寒 / 黑暗在长大 / 什么样的伤痕 / 如风烟，如午夜 / 什么枪声　几乎 / 击倒 // 在破旧的古老的石街上面 / 我低着头　低过我的愿望 / 我沿着什么样的青苔走动 / 叩我的空洞 / 什么样的家门”（吴情水：《午夜，我的广场》）。

三、日常性、去诗意的广场空间

广场的宏大性特征、仪式感在任何时代都是存在的，尽管这种存在在特殊的时代会附加额外的政治、历史、文化的因素。但是即使在战争和运动远去的时代，单就视觉和物理学的意义而言广场的宏大特征仍然是显豁的。甚至一定程度上这种宏大的广场以其不可辩白的力量给个体形成了影响的焦虑感。而对于“孩子”而言，广场更像是游戏的乐园，但是广场的宏大性也不能不给包括“孩子”在内的生命个体带来茫然尴尬和手足无措的感受——“一个孩子 专注于个人的游戏 / 他跳一次　落在一块花岗岩地砖上 / 他想要搞清楚 广场的空阔 / 需要多少方石拼接 / 突然　一个念头让他停了下来 他 / 站在那里　显然是 / 怀疑起默记的数字 / 他回头　想弄清楚自己跳跃的次数 / 已经困难 // 我转过脸 为了不让他 / 看见　有人发现他的沮丧”(徐南鹏:《广场》)。在谭克修对“县城行政中心广场”的深层度量中这个时代的缩影或典型症状更获得了空前的意义与深度,“崇尚构图美学的建筑师,被一根斑驳的/电线杆吸引。广告里的老军医发明了 / 新专利,让他对不检点的生活作风 / 重新拾起了信心。他身后的市规划局 / 展示了法国人设计的城市中心模型 / 数十公顷范围内的建筑将夷为平地 / 变成一个椭圆形的草坪。‘当它被周边的 / 高层建筑围合,真像一只硕大的浴盆’”(谭克修:《海南六日游·海口》)。这些关涉广场的诗句充满了强烈的批判意识和怀疑精神。这种去魅的诗歌话语方式更像是黑暗病区中光亮的手术刀。

广场在“70 后”诗人身上更多呈现为没有英雄雕像的日常生存场景的混乱与平庸。但杂乱无章、缺乏诗意和快感的生活却总不因为广场和纪念碑的出现而改变秩序:“没有人造灌木 / 在除草机叶叶的轰鸣中 / 散发腥湿的滤汁、腻香 / 没有高大偶像 / 顶着光柱无穷上升 / 没有、没有地方志 / 门牙全无的老朽姓氏 / 纠缠着时光划花的镜片 / 没有休息日古怪的狂欢弥撒 / 呼吸与呼吸杂交废气 / 沉淀下来 / 便成为尘土 / 没有一场暴雨扫射过 / 回行针曲折相连的闾巷”(刘泽球:《汹涌的广场》)。在杨邪的诗中广场的公共空间尽管同样是日常的生活景像,但是人群和广场显然对“个体”而言构成了无处不在的“监视”与训诫——“在广场(它巨大而古老)// 那么多早起的人在锻炼 /(显然他们是为了体魄和延年益寿)/ 而我只是其中的一名晨跑者 / 心不在焉,并且不妨说是 / 有点鬼鬼祟祟 // ‘看,这是个滥竽充数者 / 他的腿像圆规、肌肉松驰 / 他的胸膛根本已经 / 无法挺拔……’”(杨邪:《在广场》)。众多“70 后”诗人的广场抒写中所呈现的则是乡村与都市、旷野与广场、古典与现代、历史与现实之间的龃龉和冲撞。冬日的广场在冷寂中呈现了诗人同样冷峻的反思和诘问，而“冬日的广场”也整体性带有了时代寓言的性质：“冬日的时代广场与它的名字并不相称 / 集会的季节已过，没有了乘凉者 / 喷泉不再喷涌，音乐停止，树叶落尽 / 除了几个健身的人，连情侣都不愿在此逗留 / ……现在看去 / 时代广场已经落后于时代。冷清、空旷 / 在这一季节不可避免地没落 / 但另一种情景来临，一阵寒风吹过 / 半轮月亮悬挂于这片开阔地之上 / 愈见古典”（曹五木：《时代广场》）。特殊的成长背景和生存环境使得“70 后”诗人无形中形成一种集体无意识，广场的荣光、血腥、伟大尽管仍在这些怀有理想主义的一代人的身上有着碎片般的闪光，但是更为强大的城市生存的压力和无所不在的压抑成为他们首先要面对的难题。基于此，对于“70 后”一代而言广场是直接和生存（城市）联系在一起的，而非像以前的诗人从革命、战争和政治运动的视域来考察广场的存在和意义。

湖南诗人远人在长诗《失眠的笔记·广场》中对广场的描述和界定基本可以看作一代人具有代表性的认识：“它的建立使城市与乡村得以严格的区分。一个广场的位置，与它同义的往往是物质的中心和建构在乌托邦性质上的高点。尽管它提供的不过是十字路口中央的一处花坛、一个喷泉，或者一尊塑像，——就仿佛是城市在它结构里努力出生的幻境，朝着某个梦想的、同时又是垄断的方向延伸。非常容易看出，在广场上茫然回头的人不会来自城市。广场的巨大平面似乎始终都在排斥一种另外的命运。可以说，它通过象征所维持的，是不带激情与妄想的世界，这正如随同它的复制而被删除掉的诗篇，在形成之前，就已达到了妥协和某种不明确的授意。因为在我每每穿过这城市的广场之时，我感到的眩晕不是来自日光的照耀，而是在我和城市贫血的关系中，广场所赋予的那种强烈、巨大、以及无言的压迫。”显然，宿命性的广场已经成为“70 后”一代人尴尬的出生地。广场也见证了这一代人尴尬的外省意识和漂泊宿命。这一代人在广场上面对理想情怀的失落在默默地发呆和失语。他们在异乡面对生存和现实的旋转木马而眩晕、致幻。在大起大落、交错纵横的时代背景转换中一代人的成长、生活和写作都与广场和异乡如此暧昧地纠结在一起。甚至可以说广场和异乡成为“70 后”一代人不无尴尬的宿命性存在。这一代人的广场叙事并非简单的要张扬或祛除历史的记忆，而是在普遍的反讽意识和“离心”状态中揭示出一代人真实的城市真实、生存现实、历史境遇、心灵感受。

政治年代最后残存的火焰和理想主义精神仍然燎烤着这些“70后”一代人日渐沧桑的面庞和内心。然而当工业时代在无限制的加速度中到来的时候，理想情怀和生存的挣扎所构成的巨大龃龉也使得这一代的生存和诗歌话语中呈现了不无强烈的诘问精神和怀疑立场。广场成为“70后”一代人在由残存的理想主义的尾声年代向商业时代过渡的重要象征。

当商业时代的广场上的落日投射出他们长长的身影的时候，一个农耕情怀的年代是如此真实而残酷地结束了。

第二节　在咖啡馆写作

广场的时代已经远去了，更为休闲的公共空间成为写作和发声的重要场域。其中咖啡馆和写作之间的关系越来越密切和日常化了。而说到咖啡馆与文学的关系我首先想到的是法国的“左岸”(Rive gauche)。

一、从“左岸”到中国咖啡馆

左岸，即巴黎塞纳河的左岸。塞纳河从东南朝西北方向流入巴黎城。塞纳河的左岸也就是巴黎的南部，相对的右岸就是巴黎的东北部、北部和西北部。而左岸显然已经不再是一般的地理图景，而是带有了明显的人文性图景和区域性精神。尤其是在上个世纪初到40年代，左岸的巴黎成为世界文化的中心。聚集在左岸的图书馆、出版社、杂志社、广场、咖啡馆、酒吧和客厅(著名的如哈列维沙龙)成为知识分子和社会精英的文化活动空间。而右岸显然成了中产或高层聚集的消闲娱乐之地。爱伦堡、马尔罗、纪德、布勒东、萨特、波伏娃、梅洛一庞蒂、法尔格等都经常出入于这里的咖啡馆和酒吧，甚至在波伏娃那里咖啡馆已经取代了卧室和办公室。而咖啡馆成为重要的公共空间还与法国人的生活习惯有关，他们都是在自己客厅之外和朋友见面。甚至来自于其他国家的自由知识分子和艺术家以及“流亡者”也在左岸寻求慰藉和庇护，如毕加索、蒙帕纳斯、双叟咖啡馆、圆顶咖啡馆、花神咖啡馆、丁香园咖啡馆（以聚集了不同时期的大量知名诗人而为人称道）等成了一个个最具象征性的文化地理坐标。显然这些咖啡馆和酒吧的形成以及影响不能不得力于巴黎左岸拉丁区的大学传统。实际上早在 19 世纪左岸就因为拉丁区的大学传统和特有的人文魅力而形成了咖啡馆和酒吧的繁荣景象①。这甚至形成了一个文化地缘的传统。海明威曾在小说《太阳照常升起》中借杰克·巴恩斯之口说出左岸对“迷惘的一代”的重要性，“不管你让出租车司机从右岸带你去蒙帕纳斯的哪家咖啡馆，他们都会把你拉到罗桐多去。十年后也许会是圆顶”②。

咖啡馆作为重要的公共空间确实对于文学和艺术甚至是革命文艺都起到了很重要的作用。就连上海时期的鲁迅也经常出入位于四川北路 1919 号坐西向东的三层砖木结构的公咖啡馆。1995 年公咖啡馆因四川北路扩建而拆除，现址在虹口区多伦路 88 号。公咖啡馆由日本人设立，一层卖糖果、点心，二楼专喝咖啡。1930 年 2 月 16 日“左联”筹备会（又称上海新文学运动讨论会）在公啡咖啡馆二楼召开。鲁迅在 1930 年 2 月 26 日的日记中记到：“午后同柔石、雪峰出街饮加非。”③1934 年萧红和萧军刚到上海时鲁迅就带着他们一起到公咖啡馆聊天、谈论文学。而对于当年太阳社和创造社成员鲁迅则不无揶揄到“洋楼高耸，前临阔街，门口是晶光闪灼的玻璃招牌，楼上是‘我们今日文艺界上的名人’，或则高谈，或则沉思，面前是一大杯热气腾腾的无产阶级咖啡，远处是许许多多‘齷齪的工农兵大众’，他

① 如著名的普洛柯普咖啡馆、伏尔泰咖啡馆，前者聚集了卢梭、狄德罗、伏尔泰、丹东、马拉、左拉、巴尔扎克、乔治·桑、莫泊桑、缪塞等著名思想家和作家以及社会精英。

② 赫伯特·洛特曼：《左岸：从人民阵线到冷战期间的作家、艺术家和政治》，薛巍译，新星出版社 2008 年版，第 6 页。

③ 鲁迅：《日记十九》，《鲁迅全集》（第 14 卷），人民文学出版社 1981 年版，第 810 页。

们喝着，想着，谈着，指导着，获得着，那是，倒也实在是‘理想的乐园’”①。

二、咖啡馆与诗人的几个侧影

随着时代以及公共空间的变化我们看看在时代的转折点上两个四川诗人笔下的咖啡馆。

欧阳江河在长诗《咖啡馆》(1991 年)中完成的是一代人(“他属于没有童年 / 一开始就老去的一代”)的精神自传以及对时代、政治和集体命运的追挽。尽管这首长诗中不断出现一个女性和异国的形象，但这仍然是一首名副其实的挽歌。这也是一代人的自画像，“他们视咖啡馆为一个时代的良心。/ 国家与私生活之间一杯飘忽不定的咖啡 / 有时会从脸上浮现出来，但立即隐入 / 词语的覆盖。他们是在咖啡馆里写作 / 成长的一代人，名词在透过信仰之前 / 转移到动词，一切在动摇和变化，/ 没有什么事物是固定不变的”。在欧阳江河这里既体现了写作与国家之间的紧张关系，又不能不呈现尴尬和分裂性的私人生活与精神状态。值得注意的是欧阳江河在这首长诗的广场和咖啡馆交错的空间场景中不断出现和叠加冬天的寒冷景象和精神氛围。而“1825 年”、“1989 年”这样具有历史重要性的时间提示，十二月党人、日瓦戈医生、牺牲者等这样极具象征性的形象以及“流亡”、“流放”、“灵魂”、“俄罗斯”、“国家”、“乌托邦”等精神性的词汇都使得这首诗歌具有浓重的历史感和担当精神。而仅仅一年之后，同样是四川诗人翟永明在 1992 年完成的长诗《咖啡馆之歌》却呈现的是女性个体的物质生活和情感境遇。这与北岛、欧阳江河的一定程度上的精神乌托邦和理想主义困窘的话语方式迥异。诗人截取了下午、晚上和凌晨三个具有特殊性和差别性的时间场景。翟永明在文本中设置了大量的毫无诗意的琐屑、平淡的对话。换言之，这已经不是一个谈论诗歌和真理的时代。在咖啡馆里分贝最高的是谈论社区、生活、异乡、性欲还有乏味爱情的声音，“上哪儿找 / 一张固定的床?”这是否成为咖啡馆这样的公共空间里最具私人性和身体性的

---

① 鲁迅:《革命咖啡店》,《鲁迅全集》(第 4 卷),人民文学出版社 1981 年版,第 116 页。

追问？而公共空间沾染上的浓烈的情欲和身体味道几乎成了当下时代的寓言——我在追忆 / 西北偏北的一个破旧的国家 // 雨在下，你私下对我说 /‘去我家 / 还是回你家？’”

而到了 90 年代后期诗人们更为频繁地出入于咖啡馆、酒吧甚至星级或者洲际大酒店。尤其是在这一时期的女性写作那里，咖啡馆和酒吧更多的成为带有情欲和爱情憧憬的日常空间，“酒吧是一种建筑结构，是一座放满音厢、窗格、花朵、美酒的居室。直到如今，它的幽静而富丽的幻想吸引着爱情，博爱和思念的人们。春天，等到又一个春天到来的时候，那座酒吧等待着我们，就像世界敞开的居室”（海男：《酒吧》）。诗人也仍然在看似认真地讨论诗歌的历史和未来，但是诗人已经显得心不在焉或者力不从心！因为时代和生活的重心已经发生倾斜。尽管在那些五六十年代出生的诗人那里仍然会惯性地在这些公共空间里寻找精神和诗歌的意义，但是对于那些更为年轻的诗人而言咖啡馆也许与诗歌有关，但是更与越来越没有意义和丧失了精神性诉求的生活有关。正如姜涛所说“在海淀与农展馆之间，在北大的博雅塔与北师大的铁狮子坟之间，在上苑的小树林与摩登的酒吧之间，在一场接一场的酒局和长谈之间，并没有一种完整、统一的诗歌气质被发展出来”①。

在咖啡馆里，色彩、香气、味道和醉意可以从一个瓶子或许多瓶子里倒出来，从方形的、圆柱形的、圆锥形的、高的、矮的、棕色的、绿色的或红色的瓶子里倒出来——“可是你自己选的饮料是清咖啡，因为你相信巴黎本身就含有足够的酒精。随着晚上的时间消逝，就更会使人醉倒”②。

在沈浩波这样 2000 年左右高举“下半身”大旗的诗人那里，咖啡馆也不能不带有青春期力比多和身体欲望的味道。新街口外北大街甲八号的福莱轩咖啡坊成为八九十年代北师大校园诗人伊沙、侯马、

---

① 姜涛：《没有共识，又何需争辩》，《巴枯宁的手》，北京大学出版社 2010 年版，第 82—83 页。

② 马尔科姆·考利：《流放者归来——二十年代的文学流浪生涯》，张承谟译，重庆出版社 2006 年版，第 122 页。

桑克、徐江、沈浩波等光顾、聚会的场所。

1999年3月12日春天，沈浩波在大学毕业前夕写下《福莱轩咖啡馆·点燃火焰的姑娘》。当咖啡馆是和姑娘（“小姐”）置放在一起，我们可以约略知道这首发生于咖啡馆场所里诗人的精神指向，“从今年开始我才刚刚是个男人 // 要不然就换杯咖啡吧 / 乳白色的羊毛衫落满灯光的印痕 / 爱笑的小姐绣口含春 / 带火焰的咖啡最适合夜间细品 / 它来自爱尔兰遥远的小城。// 你眼看着姑娘春葱似的指尖 / 你说小姐咖啡真浅 / 你眼看着晶莹的冰块落入汤勺 / 你眼看着姑娘将它温柔地点着 // 你说你真该把灯灭了 / 看看这温暖的咖啡馆堕入黑暗的世道 / 看看这跳跃着的微蓝的火苗 / 在姑娘柔软的体内轻轻燃烧”。一年之后的夏天，还是同一间咖啡馆。沈浩波在与于坚、伊沙、侯马、黎明鹏相聚谈诗。不久之后沈浩波写下《从咖啡馆二楼往下看》。在二楼居高临下的视点里他不是在审察时代和人群，而是紧盯在那些穿着暴露的异性身上，“我一边听着 / 一边透过玻璃窗往下看 / 姑娘们正从对面的商场走出来 / 她们穿得很少 / 我看着她们 / 我晃动着大腿”。

第三节　城市和城镇化与“地方”诗学

而多年来随着不断的出游和对地理版图上中国城市和乡村的认识，我对诗歌地理学越来越发生兴趣。当年的保罗·克鲁曾在游记《骑着铁公鸡——坐火车穿越中国》中描述了从广州、上海到哈尔滨、新疆的“南北”见闻，而我想考察的则是新世纪以来当代汉语诗歌的“空间”结构以及人文视角下的“地理”图景的重要性。

政治地理学意义上的“体国经野”（《周礼》），也即行政区域等级划分也显现出不同的地貌、气候、居民、建筑以及人文环境的巨大差异和层出不穷的层级的多样性特征，而对于有68条总长超过六万公里的陆地省界和41万多公里县界的中国而言，我们不能不发出地大物博的感叹，而感叹背后是这些难以计数的界碑背后的生活方式、属地性格和人文界限的诸多差异性。然而，曾经有着巨大差异的地方和地方性正在城市化和城镇化时代遭受到前所未有的挑战。

一、城市化对“地方性”的挑战

而随着城市化和城镇化时代的降临，我们的诗歌地理和地方性正在发生着怎样的变化？新世纪以来汉语诗歌写作不能不让我强调地域性和文化根性对于一个地域和诗人个体写作的重要性。诚如梁启超先生所言“盖文章根于性灵，其受四周社会之影响特甚焉”。在《诗经》《楚辞》《左传》《文心雕龙》以及梁启超的《南北文学不同论》等经典文本中地域性得以显现出其在文化和历史中的意义。勃兰兑斯认为人和文学都是时代、种族和环境的综合产物。据此勃兰兑斯强调卢梭《新爱洛绮思》的重要性并区别夏多布里昂与卢梭文学作品的差异主要是在景物描写上，而这种环境的差异在勃兰兑斯看来也正是卢梭与夏多布里昂以及其他作家的相异之处的根源。所以在那部影响深远的《十九世纪文学主流》中勃兰兑斯以大量的、华采的、美仑美奂的散文诗般的笔触来极其细致地描述卢梭的故乡，也即《新爱洛绮思》的取景之处，借此说明环境对人和文学的重要影响。确实不容忽视的是一个作家的“出生地”以及他长期生活的地理空间无论是对于一个人的现实生活还是他的精神成长乃至他的文学写作都有着一定的影响。当然笔者这里所要强调的“南方”、“北方”的诗歌创作与其故乡之间的血缘关系与海德格尔所强调的“诗人的天职是还乡”的观点是有差异的。海德格尔更多是强调诗人和语言、存在之间的复杂关系，而笔者更多的是从文化地理学意义上强调南方诗人的“出生地”（包括精神上的）和环境对于一个作家的重要影响以及时代意义。这让我想到智利诗人聂鲁达的一生尤其是后期诗作更为关注普通甚至卑微的事物。他的眼光不时地回溯到遥远的南方故乡，故乡的这些自然景观和平凡事物成为他诗歌写作的最为重要的元素和驱动力。聂鲁达的一生就是时时走在回望故乡的路上，南方的雨林、植物和动物都成为他诗歌创造中伟大的意象谱系，“我从幼小的时候起，便学会了观察像翡翠那样点缀着南方森林朽木的蜥蜴的脊背；而凌空飞架在马列科河上的那座高架桥，则给我上了至今无法忘怀的有关人的创造智慧的第一课。用精致、柔美、会发出声响的铁带编织成的那座大桥恰似一张最漂亮的大琴，在那个明净地区散发着芳香的寂静中展示它的根根琴弦”。在阐释地方与诗歌现象之间的关系时我不是“环境决定论”者，也非“环境虚无论”者，而是更愿意注意到诗歌与文化地理“风水”之间复杂而深具意味的关系。正如海德格尔强调的地理学者不会从诗歌里的山谷中去探询河流的源头，而新世纪以来的已经很少有诗人在义无反顾而又强大有效的在诗歌的山谷河流和地理学中不断探询精神、生命“河流”的若隐若现的“地理诗学”的源头。这些南方诗学的心理起源、历史传统和现实性依据为考察当下诗歌写作提供了启示性的参照。

2000 年以来诗歌写作和诗歌生态都发生了不小的变化，比如新媒体力量的崛起，屌丝文化的盛行，全球化和消费化的浪潮，泛意识形态化的推进。诗坛也在诗歌运动退潮之后在看似繁荣、喧闹、多元的诗歌景象中集体进入了休眠期和丧失诗歌“英雄”的平庸的世俗年代。诗歌运动和诗人群体被无限张扬的网络媒介的似乎无限敞开的虚拟空间所取代。我们这个时代的任何地方都成了城市，连最偏远的农村也正在集体化、同一化的城市化建设中推倒重建。一同推倒的还有这些地域的长期的文化根脉和地理诗学传统，“不同的地域当然会有不同的诗歌。而这种由地域带来的相异形制正渐渐地，有时则几乎是飞快地在削减。这跟这个世界的日益缩小有关，但更主要的原因可能是诗人们深受那叫做时尚的东西的影响，被一种也许能令诗人身价倍增的黄金趣味所要求和左右。诗歌似乎变成了一种体育，来自不同国度，不同区域，不同种族，有着不同肤色，不同智能和技能，不同传统、背景、语言和习惯的诗歌运动员们同场竞技，都得在同一种计分标准下分出高低胜负”①。

北京、上海、广州、深圳、成都都成了中国的“巴黎”，“欲望之城”是个巨大的机器。它能使你神经兴奋，使你感官敏锐。图画、音乐、

① 陈东东：《二十四个书面答问》，《明净的部分》，湖南文艺出版社 1997 年版，第 241 页。

街上的喧嚣、店铺、花市、时装、衣料、诗、思想，似乎一切都把人引向半感官、半理智的心醉神迷的境地。甚至在诗人廖伟棠看来，曾经的具有“波西米亚”特征的香港也正经历了巨大“岁月神偷”般的“地方性”巨变。当廖伟棠因为工作和爱情的原因一次次深入了解了北京，北京也在他的诗歌中呈现为想象中的历史和日常城市生活之间的错位、摩擦和龃龉。其中最具有代表性的就是廖伟棠写于 1999 年 6 月 27 日的诗《北京 1910，一个女密谋家的下午》：“京城的天空密布乌云，稀薄的影子也隐而不见。/‘踏踏踏’，很快，这划破寂静的脚步声也不复闻，/ 但是现在到了一首《马赛曲》的回旋处！/ 现在是一首《国际歌》(她听到吗?)，开始时低徊、喑哑。// 一个英俊的男子与她交臂而过，向她丢了一个眼色，/ 这令她困惑：她记不起他是一个密探，还是另一个密谋家？ /‘反正眉毛都藏在毡帽底下。’也许，他是她曾经的情人，/ 但是现在，她有一把冰冷的匕首紧贴着她的大腿。// ‘是的，革命与情欲不能分开。’就像巴枯宁 / 眉目动人。(快点回家吧，腥风血雨即将落下)/ 在另一侧大街的方向，她听见有人群欢唱簇拥着 / 他们的拿撒勒之王走向城郊的断头台。//‘也许我终将戮杀自己的性命，成为第一个 / 与革命拥抱的女人，陷入最终的，真正的欢愉。’/ 她在能遥望刑场的街角默默站立了一阵，低下头 / 系紧了暗红的衣襟。但是现在，满天的乌云挪开了一线，/ 有一道嶒峻的阳光迅速扫过这片血迹斑斑的大地！ // 她听到吗？一把雪白的匕首直贯她的脊梁—— / 在一首《马赛曲》的回旋处，音乐之上有刀剑在鸣响！ / 迅速沉寂下来，她又迈步前行，走进满城的乌云中。// 她熟悉布朗基的火药味，熟悉马克思所谓‘革命的即兴诗’；/‘下午终于过去了，将要是我们精研炼金术的好时光，/ 不知道她们是否已带来了一个新时代的灵感。’/ 她回到旅馆，天色在她密谋的曙光中渐渐陷入黑暗。”从城市黑压压的行色匆匆的人群中突然伸出的巴枯宁一样的手以及被噪音遮蔽的《国际歌》显得如此唐突。一切都沾染上了虚弱无力的情欲和城市妄想症的味道。这个时代的人们已经无力站在公共空间里成为一个革命者或者密谋家，匕首、火药、刑场、血迹和密谋者只能成为不断被冲淡的想象和白日梦一样的幻景。只有一个个小小的旅馆是真实的，它们可以暂时安眠一个个年轻或正在衰老的身体。爱情、大腿、咖啡和旅馆显然要更为真实。

我们在一次次最初抵达这些城市的时候都是无比兴奋，离开时都是懊恼不已，甚或不以为然。这就是以北京的后海酒吧、三里屯酒吧为象征的喧闹背后的无意义。我们可以尽情地、忘乎所以地陶醉和沉醉于城市，醉宿在任何一个酒店，还可以和任何一个放荡陌生的女子上演身体的“战争”。但是极其可悲和荒诞的是我们在城市和工业、欲望之都的狂欢节上成了出生地和精神故乡双重的异乡人，成了真正的无家可归者。无论是江南还是北方，都已经沦为了商业时代导游图上的一个利益坐标和商业的布景和道具。

二、“城市过敏史”

当深圳的富士康公司投资一百万人民币成立诗歌协会的时候，我们该如何认识诗歌与工业和城市公共空间之间的关系？这个时代的诗人是否与城市之间建立起了共识度和认同感？

1936年卓别林《摩登时代》正在21世纪的社会主义中国上演——人与机器的战争、城市与故乡的对垒。对于当年的曼德尔施塔姆而言城市在诗歌中尽管也是悲剧性的，但是仍然是熟悉的记忆，“我回到我的城市，熟悉如眼泪，如静脉，如童年的腮腺炎”。但是对于谢湘南这样经历了由乡村到城市、由故乡到异地的剧烈时代转捩的一代人而言，他们仿佛是突然之间由乡村被空投到城市。由此，卡夫卡式的陌生、分裂、紧张、焦灼成为了谢湘南这样的“异乡人”集体性的时代体验和诗歌话语的精神征候。“他们都是异乡人，像我一样”。这句15年前的诗句一直都没有离开过谢湘南这样一个“异乡人”最为挣扎、纠结、疼痛和惊悸的内心。当诗歌不得不参与了现实生活，那么这种写作也不能不是沉重的。写作就此不能不成为一种命运。这让我想到了吉尔·德勒兹的一句话，就写作和语言而言“精神病的可能和谵妄的现实是如何介入这一过程的。”当下诗人的写作与现实场域之间越来越发生着焦灼的关联，甚至社会学一度压抑了诗歌美学。正如布鲁姆所嘲笑的很多诗人和研究者成了“业余的社会政治家、半吊子社会学家、不胜任的人类学家、平庸的哲学家以及武断的文化史家”。1992 年顾城关于北京有一组诗《鬼进城》，这是极其诡异、阴森、分裂、着火入魔式的精神妄想症以及准确的城市寓言抒写——“‘死了的人是美人’ 鬼说完 / 就照照镜子 其时他才七寸大小 / 被一叠玻璃压着 玻璃 / 擦得非常干净 / ‘死了的人都漂亮’ 像 / 无影玻璃 / 白银幕 被灯照着 / 过幻灯 一层一层 / 死了的人在安全门里 / 一大叠玻璃卡片 // 他堵住一个鼻孔 / 灯亮了 又堵住另一只 / 灯影朦朦 城市一望无垠 / 她还是看不见 / 你可以听砖落地的声响 / 那鬼非常清楚 死了的人使空气颤抖 //远处有星星 更远的地方 / 还有星星 过了很久 / 他才知道烟囱上有一棵透明的杨树”。但是多少年来真正意义上成熟的“城市诗歌”仍然阙如。谢湘南在城市里写下的是“我在孤独的深圳”。谢湘南以影响焦虑症的话语方式印证了一种典型性的个人存在和“异乡人”身份在当代中国城市化进程中的命运。命定的“离乡”和无法再次回到的“故乡”，罗渡村和深圳成为双向拉扯、撕拽的力量。谢湘南与城市的关系是从零点开始的——“零点的搬运工”。零点，既是一天的结束也是又一天的开始。这种过渡和含混正是城市所天生具有的，它是如此的含混、暧昧、扭曲。城市里的波西米亚者和午夜幽灵一样的精神游荡者已经从波德莱尔的巴黎来到中国的各个城市！谢湘南的诗歌呈现了语言现实和社会现实之间巨大的摩擦力和临床一样的病理特征。值得注意的是谢湘南的“城市过敏史”式的诗歌写作体现了真正意义上的文化、生命和时代伦理等多个层面下的身体诗学和病症式的写作方式。正如诗人自己所说“病(或痛苦)成了生活的母体，一定程度上也成了诗歌的母体”。病态城市文化的癫痫症状以及日常状态的极其琐屑、平庸的后遗症和并发症成了诗歌写作不可回避的现实。谢湘南的诗歌带有敏感、焦虑、多思、脆弱的呼吸不匀的紧张感和失调特征。城市在谢湘南这里更大程度上像一个浑身病症的存在。城市被命运化和身体化了。这就规避了当下的那些看似现实却与城市现实无关的伦理化写作趋向的危险。谢湘南的诗歌中存在着大量的数字——这些数字代表了时间、号码、价钱、公交车站、居所、工厂、病房、死亡、身体、体重、身份、街区、楼层、路程等的陌生化变迁和难以适从的焦虑心理，“105、106、203、305、601、605、703、802…… / 这是我住过的门牌号 / 你记得吗？我住 305、601、605、703 时 / 你来访过—— // 15、9、19、23、12、17、19 / 这是我打死蚊子个数的一周记录 / 小芳，“23”是我们共同的战果 / 那个晚上，一点的时候，你在我怀里 / 睡得多么踏实…… // 18、27、203、301、10、524 / 这些是公路上跑的大巴和小巴 / 看，18 路车开过来了，多么熟悉 / 那一年，我找工作，像一头迷惘的羔羊 / 就是在坐 18 路车转 27 路车时 / 我头上冒着汗珠，匆匆要跑到另一个路口 / 我们撞在一起…… // 04 11 12 25 27 33 35 特别号码 16 / 我们中了吗？没有 / 我们站在彩票出售的窗口，睁大了眼睛 / 我们没有中奖，没有…… / 给你买个冰淇淋吧？我们去逛夜市？逛公园？行 街？// 7754331、7754331、13802987687、13802987687、13802987687…… /“对方用户已关机，请稍后再拨……”/“对方用户已关机，请稍后再拨……”/“对方用户已关机，请稍后再拨……”// 1976、06、07——800；□、□、□ /前面是你的生日，后面是我的一笔稿费 / 再后面的方框，曾记在你的笔记本上 / 是我出生的日期，抑或 /死亡的时间……”(《数字》)。曾经的故地、故乡和乡土、生命都已经成为了拆迁的城市化时代的一个个被操作和涂抹的经济利益驱动的抽象数字。被机器碾碎的身体以及因为各种事件、事故和意外死亡的人成为一个个身份不明的群体性数字。一个个地方和空间已经在不复存在中成为痛苦的记忆。一个去处地方和地方性知识的时代已经到来。谢湘南式的命运的数字化和数字化的命名极其准确地对应了当下时代个体存在的真实状态。

谢湘南很多的诗歌类似于具有象征性的“便条集”和穿越了空间的抽样式的百科全书式的写作方式。他总是尽可能地将各色人物、场景、事物、事件等碎片化的现实以共时性的方式拼贴、挤压在一起。这样密集而快速的意象话语空间就形成了空前的紧张感和压迫感。这一时期的谢湘南在诗歌中越来越清晰地呈现了一个清醒、审慎的具有自身和救赎意识的形象。这是一个在城市空间和现代工业流水线拒绝被复制和同一化而仍存在独立意志和自我意识的写作者。

三、城市里凌晨三点的歌谣

对于当代中国诗人而言，城市、广场、街道、厂区、农村、城乡结合部、“高尚”社区、私人会馆无不体现了空间以及建筑等的伦理功能。城市背景下的诗歌写作很容易走向两个极端，一个是插科打诨或者声色犬马，另一个则是走向逃避、自我沉溺甚至愤怒的批判。邰筐则在城市里凌晨三点这一极具象征性的时间点上唱出了并不轻松的歌谣。风正吹过城市，也吹来了诗行。

1971 年寒冷的正月，邰筐在山东临沂的古墩庄降生。当 1979 年父亲带回来的红色封皮的《毛泽东诗词》被一双黑乎乎的小手和同样弱小的红通通的心灵所一起接受的时候，注定包括邰筐在内的“70 后”一代诗人的命运是如此的坎坷跌宕。邰筐在 1996 年 9 月用 7 天的时间走完长达 2100 里的沂河的壮举对其诗歌写作的帮助以及对文化地理学意义上的乡村和城市的重新确认都大有裨益。如果说当年的芒克、多多、根子、林莽等人是为白洋淀写诗，海子为麦地写诗，于坚为尚义街 6 号写诗，那么邰筐就是为临沂、沂河和曲柳河写诗，为他所熟知的这些事物再次命名。邰筐诗歌中的城市和事物更多是浸染了深秋或寒冬的底色，尽管诗人更多的是以平静、客观、朴素甚至谐趣来完成一次次的抒情和叙写。如果说优异的诗人应为读者、批评者、诗人同行以及时代提供一张可供参照、分析、归纳的报告的话，邰筐就在其列。邰筐的诗与欺骗和短视绝缘，他的诗以特有的存在方式呈现了存在本身的谬误和紧张。工业文明狂飙突进、农耕情怀的全面陷落，“心灵与农村的软”与“生存与城市的硬”就是如此充满悖论地进入了生活，进入了诗歌，也进入了疼痛。在邰筐的诗歌中我们不仅可以日渐清晰的厘定一个诗人的写作成长史，更能呈现出一代人尴尬的生活史与生存史。诗歌和生存、城市与乡村以空前的强度和紧张感笼罩在“70 后”一代人身上，“2004 年一天的晚上，我来到了临沂城里。沿着东起基督教堂西至本城监狱的平安路往西走，妄图路过苗庄小区时，到在小区里买房子住下快有一年的邰筐家里留宿一宿，和他谈一些生活上的琐事，以及具体生活之外的人生小计，实在无话可说了，甚或也说一些有关诗歌的话题”（江非：《记事》)。当谈论诗歌的时候越来越少，当谈论生活的时候越来越多，甚至当沉重的连生活都不再谈论，这些在临沂城的某一个角落席地而坐的青年似乎只有沉默和尴尬能够成为一代人的生存性格，甚至也可能正是一代人的集体宿命。

邰筐在经历 1990 年代后期自觉的诗歌写作转换之后，他的诗歌视角更多的转向了城市。收入“21 世纪文学之星丛书”的诗集《凌晨三点的歌谣》就是邰筐在农村与城市的尴尬交锋中的疼痛而冷静的迹写。邰筐在城市中唱出的是“凌晨三点的歌谣”。凌晨三点——黑夜不是黑夜，白天不是白天。这正是城市所天生具有的，它是如此的含混、暧昧、扭曲。而挥舞着扫帚的清洁工、诗人、歌厅小姐、糁馆的小伙计在“黎明前最后黑暗”时候的短暂相聚和离散正是都市的令人惊悚而习以为常的生活场景。而出现在“肮脏的城市”里的一个一年四季扭秧歌的“女疯子”无疑成了城市履带上最容易被忽略却又最具戏剧性的存在：“这是四年前的事了 / 我每天回家的路上都会看到的一个场景 / 她似乎成了我生活的一个内容 / 如果哪天她没有出现，我总觉得少了点什么 / 甚至会有点惆怅和不安 / 她病了吗？还是离开了这座肮脏的城市 / 后来，她真的就消失了 / 好像从来都没出现过 / 每次经过那个路口 / 我都会不由自主地朝哪儿 / 看上一眼”(《扭秧歌的女疯子》)。2001 年冬天，青年诗人邰筐发出的慨叹是“没有你的城市多么空旷”。如果说此时诗人还是为一个叫“二萍”的女子而在城市里感伤和尽显落寞，而没过多久连邰筐自己都没有预料到在扩建、拆迁和夷平的过程中他即将迎来另一个时代和城市生活——凌晨三点的时间过渡区域上尽是那些失眠、劳累、游荡、困顿、卖身、行乞、发疯、发病的灰蒙蒙的“人民”。邰筐、江非、轩辕轼轲三个年轻人在一个个午夜徘徊游荡在临沂城里——精神的游荡者已经在中国本土诞生。而在被新时代无情抛弃和毁掉的空间，邰筐写出的诗句是“没有人住的院落多么荒凉”。这种看似日常化的现实感和怀旧精神正在成为当代中国诗人叙事的一种命运。我同意江非对邰筐诗歌的评价，“他正是直接以锋利的笔触，以囊括一切的胸怀切入了时代的正在‘到来’的那一半工商业文明之下的城市化进程中的宏大历史场景，而爆发出了强大的诗歌威力，成为一个无愧于时代的诗人，一个以足够的诗歌力量回报时代的人”（《当一个人的诗歌与时代建立了肉贴肉的关系》）。

2008年秋天，邰筐扛着一捆煎饼由山东临沂风尘仆仆赶到了北京。此时，山东平墩湖的诗人江非则举家来到了遥远海南的澄迈县城。我不知道这是不是一种巧合还是印证了我在《尴尬的一代》中对“70后”一代人诗歌写作和生活状态的一句话——漂泊的异乡。似乎这一代人从一出生开始就不断追赶着时代这辆卡车后面翻滚的烟尘，试图在一个时代的尾声和另一个时代的序曲中能够存留生存的稳定和身份的确定。但是事实却是这一代人不断地寻找、不断的错位，不断在苍茫的异乡路上同时承担了现实生存和诗歌写作的尴尬与游离状态。城市生活正在扑面而来。可是当诗人再度转身，无比喧嚣的城市浮世绘竟然使人心惊肉跳。灵魂的惊悚和精神的迷醉状态以及身体感受力的日益损害和弱化都几乎前所未有。与此同时，面对着高耸强硬的城市景观每个人都如此羞愧——羞愧于内心和生活的狭小支点在庞大的玻璃幕墙和高耸的城市面前的蒙羞和耻辱。诗人以冷峻的审视和知性的反讽以及人性的自审意识书写了寒冷、怪诞的城市化时代的寓言。而这些夹杂着真实与想象成分的白日梦所构成的寒冷、空无、疼痛与黑暗似乎让我们对城市化的时代丧失了耐心与信心。多年来，邰筐特殊的记者身份以及行走状态使得他的诗歌更为直接也更具有“白刀子进红刀子出”的凛冽和尖锐。而相应的诗歌语言方式上却是冷静和平淡的。这种冷峻的语言与热切的介入感形成了撕裂般的对比和反差。邰筐的诗歌葆有了他一以贯之坚持的对现场尤其是城市现代化场景的不断发现、发掘甚至质疑的立场。在《地铁上》《登香山》《致波德莱尔》《活着多么奢侈呀……》《西三环过街天桥》《暮色里》等诗大抵都是对形形色色的城市样本的透析和检验。邰筐的诗歌，尤其是对城市怀有批判态度和重新发现的诗歌都印证了我对“70后”一代人的整体印象——他们成了在乡村和城市之间的尴尬不已的徘徊者和漂泊者。无论是城市还是乡村都不能成为这一代人的最终归宿。所以，邰筐在这些诗歌文本中所愿意做的就是用诗歌发声，尽管这种发声一次次遭受到了时代强大的挑战。由此，“像一个人一样活着”甚至“像诗人一样活着”的吁求就不能不是艰难的。邰筐诗歌的视点既有直接指向城市空间的，又有来自于内心渊薮深处的。而更为重要的还在于他并没有成为一个关于城市和这个时代的廉价的道德律令和伦理性写作者，而是发现了城市和存在表象背后的深层动因和晦暗的时代构造。而他持续性的质疑、诘问和反讽意识则使得他的诗歌不断带有同时代诗人中少有的发现性质素。当临沂、沂河、曲柳河、平安路、苗庄小区、金雀山车站、人民医院以及人民广场、尚都嘉年华、星光超市、发廊、亚马逊洗浴中心、洗脚屋、按摩房、凯旋门酒店一起进入一个诗人生活的时候，城市不能不成为一代人的讽刺剧和昏黄遗照中的乡土挽歌。邰筐在天桥、地铁、车站、街头等这些标志性的城市公共空间里透析出残酷的真实和黑冷的本相。邰筐在这些为我们所熟悉的城市生活完成了类似于剥洋葱的工作。在他剥开我们自以为烂熟的城市的表层和虚饰的时候，他最终袒露给我们的是一个时代的痛、陌生的痛、异样的痛、麻木的痛、不知所措的痛。而“城市靠左”、“乡村靠右”、“我靠中间”正是一个清醒的观察者、测量者和诗歌写作者最为合宜的姿势。邰筐的敏识在于深深懂得诗歌写作绝不是用经验、道德和真诚能够完成的，所以他做到了冷静、客观、深入、持久而倔强的个性化的发声。邰筐所做过的工地钢筋工、摆地摊、推销员、小职员等近 20 个工种对他的人生历练和诗歌“知识”起到了不可替代的作用。值得注意的是邰筐近期的诗作中时时出现一个“外省者”形象。他所承担的不只是一个城市化生活的尴尬寓言的发现，同时更为重要的是这个“外省者”的心态、视角能够更为有效地呈现城市生活中的“诗意”和“非诗意”地带。尤其是在《一个男人走着走着突然哭了起来》这首诗中一个现实或想象中的城市“外乡人”感伤与哭泣正像当下时代的“冷风景”。这也是一个个作为城市生存者痛苦不已的灵魂史和精神见证，“他看上去和我一样 / 也是个外省男人 / 他孤单的身影 / 像一张移动的地图 / 他落寞的眼神 / 如两个漂泊的邮箱 / 他为什么哭呢 / 是不是和我一样 / 老家也有个四岁的女儿 / 是不是也刚刚接完 / 亲人的一个电话／或许他只是为越聚越重的暮色哭／为即将到来的漫长的黑夜哭／或许什么也不因为／他就是想大哭一场”。郜筐诗歌中的城市叙事具有大量的细节化特征，但是这些日常化的城市景观却在真实、客观、平静、朴素和谐谑的记录中具有了寓言性质和隐喻的特质。因为郜筐使诗歌真正地回到了生活和生存的冰点和沸点，从而在不断降临的寒冷与灼热中提前领受了一个时代的伤口或者一个时代不容辩白的剥夺。郜筐的很多相关诗作并不是现在流行的一般意义上的伦理性的涉及公共题材的“底层写作”，而是为这类题材的文本提供了丰富的启示性的精神元素以及撼动人心的想象力提升下的“现实感”。这对于时下愈加流行的粗糙的、浮泛的“打工诗歌”和“城市写作”具有启示性的作用。这些流行性的写作不仅来自于大量复制的毫无生命感以及个人化的历史想象力的缺失，而且还在于这种看起来“真实”和“疼痛”的诗歌类型恰恰是缺乏真实体验、语言良知以及想象力提升的。换言之，这种类型的诗歌文本不仅缺乏难度，而且缺乏“诚意”。吊诡的则是这些诗作中不断叠加的痛苦、泪水、死亡、病症。在这些诗歌的阅读中我越来越感觉到这些诗歌所处理的无论是个人经验还是“中国故事”都不是当下的。更多的诗人仍在自以为是又一厢情愿地凭借想象和伦理预设在写作。这些诗歌看起来无比真实但却充当了一个个粗鄙甚至蛮横的仿真器具。它们不仅达不到时下新闻和各种新媒体“直播”所造成的社会影响，而且就诗人能力、想象方式和修辞技艺而言它们也大多为庸常之作。我这样的说法最终只是想提醒当下的诗人们注意——越是流行的，越是有难度的。我不期望一拥而上的写作潮流。然而事实却是各种媒体和报刊尤其是“非虚构写作”现在已经大量是关于底层、打工、乡土、弱势群体、城中村、发廊女的苦难史和阶层控诉史。在社会学的层面我不否认自己是一个愤怒者，因为这个时代有那么多的虚假、不公、暴力和欲望。但是从诗歌自身而言我又是一个挑剔主义者，因为我们已经目睹了上个世纪在运动和活动中诗歌伤害的恰恰是自身。城市就像寒冷大雪背景中的那个锋利无比的打草机撕碎了一个个曾经在农耕大地上生长的植物，也同时扑灭了内心向往的记忆灯盏。郊区、城乡结合部、城市里低矮的棚户区和高大的富人区都在呈现着无限加速的城市化和工业化进程中的现代病，而其间诗人的乡愁意识、外省身份、异乡病和焦灼感都“时代性”和命运性地凸现出来。

“70 后”一代人在乡村和城市面对不是一个单纯的乡土主义者，更不是一个沉溺的城市市侩，而是在乡村和城市的左右夹击中受到无穷无尽的挤迫。所以，郜筐的城市是黑色的，其发出的声调是反讽和严肃的夹杂。作为一个清醒而沉痛的城市和乡村的言说者，郜筐的诗歌意义在于他比之其他年轻诗人更为敏锐、更为深邃的诗歌写作意识和深入时代噬心主题的介入与冲撞。所以郜筐等“70 后”诗人对城市的抒写，无论是批判还是赞同都是在乡土视野下完成的。所以，当城市化的进程不断无情而无可阻挡地推进，当黑色的时光在生命的躯体上留下越来越沉重的印痕，往日的乡土记忆就不能不以空前的强度扩散、漫洇开来。而郜筐的城市诗正是在时间、历史、体验和想象力的共同观照下获得了直取时代核心的力量。在突进的城市化和工业化景观中一切都面目全非了，但是也有一些似乎从未改变。正如那只捞沙子的木船，日复一日的重复着摆渡、装载的程序。

城市里的阳光并不充足，雾霾重重。郜筐所能做的就是打开一个个潮湿、阴暗的地下室。城市里的冬天万物萧条，郜筐所能做的就是点亮内心的灯盏在迷茫的风雪路上前行。

第四节 “少数者”的精神词源

当代中国曾出现了一些少数民族诗人，其中少数的优秀歌者完成了对个体、族类和时代的多重命名和发现。但是更多的少数民族诗人却在历史政治运动的巨大漩涡中迷失了方向，成为集体的颂歌和战歌时代的合唱者。而在当下引车卖浆熙攘难名、涌动的市场的好天气里和全球化世界幻景面前，写作和生存实则都存在着极大被消磁和同构的危险。

一、"少数族类"的写作如何成为可能

一般情况下社会经济发展水平越高，其所保留的民族文化元素也就越少。我更愿意将当下的后社会主义时代看作是一个"冷时代"，因为更多的诗人沉溺于个人化的空间而自作主张。而更具有人性和生命深度甚至具有宗教感、现实感的信仰式的诗歌写作成了缺席的显豁事实。而值得思考的是中国作为一个多民族国家曾一度并不缺乏对各民族的"母语"予以追念和书写的诗人，尽管这一传统曾经在集体化的去地方化的时代遭受到了空前的挑战和冷落。但是写作本民族的诗歌(文学)并不乏见，但问题的关键却恰恰在于很多关涉宏大的"民族"旨向的诗却缺乏个人的体温和生命的真切热度。我们可能看到了一首首用高蹈和玄学性的时代"大词"所构成的民族诗作，然而我们却没有在这些文字中领受到真切感人的个体生命膂力。

一定程度上，"先锋"就是"少数"。

这些"少数者"首先要遭遇的就是这个时代的社会现实。当然更重要的是现实境遇对他们的精神事实——个体生存、"少数"基因、母语、文化传统、历史序列的重要影响。当一些曾经作为"少数"特有的精神基因遭受到不同程度的消耗和消弭，那么与之相应的是诗歌作为一种最能体现个体和族类的精神记忆的方式也会随之发生变动。而吉狄马加的诗歌写作多年来都体现了诗歌作为一种"母语"的精神诉求和方向性明确的写作，这已经是非常可贵。当然值得注意的是真正意义上的作为"母语"的写作已经发生了很重要的变化。当然这也并非意味着"汉语"或"非母语"的写作就一定会对这些"少数者"的写作产生不利的影响。因为诗歌、母语和文化之间的对应和呈现关系并非是明显的直线，而更像是血液和河流的关系。但是在全球化和城市化的"现实"境遇下，我们也看到了很多"伪少数"的写作者。换言之，随着文化资本的加剧以及城市化进程导致的对原生态地区和文化的倚重，再加之"少数民族"的国家政策，一种"仿民族"性写作正在火热兴起。很多写作者在各种场合标举自己的"少数"民族身份，但是他们的写作和精神事实已经和曾经的历史序列中的"少数"丧失了关联，而更多是沦为了标签化的"仿真"和"媚俗"性的写作。

同时，加之近年来底层、草根、弱势群体、打工和农村在国家和文学语境中的双重重要性，这也使得很多诗人的写作具有了趋同化的特征。基于此，我们可以说在当下的时代仍葆有“少数者”的身份和精神方式以及写作方向不仅重要，而且非常富于文化诗学的启示性寓意。在此语境之下重新谈论吉狄马加等少数族裔的诗歌写作就具有了强烈的现实意义和诗学启示。可贵的是吉狄马加三十多年的诗歌写作是同时在族性、宗教、哲理、玄学、文化和生命、当下、时代和生存的两条血脉上同时完成的。这就避免了其中任何一个维度的单一和耽溺，从而更具有打开和容留的开放性质地和更为宽广深邃的诗学空间。

值得思考的是中国作为一个多民族国家曾一度并不缺乏对各民族的“母语”予以追念和书写的诗人，尽管这一传统曾经在集体化的去地方化的时代遭受到了空前的挑战和冷落。但是写作本民族的诗歌（文学）并不乏见，但问题的关键却恰恰在于很多关涉宏大的“民族”旨向的诗却缺乏个人的体温和生命的真切热度。我们可能看到了一首首用高蹈和玄学性的时代“大词”所构成的民族诗作，然而我们却没有在这些文字中领受到真切感人的个体生命膂力。而真正意义上的“少数族裔”的写作应该用个体体温和独特的生命文化、族群记忆的言说方式构成时代启示录意义上的“民族志”和“个人史”。他们的身后是无尽的历史烟尘和深不见底的地理文化沟壑深处个人履历、民族记忆的闪烁斑点。这些全球化和城市化时代的“少数族裔”更像是这个时代的“孤筏重洋”者。他们驾着自己的诗歌之筏穿行在神秘、伟大而又令人恐慌、颤悸的汹涌无比的河流之上，两岸的丛林、文化的遗迹、惊险的小路、生死的宿命都呈现了一个我们可能熟悉但可能已经完全陌生的文化地理空间和个人精神“基地”的充满膂力的交响与回声。这也是一个“少数者的梦想”。而这种“少数者的梦想”就是记忆的力量，诗歌的力量。由这些民族诗人的“少数性”和记忆方式我还想谈谈诗歌的“地方性”问题。这些带有“地方知识”的文本不仅让我们在面对遥远温热的南方、广袤无垠的沙漠、波涛浩瀚的大海、神秘自然的山寨、静穆神秘的雪山、浩浩延伸的大草原、西北的高塬时感受到了文化和精神的洗礼，而且纯净和安谧的伟大民族景象不能不让读者肃然起敬。我们一次次屏住呼吸，像一个个领取圣餐的孩子。凛冽的冬夜中那漫无边际的雪山、平原和高高直立的白桦林，美丽的让人心痛而失语的草原和河流。这一切所构成的巨大场阈，而其对灵魂的震撼则是难以想见的更是难以言说的。人与自然、人与语言、人与民族、人与地理、人与时代以及人与历史的对话在日常与仪式的融合中都以复调的意向和弦的方式舒展出繁复的空间。而在这广袤、安寂的土地之上，在诗人心灵之上的是永恒的夜幕中静静闪烁的星群。在渺小与伟大、短暂与永恒、人性与神性、狭仄与高远中，除了仰望灿烂的星群，倾听那来自一个个曾经多灾多难民族生命的声响还能有什么值得诗人反复吟哦？可以说这些“少数族裔”诗歌想象中的“民族”景观是在多样繁复的地域和历史谱系中同时展开的。而与这些民族相关地域已经超越了一般意义上的地理名词所涵盖的意义。我想对于任何读者而言在这个时代所稀缺的是在阅读中完成一次陌生化的而又神圣的无以言说的朝圣之旅。俗世的情怀在一首首关涉各个民族的诗中与诗人一起领受自然的伟大、宗教的玄秘、静穆的神性、人文的力量、文化的根系、民族的情怀。一颗颗尘土掩盖的心灵渴求迎接那湛蓝的天宇中漫洒下来的圣洁的白雪来清洗尘世的污垢和麻木的灵魂。而来路正长！作为诗歌的阅读者我希望他们永远葆有“少数者”的身份和特异的发声方式，只有如此他们才能构筑他们民族和我们时代的精神高原。当然只有少数者中的少数者能够最终完成这一重要而高迥的升阶之书。

二、“一个彝人的梦想”与母语之舟

有人说谁校对时间谁就会老去，但是吉狄马加却在苍茫的时间河流上最终发现了时间的奥义和神秘的诗篇。我曾经在一些文章中反复强调一个没有时间感的诗人和诗歌是不可思忆的。而吉狄马加的诗歌显然时时处于校正时间的刀刃之上，时时处于苍茫时间河流的怀想、寒冷与疼痛之中。时间的强大再次在吉狄马加的诗歌中得以凸显，而凡常生命以及事物背后无处不在的阴影和命定性的寒冷无不证实了生命的“失语”状态。

多年来吉狄马加的诗歌写作无论是在精神型构、情绪基调、母题意识、语言方式、抒写特征还是想象空间上，它的基调始终是对生存、生命、文化、历史、宗教、民族、信仰甚至诗歌自身的无以言说的敬畏和探询的态度。他的很多诗句都通向了遥远的本源性写作的源头。这无疑使得他的诗在共有的阅读参照中更能打动读者，因为这种基本的情绪，关于诗歌的、语言的和经验的都是人类所共有的。这种本源性质的生存整体共有的精神象征的词句在某种程度上带有向民族、传统、语言、诗歌的多重追溯性、对话性、挽歌性的致敬和持守意味。

吉狄马加的诗歌"生发地"似乎从一开始就具有了某种必然性甚至宿命性，从 1961 年 6 月 23 日开始他就在故乡大凉山的贫穷而伟大的海拔 3000 米的山水地理中不断前进又不断身不由己地折返。就吉狄马加和彝人居住的大小凉山、乌蒙山的关系一度让我想到当下众多的诗人都已经丧失了"故乡"的惊人事实。聂鲁达曾经说过不了解智利大森林的人就不会了解我们的这个星球，而我也可以说不了解彝人的文化地理，不了解这个黑色族群的人同样不会了解吉狄马加的诗歌世界。

吉狄马加的诗歌不断在民族与个体、现实与历史中捶打、雕凿着一个人的山地志模印，接续一个民族的根性记忆和一个诗人的灵魂隐忧。多年来尽管吉狄马加不断变化身份和工作地，但是他的精神视点却时刻未曾远离他的彝族大凉山。这是他的精神基地，这也是他难忘的母语——"如果没有大凉山和我的民族 / 就不会有我这个诗人"(《致自己》)。藉此，在追寻"母语"的过程中吉狄马加真正练就了"腹语术"。这种语言方式更为本源地与母体同一，也更为直接和本真地接近了一种民族语言的核心。吉狄马加通过诗歌在彝人的山谷河流和地理学中不断探询精神和生命的"河流"。吉狄马加则通过诗歌发现了"母腹"之水，那是一个民族和更为真切的个体的"母语"的不竭的源头——"我要寻找 / 被埋葬的词 / 你们知道 / 它是母腹的水 / 黑暗中闪光的鱼类 / …… / 我要寻找 / 被埋葬的词 / 他是一个山地民族 / 通过母语，传授给子孙的 / 那些最隐秘的符号"(《被埋葬的词》)。在一个传统和文化曾被不断迅速掩埋的“新文化”时代，这却是一个拭去巨大浮尘和粉灰的不断“寻找”的诗人。一个山地民族的子孙在被工业粉尘遮掩的大山深处、河流之上、丛林之中寻找那黑夜中的“母腹”之水和精神词源。这是一个后工业和城市化时代的“钢筋和水泥的阴影中”(《追念》)仍然试图用飞鸟的足迹和大山的纹理来占卜精神走向和追念一个古老山地民族魂魄的考古者。大凉山起伏的群山成了一个彝族诗人的元素性背景，也成了他得以眺望一个个更高山峰和远方的支点与精神飞翔与折回的依托。而放眼当下，越来越多的写作者们毫无精神依托，写作毫无“来路”。似乎诗歌真的成了博客和微博等自媒体时代个体的精神把玩和欲望游戏。而吉狄马加的意义以及对这种类型的诗歌写作的启示性也可能正在于此。吉狄马加以他的冷静、坚深、自由和执着的个体体温和独特的生命文化、族群记忆的言说方式构成了这个时代启示录意义上的“民族志”和“个人史”。他的身后是无尽的历史烟尘和深不见底的地理文化沟壑深处个人履历、民族记忆的闪烁斑点。而同样重要的还在于我们看到了一个诗人、一个个体、一个生命是如此实实在在地与大山与火焰与寒冷与追记不可分割地融合在一起。他不故弄玄虚，也不故作高歌，无论是他的歌唱还是低音都流淌着个体的血液和真切的疼痛与欢欣。因为这个诗人懂得诗歌点燃的火焰永远穿行在生存和死亡的峡谷之中，而不是其他。在时下的语境之下，民族性是问题，而生存也是问题。

这也是一个“彝人的梦想”。而这种彝族后裔的身份并非意味着吉狄马加的诗歌世界只是面向了凉山和彝族这一“黑色部落”，因为任何一个民族和部落以及个体所面对的诸多问题都是共时性的，尤其是在无限制加速度前进的后工业和城市化时代更是如此。由此，我们又可以指出吉狄马加是彝人的歌者，又同时无限敞开了面向生存、世界、历史、文化、族群和人类的尽可能宽远的文化空间和诗性愿景。当大凉山的彝人离开他们简陋但温暖的世世代代居住的住所搬迁到新的住宅的时候，他们的忧郁、徘徊和痛苦让我们不能不重新思考传统与现实之间的那种无所不在的割裂与紧张。吉狄马加在山地、民族、部落、文字、语言、传统都一起遭受到挑战的今天，他无形中承担了一个碑刻者、叙述者和讲故事者的角色。他的讲述无疑是在接续一个民族的寓言，接续一个民族的生存方式、文化根性和宗教情怀。

作为一个有民族感和担当感的诗人，吉狄马加所秉持的更类似一种行动诗学。诗歌就是一种行动和介入，诗在吉狄马加这里不是自怨自艾和自铸高歌。他的每一个音符、声调和和声都生发自本源性和现实性以及历史感所一起容留的地带。

作为一个"黑色部落"的后裔，吉狄马加承担了一个"黑色"质地的深情而沉郁的歌者形象。火焰、火塘、火葬甚至日常衣着的"红色"无疑构成了吉狄马加作为彝人的精神底色和存在方式。而这种深山腹地的"火焰"无疑遭受到了空前的时代之风的吹袭，一同受到挑战的还有一个民族部落的文字和语言。当词语和火焰如此必然而又如此悖论的纠结缠绕在一起，一个词源考古者就不能不经受那狂飙一样的巨大涤荡和虚无的"洗礼"，"我把词语掷入火焰 / 那是因为只有火焰 / 能让我的词语获得自由 / ……当我把词语 / 掷入火焰的时候 / 我发现火塘边所有族人 / 正凝视着永恒的黑暗 / 在它的周围，没有叹息"（《火焰与词语》）。巴什拉尔说"哪里有烛火，哪里就有回忆"，而对于吉狄马加而言哪里有火焰哪里就有彝人的词语。而词语与火焰是淬炼再生的关系而是焦灼拆解的关系都不能不让一个现代诗人反复思考、盘诘和追问。这种具有延展性的记忆能力，通过历史和当下的想象性的真切擦亮在过去和未来的两个向度上使诗歌具有了巨大的承载力和容留的力量。而全球化和城市化正是以取消地区特征、文化区域和地理景观甚至个体思想方式"地方性"差异为前提和代价的。而这些民族诗人尤其近期的诗歌写作恰恰就是要不断恢复和强化"地方性"，他们个人的"基地"组织已经足够强大，但是我也看到了诗人努力背后所经历的巨大的冲击、尴尬、挑战和冷嘲热讽。在笔者看来吉狄马加实则是不断在看似真实的生存场景和"大凉山"的地理学场域中设置了大量的远古精神积淀层面的戏剧性、寓言性、想象性、吟述性和歌咏性的场景。而吉狄马加近年来尤其是近期的诗歌写作恰恰就是要不断恢复和强化“地方性”，但是我也看到了诗人努力背后所经历的巨大的冲击、尴尬、挑战和冷嘲热讽。吉狄马加写的不是诗歌，是一个时代的寂寞。我们的时代多像迪斯尼乐园和经过华丽包装的麦当劳游乐场，其掩盖的是商业和城市时代的平庸和非理性。在一个个“彝族”文化的精神坐标上，诗人看到了“方言”和一个个群落的母语以及携带的全息密码的难以挽回的消失，同一化的“普通话”改写着山寨、部落后裔的记忆和根性。

文字中的历史和历史中的文字正在一同“义无反顾”的末日一般的消失。是“集体主义的轰鸣”取代了个体的窃窃私语。圣神的大山和山脚下流淌的水流以及神奇而伟大的诵经声、祷词依然不能洗净工业时代一个个铜臭的欲望的恶俗的灵魂。在寺庙的香火中，山脚下有人会肆无忌惮地野合。一条条河流之下是痛苦的亡灵，而诗人内心的闪电成为唯一能够照彻这里的亮光，而这些亮光则由一个个针尖组成。这是一个尽管也遭遇过“母语”背离嘴唇的恐惧和挑战，但是他却最终维持和赓续了一个未曾变更的民族胎记和精神身份——“有人失落过身份／而我没有／我叫吉狄马加／我曾这样背诵过族谱／……吉狄—吉姆—吉日—阿伙……／……瓦史—各各—木体—牛牛……”(《身份》)。吉狄马加自觉或被动地与现场、地理、生存、文化和历史产生了多层次的精神交叉和不停的摩擦。这无不象征了吉狄马加这一代人在特殊的历史语境下生活史、文化史和民族史低沉底色。我从来都不否认吉狄马加诗歌的高蹈性的一面，但是吉狄马加的意义恰恰是在于不断向下探询的姿势。近些年不断行走世界各地的吉狄马加却不断以带有执拗性的个人视域抒写了一个民族渐渐被隐匿的历史、个人的精神成长史和文化割裂的剧痛。

吉狄马加诗歌中的意象谱系基本上是同时在三个精神维度展开的：在“上”的是大山、飞鸟、教堂、寺庙、雪山、雄鹰、黑夜、天空、星光、经卷、神灵、先辈；在“下”的是“大地的容器”所涵括的头颅、苦荞麦、火塘、火葬、火把、山地、坟墓、家族、死亡、丛林，岩石；居“中”的则是流淌不息的大大小小的“黑色”质地的“深沉”而“野性”的河流和其上的“口弦”、“马布”、“卡谢着尔”、“送葬的歌声”、“雪族十二子”、“占卜者”、“祭司”、“通灵者”、“诗人”。这三个维度的意象构成实则是一体同构的，在以黑色、红色和古铜色为主体的精神文化依托中诗人呈现了不无繁复的诗歌空间和精神结构。黑色是部落的深沉，红色是血液的生命力也是火焰抗拒山地寒冷的温暖，古铜色则是一个民族硬骨的铮铮之声。这是一个彝人在童年的梦中开始就相遇的颜色，“我梦见过那样一些颜色 / 我的眼里常含着深情的泪水”(《彝人梦见的颜色》)。在吉狄马加这里，像“山地”、“大凉山”、“雪山”等这样的关键词已经成为文化地理学上的不可或缺的坐标和纪念碑。

吉狄马加本质上的对语言、文化、诗歌、生命的“宗教”般的虔敬成就了其诗歌特殊的成色。在这一点上诗歌成了承载母语的最为恰切的姿势。诗歌就是宗教——灵魂的宗教——彝族人的宗教。大山腹地的生存方式使得彝人更能够在莽莽的寒夜中直接面对最为本源的自然万物，直接面对脆弱而坚韧的灵魂膂力，直接在季节性的流转和苍苍的河流之上进行信仰的祈祷和祭祀。而这直接导源了彝人的宗教信仰和情怀，而这一点对于诗歌写作而言相当重要。因为从起源和发生上诗歌无论是面对“寺庙”的神圣祈祷和作为创设者的秘密言说都与宗教是本源一体的，而中国诗人集体缺乏的能力就是这种宗教情怀和个人“精神乌托邦”的仪式。我们注意到在莽莽大山深处，彝人的母亲在火葬时其身体是朝向右侧睡的，因为她的左手还要到神灵世界去纺线——“在浩瀚的苍穹中 / 在不死的记忆里 / 只有她的左手还漂浮着 / 那么温柔，那么美丽，那么自由”(《母亲们的手》)。这些伟大的彝人母亲们的美丽、温柔而自由的“左手”最为撼人心魄地呈现了此岸与彼岸、生与死、现实与宗教之间的关系。这样的真切而令人敬畏的场景必然会产生类似于宗教的心灵之诗、奥义大诗、人类之诗。这是必然的。我曾经看到过吉狄马加一岁时坐在母亲膝上的照片。那平凡美丽却伟大的母亲正用她伟大的手臂孕育和安抚着一个诗人的成长。“黑色”在彝族诗人吉狄马加这里无疑是其精神和诗歌的底色甚或胎记，“啊，黑色的梦想，你快吞没我，溶化我”(《黑色狂想曲》)。也许一个美国人曾经允许不知道为什么一个黑人可以谈论河流，而我们则必须知道一个彝族人为什么必须歌唱

“黑色”的河流？这黑色的河流是生者与死者告别的河流，是一个民族延绵不断的面向生死和精神高空的神秘的河流——“（在一条黑色的河流上，/ 人性的眼睛闪着黄金的光）”（《黑色的河流》）。这条河流是正在“被失去”的传统与血脉。他在广阔的生活空间蕴含跌宕起伏的戚戚绵思，在想象空间中构筑起令人屏息的氛围。吉狄马加的诗歌写作在不断印证着一个不断重复的时代话题，同时这也是一个时代诗人所必须面对的难题。我们都在谈论诗歌与时代、诗歌与现实的关联，而我们却时刻在漠视我们与传统的关系，我们与文化根性的关系。

吉狄马加的诗歌在现实和想象的场景中会不断生发个人不无辽远坚执的怀想。怀想和并不从容的内心却在不断重现现实的吊诡性和文化的悖论性。在大小凉山、乌蒙山、哀牢山这些彝人的居住地，我看见黑暗莽莽深山顶上的一束束火焰。它们正在深情地燃烧，尽管山风酷烈，湿气弥漫。是这样一个诗人用诗歌在寻找“母腹”之水和闪光的词源——“呵，世界，请听我回答 / 我——是——彝——人”（《自画像》）。这是一个真正用“腹语术”追寻母腹之水之光的命名者、跋涉者和记忆者。吉狄马加的诗歌写作在最大限度上印证了伟大诗人布罗茨基一生的追求——“诗歌是对人类记忆的表达”。

第四章 “她们正在写作”

新世纪以来女性诗歌写作的精神特质和新的写作趋向尽管仍然被讨论,但总体上而言还难以深入和准确。同时这些女性自身各自不同的身份、经历、体验以及想象能力形成了不无特殊又有待进一步研究的精神地形学。而新世纪以来女性写作还有诸多问题需要我们梳理和讨论下去,这只是一个开始。尤其是在新世纪的文学生态中越来越多的女性以罕见的丰富性以及相关诗学问题让人有难以置喙之感。也许一切都有待时间!我们越来越限于自媒体的个人幻觉和朋友式的诗歌批评的整体氛围之下!如何能够确立一个诗人的个性,而这又立足于踏实的文本体验不能不具有了相当的难度。在越来越多的同代批评家那里,这也包括我自己,我感受到了从未有过的阅读和批评的焦虑!在一个阅读和写作无限膨胀的年代,也许只有碎片般的观感能够存在片刻!近年来我一直在试图寻找当下的女性写作是否在历史谱系学上为我们提供了不一样的崭新质素。

实际上很多有着写作经验的女诗人写作越来越驾轻就熟,但是就其提供的经验来看并未有令人期许的新的方向。尽管当下的女性写作已经远没有 1980 年代那个时期女权主义者们所宣扬的压抑与剧痛,但是女性写作仍然充满了显豁的困境与难度。而吊诡的却是更多的女性写作者放弃了这种写作的难度。而只是在极少数的诗人那里,个人的精神气象和词语的修辞空间才可能在一个时间节点上与历史等诸多情境发生重要而密切的关系。当下的女性写作之间的面目越来越模糊而难以辨识。女性的精神世界看起来已经足够丰富，女性在文字中也能发挥出感性和超验的才能，但是正是因为了缺乏一种精神提升的力量和相应的空间，女性写作的悖论是呈现了越来越明显的窄化和精神的自我迷恋。女性更接近于敏感而自恋的“猫科动物”，但是当集体性地成长为那喀索斯式的“水仙”性格，那么我们也有必要反省为什么导致了这种不健全写作的缺失症结所在。所以，当下的写作者尤其是女性写作者必须思考和省思的一个问题就是除了用诗歌表达自我体验的同时，你是否提供了与同时代诗人不一样的精神质素和美学趣味？你是否已经注意到了诗人之间因为阅读和经验的同质化越来越取消了差异性和个性？

第一节　一个“现代”女性的“心经”

诗人从容以本然生命状态的原生呈现以及自为独立的精神性写作方式揭示出现代女性自身的独特体验。与此同时，她又以直觉、命运感以及纯粹自我的感情方式、想象能力展现了当下女性诗人普遍缺乏的宽远情怀、悲悯之心和虔敬之畏。从容作为“现代女性心灵禅诗”首倡者以及践行者，她的诗歌写作不仅完成了个体意义上的写作诉求与塑造，而且她平静自足、静水流深而又具宗教性、命运感和寓言化的抒写方式成为1990年代末期以来中国女性写作整体表征的代表之一。

一、“隐秘的莲花”与想象的母体

当从容暖黄色的封面像经卷一样的诗集《隐秘的莲花》静静摆放在我们面前的时候，这并非只是一个诗人个体写作的呈现，而恰恰是中国当代女性诗歌尤其是新世纪以来发展的一个必然结果。这是一个“现代”女性的“诗经”，同时也是女性精神史的一个绝好见证。

从容的“现代女性心灵禅诗”带有着诗学启示录般的意义。即使到了新媒体和自媒体时代，即使女性革命和女性主义似乎已经成为了一个过时的旧梦，但是对于女性而言写作仍然是一个悖论重重的难题——“女性只有在重新获得自己被去除的能力，重新发现完整和重新投入女性感情中令人神往的良心——那种说不上熟练的本能时，才能够变得完整”（E.M.温德尔）。那么就写作而言，女性如何能够在一个个碎片之上获得这种完整性？如何能够重新找回被去除的能力呢？这必将是冲突的。而从容诗歌大量的戏剧性场景就证明了这一冲突的过程。中国当代的女性诗歌在半个多世纪的多舛命运中其宗教性质素一直是被排斥和稀缺的。即使“文革”中的林昭、朦胧诗时代的舒婷以及晚近时期的鲁西西、沙光等女性诗人都有着宗教性的抒写，但是她们却不一而足地投向了基督教，而与更具中国化和本土化的佛禅相关的女性写作却一直处于空白。与此同时，当下的女性写作不仅在新媒体空间中坠入到自我迷恋的天鹅绒的温暖牢笼之中，而且这一阶段的女性写作已经整体意义上被窄化的“小生活”、“私人性”和西方话语的“自白精神”所统摄。在此语境下新世纪以来的从容一直坚持“现代女性心灵禅诗”的写作就显得尤为珍贵。从容不是“阁楼”上的中国式的勃朗宁夫人和迪金森，因为她的诗歌不仅在汉语中找到了久违的精神词源和个体灵魂修行的卷宗，而且拨正了人们对女性诗人的刻板印象（一谈论女诗人就要谈论爱情、欲望、身体）。这个本应属于古典、浪漫、纯情、天真的“过去时”式的写作者却被无情地置于冷酷的城市化和后现代性语境之下。从容在词语的夜晚揭开黑色的面纱，这个没有故乡感的人只能在诗歌的窝巢用内心的翅羽抚慰颤悸莫名的灵魂。从容在时间和命运的淬炼中得以寻求和领受情感的悸动、生命的轮回、内心的梵音和神祇的光芒。

当我们放宽视野，当下的一些男性诗人在相关的佛禅和宗教性的写作上却集体性地呈现了与当代纷繁的生命状态、日常生活没有任何关联的抽象的、玄学的、高蹈的甚至故弄玄虚的“不及物”的畸形趣味之中。然而作为现代女性，从容并没有自闭、高蹈、玄想甚至白日梦般地架空这“另一个空间”的声音和图景。确实，诗歌是她的琉璃佛国，诗歌是她一个人的宗教。尽管在她的诗歌中我们经常能够与佛陀、经书、菩提、曼陀罗、莲花、舍利这些意象和情境相遇，但是她的诗歌却时时让我们感受到一种生发于生命本体的强烈的命运诘问以及最为真实可靠的情感“体温”与自我取暖的劝慰。我曾经在文章中多次强调诗歌必须是有“体温”的。诗人是最不允许说假话的“少数者”。不管你处理什么样的题材和经验，无论将想象力和技巧发展到如何繁复和炫目的地步，只有一个是骗不了人的——那就是生命的真实体温。不管它呈现的是寒冷的、微温的还是发着持续高烧的，它都是来自于实实在在的生命体的内心涡旋以及与周边“生态”息息相关的疼痛与困境。这才是可靠的诗歌！

我曾在 2012 年秋天作为评委和指导教师参加《诗刊》社第 28 届“青春诗会”。在滇南高原我不其然间与成片的红艳曼陀罗花相遇。在清晨阳光金黄的巨大斗篷下却只有我一个人注意到了它们的存在。这让我想起了从容的组诗《曼陀罗》。由此我想说的则是从容往往能够在不经意的日常性生存景观中穿越了时间的缝隙和现实空间，自由、率性、坦诚地将前世、今生、来世融合和叠加在惯见的事物以及细微的女性体验之中。在此，从容这些精神性、宗教性和命运感的诗行正是对我们加速度前进时代尘埃滚滚的精神世界的重新唤醒。从容把遥不可及的彼岸的前世、来生以及般若镜像和佛陀梵音拉近放置在平淡而活生生的日常性的当下与草木万物的有灵之中。如露如电、人生无常、梦幻泡影、色空世界被转化为当下女性具体而微的生活细节与生存现场。她每每在不经意的身边细节和事物中发现时间缝隙中的奥义与神秘。这是一个倾心于内心盘诘又在时时仰望高迥中不停躬身向下考察女性命运的书写者。这是一个在人间烟火和俗世命运中用一颗颗饱蘸的泪滴和内心的清水擦拭熠熠舍利的女性。

从容多年来的诗歌写作要完成的工作恰恰就是要“在黑夜的闪电里如何窥见未来”并“打开前世密封的盒子”。这是她的诗歌底色，也是她的精神内里。这种具有“方向性”的写作者在当下的女性诗歌群体中并不多见。在从容的诗歌中我越来越感受到“往昔”、“中年”、“老了”、“清明”、“镜子”、“故宫”、“铜镜”等时间性语词和物象对于一个女性的精神重量。是的，我看到了渐渐沉重的裙摆之侧并未远去的往昔。我也似乎看到一株被遮挡了阳光的植物——她在坚执和韧性中挣开盘绕其上的蕨类和藤类植物。在浑身的青苔和岁月的磨砺中她终于得以在一丝丝的阳光中缓慢而顽健地生长。对于女性而言诗歌写作更像是一场精神的大火,而由于女性特有的言说方式或某些道德禁忌我们看到的更多的却是灰烬和烟雾。而随着“中年”的来临和人生经验阴影般浓重的加深,从容得以在幽暗和墨迹交错的时光斑驳中得以接受内心和“神”的光芒。这尤其体现在她近期的《毗卢寺》《浮屠》《超度》《焚香》《不踩死一片落叶》等短诗中。更为重要的还在于从容这一“神秘”的诗歌和精神空间也许并不是如此的不可思议,而恰恰是人到“中年”在种种个人命运和机缘参照之下的再次出发。这种再次“出发”的精神之旅正如午夜的花朵,前世和今生的隐秘花序终于得以层层展现。值得注意的是从容的诗歌中既有来自于自身的知冷知热的体验,又有更为宽远的当下女性诗人普遍缺乏的悲悯之心和虔敬之畏。而从容诗歌中的这种普世意义上的生命意识、存在精神和宗教性情怀更重要的是来自于她特殊的人生淬炼和诗歌生成的自然本色。从容近来的很多诗作都带有并不故意为之而天然生成的“禅思”和“佛意”。而中国更多的女性诗人在不同的时期曾沾沾自喜于自己找到了一个别人未曾寻得的诗歌和精神之径,遗憾的是她们差不多同时关闭了通往另一些路径的出口。而从容却恰恰相反。她的诗歌在寻找到精神渊薮的繁密卦象和真实不虚的纹路的同时却并没有关闭个体和俗世的通道和可能。也就是说需要追问的则是从容诗歌的“祷告”是由什么引发的呢?显然,这是一个个命运无情的咒语和令人不解的现实境遇引发的。从容一直在抬头仰望云中和寺庙里的佛陀。她希望在那里找到一些暗示和指引。在一次次地抬高精神的过程中最终个体想象视域中的女性神学景观就诞生了。而这一女性神学景观的诞生正是她内心精神症候不断煎熬的过程。对于那些暗疾、隐痛以及比之残酷百倍的命运而言,是疼痛让一个女性希望去知晓命运的走向。在此过程中从容的诗歌一直不缺乏高蹈的精神性和元素性趋向。但是这样下去可能会形成另外一种写作的缺陷——诗歌质感和可感可触的生命力的消解。而可贵的是她有着将日常神秘化和神秘日常化的转换能力。也就是说她在不断抻开难解和神秘命运的精神线头时始终保持了生命的热度、情感的温度和语言的质感。从容的这些诗带有自身不无强烈的情感印记、生命体验、家族故事以及特殊的想象空间和言说方式。这最具代表性的体现在她的《倒车》《故宫》以及刚刚完成的长诗《如梦令》。“妹妹，我与你的声音相遇在涠洲岛 / 二十年前你录了一条广告只挣了七块钱 / 广告商对你说，你的声音会传遍天涯海角 / 黑暗的香蕉树下，你在说‘倒车，请注意’// 我被分配进一间客房 412，怎么回事 / 怎么会是你的生日号码 / 你是提前来涠洲岛等我吗 / 我从 412 房间望出去 // 比汉堡包要精致得多的层层火山岩 / 用硬朗裸露的姿式挑逗大海 / 而大海用一天亲近她，用另一天躲避她 / 他多像你爱过的男人 / 他们总是留给你一些细碎的贝壳、小石子 / 和比‘黄金海岸’还要柔细的沙 / 咯疼你的眼睛 // 妹妹，更奇怪的是从涠洲岛回到北海 / 在老街那条窄得只能摩肩抱乳的摩乳巷 / 我与年轻时的姥姥相遇 / 她现在不姓陈了，她请我吃了一碗活着时最爱的银耳羹 / 还与我在菩提树下合影留念 // 我想到了你，故意让我听到的声音：‘倒车，请注意！’/ 你是在暗示我‘过去，请注意！’/ 你们俩站在我到来之前的未来的树下等我吗 // 妹妹，我在一间玉器店遇见一只玉镯 / 戴在你羊脂般的手腕 / 你把你所有的美献给了陌生人与母亲 / 现在你却一个人住在一平方米的公寓内 / 我们用你的钱，每年交房费给墓园”。1990 年从容的妹妹从雅在电视台工作时录了一个广告，“倒车，请注意”。此后这个对从容无比熟悉的声音在中国的各个地方传遍。当妹妹病逝，每当这一熟悉的声音不时响起时从容就强烈感受到一种奇怪难解的感觉。而这是其他任何人都难以体会到的。所以从《倒车》这首诗我们可以看到从容诗歌中日常的巧合和难以说清的秘密与命运之间最为直接和本源的关系，而不是虚妄不羁的冥想。在亲人的生死之间，在想象的爱与现实的痛之间，在消逝的和神秘复现之间，从容揭开了命运的隐秘内核。在 2013 年夏天参加第四届青海湖国际诗歌节的时候她朗诵了这首《倒车》。念到动情之处她情不自已地泪洒当场。那时青海高原的热浪被泪水洇湿。从容的这些直接从血液和泪液中自然生成的诗句具有着超越时空的撼动心魄的膂力和情感温度。

二、"我写诗是为了记录一个寓言"

从容诗中反复出现的莲花、琉璃、寺庙等精神性场景所指向的并非是与红尘无涉的内心。从容的这些既来自自身体验又来自于神秘暗示的诗歌背后显然有着种种特殊的因果。也许茫茫尘世和清清静修的世界只有一墙、一纸甚至一心之隔。她的诗也因此获得了广阔的空间和容留的视阈——前世和来生，个体与血缘、实有和想象，自身与虚有的诸多话语场所构成的围墙使得她不断提高仰望的高度。通过这种话语方式，从容在诗歌中寻找到了黑暗通道的缝隙投下的些许星光。她也得以在那些细微而日常的事物身上发现前世和来生的般若镜像与诸多蛛丝马迹一样的神秘不解的暗示。值得注意的是从容能够将描述性的语言和象征性的语言融合在一起。这就使得她的诗歌既是现实呈现的又是象征隐喻化的。她深入个人化的现实但是又不沉溺和黏滞，他能够对日常生活景观予以过滤和提升。她的诗歌既有瓷盘一样冷脆的纹理构造，又有水晶一样的致密和坚硬。她的诗歌既有童话一样的纯洁和脆弱，也有成人式的灰暗与阴沉。无论是极其精简的"箴言"一样的短诗，还是致密的中长度的诗，她都在还原生命的过程中自然生成了精神性的寓言景观。值得注意的是短诗对诗人能力的考验不是降低而是提升，不是变窄而是放宽。再有，从容的这些三四行左右的短诗稍不注意可能就会滑向干巴巴的"箴言"式的轨道上去。可贵的是从容已经注意到了这一点，她不断用各种"润滑"和"松动"的手段来处理这些精简主义层面的短诗。

从容参透万顷红尘最终只是色空，但是她也仍然难以规避日常生活的冷暖和喜怒哀乐。这是时间带来的未知与命运。而从容诗歌中这些宗教性场景的出现既与她特殊的经历有关（比如她确实遇到诸多难以解释的神秘现象，这体现在《七月三十日是他的生日》《毗卢寺》等诗歌中），又与她寻求精神安慰和灵魂取暖的性格有关。但是对于一个女性而言，对于一个爱情、生活、精神的多重吁求者来说祷告、祈愿、伏拜更多的时候成了名符其实的哀歌、恋歌和挽歌。也正如她自己所说的"我写诗是为了记录一个寓言"。

从容诗歌中的神秘性元素所形成的陌生化场景和语言使得想起普鲁斯特曾经说过“美好的书是用某种类似外语的语言写成的”。但是，从容的诗歌又深深扎根于个体现实的土壤之中。从容的诗歌既深入到现实生活又与之拉开了一定的审视和观看的距离。除了情感成为她诗歌一以贯之的抒写基调之外，她对自然万有、周边事物以及时间性、存在性主题的探询也同样在持续和强化。由此，她进行的不能不是一种隐喻式的寓言化写作。有时候生活和精神的种种胁迫性压力又使得她在重建一种精神性空间时有些无能为力。从容的诗歌中存在着频繁而又自然的时空转换。诗人在前世今生的实和想象性的图景中或从容或痛苦地往返、彷徨。她对彼岸世界膜拜向往的同时并没有放弃对此岸和当下的疑问与不解。诗歌世界成了她现实世界的补充、修正。从容的诗歌中有密集的时间背景，无论是当下的还是过去的甚至未来的，她时时充满了渴望与焦灼。在个体命运的精神诉求以及现实和过往交错的空间缝隙和细密孔洞里她不断与空白、欢欣、喘息、哭泣、失声、沉默和寒噤相遇。而作为敏感多思的女性，从容甚至还能够在一些动物、植物甚至异域的人物那里发现前世今生的秘密信息。在她的诗歌中不断现身的大体是脆弱的、卑微的、无辜的植物和小动物。万物有灵在从容的诗歌中体现得非常充分。这些自然物象在精神性的观照之下具有了提升之后的命运感。她时而给它们披上水晶一样的童话色彩，时而在光影声色的背后发现那些不易察觉的荆棘和芒刺。实际上在从容这里这一特殊的精神空间能够使得她得以与另一个未知的“自我”相遇、相惜。确实，从容的一部分诗歌有着那喀索斯式的自我迷恋的成分。这形成了她或多或少挑剔的眼光和落寞的内心景观。可贵的是她敢于以梦为马，也敢于戴着荆棘的花冠涉过深秋的湖面。一个敢于咀嚼药草的人，胃中必然有难以消化的暗疾。

对于女性诗人而言诗歌似乎一直在担任着矫正和清除的功能。这也许是一种必然，尤其是对于女性写作而言这是不可回避的必然之途。从容敢于把自己的一切都献祭出去，她能够轻而易举地迎向阳光，也能够隐忍和宽怀地接受那些阴郁和疼痛的啃啮。她时时把自己处于一个安静或者动荡的中心位置。她那些几乎无处不在的自语和既真实又虚幻的"对话"情境呈现了个人幽深的精神图景。女性写作离不开抒情主体的自我审视和私密情感乌托邦。从容的诗歌有时候是自问自答,垂怜内心而又敢于自我挖掘。尽管有时诗歌语气很轻,但是那缠绕在一起的各种黑色和灰色的命运线头让人纠结不已。她有时在黑暗的房间里自我取暖,有时又在不羁的想象性空间完成一个女性的精神漫游。从容诗歌强烈的抒情性以及同样突出的戏剧性天赋较好地平衡在一起。

从容又是矛盾的、纠结的。她在记录自己的寓言的时候既沉迷臆想又清醒自持。沉迷的时候她不断把自己视为不设防的水晶一样透明的童话女孩,而在清醒的时候她又杜拉斯、普拉斯式的决绝地敢于撕裂、敢于直视、敢于自省。从容敢于毫不挂碍地不断剥现自己。也就是说她一直处于"自啮"的精神挖掘之中。这是来自于自我取暖还是源发于对情感命运的一种反讽式的审视与反思?

三、"如梦令":重建情感和生命的空间

从容在诗歌话语这种特殊的祷告与自我劝慰的方式中一直在用"梦"的方式重建一个精神性、情感性的特殊空间。她企图一次次拨回时光的指针让那些美好的往昔永远地定格和留存下来,但是现实的无情是那样的实实在在——"今年,那个街角已经变成了一座剧院 / 我在阳台的转角,栽满米兰 / 我重建了二十年前的那个街角 / 只是它更短、更窄,也更安静"(《种满米兰的街角》)。

从容的诗歌在很多时候近乎是一场场既真且幻的梦景,它们甚至时不时地以各种方式复现和穿插在日常现实之中。这是她爱情的梦、亲情的梦、精神的梦、灵魂的梦。她在这一特殊的情感和想象的空间里得以短暂或长久地栖身。她也在这一场场虚幻和真实难辨的情境中得以精神的成长、自我安慰或不断挫败和失落。这些近乎梦境的场景呈现了诗人对现实的自己以及前世今生的持续性探问。这种近乎梦游与现实之间的空间和情感状态最大的优势就是能够让诗人主体开合自如地缝合各种情感和想象的可能。既真实又虚幻的寓言状态以及不可思议的场景都使得从容的诗歌有着日常性和精神

性、现实性和想象性相融合的一面。从容经常能够在那些熟悉的街头、路口、建筑、树木、景物以及向远方游历的陌生地理空间那里不经意间与那些亲族以及亡灵以特殊的心灵感应的方式相遇。她能够在似真似幻的辨不清真实和虚幻的景象和心象中与那些远行和远逝的亲人对话和接听秘不告人的信息。由此我想到了著名诗人特朗斯特罗姆的一首诗，“一道蓝光 / 从我衣服里流出 / 仲冬 / 叮当作响的冰铃鼓 / 我闭上眼睛 / 有一个无声的世界 / 有一道缝隙 / 那里死者 / 被偷运过界线”(《仲冬》)。是的，梦就是这道神秘的缝隙或时间孔洞，生者和死者在这里得以再次相遇。她在迫不得已又乐此不疲地写着一个个真实的梦、虚幻的梦、无解的梦。这些梦既有她观看和体悟世界与现实生活的方式，又与其特殊的家庭背景和并不幸福的成长遭遇以及复杂的亲情关系密不可分。在长诗《如梦令》中家族人物一个个登场和现身。姥姥、姥爷、爷爷、奶奶、爸爸、妈妈、妹妹一起在光阴中抖开了一个个迥异的命运。而个体命运之上是从晚清、民国一直延续到共和国以来的动荡家族史——从故乡到异乡的漂泊和落寞，新旧时代的撞击，唏嘘感叹的遭际，情感渊薮的阵痛，温暖和寒冷并置的回溯。这些亲人，其中有的已经离开了这个世界，但是他们温暖的手掌仍然在抚摸着诗人或发烫或冰凉的额头。曾经无比熟悉的具象的亲人已经抽象进了梦里，这一曲曲“如梦令”令人倍感温暖欣慰又愁肠寸断。当梦以文字的方式固化下来，它们就成了精神上的一个个墓碑和灯塔。值得注意的是姥姥和祖母作为经历了新旧时代的女性而言，她们的命运也是如此迥异。裹过小脚的朴素、勤劳的祖母和大家闺秀闯荡过上海滩的高贵、悠闲的姥姥都以基因和血脉的方式在家族女性那里程度不同地延续下来。尤其是在写到母亲的时候，我感受到诗人是犹豫了几十年之后才终于咬紧牙关勇敢而又小心翼翼地撕开了一个结痂的伤口。关于“母女”关系的抒写一直成为五四以来女性作家的母题，甚至“母亲”一度承担了“恶”的象征体。这除了女性作家自身的体验之外，更多的是来自于当时女性解放的文化想象和批判心理。而就从容在长诗《如梦令》中抒写的母亲以及女性形象而言，我觉得这是女性写作几十年来的一个突破和难得的收获。较之众多女性写作者把母亲有意“美化”或“恶化”不同，从容呈现的是一个没有经过任何主观情感伪饰和文化附加的极其真实的“母亲”。从容做到的首先是还原和呈现，“你遇见了同样排队同样喝着白菜汤的父亲 / 他满身光芒，刚从苏联电影专家班学成回来 / 你们喝完白菜汤回来的路上唱着‘喀秋莎’、‘深深的海洋’/ 你们恋爱了，彼此称呼萨沙与雅沙 / 你是他唯一的主人，他是你唯一的仆人 // 你在天津正演着李铁梅 / 从凳子上跳下来腿一软摔倒，医生说你怀上了我 / 从此你的明星梦因为我幻灭成暗影 / 你崩溃了 // 夜以继日地跳 / 想把肚子里的我蹦到天上去 / 但是，妈妈，我出生了 // 很多年了，妈妈你还记得吗 / 在长春，一个叫四宿舍的地方 / 你在一群说着‘阿拉伯语’的家族里 / 无数次地咬破了嘴唇，想逃离这座破烂的宫殿”。这只能是从容一个人的母亲——她有才华，有抱负，有理想。作为一个湖南女性她又敢爱敢恨。而在“文革”的特殊年代里以及丈夫的回族文化环境里作为一个知识女性她显然受到了难以想见的压抑和折磨。她在不解和反抗的同时也失去了理智，连带弱小不更事的女儿也成了她要发泄痛苦的对象。这是一个极其复杂的母亲！可能她自己在几十年后都不会想到自己卡住弱小女儿喉咙的那双母亲的手从来都没有都没有离开过。它们同零下几十度的东北一样寒冷！几十年了，它们还一直死死卡在那里——卡在一个三岁女儿的喉咙上。当我读到“你的痛苦热烈地到了沸点 / 你用你的躯体、你的手、你的怒吼 / 黑暗中你压在我三岁甜蜜熟睡的身体上 / 我拼命挣扎，在噩梦中呼救 / 是三伯闻声踹开了被你反锁的门 // 妈妈，几十年过去了，我还是无法均匀地呼吸 / 妈妈，当时你是想和我同归于尽 / 还是想让我一个人离开这个世界 / 直到今天，你的那只手、那个身躯 / 仍深深卡住我三岁的身体 / 正在磨损着我老去的身体 // 直到今天，我和你同屋而居仍然感到一次次窒息 / 我仍看到你无数次以泪洗面，把嘴唇咬出血”“妈妈，已经四十年了，我仍无法均匀地呼吸”时我遭受了一次次实实在在的“窒息”的过程。这一切太难以想象，太难以承受了。我们怎么能够想象从容在几十年的岁月里是如何在噩梦和现实中经受这一次次袭来的“窒息”还有不断涌现的痛苦和不解？当我在深圳主持“第一朗读者”活动的时候，当我每次都看到从容的母亲赶来参加活动的时候，我在她越来越熟悉的慈祥面容上很难想象到她在酷烈岁月里给女儿造成的精神阴影和内心的伤害。实际上这也不是伤害，这就是一种命运。希望诗歌能够缓解这种记忆和现实的苦难，希望诗歌能够化解一个人心中巨大冷库般的寒冷，希望诗歌以美好的梦来化解那些惊悸的梦魇。

正是有了不如意的经历和现实，和其他女性一样从容的诗歌中有为数不少的关于“爱”的场景和想象性空间。这是否印证了我多年前所说的一句话——一定程度上女性诗人是为了“爱”在抒写？这既是异性之爱，又是亲情之爱，既是精神之爱，又是身体之爱。从容时常以吁唤和自问的方式完成一个寻找、沉浸和失落的关于“爱”的精神成长故事。从容的诗歌写作既有“土地”一般的沉重和朴实，也有溪流泉水一样的清朗和透明。在看似波澜不惊的事物表象和浅层语言被后闪现的则是连绵不断的寒冷的冰川和时高时低的心灵呼喊。在从容那里有为数不少的关于爱情的抒写。这自然有记忆和经验的渗入，但是更重要的是诗人的想象和反思使得这些诗歌更接近于提升之后对自我、情感、命运以及世界的普适性思考。这种超越了“欲望”的言说方式使我想到的是弗吉尼亚·伍尔夫所说的那句话，“我们独自走着，我们的关系应当是一种同现实世界的关系，而不应当是同男人与女人世界的关系”。

从容的诗歌很少有直接碰撞产生的痛苦和怨愤。即使对于不可预知的命运和人生远景她也一贯是一个侧身站立的人。她给那些神性之物、美好之物留有更为旷达容留的空间。无论是对于已逝的亲人（比如姥姥、姥爷、奶奶、爷爷、爸爸、妹妹）还是对于擦身而过的朋友、物象，从容能够通过诗歌呈现出精神性和命运感交织的秘密构造。这一构造代表了事物之间本真的关联。从容似乎一直都有重新追寻“已逝之物”的冲动。实际上她承受虚无和失落的过程极不轻松。正是因为当下造成的种种困境和叵测的未知，从容也不得不在诗歌的“梦”中成为一次次暂时逃逸紧张“当下”的精神出游的过程。也就是说从容似乎更像是一个难以安栖而又尴尬无比的精神“逃亡者”。她不断被现实和命运强大的尘埃掩埋，又不断从其中挣扎出来。在“逃离”与“返身”中她是紧张、矛盾、互否而又充满希冀的。犹如面对悬崖边的一个糖果，她小心翼翼地靠近又不得不一次次缩回黑暗和飙风中瑟瑟发抖的身体。也正如面对突然出现的大慈大悲的佛相，她既想近身倾听神秘的谕告又怕俗世的灰尘沾染了佛祖的清净。这是一个心怀敬畏的写作者。甚至更多的时候从容的诗是本真透明的，自然生成的。这种透明和生成不只是说她的诗歌质地干净、纯粹，而是说从容的诗歌写作有着近乎天然的生长性——直接从身体和内心生长、蔓延开来的——正如眼泪、体液以及血液。她的诗歌和生命是一体相生的。从容不仅在现实生活中是一个极其虔诚的佛教信徒，而且在诗歌中也是如此同一的形象。也就是说这是一种真实而可信、可靠的写作方式。当然并不是说真诚的写作态度会必然决定一个人的写作品质，而是说真诚是写出好诗和重要诗作的一个不可缺少的要素。

她也许只能在诗歌的精神世界中重新找回一种特殊的空间。由此，她在俗世的谷底和精神的山顶之间不断攀爬、折返。诗歌对于从容而言更像是一种精神备忘录和一个个失眠时刻的安慰剂。或者说诗歌在她这里体现为精神疗治的功能。如果寻找一种颜色作为其诗歌精神的对应我会直觉地联想到黑色。她在一部分诗歌中披上黑色的斗篷，用词语完成自我的命名和女性精神并不轻松的成长史。黑衣素心的从容以最为本真的方式完成着个人理想中的诗歌空间。从容一直在诗歌中寻找一个温暖可靠的依托。值得注意的是女性写作与身体经验和感官体验之间天然不可分割的关系。诚如西方一位女性理论家所言女性的写作有时候更近乎于一场精神学意义上病症的见证与遭际。很多女性都在写作中发着低烧和偏头痛，从容似乎也难以例外。其中最具代表性的是《我们本该有三个孩子》。在密集的意象和铁链般缠绕的令人窒息的诗句中，诗人在身体刺痛和精神激荡中完成了忏悔和自我救赎——“老大叫谷雨，她在春天发芽在夏天的泥淖里枯黄 / 老二叫白露，她被风轮吸引，一个趔趄，/ 被穿白大褂的人扔进生锈的铁桶　只活了 39 天 // 老三叫小雪，她无法被更

苍凉的子宫孕育 / 我无数次见过她们的眼睛—— / 比辽阔的黑暗大海还要深陷于无底的黑暗 / 比太阳的目光更尖锐地在夜晚刺痛我的太阳穴、承泣穴、大椎穴、劳宫穴与丹田 // 有时她们用会哭的眼睛在房顶整夜地盘旋 / 我屏息谛听，独自在寒夜三更披衣、点灯、燃香、诵经 / 领受他们对任督二脉和太阳穴以及所有穴位的突袭和击打 / 我要窒息，我要疼痛，我要头悬梁锥刺股 / 我要让头和身体的每一毫米在有生之年被她们银针一样的眼睛扎满、再扎满 / 我要扎满所有穴位，替她们受过！// 后来，在一个格桑花开的下午 / 她们再也没有触碰我的太阳穴、承泣穴、大椎穴、劳宫穴与丹田 / 她们离开了我的身体，她们去了哪儿 / 她们无视我、遗忘我了吗？/ 我想要再一次疼痛！我要见她们！// 在青海湖边，我看见了 / 她们有高原女孩的眼睛，她们站在玛尼石堆，为我添加了一块玛尼石 / 她们在路边种下一排格桑花，等我经过时戴在我发白的鬓角 / 她们用眼睛长久地凝视我，凝视我的皱纹 / 凝视我的太阳穴、承泣穴、大椎穴、劳宫穴与丹田 / 直到我们都微笑着泪眼婆娑 // 就这样，我在她们的目光中融化 / 就这样，融化成为了她们的母亲”。我曾和王明韵以及刚新婚不久的潘维在深圳音乐厅现场聆听了从容朗诵这首诗。当时很多女性观众几乎是泪流满面。那时而低沉时而响亮、时而舒缓时而急促的声调至今还回响在耳侧。

作为现代女性，从容将生存中的诸多问题甚至困境与宗教性的精神场阈天然而充满张力地融合在一起。从容诗歌的抒情性与戏剧性的和谐融合也是当下女性写作中少见的。她通过虔敬的内心得以厘清时间斑驳的光谱色相。诗人指间的神经末梢与大声希音的天籁万响接触并发声。而正是因为本然的生命状态的原生呈现以及自为独立的写作方式，这使得从容的写作如此独特。

这是一个现代女性的个人“诗经”，也是一个时代女性整体精神的寓言。这是一个女性更是切肤的命运，也是一个个如梦的情感和生命空间的重新建造。

第二节 “重新认识的震惊”

经过反复斟酌，我还是决定将弗吉尼亚·伍尔芙的这句话作为本节的题目。在新世纪以来年轻的女性诗人群体日益庞大的今天，她们的诗歌写作体现出越来越多的多样性和难以归约的复杂性。而她们带给我们的阅读体验更多的是震惊。是弗吉尼亚·伍尔芙所说的——“重新认识的震惊”。

一、破坏仪式的女性

吕约的诗歌世界实际上并不需要任何评论文字。对于她这样一个对诗歌写作有着相当的自觉意识的女性而言，她的文本都足够独立和具有自我阐释的能力。谈论女性写作我们必然绕不开的就是女性精神。但是对于更多的诗人和评论者甚至女性自身而言女性精神一种被不断误解和窄化。而在我看来女性精神具有多个层面，无论是1980年代的女性主义和泛女权化写作，还是1990年代以来日常化图景的女性抒写都是女性精神不同程度和侧面的呈现。而对于出生于1970年代渐入中年的吕约这样的女性写作而言，她所呈现的女性精神也只能是其中的一个侧面。换言之，我们不能以吕约的女性精神来要求甚至规范和评骘其他的女性写作，反之我们也不能用其他的女性精神来强行吕约进行转换和修正。

吕约的每首诗都标明了具体的写作时间。作为一种日常关系过敏症一样的日记体式的写作，诗歌对于吕约而言更像是必须进行而不能停止的呼吸。或者说诗歌在吕约这里体现为精神疗救的功能。尤其值得注意的是吕约那些关涉死亡的诗歌文本，比如《生死问题》《参观一个自杀朋友的房间》《与朋友路过养老院》。这种黑暗精神是冷峻的，甚至是自嘲反讽的。吕约很少用充满热力和温度的方式来面对这个世界。而吕约的才能在于她具有“举轻若重”的本领或本能。她往往在个体的私己之事和感知中与庞大的世界甚至精神性空间发生纠缠。据此，她的诗歌空间在个人想象力的刺激下不断膨胀。吕约的诗歌足够敏感甚至不乏偏执。这让我想到的则是词语世界里黑色高脚凳上的猫科动物——黑夜里目光炯炯、行动敏捷，白日里则慵懒倦困。吕约很容易让人想到当年轰轰烈烈的女性主义。她也确实在一部分诗歌中披上黑色的斗篷，用伦理化的词语完成自我的命名和女性精神的成长史。吕约诗歌在精神学层面一定程度上体现了对传统父权制“圣像学”的反思和反拨。有时候她不得不在破坏仪式、法则的同时承担起女性自身的另一套仪式和法则——反讽、戏谑、自我戏剧化、独白、精神分析法则、白日梦幻、寓言家等。她甚至有时候还会尝试做腐食性动物，在那些阴沉、恶臭、污秽之地进行剖心挖肝的工作。也就是说吕约并不是一个有精神洁癖的写作者。那些“不洁”的事物都能够在文本世界中获得一种罕见的“诗意”。

吕约的诗歌正如她的一本诗集《破坏仪式的女人》一样，她在诗歌中往往表现出对“法则”、“正统”和“仪式”等象征符号体系的不屑一顾和义无反顾的挑动与颠覆（比如《坐着》《致一个企图破坏仪式的女人》等诗）。诗人的道德感就是找回自由词语和自我精神的权利。吕约试图通过清洗词语来重构另外一种精神秩序，因此她也在诗歌中游离、“破坏”或者拓展、修正着惯常意义上我们所理解的“女性形象”与精神谱系。而这些女性形象不一而足的都具有程度不同的病症，比如在菩萨面前高声祷告的母亲，大街上被警察拖着扔上警车的异端女性等等。而如果只是对其他女性以冷静的审视似乎还不够，难得的是吕约敢于向自己下刀子——而这往往是众多女性和女性写作所难以做到的。吕约的诗歌不拒绝爱，也不拒绝恨。在吕约的诗歌中我们常常会与那些携带着巨大而阴鸷的精神能量的日常景观相遇。换言之，这些日常景观往往带有极其强烈的寓言化的象征性和精神分析式的戏剧化效果。

在吕约这里我感受到女性精神成长过程中来自于母体、父系以及后天社会环境造成的身体和灵魂的多重焦虑与不安。在《强悍的母亲毁灭了完美的造型》《运动员》等诗歌中吕约为我们提供了这样一份精神和身体的双重症状的化验单：暴躁的基因、掉发、失眠、发烧、耳鸣、偏头痛、静脉曲张、子宫出血、骨折、肌腱炎、韧带劳损、关节松脱、月经不规则、暗疾。这是一个带有身体炎症和一定的歇斯底里症状的写作者,“我赞同她斩钉截铁的诊断　同时　悄悄感染了 / 她的忧虑　想起我的那些暗疾　偏头痛 / 关节炎　坐骨神经痛 / 最重要的是月经问题　让我们陷入沉默”。

而只是围绕女性精神来谈论吕约似乎还不够,因为吕约一直是一个有公共意识的写作者。而公共意识和交互性空间很容易让人误解为庞大的现实和作家的责任感,而这对于吕约这样的女性和写作者而言显得过于简单和沉重。吕约不乏面向公共题材的“现实性”和“现场感”的诗歌,比如《灾难中的生物》《一个婴儿出门的时候》《老太婆的小姑娘》《钦差大臣》《保钓运动》。极其难得的是她将这些题材和事件转化为诗歌的方式和自我的感知和想象。当社会事实被上升为个体真实、女性真实、命运真实、想象真实之后,诗歌写作才是成立的。这些日常的社会性景观被诗人通过词语进行扭曲、变形、夸张,再掺杂进白日梦和舞台剧一样的细节和精神氛围。似真似幻之间正好准确地达成了诗人的认知、介入和评价(比如《春天的鸟梦》)。诗人不仅要有深刻的现实感受力,而且还要有个人化的历史想象力。在这方面,吕约也同样做到了(比如《外婆的老虎》《宫墙柳》)。

在诗歌文体学意义上吕约也是一个不折不扣的冒险家。她往往在惯常的写作路径之外踏上人迹罕至的草径和山路。甚至她还敢于在河流两岸搭上独木桥,在悬崖两侧吊上摇晃的钢丝。她就是这样在别人的侧目和不解中用词语和精神的平衡术完成了这一冒险家的行为(比如《热带海岛》)。

阅读吕约是困难的。我曾亲身感受到吕约在诗歌研讨会上的直接、尖锐和不留余地。而对于女性写作而言,我们是否已经准备好了足够的耐心和理解力?这仍然是一个问题。

二、巫气、白日梦、中年孔洞或其他

最早接触唐果的诗是我在 2006 年开始写作《尴尬的一代:中国 70 后先锋诗歌》的时候。限于当时有限的阅读材料,我只是在《我的三姐妹》的诗歌合集中读到了一部分唐果。至于和她的第一次见面则是到了 2012 年的初秋。那时云南高原天蓝云白，路边红色的曼陀罗花甚至有些无辜地开着。读完唐果的诗集《与仇人书》以及《给她》《用最少的翅膀飞》之后，我觉得唐果已经从 1999 年开始上网写诗的“海蓝蓝”成长为真正意义上的“唐果”。这样说并不意味着她最初的写作没有必要性和某种程度上的重要性，而是在写作过程中诗人自觉地剪除掉了那些没必要的枝蔓和弯路。

多年来，唐果的诗歌气质带有高原天气和特殊植物般的“异样”气息。这种气息在近年来逐渐强化成一种黑沉沉的巫气。而这种所谓的巫气说法实际上也并非准确，大概而言就是唐果的诗歌精神氛围很少有小女子的脂粉气以及日常烟火味的俗气。唐果在诗歌中既是深情的又是绝望的，即既是日常的又是寓言的，既是沉湎的也是剥离的。而当这种沉迷和清醒交织在一起难分难解的时候一种精神气息浓重的不祥巫气就渐渐形成了。云南的天空、大山、高原以及葳蕤繁茂的植物所构成的地方性知识更容易让人产生万物有灵的感受方式，“万物包括我见到的，不能见到，我能感受到的，甚至是一些虚幻的存在。我一直觉得，在某个区域，在那个区域最高的山顶，一定住着一个神灵”(《语言魔方》)。由此，唐果的诗歌既深入生存的场域又拉开了一定精神性的距离。除了情感成为她诗歌一以贯之的抒写基调之外，她对自然万有、周边事物以及时间性、存在性主题的探询也同样在持续和强化。据此，灯光、夜晚、寺庙、孤山、热带植物、小兽、房间、街道、厨房都在她诗歌中捉摸不定地现身。而这种现身的方式完全是带有唐果个人印记的(比如《这是绿色的山岗》)。这些事物的呈现实则仍然是内心的一种客观和想象兼具的对应物。可贵而具重要性的是唐果还原了事物的原始有灵状态以及一些永恒事物对人心渊薮的烛照和洞彻以及劝慰。在《保佑》等篇什中我读到了一个悲悯之心——这既是对不可知神性存在的冒犯，也是对此岸尘世悲苦的不解。唐果所形成的诗人形象类似于典型的猫科性动物。她的诗歌有时候近乎梦游和妄想的状态。既真实又虚幻的寓言状态以及不可思议的场景都使得唐果的诗歌质地具有着非日常性的一面，“我梦见我身体有伤 / 我看见血从伤口流出 / 在梦中，我是红女人 / 我梦见

我打开身体的盖 / 我看见血流回去 // 一切仿佛从未发生过”(《我梦见》)。非常值得关注的是唐果将很多没有生命的事物赋予丰富而独特的女性体验。其中她最擅长的办法就是将诸多女性化的意象投注到这些事物上去,比如吊顶灯像孤独的乳房,像孕妇一样的长着一蓬青草的路段,像乳房一样微微隆起的坟墓,等等。

而诗集《与仇人书》正如题目一样,唐果的诗歌力度和爆发力空前加大。周围事物所产生的紧张和压迫感也非常明显。这显然与其生命和写作的双重意义上的“中年”状态有关。其中有些诗歌的力度加大、空间拓展以及想象力更为直接的同时也使得诗歌的质感在减少。这样产生的结果就是唐果的诗歌从诗集《给你》的短诗延展、抻拉为当下的长句和长诗。唐果是一个在诗歌技艺上富于冒险精神的人。在她的短诗选《给你》中大多是四行左右的精短诗。前些年一个在网络上有着巨大争议的河北女诗人曾经不留余地的说过——“诗越短越好,就像女人的裙子!”真是荒谬而极端。而就唐果的这些短诗我想其难度是可以想见的,甚至这种难度会比一般的诗更甚。这就像是女子 100 米栏项目,在短短的距离里不仅要跨越栏架,而且在起跑、跨越、节奏、气息和冲刺的各个环节都不允许有任何闪失。实际上唐果自己也注意到了这一点,“短诗看起来好写可是写好极不容易,就像一个能一招致命的高手那得有相当的修为”。在此,就唐果的这种精简主义的短诗写作方式,我既看到了其中一些极其成功的诗作,也看到了不可避免的一些“闪失”。就短诗而言,这些现代汉语较之古汉语背景的古体诗写作又丧失了天然的语言之间的不可阐释的诗意关系,这就更难上加难了。还好,唐果的这些短诗不干涩、不抽象言说过度。她在这些短句和不多的转换中呈现了一个个细小的孔洞。期间,无论是气息、血液、体液还是流水、空气都能够在此穿行。我更愿意将这些短诗看做唐果的又一种呼吸方式——短促、有力而又充满窒息的可能与未知。而显然到了《与仇人书》阶段,只有这样的诗歌句式和形制才能够满足诗人郁积起来的心理势能以及沉重起来的胸中块垒。至于长诗《答问录》和《给未来》更是这种结果!唐果近期的诗越来越呈现出一种分裂的挣扎和纠缠感。当年那个写作大量爱情白日梦般的诗人体积正在大面积缩减。相反，一种“成人化”的女性写作气质以及“中年之累”正在迅速形成——“我的身体是一个盛恐惧的容器”。其中最具代表性和说服力的是《胖子的烦恼》。这更像是一个个身心俱疲的中年女性们的自况和自嘲，“他们都顺利升空了，只有一个胖子，被阻隔在门外 / 也有可能，因为她太胖 / 天使将她举到一半，就把她从半空中扔了下去 / 这个心情郁闷的胖子 / 只能选择贴近地面 // 她撅着屁股，跪在地上擦地板 / 她的头发掉进水池，她的头发在洗碗 / 她的乳房垂进洗水粉的泡沫里，她的乳房在洗衣服 / 她把被猫撕碎的老鼠扫进垃圾袋 / 她用卷筒约裹住墙根三堆摆放整齐的狗屎时，她想到了孩子 // 深夜三点，她拧着垃圾袋走在大街上 / 除了她自己，马路上没有一个动物”。

显然，唐果的生命焦虑以及对周边事物甚至社会性存在的言说范围也正在大面积弥漫。灰暗的、嘈杂的、肮脏的日常性场景正在驱赶曾经的那些臆想和白日梦般的冲动——“抚摸，则双手沾满锅灰的诗”。由此，诗人需要一个面对中年遭际的孔洞。随着年龄的必然推进，这些中年意义上的孔洞逐渐变得粗糙，产生裂缝，并且日常的泥沙、污浊之物正在那些越来越小的拥堵和淤积。那么，诗人要做的就是继续敲打、冲洗和清除的工作。体现在诗歌中就是沉滞的东西越来越多，感性的、上升的、诗意的和理想化的东西正在销蚀——也不是销蚀，而是它们受到了更为强大的世俗和时间力量的冲击与消减。二者之间只能在互相拉锯战中产生不已的摩擦、疼痛甚至长久积习的麻木和惯性。

唐果是女性写作群体中有着强烈的语言力度感追求的代表性诗人。她的声调是高声的甚至是嘶叫的。这又形成了唐果自白式的言说方式以及敏感特异的想象力。这方面代表性的诗作有《请允许我在河里洗头》《我梦见》《偷窃》。唐果的诗歌不做作、不伪饰，而是直接袒露内心。她所写下的“自白书”没有顾忌，不设置屏障或栅栏，赤裸地坦诚背后却是深深的焦虑，“假如，有一天 / 你看到我张开四肢 / 仰躺在大地上 / 请不要把我当跳板 / 踩着我的肚皮跳过 / 不要把我当障碍物 / 大步流星的跨过 / 不要以为我在等蛇入侵 / 更不要招

来垃圾车 / 我不过是想告诉过路人 / 我——一个女人 / 需要的，只有这么一小片”(《我的自白书》)。在经验、想象和词语的互动和反复磋商中唐果的诗获得了充满张力和丰富的阐释可能的空间。这就如一个橡树的种子——这个曾经微小的种子却可能孕育了无限多个陌生和可能的橡树。唐果在强烈的祈使句式的文本中(比如《要有风吹》)往往给读者呈现出陌生和捉摸不定的女人形象，但是这些“暧昧”的女性形象无不是在真切的生命体验持续性的疼痛中生发出来的。唐果的诗不仅有当代女性特殊情感和想象空间，而且还有个人化的历史想象力，如《他们有沽酒的银子却没有解放她们小脚的铜板》。这首诗所呈现的正如这个长长的题目所唤醒的是沉睡的、黑色的关于历史和男性的记忆。女性只能在沉重和沉痛的锁链般的诗行中呈现出他们与她们之间的不对等关系。唐果的一些诗歌是直接甚至不容置疑的，而她呈现的精神方式却是冷暖交织。她敢于把自己的一切都献祭出去，比如乳房和身体，还有疼痛不已又满怀爱情愿景的内心。她那些几乎无处不在的自语和既实有又虚幻的人称指代的对话情境呈现了个人幽深的精神成长图景。在频率极高的“我”与“你”(“他”)的人称指代中，极其明显的不对等关系被强化出来。往往“我”是阴性的、灰色的、奉献的、决绝的、偏执的，而“你”则是阳性的、索取的、沉默的、高高在上的。实际上“我”和“你”之间并不是真正的对话关系，更大程度上是抒情主体的自我审视和私密情感乌托邦的想象方式。“她”有时候更愿意自问自答，垂怜内心而又敢于自我挖掘。唐果有时深处阁楼上自我取暖，有时又在不羁的想象性森林与日常化情境中完成着一个女性的精神漫游和折返。唐果在多年的诗歌积习中渐渐形成了一种特殊体味的癖性。她天真而成熟，欢乐而忧郁，难避成人心理又有不舍的童话心结。她的诗歌给人以沉暗、潮湿的感觉，这类似静静的蕨类。唐果的诗歌往往又义无反顾、不计后果、不妄回报的飞蛾扑火一样的语气和勇气。正如《给你》一诗，这种完全单向度的寄给以及吸血挖髓式的自我献祭是来自于对爱的执迷还是来自于不计后果的白日梦想象?

通过以上的印象，我们可以看到唐果是一个内敛的向生命和灵魂内部探入的诗人。又不仅仅如此！与此同时，唐果又是一个敞开型的诗人。她的诗歌有诸多的孔洞，出入之间全凭真实的呼吸。唐果对日常性的发现和发问也是持续进行的。无论是一个人的街道、盘山公路，还是蒙尘的楼梯以及吸顶灯和嘶嘶做响的电磁炉，我们都可以看到一个“及物”状态的女性身影。我所说的唐果诗歌的这种“及物性”写作状态首先必须是直指人心深处的，必须是面对自我现实所产生的真实的情感力量乃至知性的重量。很多女诗人都很容易做早垂影自怜，但是却很少能够达到唐果的这种旷达和自审状态。一个敢于写作“墓志铭”的女性诗人相当罕见，而唐果就是这样的一个——“她喜悦过、悲伤过、幸福过、彷徨过 // 如今，只有喜悦伴随着她 / ——一种小偷得手后的喜悦 / 她需要您的会心一笑 / 当您站在乳房一样，微微隆起的土堆面前”。

三、那团跃动的火焰与月光

唐小米的诗歌一直处于两个声部的咬合和榫接当中。热烈的火焰与清冷的月光一直在交错中跃动。背景是冀东的平原和滩涂以及一个喧嚣、乏味、干燥的北方小城。

第一次见到唐小米的时候是在 2009 年盛夏的一场雨中。风尘仆仆、感情质朴的一次聚会让我切实感受到了诗歌的体温。而 2012 年夏天我和辛泊平再次来到凤凰城，一众人等醉酒的速度更是惊人。2012 年秋天，在云南蒙自碧色寨的铁轨上一行诗人在干渴中艰难地步行，是唐小米“大方”地要走了我仅有的一瓶水。

唐小米的人和诗有重合的一面。日常生活中唐小米的“嘴皮子”应该非常厉害，属于“得理不饶人”的类型。在我看来唐小米是庞大的“70 后”女性诗人群体中写作潜力很大并且创造力旺盛的一个。而说到其女性诗人的身份并非是强调其性别，而是说诗歌的观照和言说的方式是具有不容忽视的个性和特殊的性别意识和表意征候的。实际上女性诗人细微的感受力和偏头疼的方式更容易在诗歌中找到舒展甚至发泄的空间。生活又何尝不是化若无痕地更改着一切。很大程度上诗歌也近乎痴人说梦。我们可以说作为一种精神方式诗歌的重要性自不待言，但是对于实实在在的现实生活的渊薮而言诗歌有时候又近乎可以被忽略。复杂和强烈的个体感受在茫茫天地和时间的冰雪中又怎能抵挡强劲的朔风？但是，确实对于一小部分人而言，有的时候容易被忽略的沉静和细小的声音更具有深沉、持久和感人至深的膂力。唐小米的诗歌带有两面性甚至多面性——冰的铁与热的火淬炼、平静的绵思和火辣的自白交替、安静的自语和热烈的追问相融、日常的捕捉和肆意放大的想象融合。唐小米的诗歌有着坚执、果敢甚至某种程度上的“杜拉斯”气质，又有着温柔、娴静的母性和女性情怀。这种尖锐和宽怀的复杂交织使得唐小米的诗歌看似简单、平静，实则复杂、奔突。她在看似波澜不惊的事物表象和浅层语言背后闪现的是连绵不断的内心闪电和静水流深般的漩涡与暗影。她的诗歌话语方式有时是温婉的小鸟依人式的，有时又是决绝的自白和义无反顾的撕裂性的。敏感、好奇、执着、怀疑、坚信成了唐小米复杂性格的既兼容又独立的部分。这甚至也成了她诗歌写作征候的显影液。唐小米的一些诗歌能够揭开她柔细的身躯里巨大的火山熔浆一般的内心情感的冲涌和女性写作少有的力量感和爆发性，“两三杯枣木杠吞下 / 满山的红灯笼跑起来 / 大红枣集日一样涌到街口 / 端菜的乡亲 / 摆动着植物般柔夷的腰肢。// 一切还没有看清楚之前 / 我就醉了。/ 虎山村的夜晚 / 多了一个提着光 / 却找不到路的酒人。// 一杯枣木杠里埋伏着多少人？/ 淘金者人人头顶着红烛 / 上山打虎的人周身泛起粘稠金黄的 / 酒光。我惭愧 / 在满山善良的植物们面前 / 我只能变成妖精。// 总有人站在酒里 / 试图拿走些什么。/ 只要我不像人一样伸出剪刀般的手 / 泼辣憨直的枣木杠就会把我留下来 / 像任意一棵枣树，目光看到哪儿 / 哪儿就结出 / 能酿酒的果子”。

唐小米的诗歌世界是朴素而清澈的，也是激烈而狂热的，同时也是不断在生长和多变的。在夤夜的不明就里的天籁和各色声响中她是不折不扣的敏感症和失眠症患者，而在黄昏和黎明的边缘她又在自愿或不情愿地做着白日梦。面对着时间销蚀中的情感、身体和过往，唐小米也不得不一次次拿起诗歌作为追挽的方式。当她的诗歌里不断出现“旧事物”，我们也就再次印证了布罗茨基的诗歌是对记忆表达的这句常识性话语的正确性和必要程度，“我们到达时 / 落日正从虎山的脊梁骨滑下来 / 太行山脉中最后这只虎 / 正在把暮年的光 / 一点一点吞进身体。/ 但金质的摩擦声从远到近 / 这镶着橘红色金边的响声 / 哗——哗哗 / 漫山遍野的紫荆和枣木们动起来 / 一直朝着天边跑”(《虎山》)。诗歌成了她不愿舍弃的棉絮般的温暖和慰藉。诗歌成了她生存窄缝中的一道微弱的亮光。唐小米的诗歌既能体现女性内心世界幽微的丝丝颤动，也更能呈现出现实世界的种种艰难和吊诡的内核。而在我看来诗歌更像是现代人生存的一个个白日梦，这些永远都难以实现的梦想在一个个语言和想象的情境中得以接续和完成，尽管这种接续和完成是短暂而不可信的，甚至更多的时候是悲剧性的，“而现在，我闭口不谈诗歌。也不安排 / 祖国，血液，和土地的关系 / 我要日复一日穿过一条狭长的街巷(多像我的狭隘和忧伤)/ 在 80 平米的混凝土中妥善地安插柴米油盐 / 放下情爱、睡眠、蝴蝶结以及碎花连衣裙”(《距离》)。唐小米的诗歌中确实有一种女性少有的决绝感和毫不含糊的北方女性的爽直。这来自于生活淬炼之后对严酷现实和情感世界的清醒认知，所以对于众多“拿得起、放不下”的女性写作而言唐小米算得上一个例外——既“拿得起”又“放得下”。当然，我看到了这种态度背后的艰难程度。此外，我们还应该关注唐小米诗歌特有的坚实和洒脱的语感与语调，这与她的性格不无关系。她的甜蜜中带有芒刺，温情中满布执拗。而唐小米诗歌不经意地投注到那些极其日常的事物中去，她能够以极其敏锐和挑剔的眼光在一个细节或词语中让我们领略诗人的象征能力。唐小米的诗歌是带刺的，是尖利的，但是这并不妨碍她的女性特有的幻想和冲动。唐小米有时候近乎是一个冒险狂，不断在文字和精神的缝隙中出入和往返，而她每一次都携带着一个不大不小的炸药包。她有时炸毁了时间的堤岸，让记忆像大水和泪水一样奔涌和折返；有时她又炸毁那些包围着自己的俗世之物和日常的藩篱；甚至有时候对自己也毫不心慈手软。她有时候近乎独自燃烧的木柴，爆裂声中是无尽的特殊癖性。

唐小米的诗歌让我看到了朴素、虔敬而自在的“草木之心”。

在泥泞轰响的生存路上诗人仍在试图倾听那些静静绽放的声音。正如诗人自己所说的“诗歌于我,是自由飞翔的鸟,是天上的光,是万物的声音,我试图以万物之心,倾听万物的倾诉”。女性和自然万有以及各色植物之间似乎存在着天生的共通性和一致性“体味儿”,“合欢树叶,一片搂着另一片 / 我看到自然里有太多人的化身 / 因为爱和恨 / 它们泄露了人的秘密”。唐小米为数不少的诗作就呈现了对自然之物的本能性的对话、问询、致敬甚至某种程度的迷恋。唐小米关于“教场沟”的诗带有向植物和自然致敬的仪式感。这种仪式感既是来自于本能的乡土经验对城市和现代生活的某种排斥,也是出自女性面对自然世界的特殊感应方式。不可避免,唐小米和其他女性一样有着深深的时间恐惧症,她的额头也在一直发着低烧。她会在那些草木身上发现自身同样不可避免的宿命,她会经常拿出那个小镜子以及那些黑白的照片打量曾经的往昔与另一个既熟悉又陌生的自己。据此,她是疼痛的,自怜的。在唐小米的诗歌中我强烈地感受到女性特有的性别感知、人生阅历、现世情怀和个人化的想象力之间的契合程度。在她近年来的诗歌中我看到了女性特有的幽微而深入、敏感而脆弱、迟疑而执拗的对生命、爱情、命运、个体现实的持续性思考与发现。唐小米类似于一个经常在夜晚沉浸于梦想和文字深处的写作者,她在光线斑驳、纵横交错的森林中发掘出了一个个我们所忽略的平常但又意味深长的场景。她如此熟悉剥洋葱般的工作,她不断剥开和翻检着日常生存粉尘覆盖下并不自由和轻松的灵魂。她在一次次探幽发微的流连、踟蹰和思忖、追问中还原出诗歌与现实世界、想象世界之间光怪陆离的交错或对称的关系。我看到了唐小米诗歌中柔软、宽怀的一面,看到了在日常景象中用知性和母性暖煨出来的关涉生命、时间、身体的体验和思考,“我一直嫉妒她们奶水荡漾 / 很女人很女人地生了一只又一只小羊 / 并奶大了我的表弟 // 我青春年少时就放牧她们 / 她们从未被吃空过 / 也没人能猜出她们的年龄”(《我羡慕的那群母羊》)。

唐小米在人声鼎沸的北方小城里无疑属于静静的甚至带有悲悯情怀的观察者。与此同时,她也是生活场景与女性体验的“多事”的测量者。唐小米无疑是敏感多思的，有时又是坚执而知性的。这多少有些像渤海湾同样温柔但也同样粗砺的海风。这里面有轻软和期许，也有苦涩的海盐的味道，“我有多少女人味就有多少大海味 / 眼中有十万颗盐粒，十万顷波涛 / 连沙都是咸的，连沙都在荡漾 ”(《我有多少女人味》)。无论是对于日常化细节和身边之物的耐心打量和观照，还是对自我边界和想象极限的重新发现以及对两性关系和命运的思忖唐小米都能够用化若无痕的方式不断撕裂表象和惯常之下的陌生、疼痛和虚无。在漫漫光阴匆促翻转生存场景时诗人试图发出属于自己灵魂的声音。这种低声的倾诉和自我对话又不能不时时受到外界喧嚣的骚扰与挑动。在越来越去除了前现代性的城市化时代和空前加速度的新媒体空间，唐小米所能做的恰恰是为自己增添一个减速器。减速的结果是她在诗歌中发现和创设了一般人所普遍忽略的情感性和想象性并置的空间。在现场审视和想象过后黯然怅惘中诗人用情感、经验交织成了陆离的时代声色和个体生命的幽暗光影。在现实和想象的一个个类似镜头剪接和拼贴的场景中，在一个个或激烈或平淡的生活日历的飘落中，在一个个真实的或想象的故事里，唐小米以自己也许并不强大的内心世界的河流去重建一个生命个体对其所生存的这个世界的印证——或热爱、或失望、或深情、或愤恨。

诗人在喧嚣的尘世中时时对生存和身边的事物予以诗性的观照、发现与命名。与此同时诗人内心仍然维持着属于个人的小小“乌托邦”。而今天的女性诗歌已经和当年八九十年代的女性诗歌站在了两个方向相反的路口。当年女性诗歌对性别身份和诗歌的双重发现使得它无论是在社会学意义上还是在诗歌美学上都具有了显豁而重要的价值。而新世纪以来的女性诗歌一部分是在网络和博客的自媒体空间里继续延伸和扩散更为私人化也更为琐屑的日常经验，另一部分则在各种刊物和官方机构的豢养下从事着个性模糊甚至个体主体性消解的主流的集体大合唱。而在真正意义上既具有个人性、命运性又具有普泛的社会现实感、象征性和寓言性同构的重要的女性诗歌文本却大面积地缩减甚至式微。而唐小米的包括《我有多少女人味》以及组诗《我愿意被世俗温柔地杀死》在内的一些文本则是我所激赏的这种诗歌写作方式——既有个人的生命感又有敞开性的介入宽度。唐小米的眼光是尖锐而深入的，情怀是细腻而宽远的。唐小米不仅是一个沉浸型的类似于唱独角戏的诗人，也同时承担了观察者和介入者的身份。她的诗歌能够同时从“向内挖掘”和“向外发现”中展开，所以她的诗歌既有个人性又有“现实感”和历史想象力。同时更为难得的是唐小米的诗歌由于长期的冀东乡村文化和海洋文化的浸染，她的一部分诗作带有女诗人中比较少见的农村背景下的个人化的历史想象力以及命运感、家族感和“原生性”的话语方式。换言之，唐小米在面对世界和语言的时候不仅是文学层面的，也是个人意识和“方言”性的。在驳杂的现实场景中她能够呈现出历史的斑驳面影和家族命运的沧桑履历，从而诗歌成为了打开历史意识和现场精神的对话性的容留装置。值得提及的是唐小米在散文《我愿意被世俗温柔的杀死》中将家族命运（王躲、王藏，这两个名字所折射的历史的荒诞性、命运的卑微感和存在的滞重感是如此淋漓尽致）和性格基因以及个人极其生动的生命体验以非常精准和戏剧化的方式呈现在我们面前。而我也希望在今后的诗歌写作中唐小米能够继续推进这种话语类型的纵深感。她不能不在现实和诗歌中接受家族的命运和一次次残酷的洗礼和淬火、捶打。在唐小米的诗歌中我不断能与她的“出生地”相遇。在一定程度上，我近年来所倡导的文学中的“地方性知识”并非是虚妄之语。甚至在城市化和城镇化的今天，“地方性知识”变得越来越重要和不可或缺。而这种重要性的代价却是巨大而惨重的——这甚至超出了我们想象力的极限。就唐小米的诗歌写作背景而言，冀东平原和渤海湾的滩涂上的疼痛和记忆都被她极具命运感甚至宿命性地搬运到自己的诗歌空间里。她企图借此抵挡时间而回味一段历史，在失去“故乡”的年代为自己筑高台、垒巢穴。

唐小米一直在诗歌和现实以及想象之间保持着某种适度的张力关系，不太靠近，也不远离。唐小米希望在 21 世纪的香水和百合花中温习一个现代女人的心灵功课。而她也不能不在县城的高速路和国道以及乡村土路上不时踩下刹车看看路况、表盘和内心的惊悸以及惯性的生活，“远远看到，疯狂的一切都像我 / 沿着高度疾驰，迷恋寻常事物 // 矮灌木此时心潮起伏 / 一波又一波，在积雪下颤抖”。而在荆棘和月光同在的路上，她永远都是一个穿着红底碎花土布的棉袄在冀东的平原上大胆而小心游走和跋涉的姑娘。

这团火焰与月光正在不可分离地跃动！

第三节 “她们”写怎样的诗

每一个时代的性别抒写与想象都不能不与动态的文学场域有关。在一定程度上我们的诗歌已经进入了一个博客时代，博客时代的女性诗歌甚至成了新世纪以来最为激动人心的文学现象，也随之凸现了一些新的诗学问题。随着社会政治运动和革命风暴成为历史陈迹和远景，后社会主义时代和新移民运动语境下无限多元化和城市化的现代性景观对个体的压抑使得越来越多的女性诗歌呈现出“日常诗学”的写作趋向。由于生活背景、成长经验的差异，女性诗歌中同时出现了尊敬、怀念、赞颂与反思、背离、批判的两个向度的家族叙事。

谈及当下的女性诗歌写作决非是轻松简单的话题，“然而，不管妇女作家的这些近作的结果怎么模糊，征兆却是——妇女正在写作，空气因为充满期盼而显得沉重，这一期盼是：她们将写出什么新东西”（克里斯蒂瓦：《妇女的时间》）。那么面对新世纪十年来大量的女性诗歌写作群体（尤其是网络和博客上的女性写作群体），我们的疑问就是她们给这个时代的读者和研究者提供了什么崭新的素质和新的阅读体验？“女性诗歌”是否还像1980年代和1990年代那样具有耐人寻味的“先锋意义”和文化、身份、性别、社会学价值？新世纪以来的女性诗歌在维持个人化立场以及主体意识、女性立场、性别意识和时间体验感的质素的基础上是否在语言方式、想象机制和诗歌主题等方面不断发生变化和调整?

一、博客时代

在21世纪的第一个十年已经结束的时候,我们越来越发现网络尤其是博客成了最为普遍、自由、迅捷也最为重要的诗歌生产和传播的重要媒介。我们甚至可以在一定程度上说我们的诗歌已经进入了一个博客时代,而博客与女性诗歌之间的关系似乎更值得我们关注。至于个人博客时代的女性诗歌是否因为写作群体的扩大、写作、发表与传播方式的变更而改变诗歌格局并且成为诗坛主流并不是我现在要讨论的,更为重要的是女性的诗歌博客为我们提供了新的文学现象和相关问题。

博客无疑已经成为女性诗人们必须面对的特殊"房间"和灵魂"自留地"(当然这个"房间"和"自留地"很大程度上已经公开、公共化了),对话、絮语、独白甚至梦呓、尖叫、呻吟、歌唱都可以在这里找到容身之所。更为重要的就在于女性诗歌写作与博客之间的关系为研究女性写作又提出了一个新的话题,而1990年代后期以来中国文学界对女性诗歌的关注似乎一直纠缠于"性别话语"和"个人话语"的老调重弹。曾经成绩斐然且独具文学史和社会学意义的女性诗歌写作除了仍能让我们看到越来越出色的个案文本之外,能够引起共识和争鸣的话题已经不复存在。这实际上也是目前中国文学批评界的一个现象,看起来多元、自由、开放、繁荣的文学写作和文学批评实际上越来越呈现出批评家对文学现象和重要诗学问题的漠视、"绝缘"和难以置喙之感。命名的乏力和发现的失语在惯性、平面化的批评生态中成了一种不良趋向。而随着新媒质尤其是博客的出现,女性诗歌写作随之发生了一些新的变化和可能前景,当然也随之产生了一些相应的诗歌问题和限囿。而如何对博客时代的女性诗歌进行田野作业式的观察、测量和评价就成了一项不能回避的诗学问题。博客时代的女性诗歌似乎像上个世纪1980年代一样,自由、开放的诗歌话语空间空前激发了女性诗人尤其是年轻的女性诗人的写作欲望和"发表渴求",博客之间的"互文性"关系尤其是省略了以前纸质传媒时代传统意义上的诗歌投稿、发表、编辑、修改、审查的繁冗环节和周期更使得诗歌写作、传播和阅读、接受都显得过于“容易”和“自由”随便。这都使得女性诗歌写作人口的日益壮大。网络和博客的话语场域无形中起到了祛除诗歌精英化和诗人知识分子化的作用。而博客时代的女性诗歌写作也同时带来另外一个问题，较之以前少得可怜的女性诗歌群体，当下庞大的博客女性诗歌群体的涌现以及大量的数字化的诗歌文本给阅读制造了眩晕和障碍。博客上的诗歌犹如繁茂而芜杂的森林，各样植物都在竞相生长，而我们靠一己之力很难看清这些不同树种的根系和脉络。但可以肯定地说面对着当下女性诗人在博客上的无比丰富甚至繁杂的诗歌我们会发现女性诗歌的写作视阈已近相当宽远，面对她们更具内力也更为繁复、精深、个性的诗歌。当年的诗歌关键词，如“镜子”、“身体”、“黑色意识”，“房间”、“手指”、“一个人的战争”、“自白”等已经在很大程度上需要研究者予以调整和重新审视。这些词语已经不能完全准确概括当下的个人博客时代女性诗歌新的质素和征候。我想强调的是面对当下的女性博客诗歌写作我们仍然难以避开“身体叙事”和“欲望诗学”。但是需要强调的是在当下的个人博客语境下，更多的女性诗人关于身体的诗歌叙事显然并没有像当年的伊蕾、翟永明和后来的尹丽川和巫昂那样如此强烈、如此集中的带有雅罗米尔的气息，而是将身体更多地还原为个体生存权利，身体、灵魂和那些卑微的事物一样只是诗人面对世界、面对自我的一个言说的手段而已。或者说对身体的命名和发现已经不再是1980年代、1990年代中国女性诗人的空前激烈的自白和白热化状态，而是上升为一种日常化的知冷知热的抚慰与感知，即使是在身体和欲望正在青春年少燃烧的“90后”女诗人那里关于身体的叙事也呈现出少有的知性的色彩和生命自身所传达出的精神膂力。

博客上的女性诗歌似乎仍然呈现了一种悖论性特征。按照常理来说博客的发表和传播的“交互性”和“及时性”、“公开性”会使得女性诗人尽量维护自己的“隐私”和“秘密”，但我们看到的是除了一部分博客上的女性诗歌在情感、经验和想象的言说上确实维持了更为隐幽、细腻和“晦涩”的方式。在一些日常化的场景和细节中能不断生发出诗人情思的颤动和灵魂的探问之外，我同时也注意到深有意味的一面。即为数不少的女性诗人将博客看成了是发表甚至宣泄自己的情感的一个“良方”。一定程度博客在她们这里诗歌代替了日记，她们以公开化的方式袒露自己的情感甚至更为隐秘的幽思和体验，比如癖好，性爱，自慰，经期体验，婚外恋，秘密的约会，精神世界的柏拉图交往，等等。尤其需要强调的是博客时代的女性诗歌在看似极大的提供了写作自由和开放的广阔空间的同时也无形中设置了天鹅绒一般的监狱。漂亮的、华丽的、温暖的、可人的包裹之下的个体和“发声者”实则被限囿其中，个人的乌托邦想象和修辞、言说方式不能不随之发生变形甚至变质。当政治乌托邦解体，个人乌托邦的想象、冲动和话语方式似乎在网络和博客上找到了最为恰切的土壤和环境，似乎个人的世界成了最大的自由和现实。但是这种个人化的乌托邦是有着很大的局限性的。一定程度上与网络和链接尤其是与大众阅读、娱乐消费紧密联系甚至胶着在一起的博客女性诗歌成了消费时代、娱乐时代取悦读者的“读图”、“读屏”时代的参与者甚至是某种程度上的“共谋者”。上个世纪 90 年代后期纯文学刊物为了适应市场而纷纷改版，这从一个侧面凸现了商业时代的阅读期待以及网络文学对传统文学机制和观念的冲击与挑战。很明显在全球化语境之下，文学市场和大众文化显然也是一种隐性的政治。当然在一定程度上越来越开放的媒体似乎使文学从业者们有理由相信我们已经进入了文学发展最好的一个时期（或好的时期之一），我们也完全可以相信会出现各种各样的在思想深度和艺术高度上都相当重要的作品。但是我们可能在一定程度上忽视了新传媒尤其是网络、博客和市场文化的能量和它们无所不在的巨大影响。市场文化最为重要的特征就是以娱乐精神和狂欢为旨归的大众化和商业化，而博客时代的女性诗歌写作势必在文学观念、作家的身份、职责和态度上发生变化。一切都无形中以市场和点击率为圭臬。很多女性诗人为了提高自己的博客点击率而与娱乐和消费“媾和”。实际上这不只是发生于女性诗人和女性诗歌，这是博客时代的消费法则、娱乐精神和市场文化的必然趋向。在女性诗歌的博客上，我们看到了大量的女诗人的精彩纷呈甚至是“诱人”的工作照、生活照和闺房照。在无限提速的时代以及诗歌会议和活动铺天盖地的今天，有些女性诗人将自己在世界各地的风景照，与名人的“会见照”以及更为吸引受众的写真照甚至不无性感、暴露的图片随心所欲且更新频率极高地贴在个人的博客上。这在博客好友以及访友的跟帖留言中可以看到阅读者对女性诗人博客的关注一定程度上是为了满足“窥视”和“意淫”的心理。当然我说的是一些个别现象，我的说法也可能有些过于尖锐。

当我们看到女性博客诗歌的限囿和存在问题的同时，也应该注意到女性诗歌广阔的写作和阅读、交流的新的空间和可能性前景，因为这些女性诗歌给我们提供了大量的优秀文本。为数不少的女性诗人使记忆的火光，生命的悲欣，时间的无常，个人化的历史想象力以及现代人在城市化背景下的无根的漂泊都在暗夜般的背景中透出白雪般的冷冷反光。

二、日常诗学

随着社会政治运动和革命风暴的早已告一段落成为历史陈迹，随着后社会主义和新移民运动背景下无限同一化和城市化的现代性景观对个体的压抑，越来越多的女性诗歌呈现出“日常诗学”的写作趋向。

女性诗歌除了仍一以贯之地表现女性的性别立场和生命体验之外，更多地将诗歌视阈投注在波澜不惊的天鹅绒监狱般的日常景象和现实“冷风景”当中。当然需要注意甚至警惕的是为数不少的女性诗人在不停向内心和特有的感受挖掘和拓展的同时也普遍显现出流于时代主流美学规范的趋向，尤其是一些较为年轻的“70后”、“80后”和“90后”的女性诗人。她们也不断在诗歌中表达对底层、农村、草根和弱势群体的“关怀”和“致敬”。尽管她们的诗歌中不断出现“沧桑”、“泪水”、“疼痛”、“苦难”、“死亡”等词语，但是这些语言因为缺少真正的生命体验、现实感和足够的想象提升能力而显得苍白乏力甚至失效、“死亡”。面对着当下的女性诗歌，一个同样屡遭误解的问题是“诗歌要反映时代”，而“时代”一词已经反复被歪曲、庸俗化和强暴。更多的时候，“时代”、“现实”、“社会”、“人民”成了一个又一个可以吞噬一切、涵括一切的虚无黑洞——在巨大的旋涡中吸蚀着一切。这在相反的向度上呈现了集体性宏大词语背后被不断庸俗化、狭隘化、政治化的荒谬性症候。换言之值得警惕的是世纪初以来受到诗人和各种文学机构、文学奖项所追捧的“新农村”、“底层”、“打工”诗歌显然同样是国家农村政策调整和城市化蓝图的直接显现和比附。在一些女性诗人的乡村叙事仍然承担了控诉者和启蒙者角色的同时,相当的一部分女性诗人的作品则充当了现代化蓝图的“颂体”调性的歌者,歌颂取代了真实,平庸替代了思想,成了被“征用”的体制化诗歌写作。

我也看到了与此相应的是随着“泛政治”时代的远去,女性诗歌写作在多元的维度中又不约而同地呈现出对日常和无“诗意”场景的关注和重新发现。当下的女性诗歌在很大程度上呈现了一种“日常化诗学”。具体言之就是无限提速的时代使得目前的各种身份和阶层、经历的女性诗人面对的最大现实就是日复一日的平淡而又眩晕的生存语境。这些日常化语境为女性诗人的日常体验和想象提供了自白或对话的空间。所以无论是从题材、主题还是从语言和想象方式上女性诗歌越来越走向了“日常化”。女性诗歌的写作背景大体是具体化、日常化和个人化的,而这种具体化和日常化的过程并不意味着诗人耽溺于琐屑的生活细节的漩涡之中,而恰恰相反更多的女性诗人努力在超越和拒绝这些琐屑的日常生活所形成的强大的惯性力量所制造的眩晕与茫然。这些诗作都是来自于平淡的甚至琐碎的日常场景,在一些评论者看来属于日常叙事的一类,但是这些日常景象在诗人的过滤和整合之后获得了一种更为普遍的象征意味、先锋精神和浓重的生存阴影。中国诗歌批评界一直误解了“先锋”这个词,甚至在有些诗人和评论者看来“先锋”就是脱离日常语境的“自言自语”。而女性诗歌则在重新提醒着人们实际上到底先锋与否并不重要,关键在于诗人在日常的生活之流中以怎样的常人难以企及的姿态进行诗歌的发言甚至质问。更多的年轻女性诗人善于描摹生活场景的细节和隐秘细微的心理图景并且相当出色,并且这种特殊的言说方式和场景设置恰恰在于通过生活的描摹又偏离和超越了日常的轨迹,从而带有想象和提升的高度,也带来了诗歌阅读的深度。同时这些投向具象化的现实场景的诗有时折射出令人振颤的寓言化效果,而这种寓言化的倾向正达到了生存的核心区域,而这种“真实”往往是难以置信的。

在新世纪以来的女性诗歌中我看到了从社会生活、个体生存和现实场阈中生发出来的平静的吟唱或激烈的歌哭。这些诗歌呈现出一个个女性在日常生存现场中宿命般的时光感和生命的多种疼痛与忧伤以及与经验和想象力密不可分的阵痛与流连。当我们看到女性诗歌的限囿和存在问题的同时也应该注意到女性诗歌广阔的写作和阅读、交流的新的空间和可能性前景,因为这些女性诗歌给我们提供了大量的优秀文本。为数不少的女性诗人使记忆的火光,生命的悲欣,时间的无常,个人化的历史想象力以及现代人在城市化背景下的无根的漂泊都在暗夜般的背景中透出白雪般的冷冷反光,如李轻松的《北望医巫闾山》、从容的《倒车》、娜仁琪琪格的《大地从此改名叫玉兰》、邓朝晖的《落地就看到雪》、沙戈的《别后》、窦凤晓《九月十日的云》、蓝紫的《我眼前的世界在一点点破碎》、赵云的《往南看》等等。当下的女性诗人除了不断关注和挖掘女性自身经验和想象的同时不断将敏锐的触角延伸到社会的各个角落。她们在一些常人忽视的地带和日常细节中重新呈现了晦暗的纹理和疼痛的真实,甚至在一个细小而卑微的事物身上,也能够呈现出历史与现实以及真切的生存体验和质询的复杂纠结。在一定程度上女性诗人在写作类型上更接近于唱“独角戏”的人。当然这并不意味着女性诗歌是不及物的和不介入的,相反更多的女性诗人以自己极具个性化的方式在诗歌中承担了介入者、观察者的双重角色。这些诗人在喧嚣的尘世中时时对生存和身边的事物予以诗性的观照、发现与命名。

值得注意的是当下的女性诗歌更大程度上表现出女性与自然之物间天然的接近,这也在很大程度上折射出工业化、城市化飞奔道路之上自然和人所经历的前所未有的孤独与惆怅。生命的本能和哲学、文化、语言上的“返乡”的冲动愈益显豁。诗歌写作尤其是关注自然万有的诗歌写作能够成为消除时间的焦虑、生存的痛苦、死亡的宿命的抗争手段。换言之在植物这些卑微的生命身上，女性诗人得以不断的确证自身、返观自我。强烈的时间体验和生命的焦虑在自然物像面前得以唤醒和抒发，当然这种抒发很大程度上是低郁的、沉缓的、忧伤的。自然事物尤其是带有乡下特征的植物纷纷闯进当下女性诗人的现实和诗歌的梦想视野之中。在这些淳朴的乡野植物身上投注了几代人的童年体验、乡村往事和不断的回想与向往，成为连绵不断的"乡愁"。在这些女性诗歌中植物意象往往是和生存片断中的某个细节同时呈现的。这些植物意象是和诗人的真切的本原性质的生存体验的见证或客观对应物。在这些植物的身上我们能够返观普遍意义上的这个时代和女性整体的时代面影和内心灵魂。

三、家族叙事

另外值得注意的一些出生于1960年代之后的女性诗人如娜夜、路也、李轻松、从容、阿毛、宇向、尹丽川、李小洛、巫昂、谈雅丽、郑小琼等诗人由于生活背景、成长经验的不同，诗歌中同时出现了落差很大的家族叙事。一些诗人是持着尊敬、怀念、赞颂之情将家族叙事在失落的农耕文明和强势的城市背景之下展开，但也有女性诗人对待家族叙事在不同程度上带有反思、背离和批判、颠覆的态度。

原型甚至是弗洛伊德思想体系参照下的"俄尔浦斯"和"那喀索斯"形象曾在中国的先锋文学中得到了互文性的呈现和阐释，而更具诗学和历史意义的普泛层面的家族叙事则在女性文学尤其是女性诗歌中得到了越来越广泛和深入的体现。在很长时期内中国女性诗人的家族叙写更多是传统意义上的。这些传统的家族形象成为诗人们追踪、描述和认同的主体，"她生来就是这样造就的，绝没有属于她自己的什么意见或者愿望，而总是宁愿赞同别人的意见和愿望。最要紧的是——我其实不用说出来——她很纯洁。她的纯洁被视为首要的美"①。上个世纪的70年代末，女性诗歌中的家族叙事更多是政治和社会学层面的。到1980年代中后期女性诗人更多意义上成了西方自白派诗歌和伍尔芙、杜拉斯的追随者。更多的女性诗人像伍尔

① 弗吉尼亚·伍尔芙：《伍尔芙随笔》，伍厚凯、王晓路译，四川人民出版社1998年版，第110页。

芙在《一间自己的屋子》《琼·马丁太太的日记》里所做的那样试图通过分析家族中的“母亲”形象来寻找女性自身的历史、文化和生命的传统与困境并进而对抗维多利亚时代的男权文化霸权。这在伊蕾、翟永明、唐亚平、陆忆敏等女性诗人关于“母亲”的叙事那里得到了最为直接的带有“伤痕”性的疼痛式印证，“岁月把我放在磨子里，让我亲眼看着自己被碾碎 / 呵，母亲，当我终于变得沉默，你是否为之欣喜 / 没有人知道我是怎样不着痕迹地爱你，这秘密 / 来自你的一部分，我的眼睛像两个伤口痛苦地望着你”（翟永明：《母亲》）。女性诗人对“母亲”的家族抒写无疑经历了由血缘和人格的“镜像”式认同到剥离和反思的艰难过程，“女孩子们把自身同其母亲认同，这不仅是因为母亲是他们最初的家长，而且是因为母亲是她们的同一性别的家长。因此，女儿必须会内化母亲的为人之母的角色。但是，在我们的文化中，她们还将内化母亲缺乏自尊的特点，并且需要相当长时期的困难才能把她们自己同其母亲区分开来”①。这一时期的女性诗歌的家族叙写带有强烈的对抗性和道德色彩，表现出强大的对父权规训的反叛与挑战，“父亲　我不干了 / 因为你　我大病在身 / 这四面八方漏进的暗夜 / 天外飘来福尔马林的气味 / 一点点淹没我的床脚 / 爬进我的眼睛 / 我的肺中灌满了水 / 不能呼吸 / 而你在一旁见死不救 / 隔着厚厚的镜片投来一瞥 / 冷漠　绝望”（萨玛：《父亲》）。而在笔者看来新世纪年以来的中国女性诗歌写作显然已经呈现出了不同于此前诗歌的新的特质，其中最为显著的症候就是女性诗人在家族叙事上的新变。而这种变化无论是在诗歌美学还是在社会学的层面上都值得进行切片式的研究和关注。例如靳晓静在《百年往事》中对外婆和母亲的更具有生命感、历史意识和宗教情怀、文化怀想式的家族书写，“今夜我想起了外婆 / 三岁时，用那只滴答作响的怀表 / 逗我，用那张黑色密纹唱片 / 哄我的外婆，那唱片中 / 隐藏着某座歌剧院的包厢 / 外婆的头发纹丝不乱 / 她在想象生活……今夜我想起了外婆 / 清朝末期的宅院 / 乡政府的所在地 / ‘文革’中

---

① 凯瑟琳·凯勒：《走向后父权制的后现代精神》，王成兵译，《后现代精神》，中央编译出版社 1998 年版，第 108 页。

乡村造反者的驻所 / 这是外婆与宅院的最后重逢 / 以手抚墙，岁月片片剥落”。翟永明、王小妮、海男、靳晓静、蓝蓝、林白、林雪、路也、从容、李轻松、安琪、娜夜、阿毛等出生于五六十年代的诗人仍然在坚持诗歌写作，与此同时 1989 年以来女性诗歌写作的主体是由“70 后”和“80 后”女性诗人承担的。尽管这些年轻诗人不乏强烈而又带有智性色彩的女性意识，但是这与第三代女性诗歌自白式的言说方式和一定程度上偏激的女权立场有着很大的区别。女性意识不等同于女权主义，由于这些青年女性诗人差异较大的生活背景、成长经验。这就使得这些女性诗人诗歌文本中同时出现了差异很大的甚至相互龃龉的家族谱系，同时呈现出对家族谱系的历史叙事和现实抒写中的赞颂性情感和背离性反叛精神，“那个瘦小的女人最后离去 / 我们家醉心纸牌的女人终于离去 / 你看不到这一切：在沿河地带 / 丢失狸猫的少年又失去母亲 //在半夜流着血 / 在半夜寻找乡村巫师 / 符咒和草药相煎的气味弥漫在这些手稿中间 / 自杀者沉着、坚定，蔑视死神”（白玛：《家族史：静静的阴影》）。这种不无尴尬的家族谱系的建构甚至拆解不能不呈现出近年来女性诗歌最为重要的尴尬性特征以及个人化的历史感和自省精神。

在对待家族和亲人的态度上，“70 后”和“80 后”等更为年轻的女性诗人出现了差别。当女性诗歌中同时出现恶父、恶母、慈父、慈母甚至是不偏不倚的不带感情时色彩的家族的形象时，传统的家族谱系叙事在这些女性诗人这里得到了全方位的重新清洗和审视。当然这也程度不同地仍然延续了传统的家族印象和一代人特有的集体记忆。

在尹丽川的诗作中其彰显的女性意识有时候是相当强烈的。值得注意的是尹丽川的很多诗作中都出现了年迈的母亲和老妇人的形象。这些年迈的女人形象无不扭曲、平常、灰暗，这也从另一维度呈现了女性命运的尴尬，年长色衰、为人妻为人母的多重身份的重压，抑或诗人对女性身份的焦虑。当光阴阴暗的镜子中一个个容颜老去的时候，一种自恋、自问、怀疑和怨愤的情结就不能不空前强烈的凝聚和爆发出来。曾经的文学写作中“爱女慈母”的经典模式在尹丽川等“70后”和“80后”女性诗人这里遭到了解构与颠覆。“恶母”的形象在女性文学中一再闪现，这一定程度上不能不有张爱玲的影响。对母女关系的重新认知成了包括尹丽川在内的“70后”女性诗人的一种近于天生的家族谱系审视。在《妈妈》这首诗中血缘层面的母女关系被置换为女人和女人，年轻的女人和年老的女人的关系。熟悉与陌生，伦常与悖论，生命与符号所呈现的是男性读者非常陌生的经验和场景。“老女人”形象鲜明地揭示了尹丽川作为女性的性别焦虑和身份隐忧。这种焦虑和隐忧在《郊区公厕即景》的“不洁”场景和细节中被还原为年轻女人和老女人的错位的对话以及挑战性的否定。而作为一个女性诗人，尹丽川的诗歌文本中的“父亲”无疑是一个重要的、敏感的形象。在伊格尔顿看来“父亲”是政治统治与国家权力的化身，而在尹丽川的诗歌中“父亲”更为真切体现为个体的生存体验。而女诗人与“父亲”的关系则是尴尬的状态，既想回到本真性的亲切又不能不面对强大的血统乃至文化上的巨大差异和隔膜。与尹丽川在城市背景下更多的对家族谱系的反思性甚至质疑性的姿态不同，李小洛则更多是在乡土化的背景中呈现了沉重而不乏温情的家族叙事。在《大事件》这首叙事性的深情缱绻的诗作中李小洛选取了相当具有震撼性的历时性的日常生活的“大事件”和戏剧性的场景，从而呈现出真切的父亲生活史和情感履历以及其间诗人的反思、自责、痛苦、难以言说的深厚情感和生命无常的无奈与喟叹。实际上在很多有着乡村背景甚至像郑小琼这样不仅有着乡村背景而且同时具有“打工”和“底层”身份的“80后”女性诗人那里同样呈现了李小洛一样的沉重而尴尬的家族叙事。家族叙事的背后有着诗人对后工业时代的生存场景和农耕文明失落的忧思和痛苦的家族记忆。郑小琼呈现了一个加速度前进的后工业时代诗人身份的多重性和写作经验以及想象力的无限可能的空间。在《玫瑰庄园》等关于家族的诗歌叙写中郑小琼从活生生的社会生活、个体生存和历史场阈中生发出平静的吟唱或激烈的歌哭。更为可贵的是这些诗作闪现出在个体生命的旅程上时光的草线和死亡的灰烬以及对乡土、生命、往事、历史、家族的追忆。这些诗歌带有强烈的挽歌性质，更带有与诗人的经验和想象力密不可分的阵痛与流连。女性诗歌的家族叙事凸显了这些年代女性诗人艰难的生存背景，据此早期的过于对抗性和封闭性的女性欲望和身体叙事在这些更为年轻的女性诗人这里得到了转向，转向了更为值得文化反思和诗学呈现的视野也更为宽广的家族谱系的抒写。

新世纪以来的女性诗人关于父亲、母亲的家族叙事大体是放在乡村和城市相交织的背景之下，沉寂，苍凉，孤独成为基本意绪。同样值得注意的是这一时期的女性诗人在家族叙写上不仅对现实、身体体验和男性文化进行了相当富有深度的省思与反问，更为重要的是她们普遍的具有历史意识观照下的沉重的家族叙事所呈现的社会景观以及更为驳杂的内心图景。换言之这些女性诗人不乏个人化的历史想象力，这种关于历史的个性化表述不是来自于单纯的想象而是与一代人的生存背景和对文化、历史、政治的态度相当密切的联系在一起的。

当下的女性诗歌写作似乎进入了一个空前自由、开放和乐观的时期，但是在对女性写作抱有相对乐观态度的同时，来路仍然苍茫——因为伟大的诗神最终只会眷顾那些少数人。

第四节　隔海的女性想象与精神图景

2011 年 10 月，北京，秋天。

在植物园的卧佛寺旁巨大的银杏树下，一个来自海峡对岸的青年女诗人和我谈起了两岸诗歌。

很多次，我也试图谈论两岸的女性诗歌状况，但是一次次感受到的是巨大的惶恐，因为我觉得没有能力将海峡两岸的带有差异性的庞大诗歌群体予以准确的描述和评骘。迷津上空的巨大雾群需要慢慢地散尽。11 月 26 日中午我与台湾诗人杨佳娴在北京的“雕刻时光”咖啡馆匆匆一聚。在并不安静的空间里谈论诗歌毕竟还是奢侈和艰难的一件事情。当我们在北京车声滚沸的街头告别，当不久之后的夜晚降临。我能够感受到的诗歌的翅膀似乎正在飞跃那并不浅的海峡。

一、海峡两岸女性的差异性境遇

两岸的“70后”女性诗歌尽管有着一定范围内的诗学共通之处，但是由于文化语境、地方性知识、社会政治结构等诸多因素的影响，两岸女性诗歌的差异性是显豁的。随着近年来的全球化和城市化进程的加速、新媒体和自媒体的个体写作经验的扩张以及生活方式的趋同化，两岸女性写作存在着逐渐弥合的趋势。而由于历史的惯性和历史文化语境以及诗学谱系进程的延宕性，两岸“70后”女性诗歌仍然延续着各自的精神图景。共性和歧路共存的精神地理学图景正像一个充满歧路的花园。但是也不可忽视两岸“70后”女性诗歌在身体修辞、欲望抒写、日常经验、女性体验、想象方式、意象体系等方面带有的互文甚至相同的精神性征候。

写作本文的初衷是想尝试着梳理两岸年轻诗人的写作征候，但是限于庞大的诗人数量和难以想见的文本阅读量，我最终不得不“投机取巧”地选择了“70后”女性诗歌这一更小的视域作为考察的起点。本文为了论说的方便在论述两岸出生于1970年代女性诗歌诗学禀赋和精神征候时并未采用台湾“新新世代”或“新新人类”（相当于“六年级”）①的概念，而是采用了大陆所普遍使用的“70后”概念。尽管“70后”这种代际划分至今仍有异议者，但我觉得有其作为一种方法和视角的言说的便利。需要再次强调我所说的“70后”从来都不会指涉什么“运动”和“流派”的“70后”，而是指涉出生于1970年代的一代人。而台湾所指称的“新世代”和“新新世代”所携带的“追新

① 当然也有台湾的学者对采用民国纪年的“年级说”持异议，如评论家杨宗翰在《台湾“崛起中的七字头后期女诗人”》（《诗歌月刊》，2011年第7期）中就认为：“最近台湾文化圈内/外盛行‘几年级’说，我一来实在看不出此词究竟有何种文学史意义；二来总觉得这些采‘民国’纪年、断代者颇类于时风俗潮下的又一场流行性感冒——吾既身强体健、又厌随俗从众，何必取之？”据此，杨宗翰在2001年发表的《新浪袭岸》中提出拟仿中学时期的学号即以入学年份而生来划分世代，即“字头”断代法，如“六字头”、“七字头”等。同时感谢在写作此文的过程当中，台湾著名学者杨宗翰所提供的关于“七字头后期女性诗人”的一些代表性文本。

逐后"性的指称有一定的"进化论"色调，也可能有意或无意地扩大了代际之间的差异。而关于世代(代际)的诗歌概念以及相应的新诗研究已经是一个久远的传统。无论是韦勒克还是沃伦以及众多研究者都对文学代际兴趣浓厚。而中国当代诗歌尤其是从"第三代"(新生代)诗歌开始，代际的诗歌史现象和研究就成为显豁的事实。而在海峡的对岸，台湾的代际研究尤其是中生代、新世代、新新世代或者说以"年级"来划分显然已经成为值得研究的文学史现象。

实际上不管我们在何种意义上来谈论两岸的"70 后"女性诗歌以及 1990 年代后期以来的女性诗歌，我们都应该认识到女性写诗有着巨大难度。甚至在特殊的时期女性写诗不亚于一场残酷的战争，"你将要进行一场战斗，以便证明在你丰满健康的身体内存在着一种呼喊着要求被人们听到的才智……对你来说，要把这种情况大声讲出来将是非常困难的，而且你会经常吃亏，几乎总是吃亏。但你却不敢失去勇气"①。

由两岸的"70 后"女性诗歌写作我一直试图寻找相同或相通的质素。在我有限的阅读中其"想象的共同体"的背后却看到了不尽相同的面影和差异。"内心的迷津"仍然通过深深的海峡映射出当代女性波澜繁复的精神图景，而在共性和差异性的精神地理学上我看到了一个别致而充满歧路的花园。花园里每夜都有人在讲着故事，而这些故事尽管有雷同、有重复，但更多的故事却更具有个人性、隐秘性和差异性。在一千零一夜般的"歧路花园"里，我们的倾听也许才刚刚开始。当我在 2011 年的 4 月，在台北的一个路边酒吧里拿到林维甫(1974 年出生于高雄，台北长大，毕业于台湾大学历史系)的被称为台湾第一本铸铅活字印刷的抒情诗集《歧路花园》(该诗集名与 Jorge Luis Borges 的小说集《*The Garden of Forking Paths*》同名，又译作《交叉小径的花园》，但如诗人林维甫自己所陈并无直接对应关系)时我强烈感受到"歧路花园"正在成为当下青年诗歌写作精神现象学的最为准确的命名。当林维甫在暗淡的灯影中在书的扉页上

① (德)E.M.温德尔：《女性主义神学景观》，刁承俊译，生活・读书・新知三联书店 1995 年版，第 62 页。

写下“永远在歧路”时，我想这可能真正隐喻了诗人和诗歌的某种难以规约的命运甚至宿命。试想，如果诗人都走在同一条道路上该是如何可怕的景象！诗人与“未选择的路”之间应该是互相发现和勘问的过程。

二、“美丽岛”的“一千个花园”

近些年我们一直在排斥庸俗社会学方法对文学的介入，确实在历时性的向度考量各个时代的很多优秀诗人都是在“我行我素”“自铸伟词”的追索精神世界的高迴与差异。但是，我们也必须注意到从诗人作为生命个体而言其存在状态不是真空的，而是注定与身边之外甚至一个时代的整体语境和精神氛围发生或显或隐的关系。而谈论台湾的“70后”女性诗歌也不能不一定程度上要注意到这些女性的精神成长期恰好是台湾社会发生重大变更的时期。相对稳定和宽松的政治、文化氛围以及紧随而来的城市文化、后工业文明以及新媒体的席卷都对她们的精神成长和诗歌成长起到了某种生态的调节和影响作用。可以肯定地说，前代诗人尤其是出生于1930—1950年间的诗人其意识形态上的集体焦虑以及“乡愁”情结基本上在这些“70后”的台湾女性诗人那里已经不那么明显(并不是不存在)。相反，一种“美丽岛”上的个人化写作的禀赋却日益显豁。这些写作者的面貌极富有差异性，她们每一个人都在建造一个迥异的诗歌“花园”。

值得注意的是很多大陆甚至台湾本土的诗歌研究者在研究女性诗歌时往往容易犯同样的错误，这就是易将一些男性诗人误认为是女性。这一方面在于确实有些台湾的男性诗人的名字(更多是笔名)更像女性，而且在阅读过程中会发现这些男性诗人的写作一定程度上具有“阴性”特征。

本文所涉及的台湾“70后”女性诗人主要有：林怡翠、林婉瑜、林岸、林思涵、杨佳娴、吴菀菱、侯馨婷、何雅雯、潘宁馨、廖之韵、叶惠芳①、江月英等。这里基本上没有涉及台湾本土的原住民族的诗歌

① 叶惠芳，女，1976年出生于台北，主修戏剧，为“靡羯剧场”成员。值得注意的是与其名字相近的另一位诗人叶蕙芳却是一位男性诗人。叶蕙芳，本名林群盛，1969年出生。连台湾本土的研究者也误将叶蕙芳判定为女性诗人，例如李元贞的《女性诗学》。

写作，此外“台语诗”由于笔者在语言上的差异也未予涉及。而鉴于言说的方便以及必须的诗歌学比较，本文也会涉及一部分“七年级女生”，也即“80后”女性诗人，比如台湾的廖亮羽、林禹瑄、崔舜华以及大陆的郑小琼等。

随着两岸“泛政治”时代的远去，女性诗歌写作在多元的维度中又不约而同地呈现出对日常和无“诗意”场景的关注和重新“发现”。当下的女性诗歌在很大程度上呈现了一种“日常化诗学”。无论是从题材、主题还是从语言和想象方式上女性诗歌越来越走向了“日常化”。在都市化、消费化和电子化的“后工业时代”的语境之下台湾的这些女性诗歌真正复原了个体意义上的诗学努力。平面、个人、独语、碎片成为基本语型。正如何雅雯所说的“现在写诗等于梦呓”，“好日子过多了就不太写”。换言之，她们的写作更多指向了身边之物和日常经验。比如江月英的《晒衣绳上》就在景物素描般的场景中呈现出个人的生存状态与言说方式：“晒衣绳上　吵闹闹地／一群剥光身体的衣服／在日光屋里　蒸气／大红胸罩摆着蕾丝粉碧　呵风／发白BOX牛仔裤追着长年风湿／旋高旋低泡泡袜叹着／人情淡薄／和经济不景气”。我也在台湾“70后”女性诗歌中看到了从诗人活生生的社会生活、个体生存和现实场阈中生发出来的平静的吟唱或激烈的歌哭。这些诗歌大体呈现出一个个女性在日常生存现场中宿命般的时光感和生命的多种疼痛与忧伤以及带有与诗人的经验和想象力密不可分的阵痛与流连。当我们看到女性诗歌的限囿和存在问题的同时也应该注意到女性诗歌广阔的写作和阅读、交流的新的空间和可能性前景。为数不少的女性诗人使记忆的火光，生命的悲欣，时间的无常，个人化的想象力以及现代人在城市化背景下的无根的漂泊都在暗夜般的背景中透出白雪般的冷冷反光。诗歌在年轻一代女性这里更大程度上体现为个人化的言说。女性幽微细腻的情感体验与抽丝剥茧般的诗歌方式天然融合在一起。甚至在后起的台湾“80后”女性诗人廖亮羽、林禹瑄、崔舜华那里，一种类似古代柔软、婉转、清新、细腻的“小令”式的诗歌写作已经出现。她们特有的幽微而深入、敏感而脆弱、迟疑而执拗的对生命、爱情、性、命运的持续的思考与检视，斑驳的时光影像中的火车满载着并不轻松的梦想、记忆和尘世的繁杂。由于海洋文化和地形学的影响，台湾的“70后”女性诗歌中的植物意象更多带有热带海洋性特征，而大陆的“70后”女性的植物抒写则带有明显的“乡土性”。

如果我们仍然从文学的社会功能和诗人“神圣”身份来衡估这新一代的女性写作显然有些不切实际也不够“明智”。因为对于这些台湾的“70后”“新新世代”而言她们的诗歌除了承担个人和语言之外似乎其余的都无须谈论。这早在1996年12月《双子星人文诗刊》推出的出生于1970年代的“新新诗人专辑”就刻意强调了这些被冠以“新新”一代人的独特甚至叛逆之处：“出生于七十年代的新世代诗人，他们的骨肉、血液、食物、粪便都和五十、六十年代出生的先人们迥然不同。他们兼或作怪、兼或尖锐、兼或平庸、兼或不知所云，但无妨于真实”，“诗坛的先人们，新世代写诗更多是玩票性质，何况他们也没有地方上台亮相，谁稀罕再继续坚持下去呢？”[①]这里所强调的代际之间的巨大鸿沟和差异也不一定能够完全代表“70后”一代女性的写作观念和初衷。她们的写作也并非完全是不负任何责任和道义的“玩票”，这更多也是一代青年人急于“上位”的策略化噱头。正如当时的一个诗人所高声吁求的——“他们的出现，宣告了新时代的来临”，“他们终将占领未来的版图和全世界”。这种“PASS”前辈诗人的情结以及占山头、跑马圈地的心理在诗歌界并不显见。实际上，时隔三年之后，北京的一些“70后”诗人便同样以策略化、噱头式但更为激进的“下半身”的方式抢滩登陆诗坛。当时诗坛为之哗然的程度是今天的诗人们难以想象的。

当然除了这种“日常”的个人诗学的图景之外，也有一部分的女性诗人葆有了可贵的历史想象力和文化重构能力以及介入当下的具有“现实感”的质素。在这一方面具有代表性的是林怡翠。

林怡翠（著有诗集《被月光抓伤的背》，麦田，2002年）在《被月光抓伤的背——写给带着“慰安妇”伤痛活着的台湾阿嬷》等诗作中则体现了与个人和精神地理密切关联的个人化的历史想象能力与记忆

① 《编辑前言》，《双子星人文诗刊》，1996年第4期。

重述能力。值得注意的是《被月光抓伤的背》一诗前面的一段文字：“夜半，在公视看见台籍慰安妇阿嬷的纪录片。在贞操洁癖的世界里，她们哭着或笑着说起自己的故事，多半是不甘心，是青春不再。她们很老很老了，像这段战争和妇女受难的日子一样，在镜头前苍老得有些难堪。可是，我感觉到了那种疼痛却不轻易叫出来的勇敢，当她们低头，在满身的伤口中看见自己的时候。我不由得尊敬起这些生命来了，然后才有诗。”显然诗歌不是社会学，也不是历史和现实知识的翻版。当历史甚至现实进入到诗歌语境之后一种被“想象”和“修辞”的现实就产生了。显然这种更具“现实感”和象征意味的修辞化的历史、现实与实有的历史和现实之间就必然产生了距离和差异。非常可贵和值得注意的是林怡翠以个人化的视角进入到历史烟云的深处，以更具体温的知冷知热的细微方式和浓重的情感色彩的叙事语调试图和另一个时代的女性命运发生意味深长的对话关系。那一场场通天的大火就这样无情焚烧着卑微如蝼蚁的女性，而曾经洁白胜雪的流苏树一样的美丽生命和“没入远烟的十六岁”最终被一场场烈火过后的寒冷和无边无际的灰烬所覆盖——“天已被焚化，灰烬是无处攀爬的／蝼蚁，我们驮伏着沉重过自己数倍的命运／那时流苏花还飘飞满天／怎么会就下了一场大火?”当青春的女性被战争和死亡的威胁蹂躏，当麻木与疼痛日夜纠缠，一个岛屿上的女性命运的屈辱史如何能够用唏嘘感叹和沉重足以描述，“一颗子弹穿过我的下体／竟像一片枯叶轻轻地飞过庭院／我已忘却的疼痛如一排一排的落花／不知黏在哪一双军靴跟底，一步／踩烂一个少女的春天”。更为重要的是女性诗人以女性特有的体验和想象更为本真地呈现了历史图景中女性命运的真实存在和个体命运。

台湾“70后”女性诗歌再次证明了女性写作的自白性质素，再次呈现了女性与“爱情诗”之间的天然关系。当然在一些更为年轻的女性写作那里，“爱情诗”已经被置换为“情诗”、“性诗”甚至“无爱诗”、“同志诗”。而对于台湾“70后”这些在稳定的社会文化语境中几乎普遍有着大学教育的一代女性而言，她们早期的诗歌都带有“青春期”阶段“小女人”情感的投影，具有程度不同的“童话”氛围。但是当

2000年左右经过人生和文学观念的双重淬炼，她们的诗歌文本呈现出愈益的复杂性甚至某些分裂性特征。当然也有为数不少的女性通过诗歌的修辞练习继续反思着女性命运、内心体验、身体感知的特殊性。其中林婉瑜的诗集《索爱练习》（尔雅，2001）就集中而具有代表性地呈现了女性与“爱”之间的胶着状态。其中的代表作《抗忧郁剂》更是呈现了青年女性无可疗救的精神症候。在“病人”和“医生”的对话与疑问中我们可以看到他们都呈现了难以消弭的“病态”。这种“忧郁”甚至“变态”的精神问询和毫无“出路”的结局是否凸显了“新世纪”以来女性命运仍然是问题重重——“每个礼拜，我前去 / 扣问我灵魂的神 / 洗净我吧 / 赦免我 / 他白袍笔挺 / 彷佛纤尘不染的真理 // 让我描述 / 我内部正在发生的战争 / 金边眼镜透露冷静的眼神 / 医生—— / 你相信柏拉图所说的吗 / 我们在洞穴内 / 火光的倒映舞影中生活？ / 你也犯错吗？ / 你有一双探进护士裙的手？ / 你逃税吗？ / 你想象病人的身体，一边手淫？ / 你比较想和男人做爱吗？ / 你为自己写下处方？ / 你心平气和看完新闻？ / 你娶了你爱的女人？”当“忧郁”的女性祈求“神”的疗救时，“神”（“医生”）却被还原为世俗、淫恶、龌龊、病态的“男人”。这重新呈现了性别之间的冲突以及女性自身的焦虑症状。诗歌中反复出现的黑暗“洞穴”不仅意指精神被囚禁的居所或者暗室，也是女性身体体验和情欲想象的凭依。而“柏拉图”在诗歌中的出现显然带有女性对精神之爱的虚无与诘问，也呈现了“洞穴”牢笼的巨大规训力量。而“洞穴”中倒映的火焰呈现的是真实还是幻想？这都成为女性诗人的白日梦或曰天鹅绒监狱一般的诗性体验与想象。女性的高烧仍将无可避免的持续……而这种特属于女性“偏头痛”般的“精神疾病”气息和“自省”姿态的诗歌写作在台湾“80后”女性一代那里相对来说比较罕见。尽管一些“80后”女性文本中也出现了病人、病房、疾病等意象和场景，但是它们在更大程度上呈现为诗人个体主体性的想象。她们更多指向了时间、生命和忧戚甚至悲剧性的体验。比如林禹瑄的《夜中病房》尽管诗中出现了男性人称“他”，也可以视为两性之间的“低烧”而“平静”状态的对话和低语，但是这个“他”是“虚化”的。整首诗的情感基调是徐缓和平静的，尽管略带忧伤。“他”实际上更近于一个诗人设置的关涉时间和爱情“病人”的倾听者与抚慰者。甚至在一定程度上“他”就是诗人的身体、心境和情感投影的另一种呈现方式，“在夜里倾听你的鼻息，仿佛 / 一列火车自远而近，轮轨摩擦 / 时间发出金属的高音 / 然后淡去，如同为你熬煮的草叶 / 在滚水中慢慢舒开蜷曲的肢体 / 点一盏灯，让寂静拥有温度 / 让光淌进门缝，渗过你的指尖、梦境 / 和体内日形广阔的角隅 / 疾病的阴影缓缓摊开、爬行 / 我正聆听”。

值得注意的是杨佳娴（著有诗集《屏息的文明》，木马，2003 年）主持的个人新闻台“女鲸学园”（http://mypaper1.ttimes.com.tw/user/chekhov/index.html）已经成为重要的女性写作生产和传播的平台。而由杨佳娴的诗需要提请注意是女性诗歌的互文性特征。在台湾的青年女性写作中，与经典的传统诗词对接、仿写和改写的现象大量存在，例如夏宇、曾淑美、颜艾琳、杨佳娴等人。甚至曾淑美、夏宇等人都写过与汉乐府民歌《上邪》互文的文本，比如曾淑美的《上邪》、夏宇的《上邪》。其中杨佳娴的《木瓜诗》具有一定的代表性。这首《木瓜诗》显然与《诗经》中的《木瓜》具有互相打开的性质。这种带有互文甚至“寄生性”的诗歌文本显然对于诗人而言更具有挑战性和写作的难度。显然杨佳娴的“木瓜诗”更为幽微而深入地展现出现代女性的灵魂波澜和内心体验的小小“闪电”，相当细腻而从容地呈现出女性深沉而炽烈的内心的膂力，“我呢焦躁难安地徘徊此岸 / 拉扯相思树遮掩赤裸的思维 / 感觉身体里充满鳞片 / 波浪向我移植骨髓 / 风刺刺地来了 / 线条汹涌，山也有海的基因 // 木瓜已经向你掷去了 // 此刻我神情鲜艳 / 亿万条微血管都酗了酒 / 等待你游牧着缄默而孤独的萤火 / 向这里徐徐而来”。

三、显豁的“身体”与时间碎片

伴随着以“网路”（网络）尤其是部落格（大陆称为“博客”）等新媒体为主体的数位时代和电子化语境对女性诗人的影响，而诗歌的身体话、叙事性、戏剧化、碎片化、拼贴化的“后现代性”特征愈益明显。其中吴菀菱的《左右漆黑，一 OO 一演出新解》就通过 43 个看似零碎实则关联的戏剧性片段呈现了女性与性别、政治、宗教、哲学、时代、“民间”的诸多复杂关系以及激素化、狂欢化、怪诞性的体验，“11.肛门与阴道双重孔欲，异性恋与同性恋的纠葛。12.带上沙德墨镜(sade)才能出现端倪的演出。13.心眼与色眼窥淫之欲望。14.突破两点禁忌，争取乳房与睾丸的裸露权。15.夜行高速公路主道与干道的双重快感状态。16.杠与糊的麻将术语”。这种“大尺度”的诗歌话语在大陆即使日益开化的纸质媒体上仍会有道德的禁忌和发表的障碍，从中也可以看出两地文化和文学语境共通之外的一些差异。

在一定程度上博客与“70后”甚至更为年轻一代的女性在诗歌写作之间的关系似乎更值得我们关注。博客似乎为“个人”的自由写作提供了空前开放的空间。但是必须强调的是这一快捷的数字化平台空前降低了写作的门槛，一种主体性无限膨胀的无难度的写作正在成为普遍的现象。值得强调的是在2011年的台北书展上，杨小滨主办的刊物《无情诗》以其大胆、情色、时尚的刺激性封面和内页大量的女性和身体彩照受到了包括马英九先生在内的众多读者的关注。这也在另一个层面呈现了纸质媒体的尴尬，甚至美国已经声称到2017年纸质报纸将全面退出。很明显在全球化语境之下，文学市场和大众文化显然也是一种隐性的政治。我们可能在一定程度上忽视了新传媒尤其是网络、博客和市场文化的能量和它们无所不在的巨大影响。市场文化最为重要的特征就是以娱乐精神和狂欢为旨归的大众化和商业化，而博客时代的女性诗歌写作势必在文学观念、作家的身份、职责和态度上发生变化。博客时代的消费法则、娱乐精神和市场文化也必然渗透到了新媒体的写作空间。

谈论女性写作似乎一个避不开的话题就是“身体修辞”。而在那些出生于1950和1960年代女性诗人那里曾经相当激烈甚至极端的带有雅罗米尔式的“要么一切，要么全无”的精神疾病气息的性别话语仍然一定程度上延续在“70后”的一部分女性写作群体当中。相反在我有限的阅读中台湾的“80后”女性诗人即使也有为数不少的身体修辞，但是整体上而言已经不像此前女性的那样激烈和尖锐，而是将身体甚至性都还原为日常化经验的一部分。即使是在自认为擅长“细节叙写和身体抒写”的“不成熟的女权主义倾向”的崔舜华这里，“身体”抒写也是较为平静、日常和舒缓的，如“将久病的肌肤写成了字 / 嵌入浅眠的掌纹 / 若你触碰我，便可阅读 / 从谧凝的晚岚 / 到杜鹃的蕊心 / 我就是六月最棘手的隐喻”(《六月》)，“命名你为：我的国土。/ 在我身体虚弱时 / 难以顺利地术驭 / 一套窗帘，一张床，一把扁梳 / 我的权位由这些构成”(《所有的边疆都存在矛盾》)，“——或许并不是喜欢你 / 我躺在床上，吸着烟 / 夕阳的颜色偏向一种淫靡橘 / 我的肌肤熟烂而柔软 / 心在深处，产生动摇”(《沉默》)。这是否也说明随着时代文化语境的转换，曾经如此激烈白热化的两性对抗和性别抒写已经成为明日黄花。对于更为年轻也更为开放的“80 后”甚至“90 后”女性而言，身体和性已经和饮食一样没有多少值得大肆渲染和作秀之处。值得强调的是很多人批评“70 后”女性诗歌时都是戴着有色的眼镜放大和歪曲了其诗歌中的身体与欲望。不容否认的是对于“70 后”女性诗歌写作而言“身体”和“欲望”确实也成为了绕不开的重要的关键词之一。但是在近几年仍用这些词汇来限定“70 后”女性诗歌写作就未免太过单一、武断、庸俗了。这对诗歌和评论都是不负责任的表征。但是我看到的却是大量的诗人和批评者在近年的一些所谓的“权威”诗歌年选中仍然“我行我素”地用“身体”和“性”来评价包括“70 后”在内的女性诗歌。这有很大的不合时宜的“脱钩阅读”的惯性势能导致的误区，因为他们这些读者、批评者几乎无视“70 后”女性诗歌写作在近年来的新的发展趋向和更为繁复的运动轨迹。换言之谈到诗歌中的“身体”，谈到女性诗人的“身体”叙事更多的人是将之狭隘化、伦理道德化，忽视了“身体”在文学和诗歌写作中的重要性。更应该强调的是似乎一谈到那些从 1990 年代开始诗歌写作的“70 后”的女诗人一些研究者就煞有介事地提起“身体”、“欲望”、“情色”、“性”等这些语词，似乎这些诗人除了这之外空无一物。如果说身体修辞和欲望抒写是诗歌和文学写作的合理性依据甚至基本质素，那么身体和欲望的表现和抒写就是合理的。但是女性的身体体验包括性爱体验只有在具有了更多融合的视阈和提升的能力才有可能在另一种向度上抵达自身、灵魂和诗歌的内核。

"70后"女性诗歌写作不能离开女性意识又不能将之极端化、偏执化，应该在一定程度上在更宽更深的超越性别意识的视阈进行写作、探询，辩难和挖掘。不可否认在女性诗歌中尤其是1970年代出生的更为年轻的女性诗歌文本中似乎身体的感知、经验、欲望要更为显豁。除了大陆"下半身诗歌"的尹丽川、巫昂等诗人的欲望化叙事引起了很大的争议外，台湾的一些生于60年代末和70年代的女性诗人也同样遭受到了非议。

显然，台湾女性的"身体诗"(或曰"情色诗"、"性爱诗"，还有特殊的"同志诗")写作显然要比大陆的女性来得更刺激、更大胆、更感官化也更尖锐化。

实际上台湾的一些男性作家关于身体和性的抒写也一直作为一种"小传统"而存在，而这在大陆要迟至1980年代后期才出现。陈黎等人的《忽必烈汗》、焦桐的《完全壮阳食谱》、陈克华的《在A片流行的年代》和《下班后看A片》以及题目更为生猛刺激化的诗歌《女人的隐形阳具》《男人的阴道庆典》都呈现了男性视角下的身体观和占有女性身体的殖民欲。而一些女性的身体和两性抒写显然在于反拨这种男权观照下的身体与欲望。说台湾的诗歌界自1980年代以来一直在上演着"身体争霸战"也许并不为过，而"蕾丝与鞭子的狂欢"似乎也点出了台湾情色文学的一些状况。针对着主导性的男性身体政治学，出生于1961年的江文瑜和出生于1968年的颜艾琳通过两部诗集《男人的乳头》和《骨皮肉》表达了属于女性这一"第二性"的话语突围和反叛。而这些同样感官化甚至更具有挑逗性的性别话语在一定程度上表达出女性独立和身体平等的时代和诗学意义的同时，也再次陷入到"女性展示——男性窥视"的圈套之中。在颜艾琳和江文瑜诗歌中大量出现的"乳头"、"乳液"、"精液"、"生殖器"、"勃起"、"潮湿"、"挺进"、"舔舐"、"呻吟"以及更为让一般读者难以接受的"成人化""段子式"甚至"A片镜头化"的词语谱系其过于明显的对立性、姿态性甚至性政治在一定程度上损害了诗歌。

而中国自1980年代肇始的先锋文学中出现的林白、陈染以及诗歌界的伊蕾、翟永明和唐亚平的身体叙事也许并不比海峡对岸的台湾女性作家逊色。而是值得注意的是台湾的1960年代出生的诗人之后，那些“70后”女性的身体抒写并没有比前辈弱化甚至有“赶超”的倾向，而这在大陆的“70后”女性这里却十分罕见。除了2000年左右以“下半身”诗派出现的尹丽川和巫昂、春树曾经在短时期内大张旗鼓的上演“身体”修辞秀之后，也很快偃旗息鼓。更多的大陆的“70后”女性诗人也许不乏关于身体的想象和性的修辞，但更多是呈现了个人化、细腻化、情感化和私密化的状态，从而与此前女性诗人“战争般”的性别表达具有不小的差异。而再次反观台湾的“70后”女性的身体抒写，包括吴菀菱、潘宁馨、叶惠芳在内的诗人其性别和身体的情色表达要更为突出和刺激，也更挑战读者和男性诗人的阅读极限。吴菀菱甚至宣称“女性是个被分解的尸体”，她在诗歌中宣称必须反对男性身体的奴役，而是应该相反女性去“使劲的挑逗男人的肛门，以阴唇或手指”。

相应的提到大陆的“70后”女性诗歌的身体叙事人们马上就会想到尹丽川。众多专业研究者和一般阅读者首先会自然而然地将其和“下半身”直接联系起来。确实尹丽川的一些诗作所处理的题材是“身体”甚至是“下半身”，早期的诗作也带有明显的精神疾病、过度的“身体修辞”的挥霍，但是尹丽川不能完全被判定为一个简单化了、欲望化的身体写作者。尹丽川的诗歌写作是丰富的多棱体。但是尹丽川诗歌文本的丰富性却被巨大的公论阴影所笼罩。单就诗歌趣味而言可能有人对尹丽川的诗极其赞赏，但也会有人极其反感，尤其是对其涉及“身体”、“性”的诗歌更是如此。但是我们是否注意到了尹丽川诗歌写作的“严肃性”的一面？也正如先锋批评家陈超所说的从诗歌趣味上而言，我们或许对一些诗人更为认同，而对某些诗人则不太适应，但是“我同样看到他们面对写作的严肃性的一面以及各自的可信赖的才能”。实际上尹丽川的身体叙事更多是一种以疯癫状态呈现出的另一种“失语症”。读尹丽川的诗有时很困惑，尹丽川更像是一个吉普赛女郎，在迁徙与流浪中，在都市与乡村中间，在世间万象和内心潮汐之间，她所牵扯出的正像是眩目而暧昧的万花筒。而尹丽川在更多时候是被指认为“下半身”的诗人，《为什么不再舒服一些》就被认为是“经典”的“下半身”之作[①]。这首诗你可以说它暧昧、色情、下流、肮脏，或者说它根本就不是诗歌而是“淫词浪语”的荤段子，但是尹丽川的意图可能更多是出自激愤和反讽。她所想反拨和挑战的正是积习的男性化的阅读“意淫”，而诗中的“再知识分子一点”、“再民间一点”显然是“70后”诗人对当年盘峰论争的认识与批评。而“70后”诗歌包括“下半身”诗歌正是在1999年的那场世纪末的“知识分子写作”和“民间写作”的缝隙中冲杀出来的。尹丽川《为什么不再舒服一些》最终所折射的是不同身份角色的灵魂，或高或低，或雅或俗，或善或恶……但是，众多的阅读者在以快感或愤怒读这首诗的时候，可能忽略了这首诗最为重要的部分。当尹丽川有意或无意地将生活中的日常举动和性暗示放置在一起之后，就别有用心的出现了这样的诗句：“再知识分子一点再民间一点”。这肯定不是可有可无的句子，甚至说相当富有意味的句子。当“知识分子”、“民间”和暧昧的场面混杂在一起的时候，尹丽川所想表达的远非人们想象的那么简单或低下。而如何正确体认女性与身体抒写之间的关系，我想巫昂的一段话很值得注意：“我一向只能用女人的眼睛去看东西，它们给我的震撼和我的反应肯定也都是阴性的，每个女人的一生，都要被郁闷、慌张、恼怒和难以言表所困扰，但我决不是想当这个性别的代言人，因为，我已经遭遇了很多来自同性的攻击，我无法不仅仅代表自己发言”（巫昂：《我为什么写性》）。巫昂的诗歌写作在2000年之后多少显出关于身体和性的取向，写性，女性的性。可能有很多人误读了巫昂和她的这些“敏感”的诗作。而在我看来巫昂的诗歌中这些“性”的场景的出现都是和实实在在的生存感受和生命认知直接相关的。巫昂的诗歌中几乎很少有赤裸裸的对性和欲望的宣泄。透过巫昂诗歌中性的元素所折射的是更为尖锐的女性生存的悖论、愤怒、阴郁甚至质疑。巫昂以特有的女性视角和个性化的抒写方

---

① 2007年11月1日到2日，在海口召开的21世纪中国现代诗研讨会上与会者重新提起了“70后”诗歌并且以沈浩波和尹丽川的“身体”性诗歌为例。非常有意思的是与会者分成两派，一部分批评家对尹丽川和沈浩波口诛笔伐，另一部分人却对沈浩波和尹丽川大加赞赏。笔者在大会发言和讨论中集中谈论了“70后”诗歌写作的特征以及目前文学界对“70后”诗歌普遍的误解。

式呈现了一个蜘蛛般的忧郁天气,“打开了又一瓶啤酒 / 这是德国老娘们开的酒吧 / 以前我们在这里 / 亲嘴、乱摸、倒头大睡 / 她在柜台后面看电视 / 她的床在墙后面发馊/后来。酒味变薄 / 我们越变越小 / 小到接近腐烂 / 有人开始抢 / 靠窗的位置”(《好东西总是容易坏掉》)。巫昂关注的不是单纯的性,而是与之相关的令人唏嘘感叹的黑色的情感空间和存在性事实,“需要性来让我软弱 / 需要坚定的交往 / 你的生殖器无人可以替代 / 需要你覆盖我 / 如国旗和棺木”(《需要性》)。按照巫昂自己的说法就是“作为女人,我关心性交带来的那些副产品,幼年到少年,我在母亲的产房里混,生产的血、引产婴儿满地躺着、生过八胎以上的瘪了的小老女人,14 岁的小姑娘怀着老师的孩子,这些记忆太深了,好像没有什么比那更加动物、更不人性。相比之下,我觉得性交不算什么触目惊心的事,性交不是性的全部”(巫昂:《我为什么写性》)。但是在更多的“70 后”女性诗人那里关于身体的诗歌叙事显然并没有像当年的尹丽川和巫昂那样如此强烈,而是将身体更多地还原为个体生存权利。身体、灵魂和那些卑微的事物一样,只是诗人面对世界、面对自我的一个言说的手段而已。或者说对身体的命名和发现已经不再是 1980 年代中国女性诗人的空前激烈的自白状态,而是上升为一种日常化的抚慰与感知,“身体有它受过的爱抚,蔷薇色的时刻 / 身体有它的寂寞 / 它的哀伤、痛楚、颤栗 / 身体有它的夜晚、一个唯一的夜、从未 / 到来的夜 / (一双唯一的眼睛)—— / 身体有它的相认 / 它的拒绝、洁癖 / 它固执的、不被看见的美丽 / 身体有它的柔情 / 有它的幻想、破灭、潦倒、衰败 / 它终生不愈的残缺……/身体有它的记忆,不向任何人道及”(扶桑:《身体有它受过的爱抚》)。即使是在身体和欲望在青春年少燃烧的年代,在写于 1994 年的早期诗作中扶桑的关于身体的叙事也呈现出少有的知性的色彩,“在我的背后解开那颗细小的纽扣 / 你的手握着我的 乳房 / 仿佛两只温顺的鸽子栖落你的手掌 // 寂静的屋顶上,有薄雪似的霜……”(扶桑:《霜》)。

就笔者近些年对两岸“70 后”女性诗歌的阅读观感而言,其写作变得更为广阔舒展,其视域与题材都呈现了令人赞叹的丰富性、复杂性。她们在葆有新的女性独有体验的同时又向着更为广阔的精神维度伸展。面对这种更有内力也更为繁复、精深、尴尬的诗歌，我们仅用一句"女性意识"来概括肯定是远远不够的。如李小洛的《省下我》不仅以反讽的方式呈现了一个时代尴尬的生存氛围而且凸现了"70后"女性基本的精神维度和价值取向，"省下我吃的蔬菜、粮食和水果/省下我用的书本、稿纸和笔墨。/省下我穿的丝绸，我用的口红、香水/省下我拨打的电话，佩戴的首饰。/省下我坐的车辆，让道路宽畅/省下我住的房子，收留父亲。/省下我的恋爱，节省玫瑰和戒指/省下我的泪水，去浇灌麦子和中国。/省下我对这个世界无休无止的愿望和要求吧/省下我对这个世界一切的罪罚和折磨。/然后，请把我拿走。/拿走一个多余的人，一个/这样多余的活着/多余的用着姓名的人"。"70后"女性诗人开始关注和打量生存的细部，体验着更为广大的群体的艰辛，同时也表达了新一代知识女性灵魂和生命体验的扎实可靠。但是这种无限开阔的"70后"女性诗歌的写作倾向也在另一个向度上印证了其尴尬和两难性的特征。与大陆的"70后"女性诗人相比，台湾的女性诗人在"乡土写作"、"家族谱系"甚至个人与历史关系的抒写上显得不够明显和突出。

当我在2011年的春天在台湾几个多月的交流考察中，曾经在1970年代余光中等诗人的诗作中大量出现的"乡土"意象，比如香蕉林、芒果园、凤梨地等在台湾"70后"诗人这里几乎已经难觅影像。而随着台湾本土的日益城市化，更多的年轻诗人在投身城市化的激烈竞争的同时尽管多少还保留着自己曾经的"乡下"人的某些"口音"，但是更多的是个人与城市在诗歌中的交相叩问。尽管城市在这些女性诗人那里呈现为被质疑、颠覆甚至戏谑的客观对应物。台湾岛狭小的空间距离以及高速发展的交通使得"乡下"已经日益被城市化和去地方化，一代女性的"精神地理学"正在从"乡愁"的层面转换为"都市现代人"的繁复经验。与此同时，伦理化和社会化的写作在台湾的这些女性诗人这里也较为鲜见，更多的时候我们看到的是一个个女性、一个个个体在写作日常的个人的诗。

两岸的"70后"女性诗歌的诸多共性和不可消弭的差异性都值

得我们反复深入追问和研究。当这些女性已经不再年轻，当她们现在的诗歌精神地理已经和她们刚出道时候已经出现了不小的差异时我们是否有足够的勇气和自信来面对一个写作数量日益激增，博客、微博、手机等自媒体日益发达的时代？只能说，对于仍然深不见底的海峡，对于更为多元和个性化的诗歌写作而言，两岸女性都以各自知冷知热的方式以及不可消弭的个性呈现出一个“一千个花园”般的精神地理学。

第五章　选本文化与诗歌生态

在一个社会分层激荡以及全媒体和自媒体（博客、微博、直播）时代，似乎无论是诗人的人数还是诗歌的数量我们都有难以置喙之感。当我们从诗歌的茫茫大海中企图“钓”几条“鱼”上来，谁能够保障这些鱼就最能够满足各种人的“胃口”？诗选无疑具有一定的“史料”意义。“五四”过去没几年，刘半农和朱自清为了编辑文学选不得不上街去淘那些刚刚诞生没几年就成了“古董”的诗集。而1980年代以来诗人不仅直接参与了诗歌运动、诗会、笔会、诗歌奖、诗刊、诗选、年鉴，提出诗歌概念等，而且干脆有的诗人自己开始了新诗史的写作工作。自1990年代以来众多出版社都推出了各种诗歌年选和诗歌年鉴（如漓江出版社、春风文艺出版社、人民文学出版社、长江文艺出版社、辽宁人民出版社、花城出版社、广州出版社等），而当下的年选和排行榜更是可以用层出不穷来形容。而新诗批评家和新诗史家又往往图方便而直接从这些诗选、年选中寻找话语资源并经过各种方式糅合到历史叙述当中去。那么这种历史叙述本身的“合法性”也不能不成为问题。所以一定程度上对那些名目繁多有带有不同程度问题的诗选和年鉴要审慎对待。

近几年来《诗刊》率先作为刊物编发年度诗选，这成为非常重要的有待深入考察的选本文化现象。

第一节 “年选”的可能性与可靠性

以往的诗歌年选，一般的选稿范围都是国内公开出版发行的期刊杂志，如《人民文学》《诗刊》《诗选刊》《星星》《扬子江》《诗潮》《诗林》《诗歌月刊》等。这种“流行”的编选原则在所谓的诗歌年度“总结”时总会多多少少对当下的诗歌写作事实造成某种“遗漏”。当然我们也不必责全求备。而在一个出版受到市场操作和经济效益原则支配的今天以及诗坛自身的“潜规则”（编选者的好恶、“圈子”利益等），编选过程实则有相当大的限制，而编选的结果则不能不令人大跌眼镜。众所周知，每年的“年度诗选”已然形成了一种“诸侯割据”的格局。有所谓仍然坚持“民间”立场的，有所谓的一些“高校”和研究机构的“学院派”或“泛学院”姿态，此外还有“博士诗选”（“博士”身份是否就能代表了编辑年选的资格？），还有出版社与著名评论家“合资”的年选，更有一些融合了各种文化资本、地方权势、“圈地”运动以及诗人“小团体”利益的各种“心照不宣”的年选。说白了些就是“分座次”和“发果果”，顺便颁发下诗人的资历证明。我曾经连续三年比照过五六种诗歌年选，结果是每一个年选重复的诗人并不乏见（甚至很常见），但是却几乎很少有重复的诗歌文本。这让我怀疑“年选”的底线、标准和可能性问题。我认为“年选”的问题已经不单是编选者的个人眼光和诗歌趣味的问题，而是牵扯到诗歌生态、文化场域以及编选者的“身份”、“立场”等更为复杂不清的问题。

这两天北京出奇地寒冷，但是这仍然难以阻挡文学“年度总结”隆隆的脚步声和企图为每年的文学“收成”做报表的急切心跳声。

一、2011 年《诗刊》年选

当《诗刊》在 2011 年 12 月号（下半月刊）率先推出“2011 年度诗选”的时候我想这首先是一种表率和姿态，很有些意味深长的感觉。换言之，这已经不是一般意义上的一个诗歌年选，而是对中国多年来的诗歌"年选"生态、格局甚至"标准"产生不无重要的影响。众所周知，在上个世纪 70 年代末和整个 80 年代，《诗刊》在诗人和评论家以及普通读者那里"高不可攀"的神圣殿堂的荣光似乎在新媒体不断开放、发表不断个人和自由化以及批评无序化的年代遭受到前所未有的"危机"。尽管《诗刊》作为所谓的"官方"和"主流"刊物仍然受到关注，但是在一个写作愈益开放的年代似乎一个"诗刊"的容积已经难以涵括所有重要的和优异的文本。《诗刊》社在今年推出诗歌年选，其"愿望"和"出身"显然值得关注。这也是这份重要刊物多年来少有的一个"出人意料"的举措。而《诗刊》社今年率先推出的"2011 年度诗选"无疑会对其他年选产生重要的影响，同时也为其他的年度版本提供了一个非常好的切口和入口，也一定程度上提供了一个不无重要的参照系。

首先需要对《诗刊社》的这个年度选本做一个技术上的分析。这会涉及到"视野"和"底线"以及编选的"可能性"问题。

这份年选涉及到的诗人数量为 254(因为特殊原因其中有个别诗人重复)。"诗选"的资源主要来自于两个方向，其中"期刊扫描"(所涉及到的 114 位诗人成为诗选的主体)、"重点推荐"(2 人)、"年度新诗人推荐"(5 人)、"年度精选"(13 人)、"年度网络影响力"(4 人)的资源来自于《诗刊》之外的诗歌刊物和综合性刊物(共涉及到大约 40 份诗歌刊物和综合性文学报刊)①；另一个就是《诗刊》自身的资源，包括"年度优秀诗歌推荐篇目"和"重大题材诗歌推荐篇目"(主要集中于《诗刊》7 月号和 8 月号)只留存目(计 116 人)。显然这 200 多位诗人在年选中所占的位置是有"梯队"和层次性的，这首先形成了《诗刊》与其他文学刊物之间的一个比照。我们是否可以做出这样一个发问，在 2011 年哪个文学刊物发表的诗歌更具有说服力？哪一份刊

① 主要涉及的报刊有《人民日报》《人民文学》《打工诗歌》《西湖》《文学港》《中国诗歌》《滇池》《天涯》《诗林》《延安文学》《扬子江诗刊》《星星诗刊》《敬亭山》《诗选刊》《山东文学》《绿风》《青年文学》《诗歌月刊》《诗潮》《上海文学》《飞天》《巫山》《第三岸》《都市生活》《海拔》《文学界》《诗建设》《诗探索》(作品卷)《当代文学》《秦都》《中西诗歌》《奔腾诗歌年鉴》《诗岛》《阳光》《汉诗》《山花》《金台诗刊》《中国作家》《十月》，还涉及一部诗歌选，如《长江颂全国诗歌精品集》。

物能够真正做到“只为优秀作品负责”？与此同时，年选的“重点推荐”、“年度新诗人推荐”、“年度精选”、“年度网络影响力”无疑是属于加了“着重号”的部分。性别比例和“年选”之间似乎并无多大关联，但是我还是粗略统计了一下。这份年选涉及到的女性诗人大约在40位左右，这个比例是相当高的。这也给那些仍然怀有“性别”立场和情结的批评家和编选者们提了个醒，或者说在当下“性别”和写作的关系真得有那么重要吗？也许作为写作者个体来说，性别和书写之间肯定存在着特殊的差异和关联，但是我想要说的是当下的诗歌群体构成女性已然不再是“稀有之物”，其写作意义自然也不同。多年来，读到每一个“年选”时我更看重和注意那些“陌生”诗人的名字。当然这并非意味着这些“无名”和“陌生”的诗人就达到了多么高的水准，而是说很多的诗歌年选已经丧失了“发现性”，也就同时丧失了“选择性”。显然对于每一次的年选而言，有些诗人已经是“老主顾”了，每年都榜上有名，成了“名牌”和“免检”产品。这似乎可以说对每一本年选来说都比较“保险”，因为有这些“名诗人”撑场总不会导致“冷场”的局面。但是这无形中在一定程度导致筛子孔有些过大，那些居于“二线”和“三线”甚至“大后方”的诗人则成为了“沉默的大多数”和无情的“遗落物”。就我的阅读视野而言，《诗刊》的这份年选我所“陌生”的诗人大约有十多位。我想这个比例已经能够说明问题，起码印证了编选者们“发现”新锐的姿态。这从单独设立的“年度新诗人推荐”可以看出。我曾经一直有一个冲动，那就是编一部年度“陌生”诗选，所选的诗人都是自己以前从来都没有注意或读到过的。我相信这份“陌生性”的年选和那些更多以“名诗人”撑场面的诗选之间会形成一种极其特殊的关系甚至“僭越”。当然这并非意味着“陌生”诗人的诗歌就一定写得有多么重要和优异，而是说编选者的视野一直是“惯性”的。为什么不能“左顾右盼”一些？为什么不能在“观花”的过程中从马背上下来？为什么不能静下心来真正阅读？为什么不能够对真正优秀的诗人和文本负责？

再有看看这份“诗选”的资源和来历，也即筛选范围。就涵括40来份报刊杂志而言，可见编选视野还是比较开阔和多元的，当然这些刊物从入选的数量来看是不均等的。显然《人民文学》《星星》《诗选刊》等“中签率”最高。当然在我的阅读范围内看，还是有一些诗歌刊物（尤其是这两年刚刚出现的诗歌刊物）甚至极少数的带有“异质”性的刊物没有进入到这份重要的年选中来。而还有一个值得追问的问题，从我们所熟知的有“质量”保障的大刊，比如《人民文学》，每年发表的诗歌也有一定的数量。那么从中筛选出来的几首诗是否足以代表了其中“最好”和“最有个性”的？而这种标准又是什么？我相信《诗刊》社编辑们的水准，他们很多都是我非常好的朋友。这些不同的编选者所提交的篇目能够保持选择的视野、标准的多层次性，也保证了入选诗歌更大程度上的“公正”。但是我也不能不强调，不同编选者由于诗歌趣味的差异多少会在自己的部分遗落难以进入自己“法眼”的文本。由于目前国内的年选还基本上是一般意义上的“纸质媒体”，但极其可贵的是《诗刊》社的这份年选一个亮色就是由江非、张执浩、朵渔和人邻所构成的“年度网络影响力”。由此可见刊物和编选者对新媒体和诗歌写作关系的关注。《诗刊》也曾最早推出“博客秀”以及关于博客和诗歌写作之间关系的讨论（也是在这次讨论中笔者最先提出了“博客时代的诗歌写作”这一概念）。

显然，传统意义上的纸质媒体在“编辑”和“审稿”的过程中会有一个总体的风格、选择标准或者基本的“底线”。有人说编辑队伍是“老化”最严重的，我一定程度上认同这个判断。刊物的“风格”作为一种持续性的要求和惯性“气质”从积极的意义上讲会保障诗歌的质量和刊物的“个性”，但是这种期刊普遍存在的“气质”、“风格”和“个性”显然会对与之相悖或者具有差异性“风格”的诗人诗作形成搁置甚至遮蔽。我们知道自古以来就有些好诗写得就不像“诗”。显然，很多刊物和年选都会不同程度地将这些“不像诗的诗”阻挡在门外。而更为重要的还在于，尤其是国家级期刊的用稿标准会对写作者、阅读者和批评者形成巨大的“塑形”作用。其中刊载的诗歌无形中已经成了很多诗人尤其是青年诗人仿效的“样本”，诗歌趣味和写作的“同质化”问题就出现了。这也很大程度上形成了年选“同质化”的倾向，而这个不良倾向已经存在了很多年。

以下我会用数据来支撑我的个人观感。

而当我试图从“主题学”或者“同质化”的视野来进入这份“2011年度诗选”，我也感到了这甚至有些不可能，因为诗歌的好坏优劣和题材没有必然的关系。但是我们是否可以凭着对新世纪以来十年的诗歌阅读经验，对包括这份年选在内的诗歌在诗歌主题上来一次猜测？比如底层、打工、农村、城市……我最终选择将“年度新诗人推荐”和“期刊扫描”（请注意，编选范围是40份期刊杂志）作为这次“主题学”研究的“赌注”。在涉及到的100多首诗中，我最终发现了一些诗歌（数量不在少数）与“乡村”、“乡土”以及“乡愁”、“还乡”（更多以城市和城乡结合部为背景，回溯的视角，时间的感怀，乡土的追忆）有着主题学上的密切联系，比如《好像我就是他的父亲》《一个留守孩子的日记》《生日写给母亲》《云彩也可以触摸》《好好爱你，故乡》《向故乡撤退》《哑巴补鞋匠》《深秋窗上的呵气》《栀子花又开了》《纸上的故乡》《还有一些爱不要去说》《四十六岁》《今夜繁星满天》《阿香，这个名字》《独不见》《亲人》《我的心有一块邮票大的地方》《会飞的场院》《乘坐火车远行的人》《傍晚》《螺门镇》《故乡割草的少女》《槐花白》《剩下的一个早晨》《足球鞋》《房顶上的玉米》《我又听到家乡的布谷》《大槐树下是怎么成为故乡的》《祖屋》《在郊外》《北小河》《七月》《秋水》《夜晚的旅程》《被风摇下的村庄》（计35首）。这么多在谱系学上相近的诗歌文本的出现说明了什么问题？而这些“同质性”的诗歌又是来自于国内那么多的期刊这又说明了什么问题？我想这并不是编选者或者《诗刊》的“趣味”或者“标准”问题，而是牵涉到当下诗歌的生态和诗人所面对的一个难以规避的“现实”——阅读的同质化、趣味的同质化、写作的同质化。平心而论，这些诗作基本上还是能够保持一定的艺术水准，当然极个别的诗作确实令人不敢恭维。新世纪以来诗歌中不断出现黑色的“离乡”意识和尴尬的“异乡人”的乡愁，不断出现那些在城乡结合部和城市奔走的人流，不断出现远去的“乡村”以及尴尬、痛苦、失落的集体性面影。我们不能不正视这作为一种分层激烈社会的显豁“现实”以及这种“现实”对这些作为生存个体的诗人们的影响。由这些诗歌我愈益感受到“现实性”或“现实感”之于诗人的重要性。在诗歌中我们不仅要看到一个生命的历史以及想象，还应感受到一个人的血肉、骨架、呼吸和灵魂。在《诗刊》社的“2011 年度诗选”中我看到了不在少数的令我“震动”之作。当然说句有些严苛的话(可能是批评家身份在作祟?)，我对其中的个别诗作也不太“满意”。但是瑕不掩瑜，这应该是新世纪以来一份重要的年选。说它重要并不是说它没有局限，而是说整体上考量这是一份有效的“总结”。尽管这个总结和其他总结一样多少还带有待进一步打磨的粗砺和一些“惯性”运动的遗留。与此同时，我向那些被漏孔筛掉以及因为篇幅的原因未能进入这份年选的优秀诗人们致敬。这不是安慰的虚托之辞。

在一年结束的时候，《诗刊》社推出的“2011 年度诗选”实际上是一个开始。这必将是一段诗歌历史和旅程的重要的开始。我也期待这份诗歌年选会对其他的年选文化和格局形成一定的冲击和震荡。因为这牵涉到整个中国的诗歌生态问题。当我想起 1980 年代那么多的先锋诗人都以到北京来拜访《诗刊》社编辑们作为一次精神的朝圣，当我想起在寒冷的冬天在诗刊社当时简陋的院子里激情澎湃而又心存敬畏的年轻诗人们涨红的脸庞，我想我们真的已经到了重拾诗歌精神和信仰的年代了。当然，这里也有我对《诗刊》社和编辑的期许。

在车流滚滚的东三环有一个中国诗歌的“策源地”。我希望它为加速度前进的时代踩一脚刹车，用诗歌安顿那一颗颗良知未泯的灵魂。

二、古老的敌意与新鲜的荆棘

就像我不可能料到北京的风雪将路边的大树压倒一样，面对眼前 2012 年的诗歌我也难以厘清它们本真的面貌。而再由这些诗推而广之到当下整个的诗歌场阈的精神质素和美学趋向则更有些近乎痴人说梦。

2012 年《诗刊》年选的范围显然更为宽广(遗憾的是一些重要长诗未能选入)。这让我们得以在尽可能的空间去考察当下诗歌的枝干和根系。繁而不荣是否代表了人们对当下诗歌的普遍印象？在中国当代诗歌经受了一个时期的个人乌托邦的高蹈与沉溺之后，近年来我们谈论得越来越多的一个话题就是诗歌和现实与生活的关系。然而我们的生活和诗歌却似乎并未发生升级换代的变化。时代加速向前，精神加速向后，正是在这种不停地撕扯中诗人所呈现的就必然是残酷的现实和不断被强行拉远的“过去时”。而诗人所能做到的就是“减法”般的工作，不断去除事物和现象的枝蔓，不断呈现事物本来的面目。尽管最终可能只是面目全非的事实。时代转换确实有些像是从深夜向凌晨的悄悄过渡，更多的人并未觉察到二者之间正在发生的本质性变化。更多的时候我们学会关掉手机和闹钟在各种梦语和自我蒙蔽中来面对时代的变化和自我减损。然而诗人却恰恰就是那个在午夜和凌晨的转折点上翻开时间指针背后表盘的那个修检员。诗人就是那个精神的游荡者和不安灵魂的寻溯者。由此，在时代匆促转换人们都不去看前方的时候，诗人该如何面对日益含混的世界以及内心？相反在一个极权时代远去的当下，我们的生活和诗歌似乎失去了一个强大的敌人。更多的时候我们是在生活和诗歌的迷津中自我搏斗。我们必须思考的一个问题是这些精神性文本中的细节、场景离中国的当代“现实”究竟有多远。在一个写作已经与新媒体打得火热的今天诗人是否懂得沉默有时候是更好的语言。我们的诗人太小看了当下诗歌写作的难度与困境。里尔克的这句话“生活与伟大的作品之间，总存在着某种古老的敌意”仍然是对中国本土诗歌的有力提请！而生活与诗人之间的“古老的敌意”正在可怕地消失。真正的写作者应该是冷峻的“旁观者”和“水深火热”中的“介入者”。与此相应，我们每天与那些看起来无比真实和接近现实的诗歌相遇，但是他们几乎同时走在一条荒废的老路上。我们的当下有那么多的艰难情势被我们的诗人可怕地忽略，与此还有那些更为斑驳不自知的灵魂渊薮。希望我们的诗人能够在“敌意”中发现那些“新鲜的荆棘”。我们的诗歌都成了自我的关注者，个人的日常情感和体验从来没有在诗歌中变得如此高调和普遍。与此同时在一个丧失了“远方”的时代，我们的诗人是否都疲软地低下头来？此时在渐渐寒冷的光线中，一只蚂蚁正爬过我们的脚面。它正昂扬而吃力地在夕阳下衔着一枚季节里腐烂的果实。我们应该向这只蚂蚁学习！我们不要抱怨高耸的城市里我们一次次经受了胯下之辱，我们不要抱怨在同质化和仿真化的时代里我们积贫积弱的精神和情感。我们要学会像那只蚂蚁一样在黑暗面前对不可知的“远方”抱有的高贵和自信，还有它的大过小小躯干几十倍的力量。诗人永远都是一个夜行者！希望“只有黑暗适合一颗干净的心”以及特朗斯特罗姆的“黑暗怎样焊住灵魂的银河”成为诗人学习的一种发现能力。

诗人林庚在六七十年前曾有一首诗叫《沪上夜雨》：“来在沪上的雨夜里／听街上汽车逝过／檐间的雨漏乃如高山流水／打着柄杭州的油伞出去吧／／雨水湿了一片柏油路／巷中楼上有人拉南胡／是一曲似不关心的幽怨／孟姜女寻夫到长城”。林庚可能不会想到多年后的汽车和柏油路已经完全侵占了乡土中国诗人们的乡愁，这也改变了文化意义上的地理景观。历史注定是被讲述的，而我们如果能够为历史增加一微米的高度？而即使是历史薄薄的一微米却也是要筛落掉那些成吨成吨的文字的粉尘和伪饰的垃圾。尽管多多的《依旧是》、柏华的《望气的人》和朵渔的《昏晨星》都是多年前的“旧作”，但是今日重读起来仍然因为具有精神的方向感和某种“敌意”而带有历久弥新的重要性。尤其是多多的《依旧是》无论是在细节、肌质，还是在修辞、结构乃至在汉语独具魅力的音乐性和诗人主体精神的独异性上都足以成为当下诗人的一个经典范本。我一直沉浸于那句“走到词／望到家乡的时候”，我承认这是久违的“母语的乡愁”。而这种“乡愁”在今天的写作者那里因为集体性地丧失了敬畏而几乎沦落殆尽。也正如陈先发在《苹果》一诗中的自我提请和对诗人们的鞭策——“我对词语的忠诚正消耗殆尽”。我认为诗人的知识分子身份已经在上个世纪 90 年代宣告结束！我们目睹的更多的是码字者，无关痛痒的自我抚慰和自我夸大的精神洁癖。我们需要的就是多多这种方式的“介入”——语词和精神的双重介入。在此考量下，江非的《坦克和疯子》在循环往复又差异极大的叙述结构中还原了历史和现实之间的互动与纠结。一个诗人能够在现实场域中发现寓言性的结构和动因这正是来自于强大的个人化的历史想象能力以及对当下准确的介入能力。而大解的诗歌则继续为一个不断被迫缄默的灵魂寻找一点点微光和出路。他的仍然带有高蹈性、元素性和回归源头性的想象方式和抽丝剥茧般的知性经验使得诗歌更像是人类的一个精神寓言。大解的这种写作方式显然在当下愈益伦理化和丧失方向感的写作语境中具有重要的坐标系的意义。值得注意的是轩辕轼轲在我看来是不多见的本土化的“先锋”，他的诗歌很多句式和精神走向都带有“旁逸斜出”的势能。那些大刀阔斧、釜底抽薪式的诗歌语气以及荒诞的、黑色的、戏剧性的细节和想象呈现了一个诗人在新的“集体化”境遇下的无处不在的无奈、孤独、压抑和拒绝。在古代和当代“故事”的交叠和重叙中，在语言的快速而具有爆发力的相互意义摩擦和龃龉中，轩辕轼轲俨然成了一个当下“中国现实”的说书人。值得注意的是臧棣的《生活是怎么炼成的丛书》、轩辕轼轲的《路的尽头》以及徐俊国的《鼹鼠》等诗歌中的诗人形象。这些形象更具有寓言性和荒诞性。我们能够借此更为清晰地看到中国场域下的一个个更为真实可靠也更令人惊栗的现实和精神体验。同样，刘立云的《眼睛里有毒》和小米的《吃掉》这样的诗也是借助一个看起来日常性的细节而一下子延宕和挖掘下去，从而回归到精神性的对话和自我盘诘的诗歌话语方式之中。罗铖的《橘黄色的生日》在极其动人和寒彻的细节中以不可能的场景呈现了家族和命运的真实。有时候梦正是我们赖以生存在这个世界的理由。广子的诗《醒来》显然是另一种方式的寓言，惊心动魄到我们在一个细小的场景中看到了历史和命运的惨烈风暴。我们能够在一只毛毛虫到蝴蝶的成长过程中看到时代的寒潮和精神的淬炼过程是如此艰难。这是一首回到“现场”叩问历史的诗。而陈仓的《骨头》则更像是游魂一样的寓言，他在最坚硬的部分参透了一个人最脆弱的出处和最终归宿。也许，岁月过后遗落的那根骨头就是我们坟墓前那“唯一看得见的火光”。而于坚的《有一回我给正在外地的老爸写信》则是罕见地带有向历史性的“远方”和日常性的当下进行致敬的诗作。实际上几年来我一直对于坚的诗歌不太满意，我觉得当年的于坚已经消失了。还好，在《有一回我给正在外地的老爸写信》这首诗中我再次看到了久违的“于坚”。我也开始相信中国诗人同样可以进行“终身”写作。于坚具有这样的能力——在极其普通的日常细节中他能够如此不可思议地勾连起个人和家族的活生生的历史记忆，能够在那些不经意的事物身上发现“道成肉身”般的最具“中国特色”的启示性和精神性的基质和纹理。他对日常的发现、掂量、捶打使得他具有一以贯之的同时灌注了“远方”和“当下”的巨大精神能量。柳宗宣的“藤椅”让我们想到了梵高的“农鞋”。这些沉淀了历史和情感记忆的老旧事物还能够稍稍安慰迅速狂奔年代里惊魂未定又无处归依的灵魂们。

胡续冬的《手持扩音器》显然是对一种话语、权力和秩序的天马行空又虚弱无力的挑战。而在一切照旧和冷漠中现实和历史同时被拎出来打量和拷问。然而，权力游戏从来都未曾发声规则上的变更！马行的《西藏》让我们注意到日常事物的存在与“佛”和精神之间的隐秘关系。而更需要思忖的是为什么近年来本土诗人将视野都投在了青海、西藏和云南的这些高原上？因此带来的诗歌的“远方”与当年的“远方”是一样吗？“远方”是否又被旅游观光手册式的写作所消费和消弭？马嘶的《旅行》实则是在呈现时间体验给人带来的巨大焦虑感。而马叙的《我要去向什么地方》显然是以巨大的疑问和精神自审的方式回应了这个问题，尽管在他这里不用说远方，连前方都没有。车前子的诗照旧发挥着斑驳白日梦般的抒写调性，在他这里“裙子”就是高塔。这种仰望和攀爬的过程显然更具有欲望的命运感。而洇染其间的浓浓的颓败感和老旧高古文人般的迟暮是否印证了又一个时代不可避免的写作宿命和精神伦理。王明韵的长诗《长爱歌》显然具有某种重要性。一个常年纠缠于耳鸣的诗人以精神病症的方式揭开了内心的几十条方向不同的河流。而其短诗《绝望》就是一种绝望中抬高眼神的命运救赎，尽管时间的拉伸和撕扯已经让人难以招架。三米深的《罗星塔》无疑试图恢复古人登临的传统，而诗人呈现的却是浓得化不开的夜色一样的场景。其间我们领受到人世的无常和死亡的惊悸，而夜雾之中我们都没有耐心和勇气来面对远方。尽管我们身处高处，可是当下的人越来越领受的却是万顷尘埃重压下来的力量。而孙磊的“远方”就是“绝境”，一种精神的疲竭在中年的到来中消耗殆尽。而诗人据此抒发的“向下的敬意”也不能不是一种时代的反讽。拒绝了“远方”我们就只剩下了身体，剩下了满身的倦怠和虚弱。伊甸的远方同样是恍如前世和来生，遥远的只剩下忧伤和寒冷。诗人已经无力走向远方的“北方”，因为多年前的远方也已经不存在了。李元胜的《因风寄意》则在“当下”发现了“远方”，一声轻微的“你在哪里”却远隔了重洋与异国。指纹在“蓝水塔”上更能够看清生锈的铁轨和火车，而在不断上升的眩晕着这个时代城市的迷津却仍然无比纵横交错。

而更为可怕的则是我们是否已经发现文字也成了身外之物，文字也成了一个个遥不可及的“远方”。我们习惯于作茧自缚，习惯在死掉的语言和经验中还喜得黄粱一梦。

与“远方”相应，我们必然会谈论“当下”。而诗人面对的“当下”是具有差异性的。而由文本性的“精神现实”不能不让我们重新面对当下诗人写作的本土化境遇。1990 年代后期尤其是新世纪的整整十多年，诗歌的题材问题尤其是农村、城乡结合部、底层、弱势群体作为一种主导性的道德优势题材已经成为了公共现象。

叶延滨的《背景都是一幅地图》、艾蒿的《时代的孤儿》让我们在一个“作秀”和“选秀”的时代看到了无比荒凉和令人汗颜的戏剧性场面。阿翔的《新选美诗》则更近于精神的低语，而一句“地理上的故乡无缘无故地／变得星稀虫喑”也足以使人唏嘘。而刘川一直是这个时代痛快淋漓的挖掘者甚至掘墓人。他的诗歌包括《皮革加工车间》在内都像是一把锋利无比的刀，所到之处的“小”、“脏”、“丑”瞬间被剥离出来现了原形。刘川的诗读来是具有快感的，显然这种快感更是疼痛的、悖论的、分裂的。

读到于贵锋的《炊烟》我最初有些提心吊胆。在一个“乡土”已经被写烂的语境下还有诗人敢写“炊烟”这让我觉得有些不可思议。而于贵锋是以从“高处”回到“原点”的倒退式的拨转指针方向的方式重新带我们回到了曾经无比熟悉又如此陌生痛苦的“乡土”记忆之中。于贵锋做到了这一点——熟悉的痛苦。是的，我们可以抒写任何题材，关键是在诗行转换中是否提供了一种新的质素。而于贵锋的《炊烟》显然让我们经历了“我回到我的乡村，熟悉如眼泪”这样的疼痛。牛庆国还是继续在写着他的“杏儿岔”。牛庆国的白描和速写能力显然是越来越强了。在腾起的乡村烟雾里人和牲畜的难以辨别恰恰还原了一种真实的景观，尽管这看起来更像是一则寓言。当然，需要注意的是白描的写作正在成为西部地区中青年诗人渐渐流行的方法。其中冷静、客观和简笔式的呈现方式确实比滥情或叙事更具一种不言自明的力量，但是这种写作方式显然对写作者有着另外的要求和相应的难度。因为诗人所呈现出来的场景已经不是原生态的刻录和摹写了，其中的象征性和寓言性精神要更为重要。当王单单的诗歌中不断出现和重叠“上凹村”、“官抵坎”、“仙水窝凼”，他在滇黔边地特殊环境下所塑造的某种躁烈甚至暴动性的性格特征和精神气象在语言和修辞上就同时迫不及待地迸发出来。他的灼痛、荒诞、分裂甚至无根感似乎与这个时代达成了空前紧张的关系。而王单单的可贵之处还在于他将自然万物还原为生命有灵的过程，以及人的主体意识在此间的参与和互现。古马的《冬旅》呈现的宁静、圣洁、美好的“乡村”生活显然是封闭结构的停滞不前的。实际上它一直这样静态地留在我们的血液和文字的深处。但是当诗人无情地撕开这一切，让“火车长长的嘶鸣提醒我们”这只不过是一场寒冷的白日梦。一切都变了！而田禾的《我的浮娘》、江一郎的《乡村》、刘瑜的《一声巨响》、殷常青的《回忆起那刻骨的寒冷》、程维的《谢家村》、雷霆的《数谷垛》显然是以回溯的视角呈现的历史性的乡村命运。据此，我们考察凸凹的《老将至，或田园风光》就会发现诗歌写作的差异是如此巨大。在这首诗中我看到了一个诗人本源性的乡村命运的观照和无比真实的时间性体验，同时我还读到了最为动心的场景——“施肥的农民／在一群麻雀看来，比下毒者／更能令冬梦倒退：充满悔意。”而关于北方乡土中国抒写最传神的还是诗人多多。“一阵九月的冷牛粪被铲向空中而依旧是”如此不可言传地传达出丰富而不可替代的本土气息。没有着长期的乡土经验和惊人的观察力以及想象的提升力这样的神来之笔是不可能被创造出来的。

当然，也需要提醒于贵锋、牛庆国、王单单以及还在努力写作同类题材的诗人们注意“乡土”经验不只是疼痛和眼泪。当下的“乡土”所呈现的精神向度不仅极其多元而且充满了荒诞性和吊诡性特征。还很少有诗人真正具有还原当下正在动荡、拆毁和消弭的“乡土”的本相的能力。刘永贵的《老妪》显然属于底层和民生一类的写作，而我由此想到的则是一首诗和一个新闻相比哪个更具有时代的震撼力。诗歌不可能仅仅局限于“怨恨诗学”。除了表达不满、怨愤和紧张，诗人在诗歌中还远有比这更重要的内容值得关注和表达，因为诗不是贴在这个时代的小广告、匿名信和举报信。它应该让我们看到人群和现实中无比丰富又无比残酷的多层次性。比如时下流行的底层和打工写作，我们在伦理化的情绪表露中能够看到这一广大群体艰难的生存状态，但是却往往忽视了他们的精神存在以及更具有差异性的命运。诗人在普遍强调他们被压抑的同时，他们自身的缺点和不足却被集体性忽略。在一个写作愈益伦理化的时代我们也应该思考写作自身的伦理，诗歌永远要比摄像机和新闻以及各种新媒体的崭新触摸屏要更深入人心，也更应该深入时代的腹地。我曾强调当下的中国已经进入了一个“寓言化”的时代，这个时代的故事已经超出了我们想象能力的限度。再加之新媒体和自媒体的不可思议的传播速度和开放空间，这些寓言国的天方夜谭已经对我们的诗歌和文学提出了难以想象的难度。由此，那些与社会和当下“密切”相关的诗歌就不能不大打折扣。当我们看到一个开车的女子将食物垃圾扔到窗外而被女清洁工气愤地砍掉一根手指的时候，我们发现了什么？诗歌该如何应对这个时代提供的全息而全新的场景？汤养宗的《在清明》设置了一个意味深长的空间，诗人试图倒退着以另一种不可能的方式重返那些熟悉的故事和旧地。但是，对于那些已经远逝之物，一切都回不可能复现和重返。“说也不是，不说也不是”的失语状态正是对当下的最贴切的体悟。

近年来我一直在寻找当下的女性写作是否在历史谱系学上为我们提供了什么不一样的崭新质素。诗是个人的，但又不止是个人的。所以当我在2013年夏天在中国艺术研究院做诗歌主题对话的时候我就强调尽管新世纪以来的诗歌已经足够多元和繁复，但是诗人在整体性上却是模糊不清的。

王小妮的《喜鹊只沿着河岸飞》大约是七八年前的旧作了。我当时印象深刻的就是最后那句“我看见叛徒在飞／还飞得很美”。这首诗显然是对某种惯性事物和经验的校正，而晚近时期的王小妮则以更为日常也更具寓言化的方式呈现出了其他女性诗人少有的力量感和发现性。王小妮的诗歌往往会选择一个很小的日常化切口，但是她最终袒露出来的却是一个个无可救药的痼疾与病灶。在此意义上，王小妮是一个后工业时代或者一个后社会主义时代里的寓言创设者。在“70后”女诗人中宇向的诗与王小妮具有互相打开的质素。在宇向的《阳光照在需要它的地方》这首诗中我们看到了类似于蕨类植物的内心如何同时领略了光芒和阴影，如何在精神的拉抻中感受到了日常生活的无聊、焦灼与不宁。在女性诗人那里情感和时间的留恋要更为明显，这印证了一位女性理论家所宣称的诗歌和摄影术都是挽歌的艺术。确实，女性写作更能够深切地体验到时间性给身体和内心带来的日久弥深的焦虑感。在她们身上自省意识在不断照亮词语和情感的挖掘与归依之路。这些诗大体呈现了人生虚幻的场景，但是她们又没有因此而抽身离去，明知作茧却自缚，明知镜花水月却仍在顾影自怜，明知灼痛却火中取栗。路也、娜夜、荣荣、唐果、谢小青的诗歌显然更具有一种灵魂自审和打量当下与历史的开阔性视野。在娜夜的《望天》这首诗歌中我们能够在复杂变化莫测的天气里感受到庞大的国度、农时、人世和内心血液的丝丝滚沸之声。女性“内心的迷津”仍然通过深深的海峡般的状貌映射出当代女性波澜繁复的精神图景。而李南、阳子、陌上吹笛、扶桑、宋晓杰、西娃、灯灯、魏维伟、白玛、郑皖豫、谈雅丽、玉上烟、吕布布、旧海棠、东涯、余幼幼、夏春花、黄芳等让我看到越来越多的女性带有自然冲动式的探向内心幽微闪电的精神趋向。当下的女性诗歌已经渐渐祛除了当年“雅罗米尔”式的精神疾病的气息。在日常世俗和精神想象互相呈现和打开的空间中不断舒展出内心渊薮的潮汐和冷暖，在语型和抒写方向上也大体舒缓松弛。或者可以说，这些女性的声音不再像以往那样尖利，而是在静水流深中同样让我们领略了女性的特殊之处以及那些隐现的神秘光芒和闪电。我对女性诗歌的观感则是几乎不存在静态式的写作方式，即女性的精神状态一直处于类似于莽莽大海上一只动荡的小船对遥不可及的海岸的寻找之中。但是问题是当下的女性写作之间的面目越来越模糊而难以辨识。女性的精神世界已经足够丰富，女性在文字中也能发挥出感性和超验的才能，但是正是因为了缺乏一种精神提升的力量和相应的空间，女性写作的悖论是呈现了越来越明显的窄化和精神的自我迷恋——“猫科在幅员辽阔的北方咳血疾驰”（吕布布：《距离》）。这可能是性别的天性使然。灯灯近来关于家族（尤其是父亲、母亲）的反复抒写不仅因为显豁的精神阵痛产生持续性的阅读震撼，而且命运的现实感与寓言性场景的交织则难能可贵地呈现出了更为宽广意义上的生存的艰难与命运的唏嘘。她诗歌中反复出现的女性特有的观察角度都在看似不经意的极细微和平淡处挑动起无边的精神波澜。旧海棠的《孟庄村的爸爸妈妈》尽管诗歌的后半部分写得有些拖沓，但是就这首诗歌的某种发现性而言显然是同类诗作中具有重要性的文本。“孟庄村”是中国平原村落的一个缩影，而正在经受修改的生活方式足以让我们触目惊心。乡村的生活没有那么沉痛，但是一种蔓延开的失落和失重的体验确是无比真实的。而冷盈袖则在《黄昏》中还原了乡村的本质——黑暗。正是对黑暗的理解，诗人才有可能寻找那些幽微渺远的遗漏下的微光。因为即使这点点的微光对于沉暗的乡村而言也具有不可替代的重要性，因为这是必将产生的源自于乡村的一点点虚弱的理想与本源性的观照。

重要的诗歌尽管入口不大，但足以“步步惊心”。张作梗的《河湾》就属于这样的诗作。此岸和彼岸已无桥可渡，只有那些巨大的阴影、沉重和寂静还在。那些挖沙者永远都不可能将河底挖穿，正如我们和这个世界的关系。这就是荒诞不可信却实实在在发生着的当代中国寓言故事的最为生动和令人颤栗的“针尖”部分。无论是试图重归过去还是企图超越现在一定程度上都不能不是痴人说梦。我们只能老老实实地说出我们真实的感受和个人创见，只有这样写作才是可靠的。哪怕我们最终续完的也只是——“失败之书”。也许，“先锋之死”至少是个伪命题，但是我们已经看到了众多的“失败之书”。一则我们的一些写作是无效的，再有就是在一个频频转捩的时代写作和生存一定程度上也注定是“失败”的。但可以肯定我们需要这样的“失败之书”。这是一个“异乡”无处不在的年代！巨大的冰面上到处都是游动的悬崖！在一个加速“成人化”的时代，积重难返的同样还有诗人自身。沈浩波的《婴儿》在被迫成长与拒绝成长中说出了人世的公理，但是那一只黑色的眼睛是否能够像当年的诗人那样寻找光明则另当别论了。

三、“必须赞美这残缺的世界”

终于读完 2013 年《诗刊》社的诗歌年选。当我正准备在电脑上敲下即兴的阅读感受的时候，一行报纸上的文字突然跃进我的眼前：“我第一次见到顾城，是在《诗刊》社举办的第一届‘青春诗会’上，那是 1980 年夏天”。这出自舒婷对顾城和谢烨的悼念文章《灯光转暗，你在何方?》。是啊，灯光转暗黑夜弥漫开来的时候，诗人在哪里呢?我们不能不面对由数字构成的残酷的时间和命运。顾城和谢烨离开诗歌和这个世界已经整整 20 个年头了，而他参加青春诗会到今天已经整整 33 个年头了。这不由让我想起今年深秋刚刚去绍兴参加《诗刊》社第 29 届青春诗会的情形。白天兰亭的曲水流觞，夜晚的乌篷船、微凉的黄酒还有萧瑟秋风里的沈园仍仿佛目前。在沈园的双桂堂，年轻诗人们朗诵的主题是爱情。而面对着时间里消逝的爱情和生命，诗歌正如布罗茨基所说的承担了近于挽歌的最好的记忆方式。

面对着这份年选，似乎很多观感都显得蹩脚。因为你试图从任何一个角度进入到这个驳杂空间的时候都会有其他纵生的路径拦住你的脚步。诗人应该是幸运的，因为他们的作品能够在容留中被多元化地呈现出来。当然，这也给阅读者提出了不小的挑战。这种阅读的难度和挑战还在于我面对的只是每个诗人的单个文本，从而直接省略了这些诗人以及其他相关文本所交织成的整体性的脉络。当然说句实话，这份诗选中仍然有一些“平庸”的“好诗”。它们无论是在语言、修辞、技巧以及想象力等方面的综合能力都不错，圆润、光滑、流畅，但是却难以留下任何特殊的印象。由此，我想再一次强调给诗人的是应该写出那些带有重要性和有效性的诗。也许这些诗歌在某些方面考量会存在着一些缺陷，但是它们却印在在某个向度上超越了同行以及同时代的诗人而必然为吸引阅读的神经。是的，这些诗人在用诗歌自身的残缺来见证内心和世界。这使我想起了波兰诗人扎加耶夫斯基的诗作《尝试赞美这残缺的世界》——“尝试赞美这残缺的世界。/想想六月漫长的白天，/ 还有野草莓、一滴滴红葡萄酒。/ 有条理地爬满流亡者/ 废弃的家园的荨麻。/ 你必须赞美这残缺的世界。/ 你眺望时髦的游艇和轮船；/ 其中一艘前面有漫长的旅程，/ 别的则有带盐味的遗忘等着它们。”既然我们不是“流亡者”，我们就没有任何理由不去赞美这充满残缺的世界。尽管这个世界“美好的时刻 / 总是一闪即逝”（沈浩波：《狗日的美好》）。苦难也不能阻止诗人去热爱，正如毛子的《我爱……》——“我爱被征服的国家，秘密的聚会 / 我爱宵禁之后，那走上街头的传单和人群 // 我爱电车 / 我爱旅馆 / 我爱流放的路上，还在谈论诗歌与星空的心灵……”。在坚硬的现实面前总会有一部分柔软和温暖的空间让你停顿和回忆以及颂祷。尤其是对于阶层分化、激进的城市化以及新媒体空间一起制造的闻所未闻的“新现实”而言，对于那些经历了前现代性的乡土经验被斩草除根的一个个“异乡人”而言，除了能够做到愤怒的批判者和伦理观念的承担者之外同样重要的在于对诗歌和诗人形象的双重维护。只有一种“怨恨”的诗学是畸形的，当然只有赞美的冲动也更为可怕。就此，让我们在冬日的雾霾仍不可能散尽的清晨或黄昏打开这卷诗慢慢迎接一个大数据时代的“小心灵”和“小诗歌”吧！

在这份年选中我们看到了迥然不同的文本以及文本所呈现的一个个差异性的诗人形象。正如老诗人李瑛所说的“有的诗像孩子，使你看见生命”、“有的诗能煮沸你的血”、“有的诗是一团泡沫或一片慵懒的云”、“有的诗是母语撕裂的一堆瓦砾”、“有的诗口水泛滥难以筑堤”、“有的诗是一件脏睡衣，使人痛苦”（《读诗》）。当然如果你有耐心细读的话，你会有意思的发现其中一部分诗人竟然有着相近的“呼吸”方式以及互文性意义上的密切关联。我想，这份巧合并不是诗歌编辑有意为之，而是恰恰在共时性和个体美学的前提下呈现了诗歌精神的普世性以及诗人所面对的共同的社会生活。当然，个体面对的现实生活以及由此生发出来的想象和经验兼具的现实感是有着不小的差异的。伊沙的《蒸螃蟹》、许敏的《风吹浮世》、阿德的《羊》以及陈仓的《等待出售的鱼头》都有一颗滚滚俗世中的“不忍之心”。他们一起凸显的是“细微而深刻的存在”。原筱菲的《蛰伏的时光里》和荣荣的《亡我之心》、寒烟的《碎喳》都以女性诗歌传统常见的意象“镜子”展开抒写，但是呈现的却是不同女性渊薮一样的内心差异和迥然的女性体验。三色堇的《裸露的中年》的第一句“我只能将旧了的身体塞进地铁”让我想到的是“必须用旧三双解放鞋和一副身体”（陈德根:《流经身体里的河》）、“我将蜕下这些用旧了的事物”（林松湾:《沉默者》）以及纯子的《我用旧的身体》，甚至更早时期的盛兴的“用旧的身体”。在此我们可以明白必然存在一种“身体诗学”的动因了。玉上烟的《多少甬江之水消失于细沙中》让我直接想到德国籍瑞典女诗人内莉·萨克斯的《多少海水消失于细沙中》。刘年的《游大昭寺》和西娃的《在普陀》都呈现了在宗教空间场域里激发出来的诘问立场和自审意识。

欧阳江河、柏桦、臧棣和陈东东仍然执着于对“词根”的艰苦不群的挖掘，“旧梦和新词，两者都无以托付”。当然，更值得注意的是他们诗歌的经验和生命温度与词语之间互相激发的意义空间和生命力的可能。“她用挖煤的手翻动哲学，/ 这样的词块和黑暗，你有吗？/ 钱挣一百花两百没什么不对，/ 房子拆一半住一半也没什么不对”（欧阳江河:《暗想薇依》）。在巨大的反讽和悖论中生发现实又予以适度超拔的文字其力量要远远强于那些愤怒的泪水和同样硬梆梆的伦理性的词语。而无论如何，面对着一个飞速向前的时代以及每天重复的身不由己的生活状态，诗歌就是使内心慢下来。正如诗人扎加耶夫斯基所说的，“我写得很慢，仿佛可以活两百年”。相对于那些被拆毁的房屋、大树、田地和故园，二百年是一个不短的时间。而我们的诗歌提供给世界和后人的是什么呢？是田园将芜的晦暗，还是感受自溺的爱情生活？在主流精神不断涣散而个体幻觉不断膨胀的年代，已经没有一个绝对意义上的“词”能够获得共识与认可度。当“诗人”在“乡下”与母亲谈诗，我们迎面遇到的是什么样难言的精神图景呢？温暖的厨房展开的日常性与精神性之间的静静龃龉和轻轻咬啮，对话展开的却是尴尬的自我否弃、语言与现实的摩擦乃至碰撞的痛感——“在一个下午，我和母亲坐在故乡 / 厨房的门口讨论诗歌 / 我用笔，而母亲用围裙和她说话的锅铲 / 我用纸，而母亲用锅”（江非：《锅铲》）。是的，正如诗人所说“在一首诗里，你不能让诗越过现实”。

有些诗人仍然用诗歌的方式验证了智性的深度和写作的难度，比如韩作荣、王家新、于坚、大解、车前子、雷平阳、汤养宗、张执浩、陈先发、杨键、梁平、刘立云、余怒、侯马、韩文戈、刘起伦。正如陈先发的诗歌自道，“我依然这么抽象 / 我依然这么复杂”（《垮掉颂》）。他们诗歌中时间的纵深感灵魂的自审和救赎意识、思想的生命体温以及自然生成的玄想性空间都在不断拓殖。在 1990 年代以来的叙事诗学和戏剧性现实的双重影响下，更多的诗人以超强的“细节”和“叙述”能力对身边的“事物”予以绘声绘色又煞有介事的抒写。这样的写作好处可能就是内心找到了客观或虚拟的物象予以对应，其缺陷则是导致了过于贴近原生景观和社会百态的仿写和拟真化写作的泛滥。与此同时，这种粘稠的缺乏了性情观照和超拔想象力提升的写作方式正在成为新世纪以来的诗歌“美学”。尤其是汤养宗近年的诗歌则很少有“事物之诗”的冲动，恰恰相反他在反方向中走向了智性探险意义上的“迷人的深渊”。在他那些大量的自陈、内观、寓言质地又具有深层的与“身体”经验和“个人现实感”发生关联的诗歌话语方式正在构成他整体诗人形象中最值得探究的部分。汤养宗无异于在“更高的悬崖那里”寻找一种与危险同在的语言方式、精神体操以及带有一定形而上意味的思想平衡术的操练。面对这种“中年智齿”般的智性写作，诗人是选择拔掉还是让它继续发挥“特殊癖性”的命运？我希望看到的则是那个长着“第十一个手指”在悬崖边练习危险的倒立、翻腾术和平衡术的“不合常理”的人——如此触目惊心、唏嘘感怀又有不可思议的僭越者一样的坦然、胆量和冒犯精神。

在这份诗选中我们会与一些“重量型”和“体积感”庞大的诗人相遇，比如李亚伟、秦巴子、沈浩波、江非、朵渔、刘川、梁雪波、王单单、魔头贝贝。他们总能在诗歌中迎面给我们以猝然一击或当头棒喝。他们在纷繁的历史烟云以及吊诡莫名的当下现实的结合处给我们制造了成千上万的寒霜、芒刺、铆钉和痢疾。他们硬汉般的荷尔蒙气息、文化的挑衅、不羁与叛逆精神以及对汉语传统的致敬和当代性再造成为先锋写作中一个界碑式存在。作为“远方”精神的探寻者和波西米亚式的动荡者，李亚伟晚近的诗歌如《河西走廊抒情》（组诗）中仍然有烈酒、炸药、利刃和柔情的流水。近年来李亚伟的写作在虚构的“王大”和“王二”的诗歌形象中在历史的上游、时代的中游和个体的下游之间搭建出最具个人化历史想象力、现实介入能力以及挑战新媒体技术时代的精神图景。王单单的《堆父亲》这些诗歌能够让我们感受到个体和家族命运的疼痛感和震惊式的内心体验。在这些诗人里，个体的经验世界和想象空间得到了较好的融合与叠加。所以，我们看到的文本既是时间性的、历史化的，又是当代性的、个体性的。

在一些诗人那里我们可以感受到清冷自为的“隐逸”传统和个体灵魂在自然万有间的游走以及氤氲生成的精神性图景，比如林莽、李少君、潘维、古马、车延高、王鸣久、泉子、慕白、广子、马行等。在他们的诗歌中你不必要苦心孤诣地去寻找所谓的微言大义，因为在他们这里诗歌和生命是一体的。在他们的诗歌中你更能够直接感受到时间莽莽的背影和正在啄食的声音。他们使得生命和语言一起在自然万物和时间的神秘与未知面前打开、拥抱。他们拥有的是自然庙堂里的一个深俯的“草木之心”、穿越时空的“身世感”以及想象性的存在体验。

正如沈浩波在《诗人能够直面时代?》中所提出的“今天的时代，是一个浩浩荡荡的时代，一个迅速摧毁一切又建立一切的时代，是一个如同开疯了的火车般的时代，是一个疯狂的肆虐着所有人内心的时代，是一个令人瞠目结舌气喘吁吁的时代。这么大的时代，这么强烈的时代，我们的诗人却集体噤口了，到底是不屑还是无能?”在一个全面拆毁故地和清楚根系记忆的年代，诗人不只是水深火热考察者、测量者、介入者甚至行动分子，还应该是清醒冷静的旁观者和自省者！诗歌的温度应该能够温暖时间寒冷的风雪以及社会现实冷冰冰的铁轨。在这份诗选以及这些相关诗人的其他文本中，写作是身不由己地从“故乡”和“异乡”开始的——“行军床上，简易支撑起粗糙的异乡”（臧棣：《必要的天使丛书》），“直到多年后，我站在几近断流的河边”（苞苞：《认识一条河流》），“把匆忙的 / 人流和车流当作故乡的一条河，并忽略它的 / 去向”（陈德根：《流经身体里的河》），“在没有光景/让他，滚回故乡的壳中”（苏若兮：《真珠》），“我的眼前，只有秋后苍茫的大地”（苏黎：《秋后的一个下午》），“我想把田野赠与我的东西还给它 / 但田野已不复存在”（雪松：《田野所给予我的》）。现在看来“故乡”和“老宅”在“新时代”的命运用“震惊”一词已经不能完全呈现我们的不解以及愤怒。即将被拆掉和分解的不仅是旧宅、庭院，而且还有那个叫“往昔”和“历史”的词。我在诗歌中看到了曾经的“故地”和“故人”。正如邻人借寒夜中的蟋蟀所无奈的慨叹那样“该有一个地方 / 可以优美地死去，可以不朽”。然而对于一个全面清除“地方性知识”的时代而言，我想到的是曼德尔施塔姆的诗《列宁格勒》的第一句：“我回到我的城市，熟悉如眼泪，/ 如静脉，如童年的腮腺炎”。然而这种曾经的熟悉感却并不属于中国的本土诗人。当我们今天再次考察诗歌和地方性的空间构成时一种巨大的陌生感却不期而至，“你看故园草木多么深”（《你看蓝蓝的天》），“一个失去故乡的人 / 一个为了生活来回奔波的人 / 他的洪流，早已被拦腰截断”。但是“乡土情结”以及粘滞于其上的个体经历和家族命运是难以挣脱的，比如王占斌的《麦秸垛》、牛红旗的《补丁石》、白连春的《我出生的地方》等。“异乡感”正在成为诗人们集体性的体验，“一些已在异地扎根，一些还在路上 / 像赶赴一场约会，或一次集体朝觐 / 国道两侧、高速公路两侧 / 旅游景点沿线 / 这些背井离乡的植物”（王怀凌：《一棵树替我们活着》）。值得注意的是一部分诗人来自乡土却又超越了乡土，来自故乡却又超越了故乡，比如安琪的《闽南语戏剧逻辑》。个体乡愁与地缘政治以及个人化的历史想象能力容留和胶着在一起。这对于当下众多粘滞于“乡愁经验”的诗人们而言无疑是一个重要的启示。带有前现代性乡土经验的诗人为我们呈现了被时代闲置和荒废的“器物”。这些被闲置的“器物”代表了世界和社会的构造，代表了更具精神启示性和命运性的事物关联。这自然牵涉到历史、政治、社会、文化、语言和人自身的多重纠结性的存在关系。对于这些诗人而言他们一直有重新追寻“逝去之物”的情结。无论是对于一条消失的小路，还是对于一条流到中途就消失的河流，他们都集体性的呈现出关于“时代废弃物”的孤独追挽。值得注意的是“80 后”诗人八零以及他的《忧伤的南瓜》，因为这样的诗歌写作方向对于年轻诗人而言具有某种标杆的性质。乡村院落里疯长的南瓜和不停生长的旧式乡村的孤独和悲凉之间形成了巨大的张力。八零的诗歌既有细节和想象所呈现的具象化的日常景观，又呈现了白日梦般的斑驳的历史光影和寓言化的情境。八零的诗歌仍遗留了中国前现代性的残片，换言之农耕教育的洗礼在他身上仍有最后的闪光。但是他的诗歌更为重要的是带有一种命运感的体温，他的诗歌因为同时呈现了现在时和仍在延续的历史惯性的冲动而具有了不可忽视的思想的力量和知性的情怀。他的这种诗歌想象方式有时候是以充满悖论和紧张感的反讽叙事呈现出来的。八零的诗歌印证了诗歌既是个人情怀和内心波澜的吟咏，又同时是一种责任和担当，是词语的发现和修辞的力量。与八零《忧伤的南瓜》可以相对比的是熊焱的《原来死去的亲人从未走远》、三米深的《亲爱的骨头》、唐朝白云的《打铁》以及董玮的《单人床》。这五者在生命的温度以及提升的寓言感方面可以相互打开。诗人心里塞满了沉重而冰冷的铁块。

就当代而言，尽管新中国成立后诗人比如胡风、沈从文、绿原、公刘、牛汉、邵燕祥等都曾歌颂过城市并且“文革”中的知青诗人食指也曾写下《这是四点零八分的北京》，但是中国当代城市诗写作却真正开始于 1980 年代。因为只有从这一时期开始诗人才真正以个体存在的方式与城市公共空间发生了实实在在的摩擦甚至碰撞。在全面城市化和城镇化的时代，诗人还生活在大大小小的雾霾笼罩的城市、城镇和城乡结合部。但是多少年来成熟的“城市诗歌”仍然阙如。无处不在的城市是否让我们失去了梦想的可能，比如老诗人郑玲的《地平线》,“城市里看不到地平线 / 楼房和楼房之间 / 仅隔一个花园……我跑了起来 / 飞了起来 / 还是越隔越远 / 绝望中 / 一梦想来”。城市无梦,到处是灰暗的背景和冷冷的建筑,“下班的人流击鼓一样过天桥 / 身体里全是钢铁的回声”(王小妮:《深圳落日》)。当不断加速度前进的高铁给我们带来便利也同时带来巨大的眩晕,对于文学而言我们是否感受到了这仍然是一个并不轻松的时代?杨康的《一棵白菜要省着点吃》、韦白的《收垃圾者》、张绍民的《炒洪水》和卢卫平的《玻璃清洁工》并不是现在流行的一般意义上的伦理性的涉及公共题材的“底层写作”,而是为这类题材的文本提供了丰富的启示性的精神元素以及撼动人心的想象力提升下的“现实感”和命运。孙磊《兄弟》的语言修辞的难度与寓言化的城市景观之间搭成了精神性的紧张,“别再以淤泥的心度量这样的末日了,/ 在睡着死亡的城市高架桥下,也睡着 / 你我的,鱼群。”当朦胧诗人北岛在“文革”时期将偷偷写好的诗歌给父亲看时遭到了父亲的不解与震怒,那么几十年后的今天当全球化、城市化和娱乐化全面铺张开来的时候,我们是否还能保持一个知识分子写作者的良知与情怀?中国缺乏公共知识分子,但是我们应该相信诗人无论是面对城市还是更为庞大的时代当下都会是发出最真实声音的族类。诗选中关于城市的诗歌给我们呈现的是与日常生活关涉又被日常生活中的我们所忽略的“另一个世界”的特殊景观,“从冲击扇平原向兴凯望去 / 只有一片低矮的平房和几座高楼。/ 工厂的烟囱冒着黑烟,证明自己 / 旺盛的生命力,证明自己对政治 / 没什么兴趣(桑克:《兴凯》)。诗人以冷峻的审视和知性的反讽以及人性的自审意识书写了寒冷、怪诞的城市化时代的寓言。正如伊路的诗《午睡的树》于城市的平静之中蕴含着蓄势待起的巨大风暴。一个被不断改造和拆迁的现代化城市里车流和人流都在疯狂的飞奔,而诗人则是那个时时为时代踩下刹车的人。当王小妮将诗歌的视野从城市中延展,她所呈现的不仅是垃圾包围的仰韶村,而且更为带有发现性地呈现了这个时代的难以想象的结构性存在。值得注意的是王小妮关于城市的诗歌大多都带有很明显的时间性场景,比如清晨、中午、黄昏、夜晚等。而围绕着这些场景则出现了光芒与阴影，寒冷与温暖并存的平淡无奇但是又具有强大心理势能和象征力量的核心意象。在屋子里的阳光、干涸河道上的夕阳、在暴风雨之夜的闪电、稀薄的月光、无光的灯以及火车窗口刺目的阳光中我们可以发现王小妮诗歌文本中所显现的时代光影以及无处不在的巨大阴影。而与这些场景和意象相关的则是诗人的情感基调是反讽的、冷峻的、悖论的、无望的。这是否印证了对于曾经的乡土中国和具有农耕情怀的人们而言，每个人都宿命性地成为了大大小小城市里的异乡人和精神漂泊者？而对于由北方南来的诗人王小妮是不是更是如此？王小妮的质疑、诘问和反讽意识则使得她的诗歌不断带有同时代诗人中少有的发现性质素，比如她诗歌中的这些诗句，“后面的后面”，“背后的背后”，“尸体上的尸体”等。而王小妮也更像是一个城市里的巡夜人，她的虚弱的灯盏在城市黑暗的最前线，而她所要迎接的风雨就要更为严酷。

与此同时我们在一些年轻诗人以及女性诗人那里会感受到情感和细节的力量。这种特殊的“轻”、“细”、“小”又恰恰是女性诗歌传统的重要组成部分。在这份诗选中，我们看到的女性不仅能够用自白或冷静知性兼具的方式对情感生活和身体经验进行抒写，而且能够在日常生活以及地方性空间、家族谱系上进行命运感的表达。与此同时她们的诗歌自省、内隐、深潜，也敢于不断将日常和事物的杂质、碎片掺杂在内心深处进行搅拌、过滤。她们诗歌中密集的自忖、磋商、怀疑与诘问类似于腌制的江南植物，看似枯涩平常的背后却呈现了时间深处的隐秘、疼痛与阴影，比如马莉的《篮子里的苹果》。篮子里的苹果正在腐烂的声音见证了时间巨大的销蚀力量以及女性命运内心深处正在无限蔓延的阴影。而能综合体现各种诗歌质素的女性诗人却很少，林雪和荣荣就是其中少有的代表，“晨风有足够的时间吹凉两个枕头 / 一匹马来到长有荨麻的院子里 / 它不知这一幕，就是我对你永恒的乡愁”（林雪：《低地》）。而荣荣对镜像和时间之伤中正在扭曲变形的“我”“恶毒”的“自我诅咒”制造了一个又一个寒噤，“干掉这双脚”、“干掉这双手”、“干掉这个身体”以及反复出现的“干掉她”（荣荣：《忘我之心》）。女性写作可能一生都离不开情感和爱情的向往和回溯，尽管不同阶段会发生程度不同的变化或者消减，比如田暖的《爱情 21 克》、杜涯的《秋忆》、扶桑的《书信的命运》、巫昂的《爱上山贼》、陌上寒烟的《一寸寸爱》。身体成为女性最直接最本源的存在，一切思考和语言都从这里生发和成长起来，“我的身体里 / 出现了漏洞，无法堵住的深坑和漩涡”（林莉：《蜂鸟》）。一定程度上身体性存在成了女性写作和精神渊薮的“边界”，而时间性的焦虑、生命状态甚至语言意识和写作经验都直接与时时变化和衰老的身体发生最为可信的交集和对话以及诘问。她们需要自我取暖，也需要“阿司匹林”来缓解阵痛和不适。这正体现了新世纪以来当下女性的精神自供状和体检报告单。而只是围绕女性精神来谈论还不够，因为其中一部分女性诗人不乏现实感和公共意识，比如莫卧儿的《午睡的民工》（这样类型的诗歌在当下看来写作难度极大也极容易品格同一化）。而公共意识和交互性空间很容易让人误解为庞大的现实和作家的责任感，而这对于女性写作者而言显得过于简单和沉重。她们不乏面向公共题材的“现实性”和“现场感”的诗歌，但是极其难得的是能将这些题材和事件转化为诗歌的方式和自我的感知和想象，比如傅天琳的《飓风》和王小妮的《深圳落日》。很多女诗人都很容易做到垂影自怜，但是却很少能够达到宽容、介入、旷达和自审的状态。

“灯光转暗，你在何方？”

第二节 “没有诗歌，就没有未来”

公交车启动着轰然远去
我愣神片刻，转身慢慢汇入城市的车水马龙
一句深藏多年的话终于未能出口
它仍将深藏下去——无论我在哪里
在光阴还是在山水，在这里还是在远地
我都在他们中间。

——杜涯:《秋天之花》

新的一年又“马不停蹄”地开始了。近些天人们一直为一句富有诗意的话而兴奋着——“让城市融入大自然,让居民望得见山、看得见水、记得住乡愁”。在2013年的诗歌阅读中,对于繁乱、激增、裂变、转捩的诗歌生态和乱花迷眼的诗坛现象而言我并不是所知甚多而是所知甚少。2013年的诗歌看起来热闹无比,但总体来看仍然是繁而不荣的状态。各种诗歌节、高峰论坛、诗歌奖、诗歌选本和大大小小走马灯一样的诗歌活动以及新媒体空间各自为战的争吵让人眼花缭乱。铁屋子里沉睡无声的国民曾遭到鲁迅的批判,而当下的民众在各种新媒体平台则太想发表各种的意见了。从无声沉默到众声喧嚣在某种程度上不能不是时代的进步。但是较之娱乐化、消费化、电子化的公众事件和文化噱头而言,在一个精神氛围愈加复杂和分野的时代诗歌写作仍然需要一种坚守和独立的勇气。当然在新媒体的语境下,诗歌的生产、传播发生的新变时值得关注和深入探究的。82岁的四川老诗人流沙河在成都图书馆为市民做唐代七言诗讲座时认为新诗是一场失败的实验。他认为失败的原因是“不是做得太少,而是做得太多了。”这样的对新诗的善意的批评或否定之声实际上已经由来已久。而诗歌如何能够通过自身在创作、传播等当面的努力为公众接受已经成为亟待解决的难题。自媒体时代的诗歌写作和阅读的难度在我看来变得愈益艰难。也许从笔尖流淌的必须是内心的甜蜜、忧伤、不解和疑问。这就足够了!

一、城市和城镇化视域的诗歌态势

当我们都成了故乡的陌生人,那么就让我们记得住乡愁,从陌生处出发。重新认识、重新寻找、重新发现、重新命名!写作就是在寻找精神意义上的故乡和本源,而这在一个全面城市化和城镇化时代显得如此虚妄、吊诡而尴尬。在一个社会分层愈益显豁的年代,在一个“中国故事”如此难解的年代,作为一个“有机知识分子”更是迷障重重。当你试图在深秋或寒冬越过灰蒙蒙的高速路和城市上空寻找故土的时候,你必须学会在“斩草除根”的现实中承受噬心而残忍的孤独。你起码要在文字中付出代价。当城市化和城镇化时代全面铺展开来的时候,我们是否还能保持一个写作者的知识分子良知和纯粹的美学立场? 1966 年美国诗人加里·施耐德出版诗集《溪山无尽》。宋人佚名的这幅山水长卷所绘山水已经成为乡土中国的旧梦,"静下心来,走进 / 那个创造出来的空间"。翟永明写作长诗《随黄公望游富春山》也必然是城市化时代的无穷叹惋。米沃什曾有两部焦虑症式的作品分别叫做《从我的街道出发》,《从我所在的地方出发》。一个重要的事实就是,与强硬城市相对的是虚弱"乡土"的命运。1991 年四川诗人孙文波写下《在无名小镇上》,2013 年孙文波完成 1600 行的长诗《长途汽车上的笔记——感怀、咏物、山水诗之杂合体》。从"六十年代的自行车"到"长途汽车上的笔记"不仅是孙文波个人的精神成长记录,更是中国当代诗人面对工业化和城市化时代现实的一种不容回避的集体命运——"到头来,我只好面对一些新事,重建 / 自我的信心。是否太晚? 我要不要 / 只是选择旅行,成为风景的解人,植物的知音?","譬如面对一座城市、一条街道,暴雨来临,/ 这不是浪漫。情绪完全与下水系统有关,/ 尤其行驶的汽车在立交桥下的低洼处被淹熄火。"诗人要做的不是发表社会意见,而是说出真相。在全面城市化和城镇化的时代,我们生活在大大小小的雾霾笼罩的城市、城镇和城乡结合部,写作者实实在在地经受到了不小的精神激荡与写作的困窘与病症状态。正如诗人刘川所说的只能"自己有病自己找药"。在空前高耸而同一化的城市建筑背后是曾经诗意的、缓慢的、困顿的乡土。在推土机的隆隆声中以及经济利益铁臂的驱动中曾经温暖熟悉的故乡、家园都破碎成了旧梦。在城市化和城镇化的现实面前写作不能不与之发生对话甚至摩擦、龃龉和碰撞。"诗人的天职是还乡"曾经让中国的作家在语言中一次次重建精神的栖居之地。然而对于突然出现的城市和城镇化景观,很多写作者仿佛像被空投一样从乡村抛掷到城市的陌生空间。写作者在不断寻找,不断在苍茫的异乡路上追忆,"我离开他们已经多年,在远方的奔波 / 生活里,我无数次想起这一片故土上的人影 / 想起他们,我在大街上骤然停下脚步 / 黯然,痛苦,忧戚,叹息 / 想起他们,我在地铁

里突然泪水迸落 / 我永远记得他们：他们的身影、衣食、年岁”（杜涯：《秋天之花》）。城市生活正在扑面而来。灵魂的惊悚、精神的漂泊与困顿状态以及身体感受力的日益损害都几乎前所未有。让文学记得住乡愁！尝试赞美残缺的世界！这是时代使然，更是一种难以回避的写作命运和生存状态！这样一来，陈先发当年提出的诗学主张“本土性在当代”在当下汉语写作中就成为了一个重要的标准和尺度了。

二、诗歌的跨界传播与“第一朗读者”

在当今的全球化和新媒体时代，在娱乐、消费的多元文化选择尤其是手机 APP、微博和微信形成的“粉丝文化”和“中产趣味”，年轻的读屏一代倾听诗歌的机会已经越来越少，越来越多的人已经基本丧失了艺术听觉的能力。而以往单纯的诗歌朗诵会和一般的诗歌沙龙已经远远满足不了时代发展和公众对于文化创新的精神需求。包括《诗刊》《诗选刊》《中国诗歌》《诗林》《诗歌月刊》等推出的“网络诗选”、“博客诗选”都显现了新媒体情势下诗歌的一些新变。尤其是新世纪以来随着新媒体和自媒体的飞速发展，在经济发达的广东出现了诗歌多元化的与公共空间大众结合的崭新形式。而早在 2011 年，由陈传兴、陈怀恩、杨力州、林靖杰、温知仪等 5 位台湾导演执导的诗人纪录片电影《他们在岛屿写作》（包括林海音的《两地》、周梦蝶的《化城再来人》、余光中的《逍遥游》、郑愁予的《如雾起时》、王文兴的《寻找背海的人》、杨牧的《朝向一首诗的完成》）则以影像视觉化的方式对诗歌传播形式予以大胆突破。这一特殊的艺术形式的探索被誉为台湾 21 世纪最重要的文学记录，文学与电影的火石交汇，台湾影坛最深刻的文学电影。一个悖论却是诗人既希望表达自我灵魂的诉求和对社会的关注，同时又希望更多的人来理解。但是当他们的诗歌真正进入了公共空间和所谓的“大众”的时候他们反而有些不适应甚至是非常尴尬。真正进入广场和公共空间的时候他们又不知道该如何传达，总是会有这样的疑问，“我的诗歌能被他们接受吗？”“这些人都什么人，他们懂得诗吗？”当 2013 年“第一朗读者”（第二季）第一场活动在深圳中心书城举办的时候，当成百上千的市民（注意不是专业的诗人和阅读者）坐在台阶上时很多诗人、评论家和朗读者都懵掉了。这些“大众”不再只是大学生、不是什么诗歌学的博士、硕士，也不是专业的阅读者，他们就是市民，有老太太、有老大爷，还有很多小朋友。很多市民抱着孩子站着看活动。面对这一切，你如何让你的诗和他们发生关系呢？我们来如何评价诗歌？以什么样的形式来传播诗歌？2013年诗歌跨界传播的代表性活动是深圳诗人从容发起的“第一朗读者”，国内第一个诗歌跨界传播基地也在深圳剧协诞生。2013年第二季的“第一朗读者”充分利用其他艺术形式，通过读诗、演诗、歌诗、评诗的多样化方式以及强烈的现场感和多元互动进行诗歌跨界传播的探索和实验。诗歌跨界既是对诗歌传播形式的拓展，又是利用立体化的艺术手段二度阐释和再造诗歌的空间。“第一朗读者”在深圳中心书城、深圳大学、剧场、美术馆、咖啡馆以及“飞扬971电台”这样的公共空间实现了诗歌与大众的真正意义上的互动与相互理解。这一跨界诗歌活动将诗歌推向各个阶层和群体，真正在公共文化空间和社会空间有效传播诗歌并使受众真正最大可能地接触诗人和视听诗歌。这在很大程度上以大众化和公共化的方式促进当代诗歌的大众传播和经典化，消除了一般意义上朗诵会和沙龙与公众之间的隔膜，从而在新媒介文化语境下对诗教传统予以创造性接续。多样化舞台形式对诗歌的重新理解和阐释以及诗人与公众在现场的直接对话和碰撞都使得诗歌利用新媒介的跨界传播成为现实。西川就“第一朗读者”活动指出“我在国内外参加过很多诗歌活动，像这样具有先锋精神的综合性艺术表达现场只能深圳做到。具有戏剧经验的团体做到。”这一特殊的跨界诗歌活动真正突破了一般的诗歌朗诵会和小圈子诗歌沙龙的封闭性、狭隘性和精英性，真正地打造了新世纪文化语境下诗歌传播的新形式。

关于诗歌如何与大众和学生教育结合已经成为近年来诗歌界关注的焦点。值得注意的是微信平台的“为你读诗”、“睡觉前读一首诗”、广东小学生诗歌节、中华校园诗歌节、中学生诗歌节、上海“90后”中学生原创诗朗诵会、“新诗实验课”、成都志愿者全媒体平台承办的2013“关爱农民工子女·名师一堂课”大型志愿服务活动。包括翟永明在内的诗人担任成都市驷马桥小学诗歌分享课教师。翟永明希望自己的诗歌能给这些农民工子女带来希望，鼓舞他们努力学习、积极生活。一个12岁的女学生在翟永明的启发下写下人生的第一首诗，“假如我有一双翅膀，/ 我要为盲人摘下一颗星星，/ 让他的眼中有一抹光彩。”此外，上海诗人王寅等参与的“诗歌来到美术馆”也尝试在公共艺术空间通过朗读、对话和问答实现诗歌的互动与传播。正如王寅所说诗歌就应该放在社会公众层面来做，只放在小圈子的话太可惜了。

三、现实介入与“长诗”的难度

近年来诗歌与现实的关系不断被讨论甚至引发激烈的论争，也确如王家新所说任何一个时代的诗歌都要在它与现实的关系中来把握自身。诗歌与公共性现实的关系一直处于龃龉、摩擦甚至互否之中。这不仅在于复杂和难解的现实与诗歌之间极其胶着的关系，而且在于诗歌的现实化处理已经成为了当下写作的潮流。而这种现实化的写作趋向还不只是中国化的，甚至是全世界范围的。正如多丽丝·莱辛所说“我们处在这个面临威胁的世界。我们长于反讽，甚至长于冷嘲热讽。某些词或观念几乎不用了，已经成为陈词滥调了；但我们也许应该恢复某些已经失去其力量的词语”。也正如谢冕先生所强调的在工业和后工业时代诗人不应该回避而只能面对，无论是批判或歌颂诗歌都应该表达出诗人对时代的看法（《诗歌，为了自由和正义》）。我们是否还记得2012年一位阿富汗女诗人因为念情诗被哥哥殴打而最后自焚的触目惊心的场景和诗歌的现实命运？诗歌与现实生活已经如此密不可分，不管你是迎接还是拒绝。2013年8月一份名为《诗品》的民间刊物在宁夏诞生，“现在是2013年8月。八月的中国，突发的事有点多，从航站楼，到城管，幸福大街的主唱的被拘……令人目不暇接。而在宁夏银川，除了持续的高温，一些人猜疑着最近会不会地震，我们在做《诗品》”。而近年来火热的打工诗歌、底层诗歌、农村诗歌、抗震诗歌（2008汶川、2013年雅安）、高铁诗歌的高分贝的社会化呐喊还犹在耳侧。但是，越是一拥而上的写作就越容易导致诗歌难度的降低和美学品质的空前缩减。策兰式的“抵抗性的才能”、“前进的梯子”与米沃什式的“以波兰诗歌对抗世界”或者马拉美式的“纯诗”诉求和语言炼金术都是具有合理性的。我们可以“为艺术而艺术”的纯诗意义上修辞和语言的炼金术，也可以像萨特强调的那样把写作看做一场“紧紧拥抱他的时代”的行动和介入，从而“让精神走上大街、集市、商场和法庭”。诗歌作为一种趣味、美学、修为、技艺是无可厚非的，我们也有必要在一个社会分层明显的时代让诗歌承担起沉重的社会伦理和道德。《星星》理论刊2013年开辟“诗歌的现实境遇与生存状态”栏目先后推出陈超、霍俊明、赵卫峰、易彬、刘波、陈卫、熊辉、世宾、梁雪波、王士强、龙扬志、罗小凤、辛泊平、赵金钟、卢桢的十几篇评论文章，对新世纪以来的传媒话题、现实困境和诗歌问题予以深入揭示和梳理。但是，也必须要注意诗歌的社会伦理和美学之间的平衡关系。正如爱尔兰诗人希尼所说“在某种意义上，诗歌的功效等于零——从来没有一首诗阻止过一辆坦克”。鲁迅更是直截了当，“一首诗吓不走孙传芳，一炮就把他轰走了。”但是同样重要的是在一个电子碎片化的时代（欧阳江河语）和共时化的大数据时代以及文化消费的社会，当下的诗歌与现实之间的关系从来没有像今天这样紧密、矛盾、纠结和摩擦。很难想象一个诗人的村庄和住宅一夜之间被夷为平地的时候他在诗歌中不愤怒、不理解、不控诉。正像翟永明所说的自己近年来诗歌和生活的变化“是在开了‘白夜’酒吧之后，慢慢地跟越来越多的人打交道，除了文艺圈里的人，还有城管、街道、小贩等，我回到了一种很现实、也很琐碎的市井生活。精神上我的压力小了，个性也变得豁达起来，这也让我的作品更深厚了。”说到诗人与现实的关系很多诗人还会惯性的将公共生活与国家意识形态甚至政治之间联系起来，比如欧阳江河所说的“中国这个国家，从来写作都是政治的一部分，尤其是诗歌。你想要脱离政治来谈论优美、意义、崇高，那几乎是不可能的事情。我所理解的最好的诗歌写作，尤其是‘大国写作’，一定要触及人的生命，人的存在的根本。在中国，触及人存在的根本而不触及政治是不可能的，所以当代诗意不必回避政治。”（《电子碎片时代的诗歌写作》，《诗建设》2013年第10期）德国的塞姆·基弗则认为当下的时代不再人把人扔进奥斯维辛的焚尸炉，而是“被经济的当代形式所毁灭，这种形式从内里把人们掏空，使他们成为消费的奴隶”。而当政治以文化消费的形式或娱乐化的“拟象”（比如好莱坞电影）直接参与了政治体制和意识形态，写作就变得愈益艰难了。就诗歌与现实的关系而言阿多尼斯认为诗歌不是对现实的再现，“不论回避现实还是屈从现实，都是另一种“奴役”。诗歌应该超越现实，把我们从现实中解放出来。”这句话很深刻，但是对于复杂的诗歌写作而言即使诗歌介入现实也并不意味着就不能写出好诗和重要的诗。也许只有极少数的伟大诗人能够超越现实，但是对于更多的诗人而言重要的是出于现实的涡旋将之转换成为诗歌的现实、语言的现实和想象的现实。关键是如何通过诗歌语言的方式表现内心的无数个“现实感”的风景。也就是柄谷行人的现实主义并不意味着描写风景，而是将不可见的风景以可见可感的方式创造出来。阿多尼斯写于上海的一首诗就是十足的“中国化”的现实之诗，“金茂大厦正对天空朗诵自己的诗篇。/雾霭，如同一袭透明的轻纱，/ 从楼群的头顶垂下。”我更赞同扎加耶夫斯基以智性、沉痛和反讽、热爱的态度尝试赞美残缺世界的态度，“尝试赞美这残缺的世界。/ 想想六月漫长的白天，/ 还有野草莓、一滴滴红葡萄酒。/ 有条理地爬满流亡者废弃家园的荨麻”。诗人一次次在光明和暗影的交错和博弈中抬高精神的头颅，“我们坐在路沿，大教堂脚下 / 轻轻地谈起苦难，/ 谈及今后，将会来临的恐惧，/ 有人说这就是现在 / 我们所能做的最好的事—— / 在明亮的影子里谈论黑暗。”

在一个社会万象与自媒体话语共生互动的直播年代，在关于发表、编辑、审查、传播的障碍瞬间被消除的语境下写作者越来越存在着空前的自我膨胀感和公知的立场与幻觉。正是在过分倚重物欲化、消费化而缺失精神性和信仰语境下，各种媒体空间的日常化、口语化、一己化的诗歌成为对语言最大的挑战。据此越来越多的诗人强调“有难度的写作”。徐江指认当下是一个后口语诗歌时代，具有“人文精神”和“对既有语言方式的突破”的后口语已经蔚然成为主流。正如欧阳江河之所以停止写作近十年最根本的原因就是他在思考自己和所处的这个时代整体的关系。欧阳江河认为长诗写作是对当下语言消费现象的抵制和对抗，写作就是要表达一种反消费的美学诉求和批判的眼光。确实，近年来的长诗热已经成为重要的现象。而集体出现比拼诗歌长度的写作情势背后的社会机制和深层文化动因是值得深入探究的。也正如欧阳江河追问的这个时代长诗有可能变成什么或者已经变成什么是一个只有极少数大诗人才问的事情。上个世纪 70 年代末到 80 年代初曾出现写作长诗的热潮，那无疑是解冻时代诗歌作为社会良知的发声。而当下的长诗写作显然凸显的是一个精神涣散、共识度降低的时代诗人的焦虑。说到 2013 年的长诗(含诗剧)写作，重要的有杨键的《哭庙》、侯马的《进藏手记》、柏桦的《铁笑：同赫塔·米勒游罗马尼亚》、李亚伟的《河西走廊抒情》、小海的《影子之歌》、路也的《老城赋》和《兰花草——谒胡适墓》、古马的《大河源》、中海的《终剧场》、沙克的《民》、杜涯的《秋天之花》、魔头贝贝的《敬献与微澜》、杨沐子的《秩序解体》、高世现的《酒魂》、温经天的《白色火焰》、指纹的《尖叫》、严正的《U：2011—2013》、谢长安的《睡月》、巫小茶的《日月祭》、玫瑰之家的《一个人的编年史》等。其中杨键的《哭庙》显然从各个方面考量都成为了本年度长诗的代表作，尽管也存在着不同程度的问题。这首长诗是关于现实的，关于历史的，也关于文化传统和道统、教义和精神信仰的，更是关于家族命运史和精神成长履历的。正如长诗开卷诗人所说的“谨以此书献给我父亲杨再准，他生于 1935 年，卒于 1997 年，并以此纪念一个时代”。杨键的精神危机感和对农耕文化的追挽在这个时代具有不言自明的普遍性，而这首一意孤行式的写了十二年的长诗其中的难度和困苦简直难以想象。这使我想到米沃什的长诗《关于神学的论文》和布罗茨基的长诗《世界末日》。米沃什的诗句在中国仍然有效，“他试图猜测他们脑子里在想些什么。/ 他怀疑有一种天长日久的由卑贱造成的损伤 / 业已散发在这一补赎性的部落仪式里。/ 然而他们每一位却都承担着自己的命运。”李亚伟的《河西走廊抒情》则在文化的上游、时代的中游和身体的下游之间搭建出最具个人化历史想象力、现实介入能力以及挑战新媒体技术时代的精神图景。

正如诗人阿多尼斯所说，“没有诗，就没有未来”。

在2013年结束的时候，请让我们记住那些已经“远行”的诗人名字吧——雷抒雁、牛汉、冀汸、韩作荣、郑玲、东荡子、王乙宴、揣摩、邓华……牛汉在一生炼狱的路上这样自我激励和劝慰：“只要面孔背向地狱，/ 脚步总能走进天堂”。

第三节 《新世纪诗典》与《朱零编诗》

以往的诗歌选本的话语权都集中在高校和研究机构，甚至某些出版社因为利益驱动也参与到选本生产和传播中来。而近年来一个重要的现象是诗人独立编选的诗歌选本。这些个人性的选本在充分显示了个体美学趣味、眼界和独立性的同时，对以往集体化的编选生态进行了有力地拨正。其中最具代表性的是伊沙的“新世纪诗典”以及朱零的《朱零编诗》。前者是著名诗人，眼光独到而刁钻；后者则因为是《人民文学》的资深诗歌编辑而显得视野宽阔、标准多元。

一、伊沙在长安编诗、评诗

北京，方家胡同。这里灯光黯淡，雪还没有散尽，手里拿的这本伊沙编选的《新世纪诗典》却越来越重。伊沙编选的这部有着明显的经典化企图的“诗典”在新世纪这一特殊节点的文学生态中具有诸多启示性的意义。这种意义不仅在于伊沙以微博的形式和容留的诗歌美学提供了诗选的更为辽阔的可能性，而且还在于为一些诗学问题提供了新的观察切口。

伊沙在长安写诗、读诗、编诗，这不能不让我联想到长安古老而顽健的诗歌基因的巨大拓殖能力。伊沙是当代少有的持续关注诗坛并对诗歌热度不减的诗人。在一个阅读不断萎靡而新媒体不断扩张的年代，伊沙的诗歌阅读量应该是当下诗人和批评者中最为丰富和广博的。平心而论，伊沙的这部特殊的诗选在我看来是新世纪以来最优秀也最重要的选本。自新世纪以来各个出版社都推出了不同“风格”的诗歌年选，但是每次看到其中大量的极其拙劣和平庸的诗歌入选的时候，我只能一次次怀疑那些阅读者和编选者是否具备此种能力和资格。吊诡的是每个诗选都成了某一个话语权力的生动说明书。看着那些近乎僵死的诗坛的老面孔，我想到是那些被遗漏和漠视的真正的诗人和诗歌的可怕遭际。而伊沙的“新世纪诗典”却最大程度地体现了一个编选者的“发现”能力，这至为重要。这种美学的平等性和发现的宽广性在伊沙这里得到最充分的显现。第一季“新世纪诗典”推出的365首诗几乎都是接“地气”之作，而没有那些自我沉溺或凌空蹈虚之作，那些凭借知识和炫技的作品不可能进入伊沙的“法眼”。从诗典能够看出伊沙的编选标准——语言的活力，想象的膂力，个人化的历史和现实性的命名能力。这些诗歌无不密切关涉个体精神世界的成长与转捩，无不关涉那些个体命运在与历史和现实的不断摩擦中生成的荒诞与阵痛。

尤其值得注意的是伊沙对每首诗作的评点尤为令人称道。当下，那些大而无当的诗歌批评正在大行其道，那些贩卖二手知识和理论的学院派批评者正在被豢养，那些丧失良知和活力的吹鼓手们正在自我膨胀。而伊沙的评点精准而深入，高妙的体悟、印象盘诘和对话犹如一道道闪电直击要害、切中肯綮。这些一定程度上回归了中国传统诗论的评点方式也是对当下新诗批评的一个有力地提请。伊沙的这些具有情怀和力度，具有现实性和历史感的评点方式就显得尤为重要。而随着新媒体尤其是博客和微博等自媒体的风起，诗歌的生产从来没有像今天这样成了极其个人而又日常化的事情，而诗歌的阅读和批评也从来没有像今天这样变得无力、无效而又难以置喙。换言之，面对着如此巨大而时时激增的各种形态的诗歌，阅读者和批评者们已经不可能对诗歌以及相关问题做出有效而完整的评判。真正吊诡的阅读时代来了——好像我们天天都在各种媒体上阅读诗歌，也似乎时时都在和诗歌打交道。但是我们却并未真正接近那些诗歌，真正的隔岸观火的诗歌年代不可避免地来了。那么，在此语境之下我们如何能够进行有效的阅读？伊沙给我们做出了一个榜样。值得注意的是伊沙的“新世纪诗典”之所以能够引起巨大的影响不能不与微博的传播有关。作为自媒体的代表，微博的转载率和传播效率是博客所不能比拟的。正因如此伊沙通过微博的空间所完成的诗选和评诗的工作在第一时间被迅速传播和接受并产生最为及时地被诗友、水军以及粉丝军团所反馈。所以从新世纪以来诗歌选本传播的空间和广度而言，伊沙的“新世纪诗典”无疑是最具有代表性的。当然，个人的眼界永远都会有一定的局限性，我也在思考那些没能进入到伊沙这部“新世纪诗典”来的那些诗人和诗作到底是因为什么原因？

既然是“诗典”我们就不能不对伊沙继续编选的工作提出期许和要求，因为诗歌的经典化和典律化只能是一个长期的工作。可以肯定的是历史不会收割一切。很多诗歌必将在时间的淘洗中成为齑粉，而只有极少量的诗歌因为各种合力而有幸成为那些闪亮和坐标的部分。五四时代的几部诗选已经成为历史的经典话语谱系，而伊沙的“新世纪诗典”能否有着足够匹敌的命运我们只能期待着明天的历史。因为，从目前来看我们都深陷“当代”的漩涡之中。而伊沙的工作也必将是重要而不可替代的。

伊沙在长安读诗、写诗、编诗，而京广高铁正在开通。我们与这个世界隔着那层并不深厚的玻璃，但是窗外的景色越来越模糊，内心越来越晕眩。

二、京城东三环的朱零与编诗手记

在七月溽热难耐的武汉东湖我从沉河手里拿到了刚刚出版的《朱零编诗》(长江文艺出版社，2012年8月版)。当八月在北京的郊区匆匆见到朱零时他竟然说样书自己还没拿到。在朱零的不解中，我有理由相信我是少数的几个早于这本书的作者读到这些文字的读者。

“诗歌并不在时代之外。”这是我读完朱零这本书最为强烈的一个印象。

《朱零编诗》这本书是朱零作为《人民文学》的诗歌编辑多年来的编辑手记，或者说也是一份个人的阅读史。他留给我们的是“一个时代”的诗歌见证，当然还有当下中国诗人精神生活的见证。实际上我一直疑惑的是我们当下谈论起“时代”是越来越游刃有余还是或者走向了沉默和无声的尴尬一面。当我说朱零的诗歌编辑手记多年积累下来将完成一个时代的记录和历史性的档案时,这实际上也是我们对一个重要刊物以及诗歌编辑的期许。因为多年以后,那些走进图书馆和档案室甚至在百度和CNKI上搜求知识和文学图景的人们还是更愿意将眼光停留在《人民文学》和《诗刊》这样的“大刊物”上。尽管当下的“民刊”和“官刊”的区别早已经不是北岛和黄翔时代那样界限分明,尽管更多的研究者们对“官刊”抱有各种意见和“不满”,但是我想一些“大刊物”其影响在普通读者那里是不言自明的。

而通读完朱零的这些文字,我觉得作为一个诗歌编辑和阅读者甚至是品评者朱零是可靠的。这种可靠不仅来自于他的诗歌眼光和审美趣味,而且更重要的在于朱零是这个时代并不多见的“挑刺儿”者。他对诗人和诗歌的直言不讳还让我们并没有完全丧失对这个时代诗歌的期许和耐心。我这样说并非是贬低当下的诗歌生态,而是想强调的是说真话的人在这个时代仍然成了少数者。由此我们可以说朱零是这个时代不多见的诗歌“异议者”,是一个有个性的编辑家和阅读者乃至评判者。比如朱零所狠批的“口号诗歌远没有消失,而且我深信,这种马屁诗永远不会消失”。朱零坦言尽管诗歌的边界可能会发生变化(比如以于坚为代表的例子)。但是他更喜欢郑小琼的散文,认为她的散文比诗歌写得更出色。今天的诗歌生态和现实使得刊物和编辑都变得不够纯粹,这是当下不能避免的显豁事实。我这样说但愿不要使一些刊物和编辑们感到不解和不满。在当下无论是自媒体的空间还是越来越频繁的大大小小的诗歌活动,作为一个编辑他的日常交往变得难以自控。当编辑与诗人变成朋友或具有了利害关系,那么客观和公正地筛选和评判诗歌就变得困难了。从朱零的角度而言,多年来他诗歌界的朋友不在少数,但是我却相当欣喜地注意到他时时是在以诗歌自身的成色说话,甚至对于多年的老友他亦敢于指出其存在的问题甚至危险。比如在说到他对老刀的诗歌印象时,他说老刀的诗歌写作很“现实”,却也“暗藏危机”。因为诗人不是一个简单的观察者和记录者,他还应该学会识别这个时代更为复杂的脸色和更为庞杂难辨的幽晦灵魂。还有,朱零善意地指出古马诗歌在语言、技巧、比喻和节奏等方面存在着“雷同”的倾向。我想朱零并非是针对古马个人，而是指出了当下诗人写作中普遍存在的现象，或者说当一个诗人进入写作的成熟期乃至瓶颈期如何突破自我是最为重要的问题。

收入到书中的诗人大约有 100 多位，基本上是当下中国诗坛的实力派的中青年诗人，也涉及到牛汉、灰娃、李瑛等一些老诗人。对于《人民文学》这样的刊物而言发现和推出“新人”是很重要的。由此，对于这份名单我最初也是想寻找一些我所“陌生”的年轻诗人的名字，有，但是不多。朱零给出了答案，尤其是对于 80 后后期和 90 后的诗歌习作者。朱零在阅读者发现这些年轻写作者竟然存在着惊人的一致性，矫情、口水、假大空。而由此朱零所想到的“诗教”问题确实值得重视，尤其是对于有中国特色的教育而言更是如此。其中最有意味的是“新乐府”（歌词与摇滚、周云蓬、新民谣）以及“小说家的诗”。比如其中选了史铁生和池莉这些小说家所写的诗。有小说家的诗歌朱零说到“当叙事成了当下诗歌的主流，小说家们写起诗来，心中也就多了些底气。”朱零确实可贵地意识到 1990 年代以来中国诗歌写作中叙事性和戏剧化越来越成为普遍写作者的圭臬，但是我想诗歌的抒情性为什么在此境遇下遭到了冷落倒是值得关注的问题。而诗歌的叙事性与小说的叙事性绝对不是一回事，所以我并不认为小说家就一定天然地比诗人就更具有叙事的能力，起码在写作诗歌的时候是如此。首先我想值得注意的是这本编辑“手记”有一个重要的功能，就是诗歌选本。这让我想起五四时代的朱自清等人，那些诗人身处诗歌现场所编辑的诗选以及批评文字今天看来已经难以企及。因为吊诡的是，无论是作为一个专业的阅读者还是普泛的受众接受诗歌的机会越来越多，因为自媒体时代我们都不能不充当热闹的旁观者。但是我们已经丧失对当下诗歌臧否的能力。换言之面对海量的诗歌生产我们的阅读和批评都变得从未有过的困难。我也曾在中国艺术研究院的最近的一次对话中提到过类似的印象——对新世纪以来热闹生猛又看似正常繁荣的诗坛我却留下了一个模糊的印象。更多的诗人丧失了对汉语的敬畏之心，丧失了真正的介入能力和言说的力量。我们这个时代不乏优秀的诗人，但是这些诗人的面目太相似了。我一直在疑惑这些相似的面影一夜之间或十年之间是被什么力量塑造出来的？同时更为令人惊惧的还在于诗人对自己写作的不自知。我能够想象朱零在东三环边上的办公室里或者家里无奈地将一页页无效而庸俗的诗稿扔进垃圾桶的情形。似乎诗人从来都离不开和酒的关系，朱零善饮酒这是圈里人都知道的。而当朱零说出“我应该去中国白酒委员会当一个品酒师才对，这是我最愿意干的活儿”我明白他的深意。在当下，更多的时候读诗当然不如饮酒更快意、更舒服。而在自嘲和反讽中，我们应该体悟一个诗歌编辑对当下诗歌不满的深层原因。

朱零是一个精准而挑剔的阅读者和批评者，比如他对当下诗歌写作中流行趣味和流行主题学的批评就很具有代表性——“近年来，我们收到的诗稿，有一半是写乡村的，还有一部分是写在农村的父母的，还有一部分是写老家的风景是如何如何的。似乎大部分稿子都脱不了农村题材”。对此我深有同感。在后社会主义时代和新移民运动的语境中“新农村”和“底层”已经不再是中性的题材问题。这一人们谈论的“公共话题”显然被赋予了更多的意识形态的色彩和伦理论倾向。而“底层”和“新农村”写作恰恰在很大程度上缺失的就是诗人的思想性和人文情怀的烛照。换言之这种类型的诗歌往往成了叙述的空洞能指。更多的时候诗人们所处理的“乡土”并非是现实中的乡土，而更多来自于一种过时的经验和虚空的想象，从而造成了朱零所说的“跟当下农民的心路历程，格格不入”。而需要强调的是之所以目前“底层”和“新农村”写作成了人们津津乐道的话题并且同时占据了主流话语和民间话语的主导性位置这不能不与人们对一个新的世纪诗歌的某种集体想象有关。“新农村”和“底层”写作已经成为日益高涨的诗歌“主旋律”，一体化和集体化的症候越来越显豁。这成了粘合各种诗学观念的良方。这也使得这种题材的写作带有了因一哄而上而导致的思想的贫乏和拙劣的仿写。可以肯定在很大程度上，我们过低估了我们目前所处的时代。我们不约而同的认为这是一个已经完全摆脱了政治和意识形态的商业化、消费主义化的开放、自由和个性的写作时代。对人民、底层、农民工、弱势群体这些复数概念成为这一时期的文学关键词我怀有很大的疑问。实际上诗歌无论是处理看起来绝对个人、绝对隐私,不断探向幽暗的内心深处和“自我”的个体性题材,还是处理宏大的国家的、民族的、集体的、时代的公共领域的重大事件、运动和场景,都是“题中之义”。但是就目前来看更多的诗歌写作者是为了迎合时代趣味甚至读者群而丧失了文学自主性和作家应有的思想探询的努力。

朱零在编辑《人民文学》的过程中无疑也完成了“一个人”意义上的诗歌选本和历史册页。尽管朱零所经历的只能是历史长流中一个小小的阶段,但是从其筛选出来的诗歌文本来看,这应该算是具有相当眼光的选本了。朱零有时候也有一些无奈,他的言语之间经常冒出一个编辑和一份刊物之间些许龃龉的言辞。朱零不能代表《人民文学》,但是反过来《人民文学》作为一种强大的话语场肯定有时候会影响到朱零的个人美学趣味和伦理性的判断。《朱零编诗》中所涉及到的诗人我注意到一个现象,这就是这些诗人的面孔相对来说是清晰的,有别的。在这份开放性的诗人名单面前我们能够感受到一个诗歌编辑的容留的空间。这很重要。我曾经注意到很多诗人和主编把一份刊物变成了自己的复制品,换言之有为数不少的编辑将个人的诗歌趣味提高为判断所有诗歌风貌的唯一标准。我们既应该允许鱼腥味和土气味的江湖和义愤的民间立场的“眼泪”,又应该能容纳学院的经卷气和诗人些许的不及物性与高蹈的个人乌托邦。我想,朱零做到了这一点。

再次强调朱零的编诗手记所进行的是“一个时代”的历史性册页的工作。我的出发点还在于朱零是一个“本土”的阅读者。这种难度不仅与整个当下的诗歌生态相关,而且也与每个生存个体的困窘有关,更与如此广阔的差异性的“现实”有关。在朱零的手记中我经常能够与“中国现实”、“中国生活经验”、“传统”、“汉语”、“母语的忠诚”这些关键词相遇。与此同时我看到朱零对诗歌写作中的翻译体、贩运体所表示的强烈不满。他对“从国外贩卖过来的旧西装的味道”的极度厌倦。当然朱零对“十四行诗”这一外来文体的排斥我还是持保留意见。我相信，在当下的文化语境下像朱零这样怀有“本土化焦虑”的人是值得敬重的。当然，我们不是二元对立的“拿来”或者“中国制造”，而是说在写作的传统和现实关系的层面我们的诗人已经早该远离那些与中国经验和母语传统不相干的发霉发馊甚至发臭的东西了。当年的这些先锋作家以及 1980 年代以降的中国诗人们由于中国特殊的文学历史和社会语境，他们的写作不一而足地曾学徒于“西方”。正是一定程度上的仿写和“自力更生”能力的缺乏，在中国不断加速度前进的时代转捩点上，在不断分层和分化的极其“不可思议”的“高铁”般速度的现实面前，那些还骑着自行车甚至躺在摇椅上的诗人不能不被历史和现实的高速列车甩在身后。而他们写作中的“历史”尤其是“现实”就不能不与真正的历史和现实进程相脱节。正是这种惯性的“脱节”导致了长时期以来中国作家处理“中国化”历史和现实能力的数度缺失。

“诗歌并不在时代之外。”我们的诗人是否能真正读懂这句话!

“诗人一旦牛逼起来，编辑还真得放低姿态。”我希望这句话不再只是由一个编辑的口中说出。

第四节 《滇池》与《广西文学》的诗歌年展

除了《诗刊》自 2011 年开始年末推出诗歌年选之外，像《滇池》和《广西文学》也不断在每年推出地方性诗人的大展。它们各有各自的特色，这无疑推动了诗歌生态在地方空间的正常发展。

一、高原上滚动如雷的盐

昆明的老牌刊物《滇池》在新世纪中国的诗歌版图上无疑具有着重要的意义。它近些年来对诗歌的关注和大力推介在同类刊物中几乎是绝无仅有的。《滇池》在推出“云南新生代诗歌大展”的时候我曾经写过那篇阅读文章《因内部的流淌而负重》。当在春节的尾声中，《滇池》此次又推出“昆明新生代诗歌大展”还是让我有些意外。像

《滇池》这样的综合性文学刊物通过固定的栏目“诗手册”以及每年的“诗歌大展”所为诗歌做出的努力不能不让人致敬。这仍然是一个对诗歌充满了误解和歧见的时代！尽管我们每天与诗歌在各种场合相遇，但是仍然有那么多的人对诗歌几乎毫无所知。这包括我们的文学评论家们。而随着新媒体的迅捷发展，大量诗歌的生产使得诗歌阅读的有效性和完整性真正成了问题。感谢这次集中阅读“昆明”本土的23位青年诗人文本的机会！此时的北京仍然雾霾不散。当我在雷抒雁遗体告别仪式回来的路上看着匆促的车流和人流，我在想诗歌与他们之间有关系吗？我们已不需要广场上振臂一呼的精英。更多的人在媒介屏幕和影院中寻找短暂的安慰和快乐。是的，没有任何一首诗能够阻挡坦克的前进！也没有任何一首诗能够阻挡那些走进游戏厅和舞厅以及高尚社区的迫切步伐。

我在阴郁的北方想到了云南这座高原。2012年曾有两次云南之行，一次是蒙自，一次是昆明。到昆明的时候已是11月下旬，我独自在街道上闲逛。那些半中不洋的酒吧我没有半点兴趣，即使是翠湖我也显得兴味索然。倒是树木掩映中的云南大学别有一番深意。当我步上高高的光滑石阶我终于看到了那个两层的黄色建筑——李广田故居。李广田建国后曾经在云南大学任校长，然而1968年这位当年的“汉园三诗”人之一竟然在莲花池沉水自溺。也有说法是被迫害致死。这想想令人唏嘘感叹。当我再次回到昆明的诗歌，这些年轻的诗人们又显现了当下怎样的精神境遇？我一直在想一个问题。在一个全面城市化和去地方化的时代，云南和昆明的这些青年诗人们在不可避免的“时代景象”面前是否还领受到了另外一种特殊的精神和“地方命运”的召唤？是不是正因为这种强烈的感召，这些青年诗人成为了谦卑者、介入者和观察者。高原和河流间的一切物象都以其强大的生命膂力和原始本能吸引着诗人。在这些迥异于现代性的“老旧”事物面前，诗人感受到的不仅是时间给予我们的真理和灰烬，生命的馈赠与最终剥夺，而且更有生命与生命之间的对话与盘诘，个体现实与历史惯性之间的摩擦与龃龉。可能对于真正的诗人而言，我们无形中都应该是自然伟大之物和母语的致敬者。而对于命运和时间而言，我们的生活也并不显得比那些稗草更坚韧。我在云南这些“新生代”诗人这里看到了面孔和内心的诸多差异，但是我越来越多见到是高原上滚动如雷的盐。我们这个时代不缺乏苦涩甚至沉痛，但是我们的高原上的诗歌却显然应该提供给我们一种更为真实的精神世界。高原上那些经过运动、水渍和阳光翻晒并最终结晶裸露于水岸和地表的盐正是我们面对时间、地方和历史的最为生动并深具象征性的过程。这些滚动如雷的盐拒绝了伪装的幸福、作秀的甜蜜和仿真的和谐。

我曾在高原的驶离机场的路上不断与段爱松讨论那些奇怪的地名。至今我仍然记得那个极其特殊的名字——两面寺。我对这个带有宗教和精神意味的地名充满了想象和期待，但是当我在网络上敲下这三个字的时候，我看到的搜索结果却是——两面寺加油站、公厕、收费站、酒店、生态庄园、轮胎经营部、美容美发用品经营部、美发屋、药房……这就是时代的景观，昆明似乎也不能例外。“我们永远都不会在时代之外”。就这个两面寺而言，我们每天围着收费站、商店、药店和理发店以及饭馆度日。还有谁能够回复到那个年代——两面寺村位于昆明东郊，村口一面是观音庙，一面是关帝庙。

我已经无力从时代美学的高度来总结这些青年诗人的诗歌，我更愿意在这次阅读之路上以个人盘点的方式说说我对每个诗人极其零碎和并不可靠的观感。实际上，在一个人心涣散和美学膨胀的年代，我们的批评者最好有自知之明。因为我们已经不再启蒙，不再先锋，不再知识，不再民间。也许诗歌只是在一个纷乱莫名的城市化时代怀有一颗惊悸的内心。我们需要取暖，需要平静，需要身体的快慰和回忆。这也许就是当下诗歌必备的功能。如果在此之外，你还想在诗歌中承担更多和更重的功能，那我有必要提醒的是，你已经做好准备了吗？在一个失去了极权庞大敌人的年代里你是否准确地找到了你的对手？在一个歧路纷生的年代你走上了哪条小路？在一个被机器拆迁的年代你有足够的勇气面对那些破碎之物吗？在怨恨、不满和泪水中你是否还对诗歌写作抱有足够的信心？

爱松的诗歌中一直有着与当下青年诗人不同的“发声”方式。他的这种发声不仅与他的谣曲和音乐质素相关，重要的在于他诗歌中不时闪现出的精神性细节和场景。我只想强调的是这种发声方式在这个时代的重要性。已经很多年，我们是排斥信仰的国度。或者说，我们的信仰更多的时候在极权的政治年代成了偶像崇拜阴影下沦丧主体、真知和灵魂的“向日葵”，在经济时代我们又可悲地沦为了拜物教和鼠标的奴隶。而到了 21 世纪的今天，城市化和 GDP 成了新一轮的崇拜物，真知和内心再次遭遇到了巨大的挑战。看看当下的中国的诗歌，“好诗”几乎层出不穷，但是只要你一放下这些诗集和文字它们的生命就终结了。我们的诗歌越来越缺乏的是一种精神的信仰。爱松的近作《母亲词》无疑是诗人一直以来情感急需喷发的一个出口。通过每首诗简洁、干净又匆促的短句和频繁更迭的句式我们可以想象这首诗已经成为了诗人必须的呼吸方式。当诗人从 6 点开始拨转指针，这种时间的过程被转换为巨大的无处不在的精神焦虑和灵魂透析。当诗人在一个个时间点上停留的时候，他的情感状态恰恰是以集束的方式凸显出来的。在时间的一个个节点和那些地点、场景、身体、疾病、梦魇一同呈现的不再只是个体的记忆，而是从不同侧面折射出并未远去的历史和当下境遇中存在的窘迫甚至病痛状态。这些看似琐屑的日常性场景背后蕴含着诗人巨大的精神诘问，诗人的额头不能不在发着低烧。爱松在创作谈中对泰戈尔《吉檀迦利》的那些朴素、简洁而富有巨大情感力量的写作方式赞许有加，这也许是他写作《母亲词》的一个动因。而在我看来，《母亲词》整组诗很完整、连贯，但如果非要说建议的话可以在诗歌句式的长短上稍做调整。因为这么多首诗读下来如果只是一种叙述节奏和语言方式多少会影响诗歌整体的精神势能和情感层次。

在把云波这里诗歌并不承载什么，如果必须承载的话也只能是一个个破碎的梦。也许，诗歌对于他而言确实就是一次次的白日梦幻。但是在《万岁》等这些诗里诗人的个体经验却与所谓的“现实”和“过往”发生了如此强硬的碰撞。诗歌，还不得不承担时间的焦虑。在《我们的葡萄园》中诗人的期许和梦想的“洁癖”是显而易见的，但是那种时间性的焦虑也同样显豁——“在葡萄还没有变成液体之前”。《你的歌》中恍如隔世之感更为突出。我们是否在把云波的那些“山羊”里咀嚼到了时间交织和重叠下的吊诡的阴影。把云波诗歌的描写能力比较突出，那种近于白描的方式和控制的恰到好处的情感状态之间相互支撑。

对于胡兴尚和胡正刚这样的青年诗人而言，就目前看起其诗歌写作的底座无疑与故乡联系在一起。而我这里所谈及的故乡显然具有双重指涉，即这个故乡既是一般意义上的地理上的出生地，也是一个人精神根性的形而上的故乡。正是这种双重视野上的出生地会使得诗人在写作中不断出现后顾和回溯性的诗学征候。胡兴尚的诗是在两个区域展开，一个是乡土，一个是城市。在新世纪以来的诗歌写作中这两者都成了聚讼纷纭的话题。在渐成流行的写作趋势中，大量关于乡土和城市的诗歌已经丧失了真正意义上的命名能力。而胡兴尚的诗却如高原山口的大风，吹开那些真实内核之外的灰烬和雾霾。无疑胡兴尚完成的是一种精神还原的过程，在这个过程中有温暖更有龃龉。而关于“北京路”、“蜘蛛人”和“盲人”的这些具有“社会学”倾向的诗作其实都算得上好诗。但是恰恰值得注意的是如果将之与目前大量的同类诗歌置放在一起，我们要追问的则是一首诗能够成立和存活下去的理由是什么？而胡正刚诗歌中的个人化的历史想象力不仅呈现了诗人个体生命的真实内核而且在一定程度上凸显了个体视阈中乡村、历史和社会激烈博弈的真实侧影。那么，与这种个人化的想象力所牵扯的历史和现实很大程度上就是一个诗人的精神成长史。胡正刚像一个秋日黄昏里不断游走的行吟者，他在那些广场、街道和城市的背后寻找那些灰烬般远扬的时间游踪和家族以及乡土的旧梦。他对现代之物充满了疑问和不解，而在那些高原褶皱和巨大的阴影里他却听到了巨大脉搏的跳动与老旧事物的喘息之声。这是个不折不扣的“赶路人”，但是他真的能够抵达“幻想的远方”吗？这是个在胃中咀嚼草根和燃烧酒精的青年人。

在刘光平这里我能够依稀看到当年 1980 年代先锋诗歌的一些影像。刘光平在句行和内心纹路之间一直试图寻找一种平衡的姿态，但是最终他不断走上的却是一条陡峭丛生的路。在他简洁、拙涩的诗句中他试图在发现与发问、郁积和倾泻之间发出独特的声响。而这种声响不仅是中年之痛、精神之累，还有在个人之外的空间里对自身以及人世的探问和揣测。而值得注意的是刘光平的这组诗歌几乎都是双行体，即每节都是两行。而从诗歌的形式和情感内蕴而言，这种双行体显然有利有弊，同时这种形式又难以适应所有其他方式的抒情和话语方式。铁柔的诗光从那些所抒写的事物和场景就能够大体看出他写作的基本路径。在大海、木屋、云朵、透明人、梦中旅行者、仰望星空的人、挖井的人这里，我们能够看到对宽广和理想以及浪漫之物的憧憬。同时这也是一个"异乡人"，怀想、回溯和寻找似乎也成了诗人的宿命。铁柔的诗歌中不断出现一只蚂蚁这样的核心意象。而我想到的则是远在海南澄迈的江非——"一只蚂蚁上路了"。

作为女性诗人，温酒的丫头在诗歌中完成的是一种告别仪式，比如她的《同体》。她曾经出过一本诗集《后院》。而对于诗人的"后院"我们看到的是一场精神的大火还是目睹了一片灰烬？还是我们依稀看到的曲折的水声泠泠、风声飒飒的花园？多年来对于女性诗歌，我看到的更多的是一场场暗火下的灰烬。在那些纷繁的草木和花朵以及夜晚间我更想看看那些蜜粉的针刺和花茎之内的骨骼。即使是在她的那些关于大理片段记忆的诗行间我也不断看到了此起彼伏的"火焰"与"灰烬"。温酒的丫头在诗歌中渐渐成长为一个猫科动物，她敏感而怕冷，喜欢阳光和抚摸。但是额头也不得不在渐渐持续着经年的低烧，这使得梦也都发出轻轻的颤抖。她的那些自忖、自白和倾诉以及冥想的话语方式实际上也是一种自我取暖。

巫鸦的文本世界有水银和月光一样的质地。他的那些短句间不时闪现出村庄、秋日和女性的影像，他们一起成为诗人挥之不去的白日梦幻。在这个世界里他可以为爱情织梦，为村庄补梦，也可以被时间之流一次次冲毁。巫鸦给人的诗人形象更近似于那个写抒情短诗的海子。只不过时间更迭，此刻的诗人在高原正怀抱一怀秋风，而故乡和那个女孩都在梦幻一样的远方。当诗人注意到活生生的当下，他能够做到的也许还有释怀和转身。易晖的一些游记诗和见闻式写作在当下的诗歌写作现象中已经不在少数，而作为一个新闻从业者易晖的那些带有日常性叙事的诗歌倒是值得注意。无论是一个窗口，还是一只破碎的瓷马诗人都能够生成一种“日常”的诗意。这样的诗意因为带有了“当下”和过往的多重视野的审视而带有了情感和知性的精神势能。祝立根则试图充当一个残缺和破损时代的见证者。无论是面对拆迁的校园还是面对那些乡土的残缺之物，现代性的乡愁和都市的“鬼魅”与“梦魇”同时在他的身上有着不言自明的互相纠缠和撕扯的印记。同时祝立根的诗中又有着同时代诗人中少有的愤怒之气，无论是他的怀疑还是不满都揭示了这个时代的乌云和人性的渊薮。

在祝立根、胡正刚和铁柔等的诗歌中我还看到了诗人之间的交往和交游。诗人不能没有饮酒的生活，诗人也不能没有“远方”。而诗人之间的应答唱和也似乎恢复了诗歌应有的“个人”传统。而在一个去除和驱赶地方化的时代，地方已经不复存在。从一个地方到另一个地方并没有本质的不同，迎接我们的注定是一个个铁轨、车站、广场、城市，还有人们相同的麻木中性的面孔。

首先值得说明的是此次诗歌大展的“点击十三家”板块。因为每个诗人提供的诗歌相当有限，这对于我的阅读和观感都有着不小的挑战。对于这些写作者，我只想表达个人的敬意。至于他们诗歌中存在的一些不足倒是不值得大惊小怪或者故作高深地批评，因为在一个屌丝文化盛行的年代，有人还在默默写诗和读诗都已经是难得了。吊诡的是新媒体时代我们似乎获得了空前的文学表达自由和交流的广阔空间，这就无形中形成了诗人的普遍幻觉——诗歌已经与公众结合。真的这样吗？这是时代的误解。你能在广场和地铁甚至餐馆当众朗读你的诗歌吗？你能与你的乡下的父母和牛羊朗读诗歌吗？你的读者是谁？你的读者有多少？我不喜欢纯诗式的精神洁癖的狡辩，当然我也对诗歌承担道德大义报以足够的警惕。只是，我们实际上仍然在自说自话并作茧自缚。实际上这也正常，卧室和广场的诗同样重要。只是需要提请注意的是我们的诗歌无论是担当介入还是自作主张都必须思考一个问题，一首诗歌在当下的命运？艾文华，“90后”，巧家人。这三者交织在一起多么富有时代感。巧家已经成为社会事件的热点，而诗歌的命运也只能不温不火。对于像艾文华这样更为年轻的诗人他那掩盖不住的青春式的抒情方式显然更像是一种天然的呼吸。每一个阶段有每个阶段的诗歌方式，一切都在成长。魏已然作为一个“90后”女生，她目前的诗歌状态显然更多来自于她的体验。北方的寒冷似乎愈益加重了她对高原的乡愁。诗歌对于她来说就是一个抒情的日记，值得注意的是意象的频率不能过高，诗歌的节奏和气息还需要在日后的写作中多多体会。尘埃的那些关注抑郁、沉默的诗歌无疑成为了这个时代气象站最为准确的观察员。而尘埃诗歌中不时出现的那些幼小的动物不只是在以隐喻的方式印证人的存在，而且还彰显了这个时代的吊诡特性以及日常生活晦暗的纹理走向。鸽子诗歌中的戏剧性显然来自于当下和过往之间的错位。这种戏剧性产生的效果不是喜剧也不是悲剧，而是实实在在的讽刺剧。在那些与当下规则相冲撞的那些事物面前，也许打破现代性的崇拜与禁忌并不是最终归路，而是无情地袒露出人人内心都有的那个时代的伤疤与病灶。实际上我们已经无路可走，也许只有那些偶然中的冲撞和诗歌文字之间的沟壑能够让这个时代麻木而焦虑的人们暂缓脚步打量一下这个诡谲的时代。我看到的老六的诗尽管只有《清明 在母亲坟前语》和《在德宏州》，但我仍能够依稀感受到诗人的个性和些许氤氲的气象。无论是家族的时代病还是面对自然之物所抱有的虔敬以及对机器时代的天然焦虑，这都让我们看到了一个诗人的情怀。这已足够。凌之鹤的诗歌更像是一个不断滋长枝桠的植物。在这些伸向不同方向的枝干上他不断在为自己的精神寻找安栖之地，而他又不得不时时删减那些枝干，因为梦幻和理想中的事物被这些枝干所遮蔽。看到刘年的诗《从碧色寨到芷村》，我想到的是去年初秋的蒙自。在那显然并不短暂的行走在窄窄的铁轨上的风雨交加的一天，刘年始终携带着他的巨大相机，也携带着企图重新发现被这个时代的高大建筑所遮蔽和掩埋的事物的冲动。刘年试图将自己的灵魂揉进那些高原、落日和波涛与林莽之中，在这里他似乎能够听见另外一种陌生而亲切的心跳。但是如果能够明白在这个时代被我们接纳和接纳我们的事物已经极其罕有，那么诗人的相应的呼吸除了沉醉之外，还有沉重，还是孤寂。更为可怕的是我们无形当中都被迫成了怀乡症者以及挽歌的传承人。马成云的诗既有浮世绘般对当下社会和事实的书写，也有对那些日常之物中体现的尴尬和象征性的空间而微言大义。胖子的诗也不能不在城市和乡村的两个并置的语境中生成分裂与焦灼共存的空间。我注意到文炳、文军、云垂天、朱家勇等人的诗歌写作正在寻找属于自己的话语方式，各有所长。当然，更高要求的话青年诗人的写作往往是随感而为，还缺少一种个人精神路向的支撑。而青年诗人写作时需要注意的是如果诗歌中光是抒情性和抽象性的想象而缺乏具体的细节和质感性的语言的话，诗歌往往容易导向空洞和玄虚。

这段诗歌阅读之路该结束了！恰好，不短不长。在这几天的时间里，我也一次次自问：为什么今生要注定一次次阅读这些分行的文字？为什么没有对那些小说和影视剧投以信任的目光。也许，怀疑和理想使得我们这些不合时宜的人注定走在诗歌的道路和精神的迷津之中。我们需要一条船，也许这条船已经在悄悄浸水，但是我们需要它。因为灵魂是不可说之物，除了梦，只有诗歌能够让我们一次次自我取暖，一次次向着虚幻的远方和彼岸涉度。

我又再次想到了云南。希望，下次再去云南的时候我不仅能够看到自我灵魂的阴影，我还能够与神相遇。

二、是否“我们都不去看前方”

当我已经弄不清楚自己是用多长的时间终于阅读完2012年《广西文学》诗歌双年展厚厚的诗歌文本的时候，当我不断试图在柳州、桂林、来宾、梧州、钦州、玉林、北流、贺州、南宁、河池、百色、北海等地理空间寻找这些诗人个性和差异性的“蛛丝马迹”的时候，我脑海中一直浮现的是“70后”女诗人飞飞的那句话“我们都不去看前方”。

在一个提速和迅速拆毁的时代，是否“我们都不去看前方”？而诗人黄土路所看到的前方被无边的雾所笼罩，这个时代一切事物包括美好的事物以及不为所知的事物也都在这片雾里，而雾并没有消散，因为紧跟着到来的就是黑夜(《那么多美好的事物都在雾里》)。而田湘则在前行的火车上是那个反向而坐目视后方的诗人(《我感觉树在飞》)。而面对"前方",张民却更像是一个冬夜里不断寻找真实和可能性的翻越者,他试图一次次翻越各种障碍物,并且他的诗歌中一再出现无助的动物意象。这一切构成的则是这个精神的游弋者最终无法摆脱那层出不穷的栅栏和障碍。而值得敬畏的则是在此过程中一个人被逼无奈的精神成长的档案与灵魂自供书。而在一个被不断拆毁的时代,他对于废墟和茂盛荒草的发现与抒写则呈现了杜甫式的绝望与凄然,"国破山河在,城春草木深"。在一个"去地方化"的时代,我们已经很难通过地理空间和文化区域来发现具有"方言"归属感的写作。所以,为了行文的方便,我大体是按照现象学以及代际的并列方式进行我的阅读观感。

我们的诗人在经历过频繁转换的1980年代、1990年代和新世纪的时候是否内心深处发生了不可避免的变化甚至剧烈转捩?时代给诗人的写作带来了什么不一样的质素?而时代转换时我们的诗人是否有足够的心理和强大的诗行来面对?时代转换确实有些像是从深夜向凌晨的悄悄过渡,更多的人并未觉察到二者之间正在发生的本质性的变化,更多的时候我们学会关掉手机和闹钟在各种梦语和自我蒙蔽中来面对时代的变化和自我减损。我也企图在这些"广西诗人"(一部分诗人显然是作为"异乡人"的身份在广西生活和写作的)身上找到区别于其他省份区隔和地方的特质,但最终我们会意识到在一个生活、阅读、写作和精神都不断被同质化的今天,诗人之间的区别度正在空前而可怕地缩减。当然,这次集体呈现的几十个"广西"诗人的文本已经证明了这个时代的写作已经如此多元和繁复,透过这些文本之间的缝隙我们也可以约略窥见这个时代的特殊构造与历史性动因。我越来越留意到诗歌写作中的"个人性"问题。每个人在自由和开放表达个体情感的同时,一部分诗歌也因为过于窄促的阅读空间而丧失了倾听者。也许我们仍然可以在精英立场上强调诗歌是献给无限少数人的事业,但是好的诗歌与重要的诗歌、伟大的诗歌之间的区别是显而易见的。提请诗人们注意的就是应该在个人与周边事物甚至更为广阔的与现实和命运紧密相连的历史感受力中综合性地呈现诗歌的成色。

因为刘频是在1980年代与骆一禾有过通信交往的诗人，所以还是从他先开始这次阅读之旅。

《战国骑士公孙龙》显然带有1980年代诗歌明显的“文化寻根性”写作的表征。而1990年代的刘频则显现出明显的精神病理学的症候，如《病婴》。而到了“新世纪”刘频诗歌中的力量感显然加大、声音更尖锐，一个新时代的集体性焦虑已然形成。与此同时，诗人对历史和个人记忆的追挽也显得愈益强烈。甚至在新世纪的阳光里日子却显得更为仓促和老旧，当连家里的水管被修好了都成了巨大“幸福”的时候（刘频：《幸福赐予我们新的一天》），整个年代的反讽抒写已经成为普遍趋向。确实新的一个世纪来了，我们的日子就崭新和升级换代了吗？显然不是！在一个社会分层愈益明显和城市化鼓噪的时代，诗歌的写作难度不仅没有降低，反而是大大提升了。当我们的诗人对“当下”持有程度不同的紧张与怀疑的态度，诗歌写作值得警惕的则是不要重新沦为社会流行主题学的伦理化和道德化标签。

当我们的诗人在“柳州大桥”只能和运钞车相遇，此时各种所谓情绪和主义都是毫无意义的。一切都是实实在在的，人民币和大桥一样强硬，只不过它们的存在与有些人永远都不存在关系。蓝先前在《紧跟一辆运钞车穿行过柳江大桥》这首诗中道出了我们对时代的不满情绪。但是诗歌应该让我们看到人群和现实中无比丰富又无比残酷的多层次性。比如时下流行的底层和打工写作，我们在伦理化的情绪表露中能够看到这一广大群体艰难的生存状态，但是却往往忽视了他们的精神存在以及更具有差异性的命运。诗人在普遍强调他们被压抑的同时，他们自身的缺点和不足却被集体性忽略。在一个写作愈益伦理化的时代我们也应该思考写作自身的伦理，诗歌永远要比摄像机和新闻以及各种新媒体的崭新触摸屏要更深入人心，也更应该深入时代的腹地。而在城市甚至城镇无处不在的巨大的广告牌下，诗人躲避的不只是天空降落的雨，而“我壮族的身躯显得格外渺小”（蓝先前：《乌云集结。我在一幅巨型中英文房地产广告牌下，躲雨》）却恰恰是这个时代场景中无限被取消了身份、族群和地方性的一个隐喻。

诗人八两则非常可贵地将个人和时代的关系真正上升到身体诗学的层面，诗人可供奉献的正说明了这个庞大时代的吝啬与残酷。诗人正在损坏的部件也让我们目睹了生命的消耗在文化学和社会学上的意义(《我是一个可以利用的人》)。像八两这样有着乡村体验的人，他的家族叙事显然带有着不言自明的痛楚。这在《为父亲换裤》中有着更为痛彻而钻心的呈现。对于八两这样的诗人，写诗就是一次次换血的过程。我们是否更愿意坐在路边充当袖手旁观者，甘心做一只鸵鸟和犬儒主义者。甚至当我们面对“丑恶”的时候也学会了点头微笑和奉承，“我把当年攥紧的拳头松开 / 变成礼貌性的握手”(刘频:《丑恶向我迎面走来》)。近年来诗歌和现实的关系应该引起我们的重新思考。实际上我们的诗歌界这些年来一直都在强调和“忧虑”甚至“质疑”的就是指认当下的诗歌写作已经远离了“社会”和“现实”。由这些诗歌我愈益感受到“现实感”或“现实想象力”之于诗人和写作的重要性。尤其是在一个加速度前进的“新寓言”化时代，各种层出不穷的“现实”实则对写作者提出了巨大的挑战。诗人们普遍缺乏的恰恰是通过诗歌的方式感受现象、反思现实、超越现实的想象能力。换言之，诗人试图反映现实和热点问题以及重大事件时，无论从诗歌的材料、构架、肌质还是诗人的眼光、态度和情怀都是有问题的。而蓝先前的《空矿泉水瓶子》显然是具有“现实感”的诗。他从“空矿泉水瓶子”中发现了这个时代的多米诺骨牌的残酷与悲剧性。高速路上的矿泉水瓶子让我们想到的是梵高笔下沾满泥泞的疲倦的农鞋。在这小小的时代“废弃物”上我们得以反观这个时代的庞大现实和惊心的真实内里。2009 年的时候，著名艺术家徐冰在通州做了两个巨大的凤凰雕塑。而这两个巨大的成吨的凤凰却是用时代的“剩余物”来完成的。那么这个剩余物是什么？比如说，机器零件，包括一些废旧用品，包括垃圾，包括一些无用和破败的东西，把它拼成两只凤凰的“光辉”形象。当时我在一个朋友的陪同下看到这两个庞然大物的时候，我觉得非常震惊。这两个很新鲜的非常中国化的形象，它背后的那个东西却是被我们忽略的。我觉得这恰恰又是应该被予以关注和反思的重要事实。所以，我觉得当下中国好的诗歌它所处理的材料和最终展示出来的应该是一个我们既熟悉又非常陌生的一个东西，我觉得这是当下中国诗歌必须要完成的一个过程——“旧建筑像旧时光，新建筑如新时光 / 都有不尽人意的地方”（盘春华：《在贺州大道1号我第一次眺望》）。刘频的《拉维日记：在雨夜里遇到行刑队》在我看来更像是中国化的本土抒写，这体现了诗人求真意志与个人化的历史想象能力的重要性。而在诗歌文体学层面大量的密集的场面和细节以及寓言化和象征性的氛围无疑构成了1990年代汉语诗歌“叙事性”美学圭臬的组成部分。我曾在文章中强调过这种叙事性曾经以不断压低诗歌的抒情性和浪漫主义为前提和代价。实际上在我看来包括刘频在内的广西诗人在1990年代以来所集体呈现的带有叙事成分的诗歌面貌同样还是诗歌的抒情方式。只不过差别在于诗歌的抒情方式随着1990年代尤其是新世纪以来的愈益纷繁庞大的现实使得诗人的心理结构和抒情方式发生了位移与变化。其可能性和必要性在于这种带有浓重的戏剧化、张力感和叙事成分的抒情方式能更为有效地呈现一个诗人整体的心理诉求与抒情趣味。需要提醒的是千万不要以为叙事是抒情之外的东西，更不要低廉甚至弱智地将二者对立起来。

任何一个时代都不可能没有女性写作者。正如克里斯蒂娜所言，无论如何艰难女性正在写作。飞飞作为一个“70后”的女性写作者我以前没有在阅读中接触过，但是当看到她的处女作《走过零点》时我好奇的是为什么她的最早的诗歌里就出现了关涉“广场”的书写？我在关于“70后”先锋诗歌的《尴尬的一代》那本书中曾经比照了这一代人的“广场写作”作为一种尴尬的城市化语境下的精神饥饿感和恐慌感的书写与北岛、欧阳江河等前代诗人之间的差别。当诗人在夜晚和凌晨交界的时间结点上轻轻叹息“我们都不去看前方”（飞飞：《走过零点》）的时候，我们是否因此能够感受到时代和时代之间的差异已经不足以用缝隙来予以形容。而在飞飞这样的女性诗人那里，情感和时间的留恋要更为明显，这同样印证了一位女性理论家所宣称的诗歌和摄影术都是挽歌的艺术。是的，在我看来这在女性那里得到了更为突出的印证。而只是从这个角度来评价新世纪以来广西的女性写作还远远不够，当一个诗人在城市和车流中写出关于“飞鸟”（飞飞：《一只受过良好教育的鸟》）的时候，我们能够感受到近乎一夜之间空投下来的城市使很多人都还没有做好准备。一息尚存的古典情怀的农耕文明和乡村情结不能不一次次近乎本能而又绝望地衡量这个城市化和移民时代的性格和巨大阴影。值得注意的是女性的时间感和命运感更容易在女性谱系的家族抒写中得以天然和本能的呈现，比如女性诗人关于外婆、母亲和“我”的三位一体的互文性的表述（飞飞：《深夜母亲走进我的房间》。而黄芳就是那个在荒草萋萋的河岸寻找衰草和落叶掩盖的草茎和往日情怀的女性。她细腻而不张扬的声调将一切都调成了淡淡的暖色和冷色。黄芳在诗歌中尽量将自己放在最小最低的位置，这样她就得以更为自由的抬头仰望，得以更为自然地还原万物的位置和来由。而值得注意的是新世纪以来女性诗歌中的家族抒写，而黄芳对父亲母亲的抒写呈现的是静态化的雕塑，那其中淡然场面背后的深沉况味是诗人对日常场景经过无数次的挑拣和过滤后的呈现。唐女，似乎也是一个尝试诵念咒语的女性，她所要唤醒的是一个安静的绿色地带。她在那些细小自然之物上投注了足够的情感和白日梦般的玄想。其实诗人的梦想不大，只是想取出事物和内心的那一层层尘埃，但是这个过程却似乎没有结束的可能。俞余是一个在写作家族故事时在荒草和蔓延的孤独中等待“父亲”归来的孩子，一句话足以温暖那一刻刻漫长的等待（《那年春天》）。廖艳早期的《离开镜子》这样的诗显然还带有向80年代的女性诗歌致敬和对话的方式，还缺乏完备意义上的女性个体的声音。到了近些年，廖艳诗歌中所呈现的“等待”主题以及女性内心的自我顾盼确实在延续着女性写作强烈的时间性体验以及由此延展出来的想象。当然，当这种时间性体验融入了毫无诗意可言的僵硬而强大的城市化秩序的时候（廖艳：《时间闭上一只眼睛》）自然多出来一层可供观照的空间。平心而论，廖艳诗的视野还显得有些局促。当然这并不意味着诗人不能对内心漩流予以深入，而是意味着广阔的视野能够让女性更为深刻和清晰地理清在当代的命运（包括写作的命运）。同样是“70后”女性诗人的谢丽，其早期的诗歌也同样是以女性特有的意象“花朵”作为开端，而在具有着强大绵延的惯性意象谱系面前个体的特点往往会受到遮蔽甚至覆盖，因为你的经验却恰恰是历时性的时间向度上女性们重复和反复咏诵的。值得注意的倒是谢丽的诗歌在不经意或自觉地在时间的缝隙中偶然闪现出来的般若因子和时光轮回的斑驳影像。这使得女性诗歌的精神性层次上得以提升。陆辉艳显然在广西“80后”女诗人中显得比较特别。这种特别来自于她不断在当下生活中对过往的不断回溯与追挽，来自于她对命运那张最后底牌的发现。《木匠》和《迁徙》在干净节制的语言和节奏中呈现了寓言般的命运感。她给自己在寒冷的夜里布置了漫长的铁轨，她必须在寒冷、黑暗和雨水中走完这段强硬的路。她才能最终在穿过香蕉林、走过陡坡后安排惊悸的灵魂和不再的往日。陆辉艳在缓慢的镜头般的抒写中凝聚了如此多的阴影和尘埃，她像一只飞蛾面对刺痛灼烧的灯盏一次次碰撞。她的诗让我们感受到了久违的疼痛，永远在失去中寻找和自我救赎的碰撞。作为“80后”女诗人，罗雨的诗歌中不断出现的“前世今生”的想象。然而在时间的缝隙中诗人在目睹了依稀光芒的同时也不断下坠到词语和情感的渊薮之中。可贵的是诗人的自省意识在不断照亮词语和情感的挖掘与归依之路。丘清泉在《听一个老伯说起解放桥》中以静水流深的话语方式将现实和历史榫接起来，而那还未完全合拢的缝隙则闪现出我们渐渐忽略的真实和中国式的日常命运。“解放桥”的流水似乎并未真正解放那些在残年还在做着梦的人们。安乔子对故乡的抒写却与很多诗人是反向的。她的处女作《村庄，我看见一片落叶在风中飘落》所呈现的是被忽视的孤独、贫穷和痛苦，而近作《我的荔枝故乡》则完全是诗意和暖色调的。陈小羊的诗歌是“轻”的，而这种“轻”对于诗人自身而言就是自己的一个方向，也许这种“轻”也携带了自身的重量和压力，还有黄昏中四处吹过来的尘埃。铂斯非常难得是能够有自嘲意识，她的诗歌在不断放弃期待和向往。她的诗歌是有力量的，这种力量来自于她的某种决绝、不自恋以及某种戏剧性独白的方式，来自于她在毫无诗意可言的生活现场搭建起来的一个小小的戏台，尽管戏台本身已经和生活一样荒诞不经。

在一个迅速拆迁的时代，一个黑色精神“乡愁”的见证者和命名者也不能不是分裂和尴尬莫名的。这似乎就是整整“70 后”一代诗人显豁的命运。

刘春无疑以自己多年的诗歌写作证实了 70 后诗歌不仅不是“空山”一座而是一座森林。这座森林的面貌正在为越来越多的人所注目，而这座森林之下是无尽的矿藏。诗人患上了深深的时间焦虑症，往事的记忆成为病痛，犹如体内的桃花短暂的饱满、红润过后就是长久的荒芜、无尽的迷乱与哀愁。加之城市作为一种商业和工业文明的强大阴影的遮蔽，刘春不能不在尴尬中排拒这种焦虑和遮蔽。而晚近时期的刘春不断将视野拉近到日常场景和事物身上，既有现场的热度又有个人历史感的考量。而在那些今天看来已经陌生和疏远的场景以及那些有着情感势能的细节中我们得以领受并不轻松的内心。甘谷列的《1995 年 8 月 31 日从耶路撒冷出走》更像是一个人精神成长的寓言与自白书。车站、城市和丧失了方向感和神圣性的“远方”似乎都印证了“70 后”这一代人并不轻松的成长与改变。这让我在他的近作《我在家乡面前得装装样子》中继续印证了这一代人的尴尬与分裂。一个在“异乡”混日子生存的人在回故乡的路上却吊诡地失去了“乡村”，因为“故乡”抛弃了自己的“孩子”，因为这个被工业和物欲粉尘浸染的“故乡”也变得不够厚道，因为“家乡就佩服发财的人 / 家乡就佩服腰缠万贯的人 / 家乡就佩服开小车回家来的人”。这是新世纪一代人的“回乡偶书”，不一样的时代却是同样的陌生、荒诞、痛彻骨髓。在故乡和时代面前“诗人”身份显得空前可疑。故乡的土路充满泥泞，当有一天它们被翻建成了公路，我们会有感于时代的交通方便，但与此同时以水泥路为原点扩散开来的区域永远不再适合种植庄稼、道义和良知了。如果甘谷列的诗歌再节制一些，让那些将说出而未说出的部分以空白的方式呈现，其诗歌的情感和想象空间会更为阔大有力。朱山坡新世纪以来也随之出现了抒情的繁复性，而这种繁复性显然来自于愈益提速的城市生活。在《黄昏里的北京》这首诗歌中诗人呈现的是鬼魅幽灵般的场景，飘散的是来苏水的味道。而神迹只能是一个传说，尽管在高楼间诗人仍然在无望的仰望。而朱山坡却在北京这一特殊的时代地理上发现了“朵朵棉状物的强权统治”。董迎春是这个时代的精神漫游者，他将所经历的景观都慢慢沉淀下来，因此他的诗歌带有着这个时代的反讽、悖论和浓的化不开的尴尬与“乡愁”。吉小吉对“旮旯村”的诗意描述在这个时代带有某种个人乌托邦的性质。而感人的是其在《稻草人》中所呈现的无边的孤独，连身下的稻草都是冰冷的。值得注意的是天鸟诗歌中所出现的那些植物尤其是那些老旧岁月里乡下的蔬菜和作物，显然在这些回想性的意象和场景中诗人试图挽留，而诗人能做到的也只能是往日情怀的挽歌。高作苦的组诗《从一个分酒器倒出的八杯美酒》倒出的却是苦涩，依稀能够看到一个不断成长的人却和他的乡村一样在不断地“矮”下去，因为“70 后”一代人的“根”正在被这个时代强大的抽离。边寻“趁着月色返回”似乎仍在循环着一个悖论的事实，我们本身已经无乡可返，可我们却在文字中一次次乐此不疲地制造着归来的梦幻。诗歌成为回家的梯子，而面对永失的故乡我们最多是自相矛盾的造梦者。值得注意的是高瞻关于“节气”的诗歌写作，这反拨了物理时间和公元纪年对一个国度集体想象的覆盖和漠视。当时间最终以“节气”的本土方式呈现的时候，很多东西都在重新翻动中值得我们在现代化的路上不断检视和自省。韦适华在《祖父的坟地越来越小》呈现出来的就是乡土被不断挤压和删减的过程。罗晖的故乡记忆也同样是不堪寒冷的，雪和墓地正在成为故园最醒目的表情和恒常的体温。许雪萍也在翻开那一块块泥土，让那些亲人和亡灵在短暂的阳光下透透气，而那些远去的声音却只能被无边的沉默所覆盖。在“失去中寻找”正是中国诗歌的一个悲剧性命运。黄跃平作为“70 后”一代人他也一直在发着低烧中寻找归乡的草茎，但是代替草茎的是水泥路的坚硬和几乎不再留有半点往日痕迹的城市化表情。陈代云则让我们在辽阔的星空下看到了一个怀乡者孤独而痛苦的燃烧。其深沉的面影和持续降温的情感已经与季节没有关系，即使是十月这样温暖抒怀的季节，我们感受到的仍然是回乡无望的冰冷与心悸。

看看这些“80 后”诗人给我们提供了怎样的诗学景观！

当年那些先锋诗人曾不断以铁轨和远方来强势表征一代人的梦想与荣光，但是到了“80 后”诗人高力这里“火车”和“铁轨”作为时间和时代的双重表征在碾压过后留下的却是“孤独”、“卑微”、“冷酷”，甚至还有“死亡”以及同样被碾压的“村庄”的“心脏”。

高力的诗歌显然具有批判和反思的姿态。当然，诗人也应该明白拧亮一盏台灯还不足以看清这个时代的黑夜。而钟世华的诗歌似乎一直在卡着喉咙，他试图调高音调又不得不因此承受血痰和肺部的空洞。他一直在低音区寻找那些疼痛和失语的部分，而这一切又时常与他的往日和空间发生扯不清的关联。而另一个诗人费城关于乡土的写作却是从祭奠亡父开始的，这本身就是这个后工业时代绝好的寓言。而一个不断成长的少年只能在水井和内心印证另一个“父亲”的存在，生命消陨，命运却可能不断重复。和一些“80 后”诗人相仿，张弓长最早的那些诗带有青春期写作的特征，爱情的向往和书写不能不成为一个绕不开的青春课题。可能是写作小说等文体的原因，张弓长的诗歌在新世纪以来不仅撕开了“末日”般的世界内脏，保持了对暴力、规训和秩序的足够警惕，而且在诗歌修辞学上的叙事性、戏剧性成分以及有力度的话语方式也在不断强化。而张弓长的《阁楼上的棺材，像一辆安静的末班车》《伤心的事情，一再被提起》这样的诗显然不仅带有个人的命运感，而且这种时间性因为同时融合了乡土化场阈、个人性历史的视角以及宿命性的存在而具有着较大的精神势能和寓言化的象征力量。周统宽的诗多为抒情性、表白性的断章，微言大义与他的诗无关。而其新近的诗作《用一扇窗口慢拍的纪录片》却与此前有了很大的差异，固有的抒情方式被替换为白描和冷静的逐点扫描，诗人因为与时代的诸多粉尘和污秽相遇而不得不增强的力度、拉大了空间。冷风，其精神坐标上的“西阳 29 号”已经不可能有当年老于坚那代人的沉重和丰富，而是呈现为了个人情感欢聚别离的一个私人性空间。尽管冷风是北方人并且在南方的广西看来是十足的“异乡人”，冷风也有《自画像：胡子在南方水土不服》这样相关的诗作，但是仍缺乏真正有个体温度撼人心魄的质素，尤其还要注意诗歌的语言问题。千里烟波，显然是有乡土经验的诗人，比如《我和风一起回来》等诗。而新世纪以来的乡土写作显然已经成为了普遍的写作趋向，更多的同类题材的诗歌看似在处理乡村，但是实际上他们呈现的乡村书写已经远远滞后于真正的乡村现实。当有诗人还在歌颂一个躬身劳作满脸汗水的农民的时候，他们还不知道有些农民已经不愿意在土地上耕作。已经因为没有了土地而不能劳作，或者他们仍继续在土地上劳作的时候那些汗水却蕴藏着更大的无奈与分裂。农田已经不值钱了！在一个传统意义上的乡村城镇和曾经的农耕历史被不断迅速掩埋的“新文化”时代，一个诗人却试图拭去巨大浮尘和粉灰显得多么艰难。而放眼当下诗坛，越来越多的写作者们毫无精神依托，写作毫无“来路”。似乎诗歌真的成了博客和微博等自媒体时代个体的精神把玩和欲望游戏。光之暗面，则更像是一个夜色围拢中的眺望者。他似乎一直在寻找一个高点好方便看清楚周边的世界和国土，但是他最终呈现出来的仍然是并不明亮的景观。光之暗面的诗歌语言感不错，他似乎在寻找这个不明真相时代的咒语以解除不真实的假象，但是整体上看其诗歌还缺乏一定的确定性和稳定性。比如《领地》和《贫穷》都写得不错，二者在内里上也有相通之处，但是诗人却在最关键的部分即将袒现出来的时候止步，留有了阅读上的遗憾。而其中的原因就在于诗人应该将其诗歌的个体体验和时间性的历史感串联起来，从而能够在一个场景中综合性呈现历史、现实和个体连接后呈现出来的难度与有意味的空间结构。在“80后”诗人袁刘这里似乎一切都丧失了理智，而“脚手架”在其诗歌中不断叠加重现，脚手架上降落的雨，脚手架上坠落的“麻雀”以及由天桥往下跳的“用稻米沉淀出的身躯”都呈现了自由落体运动何以在这个时代成了精神性的悲剧与宿命般的现实命运。当然这种类型的诗歌一般情况下诗人都会表露强烈的情感指向与价值判断，实际上这种类型的诗歌有时候呈现比议论更有力，发现与呈现更深刻。同样是“80后”的陈振波，《梦见嚎啕痛哭的父亲》在现实与梦境的巨大龃龉和冲撞中揭开了真正意义上的“乡土”现实，即使痛哭也不可能改变正在消亡的“农耕情怀”。陈振波的《火车转弯》试图在飞奔在现代性路上看清所发生的一切，但这一切只能像是铁轨上的一根草茎或者是一个气泡，脆弱而短暂。一切都在强硬的飞奔，一切试图清醒的头脑和睁开的眼睛都瞬间被隆隆作响的黑暗所覆盖。晨田的《广场》显然更具生活本身的况味，这个广场与政治无涉，诗人还原出了生活的冷与畏。诗人廿丘就像是一个喜阴的植物，他躲避着阳光寻找那蕨类一样的阴沉和低矮的部分，而诗人提前听到了地下河流淌的路径。这也是一个黑色的"怀乡病"的诗人。而苦楝树的诗歌一直停留在那些植物和动物身上，在这些纯然之物上他寻找到了生命自身的来处以及最终归宿，同时也遭遇到了遥不可及而愈益陌生的"方言"。李小建更像是一个闹市中的一个闲散、慵懒的无所事事的枯坐者。禅意山水和文人过往已经不能进入他空阔的内心，而他近乎旁观者的叙述却将当下如此"崭新"的一个时代生长出莫名的枯黄的历史感和不断涌来的寒冷与荒凉。肖潇也是一个不断"回望"的诗人。他将城市的污秽和荒诞与温暖的家族生命并置在一起(《奶奶》《病床上的父亲》)，诗人已经无需多说，因为臧否自在人心。走在现代性的路上并不是坏事，关键是在此过程中我们付出的代价同样可观，那不断增高的县城、省城和首都却不断缩减了我们回望的机会。在城市高大的建筑下我们一次次经受的是陌生而普遍的"胯下之辱"，而那一起连同建筑拆毁的还有永远都不可能复现和重建的"乡土中国"的情怀和精神。

非亚写于1987年冬天的《候车时刻》让我想到的是1968年的冬天一个北方诗人写下的《这是四点零八分的北京》。非亚在这首诗歌中提前呈现了一个没有"远方"的诗歌写作时代的开始。当年的1980年代诗人都曾不断以"远方"作为理想和诗歌的诗意之地，然而当"远方"最终被一个个完全一样的"城市"所填充的时候，诗人也许就只能老老实实地活在当下。而非亚在《倒立》这首诗中这种完全"不正常"的观看方式却恰恰准确呈现了这个时代的平淡、荒唐甚至还有些诡异的真相。接下来的《野兽》则继续延续着一种个人性的观照方式，诗人的自省意识也愈益清晰。当一个人不断走出城市、走出惯性的生活和公众的视野，当他不断靠近那些自然之物的时候一颗荒芜、恍惚和压抑的内心是否能得到一刻的舒缓？正如盘妙彬自己所言万物的样子就是诗歌的样子，诗歌的样子就是万物的样子一样，他一直在多年来的诗歌写作中寻找各种体貌的诗歌。盘妙彬在80年代的代表作《晚街》足以和于坚的《尚义街六号》相比肩，只不过因为各种原因这首诗只成了人们认可的好诗，却没有被提升至“经典”的位置。盘妙彬在用长镜头扫过这条街道上的人们的时候，无论是私人空间还是公共空间都呈现出了同时代诗人那里不多见的个人历史感的想象能力。而诗人的可贵在于能够在日常性的“当下”反观历史和人心世道，而活生生的命运就在这条老旧街道坑坑洼洼的阴影里。而诗歌的结束句“我在老石家吃饭了吗”似乎又是在强调记忆的过滤性和恍惚感，而一个黄昏中街道的命运和历史也只能是文字化的。而盘妙彬90年代的诗《羊群把时间堵在流水上》同样出色。诗人似乎用“老旧”的事物来逆着时间的河流寻找“边地”的历史，然而羊群、石桥、流水、马车、风灯也不足以达到往昔的边缘，一切正在迅速消散。“挽歌”与“悼词”正在成为这一时期中国先锋诗人们集体的命运。而当诗人跟随时代继续“向前”，马车被火车替换，“边地”被各种城市交接，我们的诗歌又呈现了怎样的面影呢？最终还是一个古旧而田园的“小镇”能够接纳一个诗人的内心，但是这最终却只能是一个时代的集体白日梦幻。而晚近的盘妙彬“中年”在诗歌中不可避免的出现，看起来一切已经波澜不惊，而诗人也能在此不经意间寻找到那些还可以值得言说的部分，比如历史，比如小小的生活中的“糖分”、“酸涩”还有残缺的“旧影”。汤松波的诗一直以来恢复了一个遗失很久的传统，这就是诗歌的音乐性。而正是这种音乐性和特殊的耳感使得他的诗歌能够在最大面积上得以接受和回声。而其近期的诗歌中不断出现的“节气”、“农时”和“村庄”的关键词则再次证明这是一个在打捞岁月中仍然在寻找归乡之路的人。尽管他的脚不时踩在荆棘上，但是他的声音也因此更带有持久的膂力和穿透性。

应该是文章结束的时候了！

感谢这次艰难而充实的阅读过程。此刻的北京已经秋风劲吹，我得以在暮晚的缝隙中抬起头来遥望不可及的广西和那些正在忙碌的日子里写诗的人们。

最后，还是开头的那句话——是否我们都不去看前方？

第五节　一代人，更是一个人

当我和老家的朋友在秋天的雾霾中走向天安门灰蒙蒙的广场，我更愿意在能见度空前降低的境遇下感受生活和写作之间的真正关系。

最早接触和阅读“70 后”诗歌则是我在 2005 年左右开始写作《尴尬的一代：中国 70 后先锋诗歌》的时候。限于当时有限的阅读材料，我只看到了这一庞大森林般写作群体的一部分。如今这一写作群体更为庞大。甚至随着博客、微博、同仁刊物以及个体经验的日益成熟等多重因素的刺激这个群体的数字仍在不断激增和攀升。而在一个阶层分化和新媒体制造的多元化的社会空间里，包括“70 后”一代人在内都不能不面对这样的一个语境——写作的公信力和辨识度的空前丧失。在一个全面拆毁“故地”和清楚根系记忆的年代，诗人不只是水深火热考察者、测量者、介入者甚至行动分子，还应该是清醒冷静的旁观者和自省者！对于“70 后”一代人而言尽管“个体诗学”从来都是存在的并且是每个诗人都秉持的，但是整体性的历史遗留、现实境遇和精神境遇却使得他们呈现了不可规约和消弭的共性征候。当然，共性也必然是以个体性和差异性为前提的。每一代人都是由差异性的个体累积成的，对于代际意义上的一代人而言更是如此。基于此，对于“70 后”一代诗人的写作而言我更愿意指认的是——“一代人，更是一个人”。

一、一代人的“来路”和精神出处

对于 200 多位“70 后”诗人而言，任何言说都不能不带有虚妄的成分。在诗歌技艺、精神征候、思想视阈以及时代境遇、地方性上知识等层面来谈这一代诗人自 1990 年代后期以来的诗歌写作更近乎不可能。尽管我从来都不否认甚至不断强调个人化的历史想象力对于一个诗人的重要性，但是我越来越觉得诗歌是需要阅历和经验的。“70后”一代近年来的诗歌写作不断试图在历史与现实、经验和想象、表意和语言的诸多限阈之间进行摩擦、龃龉甚至撞击。面对这些带有个人冥想能力、现实介入能力、文体创造能力、精神成长能力以及个人化历史想象能力的文本世界，这个时代的阅读者和批评者是否做好了耐心阅读的准备？新近的上海书展上，潮水般粉丝叫嚷声中郭敬明的新书发布会让那些正在伴着小提琴朗诵诗歌的人们真正感受到诗歌的冷遇和尴尬。而在我看来这一代人通过诗歌要完成的工作就是——关上路灯和车灯！让我们看看这个时代已经造成的后果和一个个灾难性而又难以自知的精神图景。在时代的雾霾天气里，我们的诗人该去往何处？

我们都难以自控地跟随着新时代看似“前进”的步调和宏旨，但是却很少有人能够在喧嚣和麻木中折返身来看看“来路”和一代人的命运“出处”。而即使有一小部分人企图重新在“历史”和“现实”两岸涉渡和往返，但是他们又很容易或者不由自主地成为了旧时代的擦拭者和呻吟的挽歌者，成了新时代的追捧者或者不明就里的愤怒者。而一种合宜的姿态就应该是既注意到新时代和旧时代之间本不存在一个界限分明的界碑，又应该时时警惕那些时间进化论者或保守论者的惯性腔调。而任何回顾性的企图都可能会被迎面飞奔而来的“卡车”撞翻，任何与现代性时间抗衡的人都不能不因为“乡愁”而患上焦虑症和失眠症。吊诡的则是“70后”一代人恰恰有着集体性的“乡愁”情结。由此需要追问的是如果一代人将视野投注在一个尽可能集中的区域，那么他们所呈现的诗歌之间具有怎样的差别、个性和互文性关系呢？如果说这些诗歌之间可以被相互替换，那么写作在创造力以及持续性的程度上考量就是失败和无效的。事实是，无论是对精神“出生地”的挽歌式的追思，还是对历史、存在、时代三个维度上的开掘与推进以及个人精神成长史自我叩问，一个既单纯又繁复的诗人形象已经在一代人中确立起来。回溯历史和介入当下是相互打开的。历史和现实之间并没有一个严格的界限。在一个精神“能见度”不断降低的年代，诗人的困窘以及写作难度可想而知。痛苦而万幸的是这一代人不仅看到了高高矗立的“纪念碑”和城市建筑，而且也注意到它周围纵密的街区、低矮的草群和卑微的人群。他们的很多诗歌具有傍晚来临一样的沉暗气质。由此我在“70后”焦虑、尴尬、分裂、忧郁、沉重、踌躇的“诗人形象”这里看到了探入内心深处的忏悔意识(除了生命诗学的层面更大程度上还代表了后工业时代的救赎心理)以及一颗世俗之心形而上的仰望与盘诘。然而在繁复的精神向度上而言诗歌仅仅做到一种“怨愤诗学”还远远不够。诗人除了表达愤怒与不解，还必须转到时代表盘的背后去细心查看那些油污的齿轮和螺丝，去印证摩擦系数、润滑指数以及指针锈蚀的可能性参数。

这注定是一个没有“故乡”和“远方”的时代！城市化消除了“地方”以及“地方性知识”。同一化的建筑风貌和时代伦理使得我们面对的是没有“远方”的困顿和沉溺。极其吊诡的则是我们的“地方”和“故地”尽管就在身边，但我们却被强行地远离了它。而“地方”和“故地”的改变更是可怕和惊人，所以我们文字里携带的精神能量的地理空间成为不折不扣的乌有之乡。曾经的乌托邦被异托邦取代。而当飞速疾驶的高铁抹平一个个起点和终点，诗歌就成了作为生存个体的诗人反复寻找、确认自我与“前路”的一种方式。在隆隆的推土机和拆迁队的叫嚣中，一切被“新时代”视为老旧的不合法的事物和景观都以不可思议的速度在消亡。然而诗人在此刻必须站在前台上来说话！在此诗人不自觉地让诗歌承担起了挽歌的艺术。那些黑色记忆正在诗歌场域中不断弥漫和加重。诗人所目睹的“时代风景”更多已经变形并且被修改甚至芟除。“真实之物”不仅不可预期而且虚无、滑稽、怪诞、分裂、震惊体验一次次向诗人袭来。诗人已经开始失重并且给时代巨大的离心力甩向无地。很多“70后”诗人的写作是身不由己地从“故乡”和“异乡”开始的。现在看来“故乡”和“异乡”在“新时代”的命运用“震惊”一词已经不能完全呈现我们的不解以及愤怒。即将被拆掉和分解的不仅是旧宅、庭院，而且还有那个叫“往昔”、“乡土”和“历史”的词。值得注意的是一部分“70后”诗人，如江非、沈浩波、朵渔、徐俊国、哨兵、轩辕轼轲、黄金明、刘年、赵卫峰、马非、谭克修等，他们的诗歌可贵之处来自乡土却又超越了乡土。这对于当下众多粘滞于“乡愁经验”的诗人们而言无疑是一个重要的启示。他们诗歌里的“平墩湖”、“沈家巷”、“鹅塘村”和“洪湖”显然不再是单纯的地理空间代名词，而是成为重组后的个体灵魂和现实景深结合的场域。这是语言和精神的“求真意志”过程。而“地方性知识”在一代人的诗歌谱系中更多是作为连接历史与现实，家族与时代的一个背景或一个个窄仄而昏暗的通道。这些具有暗示能量和寓言化的场景正是曾经的乡土中国的黑灰色缩影。诗人在此要完成的是极其艰难、不可思议的工作——为地方性知识，为了一颗固守的心地。诗歌在这样的时代氛围与精神语境下不得不面对着多重困境。面对着那些沉暗的异乡人、出走的人、再也回不到故乡和旧地的人，诗人的面影无比沉暗。当一个极其强大的城市化和全球化时代到来和迫近的时候，曾经的物我一致性体验被强行撕裂。当这些老旧和固化的词语再次出现在“70 后”诗歌中，它们就与诗人一起成了空荡荡的被追挽和默祷的部分。这些文字化的空间地理作为新世纪以来中国乡村书写的代表性符号以及精神坐标为当下乡村书写的困境和出路提供了重要参照。他们又并非是单向度的“乡土诗人”，而是将中国当代现实和精神性的历史无限压缩在一个个地方的入口，同时又通过放大镜的方式将所面对的一切提升到最为宽远的精神空间和寓言化状态。他们不仅呈现了一定程度上的特殊的“方言”属性的地方性知识，而且还更为重要的是呈现了“地方”的变化及其背后深层的动因和时代机制以及个体命运。在“70 后”的诗歌世界中我们能够看出诗人试图彰显和呈现的并非是高不可及的“天空”和形而上的高蹈与阵痛，而是实在的生命体验、乡土记忆、个性情怀、生存观照。在一本黑色的亡灵书上时代和理想开始陷落。“失根”的漂泊状态和“异乡”的失重体验成为这一代人的宿命表征、精神症候和时间简史。尽管作为出生地的故乡永远会成为心口的反复裂开的伤疤，尽管诗人仍然试图一次次地“返回”，但是最终还是丧失了来路和精神出处。在此意义上这一代人续写的只能是“失败之书”。拆迁队和挖掘机以及强硬的 GDP 作为新时代的乌托邦迷恋不仅在拆毁着“旧宅”，更是在拆毁着“历史”和记忆。这一可怕而又不容置疑的斩草除根的过程使得诗人必然强行从前现代性的乡土中国中被拔离出来并如草芥一样被扔进烟尘滚滚的城市化和城镇化的道路上。诗人目睹了一个个废墟。

对于怀念“乡土”却又最终失去“乡土”的这一代人，写作似乎正印证了“行走”诗学在当下的必要性和重要性。然而我们也必须要注意的是“行走”在这个时代的难度。这种难度不仅在于我们在集体的城市化和现代性、全球化时代“行走”方式发生了转捩性的巨变，而且还在于“行走”时所目睹的地理风景甚或时代景观都几乎发生了天翻地覆的“除根性”改变。面对着混杂着前现代、现代性和后现代性的地理景观激发的是一代人怎样的情怀和想象呢？值得注意的是“70后”在诗歌中抒情主体的位置放的很低。这样的姿势利于情感的开放性抒发以及宽阔而深入的观察视角。他们一直在追问和确定行走途中自己所处的位置和角度。面对着崭新的城市、工地，他们是迟疑的、诘问的、怀疑的。这种清醒的认识现实的方式是值得肯定的，而这种清醒是必然要以孤独为代价。而对于亲身经历过“乡土中国”的“70后”一代而言，其对个人精神性的地理以及行走方式可能要比“80后”和“90后”深刻的多。

对于“地方性知识”正在消失的时代而言，诗人再次用行走开始诗歌写作就不能不具有时代的重要性。然而，我们的诗歌可以在行走中开始，但是我们又该在哪里结束呢？

二、修辞的力量与时代的窄门

当然，如果一代人的写作仅仅沦为了伦理化的冲动和社会学意义上的批判功能则未免显得狭窄。而我看到的则是很多“70后”一代人仍然试图在新世纪以来的写作中于喧嚣的城市化时代继续寻找内心安静的时刻以及自然和时间元素伟大的一面。尽管这种时间性体验的抒写和普世化的情感表达不得不被各种意想不到的场景和声音所打断。在大海、雪地、灰烬、天空、星光、教堂等这些带有明显的精神性的场景中一部分诗人（比如黄礼孩、孙磊、刘春、阿翔、李寒、余丛、芦苇岸、江离等）仍然延续着高蹈性的精神质素。这也是为什么像高世现这样后起的“70后”写出不可思议长度的诗歌的重要动因。值得注意的是这种诗歌写作的沉潜状态在我看来更像是一个人将诗歌的光芒投注到细微或广大的自然万物以及时间性的景象当中。这些看起来内倾、沉潜的个人性的精神实际上并不轻松。在回叙和预叙视角的转换中这一代人必须勇敢地承担使起能够享有的长久的亮光。黑夜中执着闪亮的雕刀正如星光照亮了卑微的阴影，诗人点亮的是一个略显老旧和落寞的甚至“虚无主义”的灯盏。我希望在机场、地铁、高铁、高客、公交车的每一站都有人在迎面相撞的“现实”和“时代”面前怀揣着“修辞的力量”。可以肯定地说这种修辞的力量不是虚无的，而是不可或缺的。正如多年前那个穿越时光和诗歌“窄门”的人，在他努力侧身挤进光芒中的那一刻他的身影是高大的。而那渐渐透亮的光芒也终得以使昏昏的人们看清灰尘的本相。尽管这一代人试图一次次建立起精神秩序，但是他面对的则是一个个锋利的碎片。在这个时代，已经没有任何人能够将这些碎片捡拾并拼接成一个整体了。所以，这一代人越是努力就越是失败。可叹的西绪弗斯！在他们这里诗歌写作一直有着明确的精神来路，这对于年轻写作者而言至关重要。对前现代性乡土和家族命运的深情追挽以及持续性的对内心精神生活的挖掘成为多年来“70后”写作的主体精神。在大海、星空和永恒性的时间性场景面前，诗人由此展开的对话或自我盘诘是一种必然。但是这又不能离开历史性和现实感交织的场景。是的，那翻卷不息的波浪和头顶上污染严重的星空已经难以平息诗人内心深处那些抖动不已的芒刺。

对于一部分“70后”诗人而言他们关于“城市空间”的抒写以及对这一特殊空间的“知识性”和田野作业的考察已经取得可不容小觑的实绩。空前加速度运转的城市既定轨道使得每个人都成了旋转木马上茫然无措的眩晕者。人们在日复一日的城市环形公路上进行起点就是终点的“城堡”生活。在此境遇下也许只有诗歌能够维持眩晕中的平衡，尽管这种平衡与冲刺的努力呈现了不无尴尬的精神状态。这体现在诗歌写作中就呈现出了真实与寓言相夹杂的带有强烈反讽意味的话语取向。郊区、城乡结合部、城市里低矮的棚户区和高大的富人社区都在呈现着无限加速的城市化和工业化进程中的现代病，而其间诗人的乡愁意识、外省身份、异乡病和焦灼感都“时代性”和命运性地凸现出来。

这一代此后在诗歌中发现无比喧嚣的城市浮世绘竟然人心如此荒凉，精神的被绑架状态以及身体感受的日益损害已经严重伤害了诗人的神经。在城市化语境下每个人都是如此羞愧，所以朵渔将自己的写作称为“羞耻的写作”。这让我想到的是特朗斯特罗姆的一句诗——“一个人在疾病中走得如此之深”。这是一个个被掏空了内脏仍坚持守望和回望乡土性的稻草人——名副其实的“病人”。显然“疾病”是作为一种精神想象方式和生存体验方式同时显现的。这不仅关涉个体的命运而且还必然与诗人的个人化的历史重述和现实想象能力相关。但是也必须注意的是这种关涉社会和人心“疾病”的抒写方式一定程度上会带有某种“新闻体”的话语功能。这种话语方式的好处是语言和情志都带有可感的体温，但是稍不留意就会坠入伦理学的辩护者的角色，或者不自觉地充当了所谓的半吊子社会学家、历史学家和环境保护者的角色。当高铁车站、地下铁、人民广场、发廊、洗浴中心、洗脚屋、按摩房、夜总会、高档社区以及辨不清方向的城市街道一起进入生活的时候，城市不能不成为一代人的讽刺剧和昏黄的遗照。他们也不得不在天桥、地铁、车站、街头等这些标志性的城市公共空间里透析出残酷的真实。正如当年波德莱尔的城市街区的游荡和波西米亚的密谋者的乌烟瘴气的小酒馆一样，“70后”在时代空间里不断耐心而苦心地寻找那些暗沉之处。这个时代人们只是热衷于谈论身体、性欲和城市的交通与水质污染，而“革命者”已经委顿成高档会所里莫谈国事的“哈哈哈”的调笑者，或者充当了网络江湖的公知和正义的化身。值得注意的是这一代人诗歌中以冰点和沸点般的体验共时性呈现了“外省者”形象。沈浩波、朵渔、胡续冬、江雪、刘川、魔头贝贝等“强力型”诗人则类似于一个语言的精神分析型的挑衅分子和时代精神的睥睨者。他们的诗歌充满日常浮世绘的活力、狂人的白日梦与精神漫游者的动荡以及节制而多变的语感。而他们长期以来对个人视野下的地方性知识的恢复以及对身体体验和时代场域的“不洁”和“阴暗”的尖锐化处理成为青年诗人写作中不可多得的重要向度。而对于时下愈加流行和蔓延的“新乡土诗”、“打工诗歌”和底层写作应该抱有宽容之外的提醒。这不仅来自于大量复制的毫无生命感以及个人化的历史想象力的缺失，而且还在于这种看起来“真实”和“疼痛”的诗歌类型恰恰是缺乏真实体验、语言良知以及想象力提升的。换言之这种类型的诗歌文本不仅缺乏难度而且缺乏“诚意”。吊诡的则是这些诗作中不断叠加的痛苦、泪水、死亡、病症。在这些诗歌的阅读中我越来越感觉到这些诗歌所处理的无论是个人经验还是“中国知识”都不是当下的。更多的诗人仍在自以为是又一厢情愿地凭借想象和伦理预设在写作。这些诗歌看起来无比真实但却充当了一个个粗鄙甚至蛮横的仿真器具。它们不仅达不到时下新闻和各种新媒体“直播”所造成的社会影响，而且就诗人能力、想象方式和修辞技艺而言它们也大多为庸常之作。我这样的说法最终只是想提醒当下的诗人们注意——越是流行的，越是有难度的。在社会学的层面我不否认自己是一个愤怒者，因为这个时代有那么多的虚假、不公、暴力和欲望，但是从诗歌自身而言我又是一个挑剔主义者，因为我们已经目睹了上个世纪在运动和活动中诗歌伤害的恰恰是自身。

这一代人的写作不仅生发于现实场域的直接碰撞，而且还来自于个人化想象力前提下的历史空间时。二者碰撞和龃龉出来的除了卑悯和自剖之外不能不是悲痛而荒诞。基于此，在庞大的“70后”诗群中还有一部分“精神性”和“宗教感”的专注于心性和个体乌托邦意识的诗人。在一个写作越来越带有新闻化、段子性的叙事性写作潮流中这种写作显然被视之为“不及物”和“自闭”。是的，这种静水流深式的诗歌很容易被忽略。为此，这一类型的诗人是在将时间体验还原为中国现实的精神性过程。他们所要做的除了呈现之外还有更难的工作要完成。不仅要做类似于加法的工作——不断添加那些有精神势能之物的重量，而且还必须进行减法式的摘除、剔除——去除那些时代的赘余和肮脏的部位。

面对整整一代人的写作我不得再次强调中国的诗歌美学很难和

社会学和伦理学剥离开来。这是悖论,更是必然。但是诗人也必须时刻提醒自己——诗歌对公共性话题的介入和发声必须是建立于个体主体性和诗歌本体意义上的。

在一个个无形的陡峭湿滑的阶梯面前,诗人不仅要呈现出一个生命的冷暖无常,更为重要的是呈现出文字世界的地方性知识以及一个时代的精神法度。在一个无限暧昧又界限模糊的时代,也许只有诗人能够说出那些隐藏在暗影里的秘密和一部分真理性的知识。

面对着庞大莫名的"70后"写作群体,我能说出的只能还是这句话——"一代人,更是一个人"!

后记 我的漂流瓶

终于可以暂时长舒一口气了！感谢那些多年来一直容忍我的缺点和怪癖鼓励我前行的前辈批评家和先生们！同时代的那些精进的同行亦让我心存敬畏。在一个没有共识的年代，我的阅读和批评工作也只能充当一个碎片而已。本著作中的一些相关内容已经在《南方文坛》《当代作家评论》《国文天地》(台湾)《诗刊》《南开大学学报》《作家》《当代文坛》《文艺争鸣》《文艺评论》《艺术评论》《滇池》《山花》《诗探索》《星星》《诗歌月刊》《广西文学》等刊物发表。感谢这些刊物为我的不成熟见解以及时而冒失草率的批评态度留有余地。感谢谢冕先生在百忙之中写序鞭策和鼓励。感谢罗振亚老师、刘波以及河北大学出版社！

而这一次关于新世纪的诗歌阅读之旅，让我想到的是在一个文字和情怀双重短命的年代里，我亲手制造的漂流瓶能够走多远？它在我这里开始，它又在哪里结束呢？是在污染严重的海滩，还是在一个拆除殆尽的乡村？

《少年派的奇幻漂流》是命运使然，也是一种宗教性和命运感的身份性确认。而对于文学批评而言，我们也许没有派这么幸运。当我在春节即将到来的时候和朋友一同返乡，从北京到河北的高速路上大雾弥漫，伸手只见五指。朋友身子前倾眯着眼盯着前方。车从玉田的高速路下来缓慢行驶在开往老家的二级公路上，我对几十年来熟悉的地方竟然陌生不已。那时我竟然如此真切地觉得还乡的路竟然和异乡的路实际上是同一条路。可怕的命运！那条名为“还乡河"的河水早已经流干，被扔弃的病猪的尸体和农药瓶在雪地上分外显眼。当我们不断抱怨现实，我们也一次次远离了真正的现实本相。多年来，我并未能理解我的乡村命运，而对于几百里之外的京城我一直心存恐慌。当不得不通过文字和想象来看待这个世界，那么我们是否已经做好了充分的心理准备？在污染严重人们争先谈论天气的时代，我们是否为当下的文学提前做好了阴晴冷暖的统计表格？在娱乐和消闲的图书市场和柔靡的咖啡馆里，你蒙尘的书是被哪只手不经意地拿起又匆促地放下？

对于新世纪以来的诗歌现象我一直没有把握说出我的确切观感，至于评骘就更无从谈起。正因为我们都处于当下的河流之中，每个人所面对的现实竟然如此充满差异和矛盾。我并没有看清新世纪咄咄逼人的景观和大街上一个个失魂落魄的人们内心的渊薮。这不是一个启蒙的时代，启蒙在当下显得多么虚弱和矫情。这是屌丝逆袭阶层分野的落寞年代。也许文字最终必将止于喧哗！

图书馆的命运也并不见得比一个个被迅速拆毁的村庄更幸运，而批评的命运也许更不容乐观。把这些略显疲竭的文字放入那个玻璃瓶中，让它慢慢漂走吧！

有开始，必然有结束！

霍俊明

2014 年 2 月